날아라
로켓파크

옮긴이 김윤수

동덕여자대학교 일어일문학과와 이화여자대학교 통역번역대학원을 졸업했다. 옮긴 책으로는 《한밤중의 베이커리》 《49일의 레시피》 《너를 위한 해피엔딩》 《올가의 반어법》 《해바라기가 피지 않는 여름》 등이 있다.

KANTA by ISHIDA Ira

Copyright ©2011 ISHIDA Ira
All Rights Reserved

First original Japanese edition published by Bungeishunju Ltd., Japan 2011
Korean translation rights in Korea reserved by Tin Drum Publishing Ltd.
under the license granted by ISHIDA Ira arranged with Bungeishunju Ltd., Japan
through Tony Interantional, korea

날아라 로켓파크

1판 1쇄 발행 2013년 1월 2일 | **1판 2쇄 발행** 2014년 1월 10일

지은이 이시다 이라 | **옮긴이** 김윤수
펴낸이 조재은 | **펴낸곳** (주)양철북 출판사 | **등록** 제25100-2002-380호(2001년 11월 21일)
편집 김지훈 김성은 임중혁 김인정 이단비 박시영 | **디자인** 나지은 | **마케팅** 조희정 | **관리** 정영주
주소 서울시 마포구 양화로8길 17-9 | **전화** 02)335-6407 | **팩스** 02)335-6408
ISBN 978-89-6372-078-4 03830 | **값** 11,000원

카페 http://cafe.daum.net/tindrum 블로그 http://blog.naver.com/tin_drum

※ 잘못된 책은 바꾸어 드립니다.

날아라
로켓파크

이시다 이라 지음 ── 김윤수 옮김

양철북

01

요지는 처음 본 그 아파트 단지가 하나의 도시처럼 여겨졌다. 아니, 어쩌면 이곳은 하나의 나라가 아닐까 생각했다.

다섯 살인 요지는 엄마 레이코 손에 끌려가듯 갔다. 눈앞에 펼쳐진 고토구 미나미지마 3단지는 엄청나게 커 보였다. 단지 가운데에는 놀이터와 분수가 있는 광장이 넓게 펼쳐져 있었다. 마치 오래된 궁궐의 정원처럼 나무들이 두 줄로 심어져 있고, 양옆으로는 12층짜리 아파트가 우뚝 솟아 있었다. 한 동에 180세대, 그런 건물이 좌우 똑같이 늘어서 있었다.

광장 한쪽에는 이제 막 문을 연 편의점, 슈퍼, 우체국도 있었다. 다른 쪽에서는 소리를 지르며 뛰어다니는 아이들이 보였다. 요지는 당장 놀이터부터 살펴보았다. 정글짐, 흙으로 쌓은 낮은 언덕, 그네, 철봉……, 그 중에서도 가장 눈에 띄는 건 로켓 모양의 미끄럼틀이었다. 12미터쯤 되는 로켓 안에 계단이 있고 바깥으로 소라처럼 생긴 미끄럼틀이 있었다. 아이들은 줄줄이 꿴 진주처럼 빙글빙글 돌면서 반짝이는 미끄럼틀을 미끄러져 내려왔다. 요지는 조금 쉬고 나서 꼭 저기에 가서 놀아야겠다고 마음먹었다.

"가자, 요지."

그때 레이코가 거칠게 손을 잡아끌어서, 요지는 넘어질 듯이 걷기 시작했다.

"이거 꽤 귀찮네."

엄마는 수제 국수가 담긴 백화점 봉투를 들고 있었다.

"음, 3동은 어디야?"

건물 옆면에는 트럭만 한 숫자가 검정색으로 씌어 있었다. 세어 보니 왼쪽에서 세 번째가 3동이다.

"요지, 이제부턴 혼자서 슈퍼에 다녀야 하니까 잘 기억해 둬."

"알았어."

엄마는 보통 저녁에 나가면 한밤중이나 새벽녘에 돌아왔다. 요지는 엄마가 무슨 일을 하는지 몰랐다. 요지네 집에는 아빠가 없다. 아빠가 누구인지, 살아 있는지, 돌아가셨는지도 몰랐다. 아빠에 대해 묻고 싶어도 엄마가 무서운 얼굴을 하기 때문에 물을 수가 없다. 어린 마음에도 물어서는 안 될 것 같았다.

"여기가 입군가 봐. 어째 좀 지저분하네."

비탈길에는 자전거가 어지러이 서 있었다. 우중충한 유리문은 열린 채였고, 벽에는 낙서를 지운 흔적이 남아 있었다. 여기저기 손을 탄 것이 오래된 병원 같았다. 레이코는 우편함을 들여다보았다. 안으로 욱여넣은 전단지가 흘러넘친 것 같았다.

"1012호. 요지, 여기야."

우편물을 가지러 가는 건 요지의 몫이니 우편함도 잘 기억해 두는 것이 좋다. 두 사람은 엘리베이터 앞으로 갔다. 엘리베이터 문은 모두 네 개였는데 유리창이 달려 있어 안이 훤히 들여다보였다. 엘리베이터에 올라타자, 레이코는 코앞에서 손을 흔들었다.

"아휴, 냄새. 누가 여기서 담배 피웠나 봐."

엘리베이터 숫자판 옆에는 곳곳에 담뱃불을 비벼 끈 흔적이 있었다.

엘리베이터에서 내려 복도를 걸어가는데 밑에서 아이들 소리가 들려왔다. 고개를 드니 콘크리트 난간 너머로 도쿄의 하늘이 보였다. 크림처럼 하얀 봄 하늘이다. 요지는 요코하마나 여기나 하늘은 똑같구나 생각했다.

"귀찮은 일부터 해치우자."

엄마가 1011호의 초인종을 눌렀지만 아무 대답이 없다.

"아이참, 기껏 인사하러 왔더니 아무도 없잖아."

엄마는 문손잡이에 백화점 봉투를 건 뒤 안에서 국수 상자 하나를 꺼내더니 요지의 손을 잡아끌고 1013호로 갔다. 이번에는 초인종을 누르자 바로 여자 목소리가 들렸다.

"누구세요?"

옅은 파란색 철제문이 빼꼼히 열렸다. 트레이닝복 차림을 한 여자가 서 있었다. 엄마랑 비슷한 나이일까? 삼십 대 초반으로 보이는 여자는 누워 있었는지 머리가 흐트러졌다. 엄마처럼 뛰어난 미인은 아니다. 게다가 엄마는 명품 정장에 스카프까지 멋스럽게 매고 있다. 목소리는 좀 전과는 딴판이었다.

"오늘 옆집에 이사 온 아리하라 레이코라고 해요."

감색 반바지에 흰색 셔츠를 입은 요지를 앞으로 밀었다.

"아들 요지예요. 요지, 몇 살이지?"

요지는 배운 대로 고개를 숙이며 대답했다.

"다섯 살이에요. 안녕하세요."

옆집 여자가 쭈그리고 앉더니 요지의 머리를 쓰다듬었다. 얼굴 가득 주름을 만들며 웃는다. 요지는 엄마처럼 예쁘지는 않지만 좋은 아줌마 같다고 생각했다.

"인사도 참 잘하는구나. 아, 간타야 이리 와."

어두운 복도 저편에서 남자애 하나가 싱글벙글 웃으며 다가왔다. 키는 요지보다 약간 작았는데, 좀처럼 눈을 맞추지 않았다. 이리저리 상하좌우로 눈을 움직인다. 반바지에 티셔츠를 입었는데 가슴에는 한창 유행하는 동키콩(1981년에 닌텐도에서 출시된 아케이드게임) 캐릭터가 있다. 남자아이가 불쑥 물었다.

"너 동키콩 게임 있어?"

수천 엔은 하는 비싼 게임이지만 레이코는 누가 줬다며 요지에게 갖다 주었다. 그 게임은 요지의 보물 목록 가운데 하나다. 간타는 다른 아이들과 좀 달라 보였다. 조심스럽게 대답했다.

"응, 있어."

"우와, 신 난다. 이따가 놀자."

제자리에서 폴짝거리며 기뻐하는 모습이 재미있었다. 간타의 엄마가 말했다.

"간타, 인사부터 해야지."

간타는 순식간에 아주 진지한 표정으로 바뀌더니 똑바로 서서 말했다.

"저는 도이 간타입니다. 간타의 한자는 땀을 많이 흘린다는 뜻입니다. 돌아가신 아빠가 다른 사람을 위해 땀을 많이 흘리는 사람이 되라고 지어 주셨습니다. 다섯 살이고, 히마와리 유치원에 다닙니다."

인사를 다 마친 간타는 이내 소리를 지르며 뛰어올랐다. 레이코는 무서운 것을 본 것처럼 간타를 쳐다보았다.

"아, 이거 이사 선물이에요."

국수 상자를 간타 엄마에게 건넸다. 그러고는 조심스레 간타 머리에 손을 얹는다.

"다음 주부터 요지도 같은 유치원에 다닐 거야. 간타, 잘 부탁해."

간타는 코를 벌렁거리며 말했다.

"어, 아줌마한테서 좋은 냄새가 나요. 아리하라 요지와 사이좋게 지낼게요."

"이제 그만 가 볼게요."

엄마는 대문을 닫으며 단정한 얼굴로 인사를 했다. 문이 완전히 닫히자 요지에게 내뱉듯이 말했다.

"저 아이는 좀 조심해야겠어. 너무 친하게 지내지는 말고."

이사 온 날부터 요지와 간타는 함께 놀았다. 요지는 간타를 조금 특이하지만 재미있는 아이라 생각했고, 간타는 요지를 눈앞에 갑자기 떨어진 별 같다고 생각했다. 이것이 파란만장한 두 사람의 삶에서 잊히지 않는 첫인상이었다. 그날 이후로 두 아이는 평생 친구가된다.

간타 엄마의 이름은 도이 메구미, 아빠는 도이 시게오. 자동차 수리공이던 아빠는 안타깝게 3년 전에 교통사고로 돌아가셨다. 손님

자동차로 시험 주행을 하다가 고갯길에서 커브를 돌지 못하고 벼랑 아래로 떨어졌다.

간타와 엄마는 몇 푼 안 되는 보험금과 파트타임 수입으로 살아야 했다. 간타 엄마는 돈은 없어도 아들만 건강하면 행복하다고 입버릇처럼 말하곤 했다. 하지만 그 행복도 가끔 흔들렸다. 원래 건강이 안 좋았던 메구미는 유일한 수입원인 파트타임 일마저 쉬엄쉬엄했다. 쉬는 날도 억지로 일어나 아들을 위해서 음식을 준비하는 그런 엄마였다.

부족하지만 따뜻한 간타네. 넉넉하지만 하루 종일 엄마가 오기를 기다리는 요지네. 자석의 반대 극이 서로 끌리듯이 두 집은 점점 가까워졌다.

비 오는 어느 날 저녁, 간타가 편의점에 다녀오는 요지를 보았다. 노란색 비옷을 입은 간타는 엄마랑 같이 쓰던 우산을 들고 뛰쳐나갔다. 광장에는 사람들이 거의 없었다.

"요지, 여기 있었구나."

"조금 전까지 같이 놀았으면서 찾긴 뭘 찾아."

요지는 퉁명스럽게 대답했다.

슈퍼에 다녀오는 간타는 자랑스레 말했다.

"오늘 우리 카레 해 먹어. 넌 뭐 먹을 거야?"

간타가 요지의 손에 들린 비닐봉지를 들여다보려 하자 요지는 허둥거리며 봉지를 뒤로 숨겼다.

"뭘 먹든 니가 무슨 상관이야?"

평소의 요지답지 않게 거칠게 대꾸했다. 간타 엄마는 우산을 든 채 웅크리고 앉더니 요지 어깨에 손을 얹었다.

"요지, 괜찮다면 아줌마한테 좀 보여 줄래?"

요지는 간타 엄마한테는 왠지 약해졌다. 무엇이든 고분고분 따르게 만든다. 어린 마음에 자상함 뒤에 숨겨진 꾀가 아닐까 생각했다. 요지는 마지못해 비닐봉지를 내밀었고, 메구미가 봉지 안을 들여다보았다. 콜라와 아이스크림이 하나씩, 그리고 상표가 다른 컵라면이 세 개씩 들어 있었다. 메구미는 애써 아무렇지 않은 듯이 말했다.

"오늘도 엄마가 늦으시나 보다. 우리 집에 와서 같이 카레 먹지 않을래? 엄마한테는 내가 말해 줄게."

요지의 눈이 반짝였다.

"와, 밤에 가도 괜찮아요? 실은 혼자 자는 게 무서웠거든요."

'근데 간타 엄마가 왜 이리 잘해 주는 걸까?'

생각해 봐도 요지는 이유를 알 수 없었다. 빗속인데도 간타 엄마는 우산을 내려놓더니 요지를 힘껏 끌어안았다. 레이코는 좀처럼 요지를 안아 주지 않는다. 요지는 너무 행복해 어지러웠다. 엄마처럼 비싼 향수를 뿌리지 않아도 좋은 향기가 날 수 있구나. 아, 부드럽다. 행복한 요지는 그제야 옆 눈으로 간타를 쳐다보았다.

간타는 신이 났는지 비옷을 입은 채 폴짝폴짝 뛰고 있었다. 입으로는 놀리듯 요지와 카레, 요지와 카레, 요지와 카레를 외치면서 말이다.

그날 이후로 요지는 간타네 집에서 밥을 먹는 일이 잦아졌다. 과자나 빵에 우유 하나가 전부였던 아침이 계란 프라이와 된장국과 밥으로 바뀌었다. 점심과 저녁도 인스턴트가 아니라 따뜻한 밥을 먹으니 빼빼 말랐던 요지도 점차 통통해졌다. 요지는 맛이나 영양을 따지기보다는 무엇보다 혼자 먹지 않으니 좋았다. 혼자서는 뭐를 먹어도 맛이 없으니까.

며칠이 지난 어느 주말, 엄마는 그제야 요지에게 변화가 생겼음을 눈치챘다. 그도 그럴 것이 컵라면이 하나도 줄지 않았던 것이다. 요지에게 자초지종을 듣고는 곧장 옆집으로 찾아갔다. 요지와 간타는 잠깐 놀이터에서 놀다 오라고 했다. 로켓 미끄럼틀을 오래도록 타고 놀 동안 두 엄마는 이런 이야기를 나눴다.

엄마는 앞으로 요지의 식사와 도시락 등을 부탁하고 싶다고 했다. 그리고 엄마가 힘든 날엔 유치원에 오가는 것도 도와 달라고 했다. 대신 달마다 돈을 주겠노라고 말이다.

"파트타임 수입만으로 둘이 살려면 좀 빠듯하죠? 돈 이야기 불편하겠지만 처음부터 분명히 하는 게 좋으니까요. 메구미 씨, 앞으로 우리 요지 좀 잘 부탁해요."

요지 엄마는 머뭇거리는 간타 엄마에게 떠맡기듯 부탁을 했다.

엄마의 허락이 떨어진 다음부터 요지는 종일 간타네서 시간을 보냈다.

간타는 최고의 짝꿍이었다. 간타는 한번 뭔가에 빠지면 말릴 수가 없다. 더 드리프터즈(일본의 음악 밴드 및 콩트 집단)의 히게 댄스(일본에서 유행한 코믹 춤)를 보는 날에는 하루 종일 그 동작만 되풀이했다. 쓰러져 잠이 들 때까지 멈추지 않았다. 잠든 간타의 손목이 춤 동작 때문에 꺾어져 있을 정도였다. 물론 이런 간타에게도 단점은 있었다. 간타는 다른 사람의 기분이나 감정을 전혀 눈치채지 못했다. 요지가 엄마와 싸우던 날, 놀이터에 나와 있는데, 간타가 평소처럼 들뜬 상태로 다가왔다.

"역분사, 역분사, 역분사."

재작년 겨울, 하네다 앞바다에서 비행기가 추락한 사고가 있었다. 독설로 유명한 코미디언이 심야 라디오 방송에서 외친 말은 곧장 유행어가 되었다. 요지는 눈물을 숨기며 외면했다. '내가 슬퍼하는 걸 간타는 모르는 걸까?'

"요지, 놀자. 로켓 위에서 역분사하자."

머리부터 미끄러져 내려오는 것을 두 사람은 오랜 유행어와 연관시켜 역분사라고 불렀다.

"싫어, 시끄러."

요지가 고집스럽게 얼굴을 돌리는 데도 간타는 끈질기게 졸랐다. 어깨를 붙잡고 흔든다.

"요지, 로켓에서 역분사하자. 응?"

요지는 간타의 손을 뿌리치고 일어나더니 버럭 소리를 질렀다.

"시끄러. 나 지금 기분 안 좋다고."

눈물이 흘렀다. 창피하기도 했지만 엄마와 간타에게 막 화가 났다. 대체 우리 집에는 왜 아빠가 없는 거야. 남의 기분도 모르고 이 녀석은⋯⋯.

그러던 요지는 간타를 보고 깜짝 놀랐다. 눈앞의 어린 남자아이가 손으로 자기 머리를 때리는 게 아닌가?

"아아, 난 바보인가 봐."

깜짝 놀란 요지는 간타를 끌어안으며 말렸다.

"왜 그래? 너한테 화내는 거 아니야."

간타는 눈을 멀리 두고는 중얼거렸다.

"난 바보야, 바보 멍청이."

요지는 그때 알았다. 간타는 분명 남의 마음을 잘 알아채지 못한다. 기쁘거나 즐거울 때는 괜찮은데, 상대가 슬퍼하거나 화를 내면 어쩔 줄 몰라 했다.

그때 요지는 결심했다.

'간타의 성격을 아는 사람은 세상에서 몇 안 될지도 몰라. 그러니까 간타가 어려울 때에는 내가 지켜 줘야지.'

"괜찮아, 괜찮아."

요지는 자신의 일은 잊고 울고 있는 친구를 꽉 안아 주었다. 이른 봄, 쌀쌀한 일요일 오후의 일이었다.

히마와리 유치원은 3단지에서 걸어서 5분 정도 걸리는 공립 유치원이었다. 단지만이 아니라 근처 아이들까지 모여들어 원아가 200명이 넘는 큰 유치원이다. 요지는 다섯 살 반에 들어갔다. 간타와 같은 제비꽃 반이다. 똑똑하고 운동도 잘하는 요지는 유치원에서도 금세 눈에 띄었다. 같이 놀자며 다가오는 친구들이 많았다. 그럴 때마다 요지는 간타도 끼워 주지 않으면 안 놀 거라고 말했다.

다들 한눈으로도 간타를 특이한 아이로 여기는 듯했다. 요지는 어른들 표정만 봐도 알 수 있었다. 처음 이상하다고 생각한 건 선생님의 말이었다. 그날 오전에 간타를 둘러싼 작은 소동이 있었다. 블록 놀이 시간이 끝났는데도 간타가 좀처럼 그만두려고 하지 않았던 것이다. 간타는 무언가에 빠지면 다른 것을 보지 못했다. 다섯 살 반은 3개 반이 있고, 한 반은 모두 25명. 간타가 혼자 블록 놀이를 계속하면 다음 수업이 늦어진다. 애들도 금방 간타를 따라하니 교실이 점점 엉망이 되었다. 보다 못한 선생님이 블록을 강제로 정리하였다. 장난감을 빼앗긴 간타는 이내 교실 바닥에 눕더니 손발을 버둥거리며 떼굴떼굴 굴렀다.

이럴 때 억지로 말리면 안 된다. 차라리 잠시 상황을 지켜보는 편이 낫다는 것을 요지는 알고 있었다. 선생님 둘이 간타를 교실 구석으로 데려가더니 한 선생님이 이마의 땀을 닦으며 중얼거렸다.

"넌 이래 가지고 일반 학교에나 가겠니?"

요지는 일반 학교가 무슨 말인지 몰랐다. 하지만 선생님이 간타를 골칫거리로 생각하고 다른 아이들과 다르게 대한다는 게 어렴풋이 느껴졌다. 간타를 특별한 아이 취급하는 사람들은 유치원 선생님만이 아니었다. 어른들은 모두 그랬고, 늘 간타와 함께 있는 요지는 그 사실을 누구보다 잘 알았다.

제비꽃 반에는 또래보다 덩치도 크고 말투도 거친 악당들이 있었다. 미즈키와 가즈마, 그리고 아스카가 그 아이들이었다. 간타는 세 사람 중 누군가가 다가올 때마다 몸이 굳어 버렸기 때문에 평소 요지도 그 아이들을 눈여겨보았다.

어느 날 집에 가려고 인사를 하기 전 일이었다. 유치원 마당에 흩어져서 친구들과 놀고 있는데 그 악당 녀석들이 다가왔다. 그네를 타던 요지와 간타는 바로 발로 그네를 세웠다. 미즈키가 불쑥 말을 꺼냈다.

"간타 너 바보지?"

나머지 두 명은 조금 떨어져서 웃고 있었다.

"바보는 그네 타면 안 되지. 비켜."

미즈키가 그넷줄을 잡고 있는 간타의 손을 떼어 내려 하자 요지가 소리쳤다.

"하지 마. 우리가 먼저 타고 있었잖아."

미즈키가 요지를 보며 말했다.

"너, 여기 온 지 얼마나 됐어? 끝나면 데리러 오는 사람도 없으면서 잘난 척하기는."

뒤쪽에 있던 가즈마가 한 술 거들었다.

"맨날 맛없는 반찬 똑같이 싸 오고, 너네 둘 다 바보지?"

미즈키가 히죽거리며 말했다.

"난 네 엄마가 왜 데리러 안 오는지 알지. 우리 엄마가 말해 줬거든."

'나도 모르는 엄마의 비밀을 이 녀석은 아는 걸까?'

요지는 갑자기 두근거렸지만 미즈키는 여유 만만한 표정이었다.

"너네 엄마 향수 냄새 엄청 풍기더라. 어디 술집 나가는 거 맞지?"

가즈마와 아스카가 손뼉을 치며 장단을 맞추기 시작하였다.

"술집~, 술집~, 술집~."

요지는 무슨 말을 하는지 몰랐다. 다만 몹시 놀리는 말이란 건 알았다. 아이들 말대로 엄마는 술집에 나갈 것이다. 그게 뭐? 기를 꺾으려는 거다. 그때 간타가 소리쳤다.

"시끄러. 아줌마는 술집 아니야. 너네 요지한테 나쁜 말 하지 마."

키 작은 간타가 미즈키에게 달려들어 마구잡이로 팔을 휘둘렀다. 하지만 미즈키의 힘은 훨씬 셌다. 거칠게 큰 데다 가라테 학원에 다니고 있으니까. 나이 많은 형들까지 포함해 이 유치원에서 가장 힘이 세다고 소문난 아이였다.

"이 바보가 어딜."

미즈키의 주먹이 간타의 가슴에 정확히 맞았다. 간타는 맞은 곳을 누르며 괴로워했지만 물러서지 않았다. 울면서 미즈키에게 달려드는 간타를 보고 요지가 소리쳤다.

"그만해, 간타."

간타는 두 대 더 얻어맞고 나서 간신히 미즈키의 오른손을 잡았다. 옥수수 잡듯 두 손으로 붙잡고는 손목 위쪽을 힘껏 물어뜯어 버리는 것이었다.

"너 뭐하는 거야, 이거 놔."

눈을 치켜뜨며 물어뜯던 간타 입술에 금세 피가 번져 나왔다. 요지는 간타를 뜯어말리며 소리쳤다.

"간타, 이제 됐어."

미즈키는 털썩 주저앉았다. 그런데도 간타는 엎드린 채 그 아이의 팔을 물어뜯고 있었다. 요지는 무서워 꼼짝 않고 서 있는 가즈마와 아스카에게 말했다.

"빨리 선생님을 불러 와. 간타가 이상한 거 같아."

간타는 코를 씩씩거리면서도 물고 있는 팔을 절대 놓지 않았다. 입 밖으로 피가 흘렀다. 미즈키는 물어뜯기는 것보다 간타의 표정이 더 무서웠던지 잔뜩 울상을 지으며 소리를 질렀다.

"선생님, 살려 주세요."

선생님들이 와서야 간신히 간타를 미즈키에게서 떼어 냈다. 간타는 여전히 씩씩거리며 우는 미즈키를 노려보았다. 요지가 미즈키의 팔을 보니 타원형의 작은 잇자국 주위로 피가 번져 있었다. 미즈키는 곧장 양호실로 갔다.

나이 든 원장이 요지에게 물었다.

"도대체 무슨 일이니?"

이럴 때 간타는 말이 안 통한다. 요지가 머뭇대자 가즈마와 아스카가 앞다투어 입을 열었다.

"간타가 갑자기 미즈키한테 달려들었어요."

"맞아요, 간타는 들개 같은 녀석이에요."

아이들 얼굴을 보았다. 자기들이 한 짓은 생각 안 하고 상처 입은 것만 이야기한다. 요지는 피해자인 척 연기하는 모습을 처음으로 보았다. '사람은 참 간사하군.' 하지만 요지는 곧 마음을 다잡고 말을 꺼냈다.

"가즈마가 먼저 시작했어요. 간타한테 바보라고 하고, 우리가 타던 그네에서 억지로 내리라고 했어요. 바보는 그네 타는 거 아니라면서."

원장은 지나치게 눈살을 찌푸리며 말했다.

"어머나."

원장의 표정만으로 가즈마와 아스카는 마음이 흔들린 모양이다. 요지는 손수건을 꺼내 입가에 피를 흘리는 간타의 얼굴을 닦았다.

"그리고 욕도 했어요. 간타와 제가 맛없는 반찬만 싸 온다고 놀렸어요."

'눈물을 보이면 원장은 편을 들어줄까?' 요지는 잠시 망설였지만 입 밖에 내었다.

"엄마가 데리러 오지 않는 건 술집에 다녀서라고 말했어요."

요지는 똑바로 원장의 얼굴을 쳐다보았다. 그 한마디에 선생님 표정이 바뀌었다. 역시 술집은 입에 담아선 안 되는 말이었다. 이제 조금만 더 슬픈 얼굴을 하자.

"그리고 셋이서 술집, 술집, 술집 하면서 손뼉을 쳐 댔어요."

나름 머릿속에서 계산해서 한 말이었는데, 말을 하는 동안 눈에 눈물이 맺혔다. 이내 눈물이 뺨을 타고 흘러내렸다.

"너네 요지한테 나쁜 말 하지 마."

간타는 다시 가즈마와 아스카에게 달려들려고 했다. 요지는 간타를 두 팔로 붙잡았다. 안 그래도 가즈마와 아스카는 나쁜 짓을 했다는 것을 분위기로 깨달았는지, 고개를 숙이고 있었다. 원장 선생님이 부드러운 목소리로 말했다.

"그랬구나. 이 일은 미즈키 집에도 말씀 드려야겠구나."

그러고는 간타를 보더니 말을 이었다.

"간타, 친한 친구가 나쁜 소리를 들어서 화가 나는 건 이해하지만, 물어뜯는 건 안 돼. 다음에 간타 엄마랑도 이야기를 해야겠구나, 알겠지?"

요지는 간타가 많이 혼나지 않으려면 어떻게 해야 할까 생각했다. 간타 엄마가 슬퍼하는 얼굴을 보고 싶지 않았다.

"원장 선생님, 간타도 양호실에 가면 안 되나요?"

원장 선생님은 곤란한 표정이 되었다.

"그건 왜?"

요지가 간타의 옷을 걷어 올렸더니 가슴께에 새빨간 자국이 남아 있었다.

"미즈키는 간타보다 훨씬 힘도 세고 가라테도 배운다고요. 그런 미즈키가 주먹을 날리니 간타가 얼마나 무서웠겠어요. 아마 그래서 물어뜯었을 거예요."

원장은 근처에 있는 선생님을 부르더니 간타를 양호실에 데리고 가라 했다. 그러더니 가만히 요지의 얼굴을 보며 말했다.

"참 야무지구나, 요지. 우리 유치원으로 와 줘서 고맙다. 애들이 한 이야긴 신경 쓰지 마. 엄마는 요지를 훌륭하게 잘 키우고 계시니까."

엄마가 훌륭하지 않다는 건 요지가 가장 잘 알았다. 그래도 열심히 고개를 끄떡였다. 간타를 지킨다면 그 정도는 요지에게 아무것도 아니었으니까.

이 일은 얼마 안 있다가 부모들까지 나서서 한바탕 소동이 일었다. 그에 비하면 결말은 시시했다. 미즈키 엄마는 간타를 고소하겠다며 펄쩍 뛰었지만 아들이 한 짓을 들은 미즈키 아빠가 미즈키에게 주먹을 한 방 날리고는 마무리가 되었다. 미즈키와 나머지 부하 둘과 노는 일은 없어졌지만 요지와 간타는 하나도 아쉽지 않았다.

제비꽃 반에는 남자아이들뿐만 아니라 간혹 거친 여자애들도 있었는데 요지는 이 아이들이 어려웠다. 간타와 요지가 놀고 있으면 옆에 와서 자신들이 좋아하는 게임을 같이 하자고 떼를 썼다.

간타가 말을 나누는 아이들은 몇 안 되었다. 그리고 그 사건 뒤에는 더 적어졌다. 여자아이 중에는 말이 없고 언제나 구석에서 혼자 노는 히메나가 유일한 대화 상대였다. 다들 히메(일본어로 공주라는 의미)라고 불렀는데, 이름 탓만이 아니라 얼굴이 예뻐서였다. 말없이 가만히 있어도 어딘지 모르게 또래 친구들과는 다른 느낌을 주는 아이였다.

히메나와 간타는 마음이 통하는 것 같았다. 아이들 대부분은 간타의 마음을 잘 모른다. 하지만 히메나는 아주 신 나 하거나 반대로 너무 풀이 죽어 있는 간타에게 아주 차분하게 말을 건넬 줄 알았다. 간타가 어떻게 대해도 히메나는 그것에 좌우되지 않고, 마음을 편하게 가졌는데 요지는 그것이 참 놀라웠다.

히메나도 같은 단지에 살았기 때문에 세 사람은 유치원 끝나고서도 함께 놀았다. 요지와 히메나가 같이 놀이터 벤치에 앉아 있는데, 지나가는 낯선 아주머니가 말을 걸었다.

"어머, 공주님 왕자님 같네. 귀여워라."

요지는 옆 눈으로 히메나를 보았다. 무슨 생각을 하는지 모르겠지만 인형같이 귀여웠다. 하지만 자신을 보니 특별히 귀엽지는 않은 것 같았다. '남자한테 뭔 귀여움이람!' 하고 생각하던 때 간타가 나타났다. 편의점에서 과자를 사 온 모양이었다.

"아, 부하도 있었구나."

히메나는 아무 말도 하지 않았다. 안 듣고 있는지도 모른다. 간타는 손을 넣어 초콜릿을 꺼내더니 한입에 먹었다. 그러고는 두 팔을 벌려 슝 하고 제트기 소리를 내며 미끄럼틀로 달려갔다. 혼자 놀기를 좋아하는 것도 간타의 습관 중 하나다.

"너는 간타가 아무렇지 않아?"

제비꽃 반 아이들 대부분은 간타를 보면 슬금슬금 피하기부터 했다. 잠시 아무 말 없었다. '안 듣고 있는 건가?'

"간타가 신 나나 보네."

간타를 보던 히메나가 불쑥 말을 꺼냈다.

"난 오빠가 있으니까."

요지는 히메나의 옆얼굴을 쳐다보았다. 가느다란 콧날은 깎아 낸 듯이 곧고, 코끝은 살짝 위를 향하고 있다.

"난 오빠가 있어. 초등학교 5학년인데 간타랑 똑같아."

'엥? 똑같다는 게 무슨 말이지? 간타가 혹시 무슨 병에 걸려서 저러는 걸까?' 간타는 소리를 지르며 미끄럼틀에서 미끄러져 내려왔다. 듣지 못하겠지만 그래도 요지는 목소리를 낮춰 물었다.

"저게 무슨 병인데?"

히메나는 여전히 정면을 보고 말했다.

"발달장애래."

어려운 말이었다. 발달장애. 무슨 뜻인지 전혀 모르겠다. 약 이름이나 기계 부품 이름 같았다.

"우리나라에서는 아직 많지가 않은가 봐. 그래서 아주 조심해서 대해야 한다고 엄마 아빠가 그랬어."

별로 좋은 건 아닌가 보다.

"그거 병이야?"

"아니야. 그냥 장애래."

간타가 미끄럼틀에서 손을 흔들고 있었다. 봄의 끝자락에 비추는 햇살이 미끄럼틀에 반사되어 아이들을 비춘다. 요지는 간타에게 손을 흔들었다. 히메나는 무표정하게 말을 이었다.

"장애는 병과 달라서 낫는 게 아니래. 그래서 장애래. 평생 가지고 가야 하는 거."

봄날의 놀이터엔 나무의 어린잎들이 살랑살랑 흔들리고 있었다. 여기저기서 들리는 아이들 목소리는 기분 좋은 불꽃놀이 같았다. 히메나 이야기를 듣고 있던 요지는 울상이 되었다.

"하지만 걱정 안 해도 돼. 아빠가 그랬어. 신은 장애를 가진 사람을 다른 사람보다 훨씬 강하게 만드셨대. 곤란하거나 괴로운 일을 견딜 수 있는, 그래서 우리보다 훨씬 강한 사람이래."

그렇구나. 간타는 강하구나. 분명히 내가 지키기만 하는 게 아니라, 미즈키한테 한 것처럼 간타가 나를 지켜 주는 일도 많겠지. 그렇게 생각하니까 장애가 별것 아닌 것처럼 느껴졌다. 발달장애가 뭔지는 잘 모르겠지만 그 이전에 간타는 그냥 간타일 뿐이다.

"요지, 내가 한 말은 비밀이야. 간타 엄마도 아직 잘 모를 수 있으니까."

요지는 난생처음 여자아이와 비밀을 갖게 된 것이다.

"알았어. 그럼 손가락 걸자."

둘은 벤치 위에서 가느다란 새끼손가락을 걸었다. 거짓말을 하면 바늘 천 개를 먹어야 한다. 장애 이야기는 간타와 간타의 엄마에게 절대로 하지 않겠다고 다짐했다.

"나, 간타한테 가 봐야겠다. 너도 간타네 같이 갈래?"

히메나는 빙긋 웃더니 도리질을 했다. 요지는 반짝이는 미끄럼틀을 향해 천천히 뛰기 시작했다.

그날 저녁 반찬은 돼지고기 된장국과 돼지고기 생강구이였다. 슈퍼에서 오늘 세일한 품목은 돼지고기였나 보다. 메구미는 손이 많이 안 가면서도 맛있는 요리를 잘 했다. 레이코가 요리를 거의 하지 않았기 때문에 요지의 입맛은 모두 메구미 손맛에 맞춰져 있었다. 요지와 간타는 너무 맛있어서 수북하게 담긴 밥을 네 그릇이나 먹었다. 두 그릇은 돼지고기 생강구이로 먹고, 나머지 두 그릇은 돼지고기 된장국에 말아먹었다. 아주 만족한 둘은 늘 그랬듯 함께 목욕하고 나란히 누웠다. 불을 끈 방에서 요지는 간타에게 말했다.

"간타와 나는 왠지 한 가족 같아."

간타는 더운 모양인지 찬 기운이 있는 곳을 찾아서 이리저리 뒹굴었다.

"응. 레이코 아줌마가 밖에서 일하는 아빠, 우리 엄마가 엄마. 그럼 요지와 난 형제."

그리고 간타가 두 발을 벽에 올렸다. 어두운 방이지만 두 다리가 흐릿하고 하얗게 빛났다. 그러면 누가 형일까? 생각하고 있는데 간타가 말했다.

"나중에 넷이서 같이 살면 좋겠다."

요지는 졸음이 쏟아졌다. 밤 아홉 시가 다 되어 가고 있었다.

"응. 나중에 내가 어른이 되면 넷이서 같이 살 집을 지을 거야."

요지의 말에 간타가 흥분했는지 벌떡 일어났다.

"아파트가 아니라, 집을 짓는다고?"

"응, 그럴 거야."

"우와, 대단하다. 난 집은 못 지을 테니까, 요지가 지은 집에 같이 살아도 돼?"

요지는 귀찮은 듯 대답했다.

"그래. 네 사람을 위한 집이니까 당연히 살아도 되지."

간타는 안 듣는지 혼잣말을 되풀이했다.

"우리 집이라고? 우리 집?"

요지는 대충 대답했다.

"그래. 우리 집 맞아. 나, 잘 테니까 너도 얼른 자."

요지가 몸을 뒤척여 돌아누웠는데도 간타는 여전히 중얼거렸다.

"방 안에 미끄럼틀이랑 작은 분수를 만들자. 엄마들 방이 두 개고, 요지와 나는 같은 방 써도 되니까. 아, 개도 키울 수 있겠다. 분수에는 송사리도 키우고 거피(송사릿과의 민물고기)도 키울 수 있을 거야. 히메나가 놀러 올 수 있게 손님방도 만들고……."

요지는 주문처럼 이어지는 간타의 꿈의 집 이야기를 들으면서 잠에 빠져들었다.

다음 날 아침, 눈을 뜨자 이상하게 휑한 느낌이 들었다.

옆에 자고 있어야 하는 간타가 없었다. 이불은 멀찍이 날아가 있고 시트가 펼쳐져 있었다. 간타가 벌써 일어났나? 시계를 보니 아직 여섯 시가 채 안 되었다.

분명 엄마는 안 돌아왔겠지? 요지는 일주일에 3분의 2쯤은 간타의 집에서 잤다. 미닫이문을 열고 부엌을 향해 말을 걸었다.

"아줌마, 안녕히 주무셨어요?"

앞치마 차림의 메구미가 돌아보았다. 감자 껍질을 벗기고 있던 모양이다. 오늘 아침은 요지가 좋아하는 미역과 감자가 들어간 된장국인지도 모른다.

"요지, 잘 잤니? 간타 좀 깨워 줄래?"

"엇, 간타 여기 없어요?"

순간 메구미의 얼굴빛이 달라졌다.

"아침에 일어나서 간타 못 봤는데."

갑자기 걱정이 된 메구미는 칼을 내려놓더니 좁은 집안을 찾기 시작했다. 요지도 서둘러 옷을 갈아입고 여기저기 찾아보았다. 방이 모두 세 개, 그리고 식탁만으로 꽉 차는 부엌 겸 식당, 세면실, 화장실, 욕실이 전부였다. 모두 둘러보는데 3분도 안 걸렸다.

요지는 현관으로 달려갔다. 간타의 운동화가 보이지 않았다. 현관 잠금쇠가 열려 있었다.

"아줌마, 간타가 밖으로 나갔나 봐요."

메구미도 현관 잠금쇠가 열려 있는 것을 보고 몹시 놀랐다.

"아침 일찍 어디 갔을까?"

메구미는 대충 신발을 신더니 요지를 돌아보고 말했다.

"간타 좀 찾아볼 테니까 넌 여기서 기다리고 있으렴."

"저도 같이 가요."

요지는 운동화를 챙겨 신고 밖으로 나가서 난간으로 달려갔다. 광장의 놀이터를 내려다보니 조용하기 그지없었다. 아이들이 없는 공원만큼 쓸쓸한 곳은 없다. 강한 아침 햇살이 광장에 뾰족한 그림자들을 드리웠다.

이 광장에 없다면 간타는 도대체 어디로 갔지? 요지는 마땅히 떠오르는 곳이 없었다. 간타가 가는 곳은 유치원과 슈퍼, 편의점, 그리고 광장과 놀이터가 전부였다.

"간타~, 간타~."

메구미의 목소리가 들렸다. '아들이 없어지면 엄마라는 존재는 누구라도 저렇게 죽을힘을 다해 소리를 지를까? 내가 없어져도 우리 엄마가 저런 소리를 낼까?' 하고 요지는 생각했다. 넓은 단지 안도 둘이서 나누어 찾으니 금방 끝났다. 메구미는 불안하다는 듯이 말했다.

"요지, 어떡하지. 파출소에 신고해야 하나."

간타 엄마와 요지는 놀이터로 갔다. 그네는 꿈쩍도 안 했고 아이들이 없는 미끄럼틀은 아직 만들고 있는 진짜 로켓처럼 보였다. 요지는 간타와 둘이서 갔던 곳을 차례로 떠올려 보았다. 돈이 없는 간타가 버스나 지하철을 탈 리는 없을 것이다.

그때 머릿속에서 무언가가 번뜩였다.

'앗, 중요한 걸 잊고 있었네.'

메구미가 종종걸음으로 단지 입구로 향했다.

"역시 파출소에 신고하는 게 좋겠어. 넌 집에 가 있어."

고개를 끄떡였지만 요지는 여전히 생각 중이었다. 뭘 잊은 거지? 그래, 어젯밤이야. 간타가 혼잣말을 되풀이하고 있었어.

"우리 집, 우리 집."

요지는 도중에 잠들었지만, 간타는 계속 집 이야기를 했을 것이다.

'간타는 꿈의 집을 짓고 있어.'

요지는 놀이터를 둘러보았다. 요지와 간타는 종종 모래밭에서 도로와 성, 산을 만들며 놀았지만 이곳엔 모래밭이 없다. 아침에 눈을 뜬 간타는 자신이 꿈꾼 집을 몹시 짓고 싶어 했을 것이다. 간타는 한 번 불이 붙으면 아무도 그것을 멈추질 못한다.

'이 근처에 모래밭이 있는 공원이 있나?'

요지는 2가에 있는 공원에 모래밭이 있었던 것이 생각났다. 요지는 단지 입구에 있는 주사위 모양의 건물인 파출소로 달려갔다. 난생처음 들어간 파출소에는 무전기를 든 경찰이 책상에 앉아 있고, 그 앞에 메구미가 두 손을 맞잡고 안절부절못하며 서 있었다.

"저기요. 간타는 2가에 있는 공원에 있을지도 몰라요. 어젯밤에 간타랑 언젠가 우리 집을 짓자는 이야길 했거든요."

머리가 반쯤 센 경찰이 모자를 고쳐 썼다. 요지는 말을 끝낸 다음 뒤도 안 돌아보고 뛰어갔다. 자전거를 탄 경찰과 메구미가 뒤를 따랐다. 신호등을 세 번 건너서 오른쪽으로 도니 주택가 한가운데에 뻥 뚫린 공원이 나왔다. 요지가 소리쳐 불렀다.

"간타―."

자전거가 못 들어오게 세워 놓은 쇠말뚝 사이로 빠져나갔다. 동그란 모래밭 한가운데에 남자아이가 웅크리고 앉아 있었다. 이윽고 메구미와 경찰이 공원에 도착했다.

"간타, 얼마나 걱정했는지 알아?"

아무리 불러도 간타는 돌아보지도 않았다. 한 손에 삽을 쥐고 열심히 모래집을 짓고 있었다. 요지가 모래밭으로 들어가서 간타의 어깨에 손을 얹으니 비로소 간타가 알아차린 듯했다.

"앗, 벌써 유치원 가야 되나?"

모래밭 바깥에는 눈물을 글썽이는 메구미가 경찰과 서 있었다. 간타는 놀란 듯 말했다.

"엄마가 경찰 아저씨랑 같이 있네. 엄마 나쁜 짓 했어?"

경찰이 어이없다는 듯이 말했다.

"나쁜 짓은 네가 했잖니? 해도 안 떴는데 맘대로 집에서 나오면 어떡해. 다시는 그러면 안 된다."

간타는 경찰의 말이 하나도 안 들리는 모양이었다.

"요지, 이것 봐라. 여기 우리 네 사람 살 집이야."

간타는 다른 사람의 마음은 읽지 못해도 자신이 좋아하는 일이라면 뛰어난 집중력을 보였다. 요지는 모래집으로 눈을 돌렸다. 허리 정도 높이의 이층집이 있었다. 지붕에는 작은 기와가 그려져 있다. 창문과 문틀도 마치 자를 대고 그린 듯 반듯했다. 물을 부어 굳힌 모래집에 마른 모래를 뿌려 놓으니 마치 은색 페인트를 칠한 것 같았다. 일층의 지붕 위에 약간 작은 지붕을 얹어 이층을 만들었다. 그 이층 창을 가리키며 간타가 소리쳤다.

"봐 봐. 여기가 나와 요지 방이야. 우리 계속 같이 사는 거라고 요지가 어제 말했지?"

요지는 고개를 끄떡이며 아침 공원, 비스듬한 그림자가 비치는 모래집을 바라보았다.

언젠가 이런 집에서 우리 넷이서 함께 살게 될지도 모를 일이었다. 그때는 그 마음이 진심이었다.

02

난파치 출신.

아이들은 간타와 요지가 다니는 미나미지마 제8초등학교를 '난파치'라고 불렀다. 이 학교 출신은 거칠고 약삭빠른 것으로 유명해서 인근 중학교에서는 난파치 출신이라는 사실만으로도 달리 볼 정도였다.

간타와 요지도 많이 컸다. 그렇다고 둘 다 똑같이 자라진 않았다. 키가 크고 잘생긴 요지는 어디에서나 눈길을 끌었다. 초등학교에 입학할 무렵 훤칠하게 자라서 지금은 같은 반 남자아이 가운데 세 번째로 컸다. 집에서 공부도 많이 안 하고 학원도 안 다니는데 성적은 늘 상위권이었다. 또 운동신경이 좋아서 운동회 때는 이어달리기 학년 대표로 뽑힐 정도였다. 간타의 빛나는 별은 초등학교에 들어가서 더 반짝거렸다.

요지가 별이라면 간타는 별의 둘레를 도는 짝별이었다. 어두운 우주 속에서 빛을 잃어 눈에 잘 띄지 않는 작은 별. 간타는 요지처럼 모든 것을 잘하지는 못했다. 국어나 사회 성적은 늘 바닥을 맴돌았다. 하지만 수학과 과학은 가끔 한 손에 꼽을 만큼 높은 성적을 받기도 했다. 하고 싶은 대로만 하고 흥미가 없는 것에는 눈길을 주지도 않는 간타가 담임인 하시모토 선생님이 보기에 영락없이 말 안 듣는 문제아처럼 보였을 것이다.

중년의 하시모토 선생님은 학교에서 함께 생활하며 규칙을 배우는 것이 공부보다 훨씬 중요하다고 믿었다. 그래서 마음 내키는 일만 하는 간타가 몹시 눈에 거슬렸다. 반 친구들도 선생님의 표정 변화를 금방 알아챘다. 자연히 6반 아이들은 간타를 특별하게 보게 되었다.

그해는 "왕따"로 온 나라가 떠들썩했다. 2월 초, 도쿄 나카노와 가가와 현에서 중학교 2학년 학생 둘이 잇따라 자살하는 사건이 있었다. 그 가운데 나카노에서 자살한 학생이 유서에 쓴 "생지옥"이라는 말은 어두운 학교 현실을 반영한 유행어가 되었다.

아이들이 자살하는 첫 번째 원인은 학교생활 때문이다. 학교라는 작은 사회는 아이들에게 힘의 논리가 지배하는 정글과 같았다. 인기 있고 야무진 요지는 그곳에서 편안하게 잘 지냈지만 간타는 위험한 짐승들이 우글거리는 정글 생활이 결코 쉽지 않았다.

버터 녹는 달콤한 냄새가 조리실 가득 퍼지고 있었다. 그 냄새에 요지는 갑자기 배가 고파졌다. 여섯 조로 나눈 6반 아이들이 치즈 오믈렛, 시금치 버터 볶음, 그리고 시금치와 유부를 넣은 된장국 따위를 만들고 있었다. 요지와 간타는 같은 조였다. 프라이팬에서 기름이 지글지글 끓는 소리가 들렸다. 간타가 옆에 서 있는 스미레에게 갑자기 소리쳤다.

"야, 뚱땡이! 프라이팬에 시금치 넣어 줘."

살집 있고 동글동글한 스미레는 간타네 조에 속한 세 명의 여학생 가운데 하나였다. 스미레와 다른 여자애들 분위기가 순식간에 싸늘해졌다. 옆에서 프라이팬을 흔들며 한창 오믈렛을 만들던 요지는 그 상황에서 멈출 수가 없었다.

스미레는 버터가 녹아 지글거리는 프라이팬에 시금치를 획 내던졌다.

"뚱땡이, 고마워. 스미레 손가락은 소시지 같다."

간타는 스미레를 놀리려는 마음이 전혀 없었다. 단지 눈에 보이는 사실을 느낀 그대로 입 밖으로 냈을 뿐이다. 성격이 불같은 아야카가 말했다.

"야, 간타, 너 방금 뭐라고 했어? 아까부터 스미레한테 자꾸 뚱땡이, 뚱땡이 놀리는데, 어떻게 여자애한테 그런 말을 해? 얼른 사과해."

'내가 또 무슨 실수를 한 거지?'

깜짝 놀란 간타는 프라이팬을 쥔 채, 그 자리에 얼어붙었다. 그때 고개를 숙이고 있던 스미레가 마침내 얼굴을 감싸며 울음을 터뜨렸다.

"간타, 어떻게 그럴 수 있어? 빨리 사과해."

평소 얌전한 다쿠미마저 몹시 화가 난 모양이었다. 스미레의 등을 토닥이면서 간타를 사납게 노려봤다. 당황한 간타는 어쩔 줄 몰라 하며 기다란 젓가락으로 시금치를 기계처럼 빠르게 뒤적거릴 뿐이었다.

간타는 친구들의 감정을 읽지 못할 뿐 아니라 분위기도 파악하지 못했다. 간타가 보기에 스미레는 뚱뚱했다. 그래서 별 생각 없이 뚱땡이라고 말했을 뿐이다. 간타가 스미레를 놀릴 생각도 없고 상처를 주려는 악의도 없었다는 걸 오직 요지만 알았다.

간타는 갑자기 화내는 여자애들에게 엄청나게 충격 받았다. 괜한 트집을 잡힌 것 같기도 하고 평소처럼 뭔가 돌이킬 수 없는 실수를 저지른 것 같기도 했다. 간타는 눈길을 어디에 둘지 몰라 조리실 허공만 바라보았다. 분노로 가득 찬 여자애들 얼굴을 똑바로 쳐다볼 수 없었다. 지금은 요지밖에 기댈 데가 없었다.

반대편 가스레인지 앞에 서 있던 요지는 들고 있던 프라이팬을 옆에 있던 구도에게 넘겼다.

"미안해, 구도. 나머진 부탁할게."

"요지, 잠깐. 나 한 번도 요리해 본 적 없단 말이야. 못해."

몸집이 작은 구도가 울음 섞인 목소리로 말했지만 요지는 조리대를 돌아 간타에게 다가갔다. 간타는 땀을 뻘뻘 흘리고 있었다. '이제 살았다. 요지가 도와줄 거야.' 하고 막 안심했을 때였다.

"간타, 뭐라고 좀 해 봐."

"자, 어서 사과해." 아야카가 간타 어깨를 툭 치며 말했다. 불같은 성격의 아야카는 간타보다 키도 훨씬 컸다. 스미레는 여전히 울고 있고, 여자애들은 모두 화난 채 간타를 노려보았다.

"……으아, 아, 아아."

간타가 갑자기 패닉 상태에 빠져 잡고 있던 프라이팬을 내동댕이쳤다. '철커덩' 쇳소리가 나면서 타일 바닥에는 이미 타 버린 시금치버터 볶음이 처참하게 달라붙었다.

요지가 다급하게 소리쳤다.

"간타, 잠깐."

"버터 볶음이, 버터 볶음이."

간타는 허둥거리며 바닥에 달려들었다. 손으로 시금치를 그러모아서 프라이팬 안에 도로 담았다. 그리고 손잡이가 아닌 팬 부분을 맨손으로 잡았다.

"뜨거, 요지, 뜨거."

"간타, 이제 못 먹으니까 됐어. 프라이팬 놔."

요지가 말렸지만 간타는 프라이팬을 놓지 않았다. 뜨겁다고 소리지르면서도 가스레인지 위에 다시 올려놓았다. 요지는 수도꼭지를 틀며 말했다.

"간타, 이리로 와. 손 식혀."

그제야 하시모토 선생님이 간타네 조로 와서 물었다.

"무슨 일이지?"

간타는 프라이팬을 그대로 쥔 채 흐르는 물에 손을 식히면서 내내 울었다. 스미레도 눈물을 그치지 않았다. 아야카와 다쿠미는 여전히 간타에게 화가 난 모습이었다. 혼자 남은 구도가 울상이 되어 조리대 너머에서 소리쳤다.

"요지, 이거 어떡해. 계란이 다 탔어."

구도는 죽을힘을 다해 기다란 젓가락으로 계란을 휘젓고 있었다. 이 혼란을 담임 선생님한테 어떻게 설명할까, 요지는 곰곰이 생각했다. 간타에게 무슨 일이 생기면 늘 요지가 설명해야 했다. 그때 하시모토 선생님이 배가 나와 두툼한 허리를 두 손으로 짚으며 말했다.

"얘기는 나중에 듣기로 하고, 다른 친구들도 기다리니까 우선 먹고 하자."

요지는 그제야 마음이 놓였는지 밝게 웃으며 힘차게 대답했다.

"네! 얘들아, 우리 조도 밥 먹자."

요지와 간타네 조는 타 버린 오믈렛과 된장국을 먹었다. 시금치 버터 볶음은 아까의 소동으로 못 먹게 됐다. 아무도 맛있다느니, 맛없다느니 하지 않았다. 여자애들은 다른 조보다 초라한 음식을 먹어선지 간타를 완전히 무시했다. 하지만 간타는 이런 분위기를 전혀 알아채지 못하고 혼자만 즐거워했다. 따끈따끈한 밥을 더 퍼서 된장국에 말아 맛있게 먹었다.

그 일이 있은 뒤로 반에서 간타를 대하는 분위기가 달라졌다. 전에는 조금 특이하고 난감한 남자아이로 취급하면서도 타고난 간타의 천진난만함 때문인지 모두 너그럽게 봐 주곤 했다. 교실 분위기는 힘세고 목소리 큰 남자아이들보다는 섬세하고 조곤조곤한 여자아이들 목소리로 좌우되기 마련이다.

간타는 자신에게 차가워진 교실 분위기를 읽지 못하고 여전히 똑같이 행동하고 실수를 저질렀다. 아이들은 별로 달라지지 않은 간타를 더 괴롭혔다.

"간타는 더러워."

"간타는 냄새나."

"간타가 만지면 간타 균이 옮아."

"간타는 머리가 썩었어."

아이들은 자신보다 약한 상대인 간타를 동정하는 법이 없었다. 잔혹한 행동 뒤에는 유쾌한 기분이 따르기 마련이다. 하물며 약한 상대가 반에서 눈에 거슬리는 존재라면 괴롭히고 난 뒤 기분은 이보다 더 통쾌할 수 없다. 아이들에게 괴롭힘을 당하는 것이 어떤 것인지 상상하는 것은 맞아 죽는 모기의 마음을 이해하라는 것과 같다. 단지 귓가에서 앵앵거리는 성가신 모기를 쫓듯 쫓을 뿐이다. 아이들은 망설일 이유가 없었다.

요지는 그럭저럭 반 아이들로부터 간타를 지켜 낼 수 있었다. 반장이고, 공부도, 운동도 잘하는 요지는 누구나 좋아하는 아이였다. 담임 선생님도 귀여워했다. 간타를 괴롭히는 데 앞장서던 아이들도 요지와 함께 있으면 함부로 건드리지 못했다.

그날 점심시간, 요지가 교무실에 불려 갔다. 선생님이 사회 시간에 쓸 커다란 지도를 5교시 시작 전에 교실로 가져다 두라고 시켰기 때문이다. 걱정이 되어 간타도 데리고 가려 했지만 교실에 없었다. '금방 돌아오면 괜찮겠지?' 요지는 교실 반대편 건물 끝에 있는 사회과 교구 보관실로 서둘러 갔다.

마침 요지와 엇갈려서 간타가 들어왔다. 왠지 모를 분위기에 자기도 모르게 몸이 움츠러든 간타는 등이 구부정해져서 더 작아 보였다. 유일하게 자신을 지켜 주는 요지를 찾았지만 조금 전까지 창가 근처에 앉아 있던 친구는 보이지 않았다.

'요지가 없어.' 갑자기 식은땀이 흘렀다. 교실에 있기보다는 도서실이나 운동장으로 나가는 편이 나을 듯싶었다. 조심스럽게 복도로

나가려는데 간타 괴롭히기를 세상 사는 낙으로 아는 남자애 셋이 다
가왔다. 히로아키, 유타로, 겐은 학교 근처 같은 회사 사택에 살면서
늘 붙어 다녔다. 난폭하고 짓궂은 성격뿐만 아니라 밑에서 세는 게
더 빠른 성적도 꼭 닮았다.

"야, 세균 간타."

히로아키가 교실 문을 막아섰다. 눈길을 피한 간타는 대신 교실 벽
에 붙은 포스터를 보았다. 포스터에는 '급식 전에 손을 씻자'고 적혀
있었다.

"……왜?"

"야, 간타."

유타로가 갑자기 주먹으로 어깨를 쳤다. 아픔이 밀려왔다. 어깨를
두드리는 척하면서 방심한 틈에 갑자기 때린 것이다.

"너, 냄새나지?"

이번에는 겐이 말했다. 몸집은 제일 작지만 셋 가운데 가장 짓궂
다. 중학생 형과 늘 주먹다짐을 하여 얼굴에 멍이 가실 날이 없는 아
이다.

"냄새 안 나."

간타네 집은 가난했지만 언제나 옷은 깨끗하게 빨아 입었다. 또 간
타는 냄새난다는 말을 들은 뒤부터 목욕할 때 늘 비누칠을 두 번씩
했다. 유타로가 아까 때린 곳을 다시 때렸다.

"'-입니다' 하고 붙여야지. 다시 해 봐."

이번에는 겐이 주먹으로 옆구리를 때렸다. 또다시 아픔이 밀려들
며 몸이 고꾸라졌다. 간타는 계속 눈길을 피하며 말했다.

"내, 냄새 안 납니다."

히로아키가 허벅지를 걷어찼다. 실내화 끝을 세워 차서 더 아팠다.

"땡. 틀렸어. 간타, 제대로 대답해야지."

그쯤 되자 교실에 남아 있던 아이들이 하나 둘 간타 둘레로 모여들었다. 아무도 간타 편을 들어주지 않았다. 어떤 아이들은 겁먹은 표정으로 구경했고, 어떤 아이들은 히죽거리면서 구경했다. 간타는 그 셋한테 괴롭힘을 당하고 있다는 사실보다 반 친구들이 지켜본다는 사실이 더 참기 힘들었다.

"세균을 혼내 주자."

"간타는 땀이 많아서 냄새나."

구경하는 아이들 목소리가 셋을 더 부추겼다. 히로아키는 더 거칠게 발차기를 날렸다.

"자, 빨리 정답 말해. 냄새난다고."

잔뜩 움츠러든 간타는 고개를 숙인 채 우물거렸다. 절대 다른 친구들 앞에서는 인정할 수 없었다.

"……냄새…… 안 납니다."

어깨와 옆구리를 동시에 얻어맞았다. 간타 스스로 더럽고 냄새난다고 인정하면 맞지 않을 수 있었다. 하지만 인정하지 않으면 언제까지나 계속 때릴 기세였다. 도망갈 곳이 없었다. 어떻게도 대답할 수 없는 질문이 질퍽한 진흙처럼 또 날아왔다.

"간타, 넌 냄새나잖아."

더는 대꾸하고 싶지 않았다. 그때 간타 마음을 붙잡고 버티던 안전벨트가 툭 끊어졌다. 몸속에서 뜨거운 무언가 끓어오르고 그 기운이 손발을 타고 급격하게 흘렀다.

"난…… 냄새…… 안 나."

간타의 온몸이 부들부들 떨렸다. 세 사람 틈에서 빠져나온 간타는 가장 뒷줄에 있는 의자를 집어 들었다. 간타는 입가에 거품을 물면서 의자를 휘둘렀다.

"냄새 안 나. ……냄새 안 나."

유치원 때 그랬던 것처럼 똑같은 말을 반복했다. 의자 다리 끝이 겐의 이마 옆을 쳤다. 순식간에 겐의 이마에 피가 맺히고 혹이 부풀어 올랐다. 이렇게 되자, 갑자기 난동을 부리는 간타를 아무도 말릴 수 없었다.

간타는 의자를 들고 빙글빙글 돌면서 놀란 얼굴을 한 아이들을 바라보았다. 아이들 얼굴이 회전목마처럼 돌았다. 아이들이 무슨 생각을 하는지 모르겠다. 그저 하면 안 되는 짓을 했다는 사실만 알겠다. 자신이 당했다고 해서 그 아이들과 똑같은 짓을 해서는 안 되는 것이다. 요지는 그러면 안 된다고 말할 것이다. 하지만 요지는 자신처럼 괴롭힘을 당하는 일이 없다. 어차피 우리 반에서 희망의 별이니까.

이윽고 간타는 아무도 없는 사물함을 향해 의자를 내던졌다. 누군가의 책가방이 떨어졌다. 아이들이 간타를 괴물 보듯 쳐다봤다. 더는 견딜 수 없는 그때, 간타 눈에 교실 뒤에 있는 커다란 청소 도구함이 들어왔다.

간타는 청소 도구함 문을 열고 어둠 속으로 들어갔다. 밖에서 문을 못 열게 안에서 꽉 붙잡았다. 눅눅한 걸레 냄새가 코를 찔렀다.

'냄새나는 건 내가 아니야. 바로 이런 거라고.'

간타는 속으로 소리쳤다. 상어 아가미처럼 뚫린 구멍으로 밖을 내다보았다. 교실은 어수선했다. 흥분한 아이들은 여기저기에서 간타를 불러 댔다.

"세균 덩어리, 나와라."

"숨긴 왜 숨냐."

누군가 청소 도구함을 걷어찼다. 안으로 엄청난 소리가 울려 귀가 아팠다. 간타는 있는 힘껏 문을 잡았다. 문이 열려서 또 아이들 놀림감이 될 수는 없었다. 간타는 좁고 더운 청소 도구함 안에서 땀을 줄줄 흘렸다. 정신을 잃을 것 같았고 평생 이대로 갇혀 지낼지도 모른다는 절망적인 생각이 들었다. 청소 도구함 안에서 급식을 먹고 수업을 듣고 그대로 잠든 모습이 머릿속에 소용돌이쳤다. 자신은 갇혀 있는데 하시모토 선생님과 반 아이들이 기쁜 표정을 짓고 있는 모습을 떠올리니 그만 눈물이 주르륵 흘렀다.

"뭐야 너희들!"

요지의 목소리였다. 구멍 속으로 시원한 바람이 불어오는 것 같았다. 어두운 청소 도구함 안에 태양이 떠올랐다. 요지만 곁에 있으면 아무리 힘들어도 버틸 수 있을 것 같았다. 작은 구멍으로 요지의 눈이 선명하게 보였다. 컴컴한 청소 도구함 안에 있는 간타와 밝은 교실에 있는 요지. 아무리 친해도 간타와 요지는 사는 세상이 달랐다. 요지가 천천히 입을 열었다.

"간타, 이제 괜찮아. 내가 왔으니까 괜찮아. 이제 괴롭히는 사람은 없으니까 나와도 돼."

요지의 눈은 진지했다. 누군가 중얼거리는 소리가 들렸다.

"쳇, 한창 재밌어지려고 했는데."

점심시간이 끝나고 다음 수업 시작을 알리는 종소리가 울렸다. 간타는 안에서 붙잡고 있던 문을 놓고 천천히 청소 도구함 밖으로 나갔다. 엄지손가락에는 피가 두 줄로 맺혀 있었다. 요지가 간타 어깨를 감쌌다. 아키히로와 유타로, 그리고 겐이 사나운 눈초리로 이쪽을 노려보았다. 겐의 이마 옆에 난 혹이 크게 부풀어 있었다.

"선생님 오신다!"

누군가의 말에 아이들은 자기 자리로 흩어졌다. 겐이 혹을 누르면서 슬며시 겁을 주었다.

"두고 봐."

간타는 무서워서 몸을 바르르 떨었다. '냄새가 난다고 말할 때까지 또 저 무서운 겐에게 맞아야 하나?' '교실은 생지옥'이라고 쓴 어느 중학생 심정을 알 것도 같았다. 밝은 햇살이 비치는 오후의 교실이 간타에게는 바로 지옥이었다.

"자, 간타, 우리도 자리로 가자. 얼굴 펴. 네가 괴로워하면 녀석들이 기뻐하잖아. 간타, 파이팅!"

고개를 숙이고 자리로 향했다. 의자에 앉는 것과 동시에 반장인 요지가 구령을 부쳤다.

"차렷, 경례."

"모두들 점심시간에 잘 놀았어요?"

하시모토 선생님은 기분 좋은 얼굴로 사회 수업을 시작했다.

"음, 그런 일이 있었구나."

히메나는 간타와 요지의 말에도 표정 하나 바뀌지 않았다. 세 사람은 미나미지마 3단지에 있는 놀이터 벤치에 앉아 있었다. 어른 둘이 앉기에 딱 알맞은 크기다. 발밑에는 책가방이 내팽개쳐져 있었다. 요지가 물었다.

"히메는 어떻게 이런 이야길 듣고 안 놀랠 수 있어?"

히메나도 요지처럼 누가 봐도 예쁘게 컸다. 다만 어른스러운 요지와 달리 어딘지 여린 느낌이 났다. 히메나는 옆 반인 5반이었다.

"오빠한테도 그런 일이 많았거든. 우리 엄마도 왕따 때문에 학교에 따지러 간 적이 한두 번이 아니야."

간타는 단짝인 요지와 히메나랑 있을 때 마음이 가장 편안했다. 그럴 때면 늘 천진난만하게 말한다.

"흐음, 그렇구나."

히메나는 커다란 눈으로 간타를 가만히 쳐다보았다.

"우리 셋은 모두 조심해야 해."

간타는 당장이라도 미끄럼틀로 뛰어가고 싶은지 벤치에 앉아서 발을 굴렀다. 요지가 물었다.

"왜?"

히메나는 꼿꼿한 자세로 정면을 바라보며 대답했다.

"눈에 띄니까."

"그런가? 간타는 이해되지만 나는 전혀 안 그런데."

요지의 말에 히메나는 천천히 고개를 저었다.

"학교만이 아니야. 분명 회사나 공장에서도 마찬가지일 거야. 눈에 띄면 위험해. 우리 오빠도 그렇고, 간타도 다른 사람들과 달라. 사람들과 다르면 눈에 띄어. 눈에 띄기만 해도 표적이 돼. 저 사람은 다르니까 괴롭히자고 생각하지."

괴롭힌다는 말에 간타가 얻어맞은 옆구리를 눌러 보았다. 불안해하는 눈빛으로 놀이터 안을 이리저리 두리번거렸다. 간타의 시선은 한순간도 가만히 있지 않았다. 간타는 억울하다는 듯이 말했다.

"근데 사람들은 내가 왜 자기들과 다르다고 생각하는데? 난 아무 냄새 안 나는데."

히메나는 곰곰이 생각에 잠겼다.

"학교에서는 모두 똑같은 급식을 먹고 똑같은 교과서로 공부를 해. 줄넘기 연습, 라디오 체조도 마찬가지고. 똑같이 움직여야 하는데 다른 사람이 있으면 안 된다고 생각하는 거 아닐까?"

요지가 뒷말을 이었다.

"어쩌면 모두 억지로 똑같은 척해야 하니까 아주 괴로운지도 몰라. 아키히로와 유타로, 겐은 다른 애들과 똑같은 걸 잘 못해. 그래서 자기네보다 더 눈에 띄는 간타를 괴롭히는 걸 거야. 그러면 자기들이 눈에 띄지 않을 테니까. 그래. 역시 히메 말이 맞아. 눈에 띄는 건 나쁜 거야."

히메나가 고개를 끄떡였다. 간타는 두 사람의 대화가 재미없었다.

"미끄럼틀 타러 가도 돼?"

"응."

히메나와 요지가 똑같이 대답했다. 간타는 아파트 단지 가운데에 있는 로켓 미끄럼틀로 쏜살같이 달려갔다. 그 뒷모습을 바라보며 요지가 말했다.

"간타는 좀 다르니까 눈에 띌 수 있다고 생각해. 발달장애잖아. 하지만 히메와 나는 왜 눈에 띄는데?"

히메나가 옆에 앉은 요지 얼굴을 가만히 쳐다보았다.

"귀여우니까."

요지도 히메나의 얼굴을 보았다. 눈 두 개, 눈썹도 두 개, 코 하나, 입 하나, 볼은 알맞게 포동포동 살이 올라 있다. 하지만 히메나는 다른 여자아이들과 달랐다. 히메나의 얼굴을 보고 있으면 가슴에서 무언가가 흔들리는 느낌이 든다. 요지는 아직 연애나 슬픔 같은 단어를 몰랐다. 히메나를 보면 가슴이 아파오는 듯한 느낌이 들어 이상할 뿐이다.

"유괴 당한 애들은 모두 귀여웠잖아."

바로 얼마 전 미나미지마 3단지가 있는 고토구에서 초등학교 1학년 남자아이가 학교를 마치고 집에 가는 길에 유괴되어 살해당했다. 범인은 금방 체포되었다. 최근 도쿄에서는 유괴 사건이 네 건이나 잇따라 발생하였다. 올해는 "유괴"로 떠들썩한 해이기도 했다.

"그래, 그런 거 같기도 해."

요지도 텔레비전 뉴스에서 유괴된 아이들 사진을 보았다. 모두 한결같이 귀여웠다. 요지는 눈살을 찌푸리며 말했다.

"그럼 다른 애들과 같아져야겠네. 절대 눈에 안 띄도록 다른 애들과 똑같이 움직여야지. 안 그러면 위험하겠구나. 근데 히메는 예쁘지만, 난 아주 평범한데."

히메나는 무덤덤한 목소리로 대꾸했다.

"요지는 아무것도 몰라. 우리 반에도 널 좋아하는 여자애들이 얼마나 많은데."

요지는 좋으면서도 난감했다. 여자아이들은 성가실 뿐이다. 도대체 무슨 생각을 하는지 모르겠다. 이런 여자애들을 좋다고 하는 남자들도 이해할 수 없었다.

"요지야, 역분사한다!"

간타가 머리를 밑으로 해서 미끄럼틀을 타고 내려왔다. 요지는 대답 대신 손을 흔들었다.

"우리야 아직 별 문제 없지만 간타가 큰일이야. 아무리 숨기려고 해도 다른 애들과 다른 게 눈에 띄니까. 간타는 앞으로 어려운 일이 많을 거야."

히메나의 목소리는 아주 차분해서 아이라기보다 마치 예언자 같았다. 요지는 꼼짝 않고 벤치에 앉아서 간타가 미끄럼틀을 오르락내리락하는 모습을 바라보았다. '간타가 사는 세상이 이 놀이터가 전부라면 좋을 텐데.' 그러면 자신이 어떻게든 간타를 지켜 줄 수 있을 것 같았다. 요지는 저녁 해를 등지고 길게 그림자를 드리운 로켓을 바라보고 있었다.

그 주 토요일 이른 아침이었다.

찰칵. 거칠게 문을 따는 소리가 들렸다. '엄마가 왔구나.' 간타네 집에서 자던 요지는 잠결에 생각했다. 요지네 엄마 레이코와 간타네 엄마 메구미는 서로의 집 열쇠를 가지고 있었다. 레이코가 밤에 일을 나가기 때문에 요지는 주로 간타네서 밥을 먹고 생활했다. 술에 취한 레이코가 현관에서 소리를 질렀다.

"큰일났어. 모두 일어나 봐."

레이코의 발소리가 가까워졌다. 요지는 이불 속에서 몸을 웅크리며 자명종 시계를 보았다. 아직 다섯 시밖에 안 됐다. 토요일 꼭두새벽부터 술 취한 엄마를 보고 싶지는 않았다.

"얼른 일어나 봐. 요지, 간타."

레이코는 이불을 홱 걷어 버렸다. 간타가 먼저 기운차게 인사했다.

"안녕하세요? 아줌마."

옆방에서 메구미가 허름한 잠옷 차림으로 나타났다. 요즘 몸이 안 좋은 탓에 안색이 종이처럼 창백했다.

"레이코, 어서 와요. 왜 그래요, 무슨 일 생겼어요?"

레이코는 좁은 부엌에 떡하니 버티고 서서 몹시 화를 내고 있었다. 물방울무늬 드레스에서 뻗은 팔에 약간 살이 오른 듯했다.

"아이 참, 모두 빨리 일어나라니까. 나 좀 따라와 봐. 정말 해도 너무한다니까."

요지와 간타는 운동화를 꺾어 신고 엘리베이터에 올라탔다. 오래된 엘리베이터는 아주 느릿느릿 내려갔다. 문이 열리자 레이코가 메구미의 손을 잡아끌었다.

"이쪽이에요, 이쪽."

엘리베이터 앞에 늘어선 180세대의 우편함을 지나 휠체어 경사로가 있는 3동 출입구에 도착했다. 밖으로 나간 레이코는 뒤를 돌아보며 말했다.

"저길 봐."

아파트 옆면 위쪽에는 트럭만한 크기로 3이라는 동 번호가 적혀 있었다. 그 아래 굵은 매직으로 뭔가 적혀 있었다. 마치 검은 벌레가 꿈틀거리는 듯한 글씨였다.

간타, 죽어라.

간타, 편하게 영원히 자라.   간타는 냄새나.

간타는 세균 덩어리.

간타, 잘가.   간타, 약 오르지.

간타가 죽어서 슬퍼.

간타, 좋은 추억 고마워.

간타, 어떻게든 좋으니까 이만 끝내.

출입구 옆 가장 눈에 띄는 곳에 여러 글씨체로 마구 적혀 있었다. 가혹한 내용과 달리 삐뚤빼뚤 유치해 보이는 아이 글씨다.

"대체 누가 이런 짓을."

메구미가 한숨을 쉬며 중얼거렸다. 요지는 6반 아이들 몇 명의 얼굴이 떠올랐지만 입을 다물었다. 메구미 아줌마는 건강이 좋지 않았다. '장애를 가진 아들이 지금 교실에서 왕따를 당하고 있다는 말을 들으면 얼마나 괴로우실까?' 요지는 엄마와도 같은 메구미 아줌마가 슬퍼하는 것을 원하지 않았다.

간타는 새파랗게 질린 얼굴로 하나하나 읽고 있었다. 요지는 간타의 기분을 생각하자 가슴이 아팠다. 꽉 깨문 간타 입술 가장자리에서 피 섞인 침 한 줄기가 흘러내렸다. 요지가 말했다.

"간타, 가자."

"어딜?"

간타가 절망스런 눈빛으로 요지에게 물었다.

"일단 집으로 가서 옷을 갈아입자. 아줌마는 다른 날처럼 아침을 준비해 주세요. 저와 간타는 다른 사람들 보기 전에 이 낙서를 지울게요. 간타, 가자. 양동이와 솔, 세제를 가지고 오자."

메구미가 얼굴을 감싸며 울음을 터뜨렸다. 레이코가 메구미의 어깨에 손을 얹고 속삭였다.

"요지 말대로 해요. 여기서 우는 건 이런 비겁한 짓을 한 녀석들이 원하는 거예요. 메구미, 가요. 아주 맛있는 아침밥 차려 줄래요? 나도 어젯밤부터 술만 마셨지 밥을 전혀 못 먹었거든요."

레이코가 요지에게 눈짓을 하더니 메구미의 어깨를 감싸 안고 3동으로 들어간다. 요지는 아직도 중얼중얼 낙서를 읽고 있는 간타 어깨를 흔들었다.

"간타, 지면 안 돼. 이런 짓을 하는 녀석들한테 절대 지면 안 돼. 우리도 가자. 다른 사람들이 일어나기 전에 전부 지우는 거야."

간타가 느릿하게 고개를 들었다. 눈물이 그렁그렁 맺혀 있었다.

"요지, 내가 무슨 나쁜 짓이라도 한 거야? 왜 반 애들은 모두 내가 죽는 게 낫다고 생각해? 이렇게 많은 애들이 그렇게 생각한다면 난 정말 죽는 게 낫지 않을까?"

요지는 멍한 표정의 간타를 꽉 끌어안았다.

"안 돼, 안 돼. 그런 생각 하지 마. 간타한테는 나, 메구미 아줌마, 히메도 있어. 간타가 죽으면 슬퍼할 사람이 얼마나 많은데."

간타는 낙서로 지저분해진 벽을 멍하게 바라보고 있었다.

"하지만 기뻐할 사람은 더 많은 거 같아."

요지는 간타의 손을 잡아끌고 3동으로 돌아갔다. 그리고 아침 식사 전까지 죽을힘을 다해 낙서를 지웠다. 강력한 세제를 뿌리고 솔로 빡빡 문질렀다. 그래도 지워지지 않은 부분은 거친 사포를 썼다. 겨우 다 지우고 집으로 돌아갔을 때에는 간타와 요지 모두 팔과 어깨가 퉁퉁 부어 있었다.

요지와 간타는 울면서 먹은 그날 아침밥을 결코 잊은 적이 없었다.

03

초등학교 5학년이 된 요지는 새로운 세계를 발견했다.

하얀색 종이와 검은 잉크로 이루어진 세계. 하지만 휴대용 게임의 액정이나 텔레비전 브라운관 못지않은 다양한 색들이 넘쳐나는 원색의 바다였다. 바로 책의 세계다. 펼쳐 봐야 무릎 위에 놓일 정도로 작은 크기였지만 그 안에서 펼쳐지는 상상의 세계는 한없이 넓고 끝이 없었다. 상상의 나래는 한없이 멀리 펼쳐졌다.

"괜찮아요오~, 괜찮아요오~."

놀이터 벤치에 앉아 책을 읽던 요지는 그제야 고개를 들었다. 간타가 텔레비전 개그를 흉내 내며 혼자 실실 웃고 있었다. 간타는 한번 멜로디나 개그에 꽂히면 30분이든, 한 시간이든 싫증도 안 내고 되풀이하는 별난 녀석이다. 간타는 요지가 쳐다보는 걸 알아차리고 개그를 멈췄다.

"요지, 어떻게 그렇게 글자만 가득한 책을 볼 수 있어? 안 지루해?"

요지는 책을 내려다보았다. 쥘 베른의 《15소년 표류기》로 가장 좋아하는 장르의 책이다.

"너야말로 어떻게 계속 똑같은 흉내를 낼 수 있어? 안 질려? 내 귀에 못이 박히는 것 같은데."

간타는 아저씨처럼 자세를 이상하게 취하며 말했다.

"어쩔 수 없어. 머릿속에서 똑같은 개그가 계속 빙글빙글 돈단 말이야."

요지는 간타의 버릇을 잘 알았다. 낮과 밤 할 것 없이 늘 같이 지내면서 형제처럼 자랐기 때문이다. 게임, 퀴즈, 노래 따위에 한번 꽂히면 놀라운 집중력을 보이는 간타는 체력이 버틸 때까지 계속 집중하곤 했다. 가끔은 요지가 말리지 않으면 쓰러질 때까지 열중하기도 했다.

5학년이 되어서도 간타는 좋아하는 분야에서만 남다른 재능을 보였다. 수학에서는 100점을 받지만 국어에서는 20점 정도밖에 받지 못했다. 선생님들은 간타를 좋아하는 것만 하는 제멋대로인 아이라고 여겼다.

하지만 요지만은 간타의 집중력이 마음먹는다고 되는 게 아니라는 사실을 알고 있었다. 간타 안에는 보이지 않는 열쇠 구멍이 있어 거기에 딱 들어맞는 것에만 능력을 보였다. 실제로 간타의 능력이 제대로 발휘될 때에는 아주 훌륭했다. 2학년 때 구구단을 배울 때에는 반에서 가장 먼저 외웠다. 두 번째로 빨랐던 요지도 문제를 세 번 푼 뒤에야 완전히 익혔는데, 간타는 두어 번 중얼중얼 되풀이하더니 구구단을 다 외워 버렸다. 마치 마법이라도 부린 것처럼 빨랐다. 2학년 첫 쪽지 시험에서 만점을 받은 것도 간타 혼자였다.

5학년이 되자 요지와 간타는 다른 반이 되었다. 요지는 2반, 간타는 3반이었다. 간타는 3이라는 숫자에 만족하고 기뻐했다. 요지와 자신처럼 3은 자신과 1 이외에는 친구가 없는 좋은 숫자라고 했다. 요지는 이렇게 대답했다.

"이제 같은 교실에서 지켜 줄 수 없어. 남들 눈에 띄지 않게 조심해. 그래도 무슨 일이 생기면 바로 나한테 뛰어와."

간타는 〈드래곤 퀘스트〉(일본의 게임 회사인 에닉스 사에서 발매한 가정용 롤플레잉 비디오 게임) 게임의 오프닝 테마를 흥얼거리는 것으로 대답을 대신했다. 요지에게는 비장한 느낌의 이 노래가 어렴풋하게 간타의 불안한 마음처럼 느껴졌다. 요지는 평범해 보이지만 마음 깊은 곳은 여느 아이들과 다른 간타를 형의 마음으로 바라보았다.

"레이코 아줌마~."

간타가 강아지처럼 뛰어나갔다. 30대 후반의 레이코는 손님에게 받은 선물을 함부로 다루곤 했다. 지금 입고 있는 수십만 엔이 넘는 샤넬 정장도 어디서 걸렸는지 팔꿈치 부분에 은색 올이 풀려 있었다.

"어머, 간타구나. 우리 요지랑 사이좋게 지내렴."

간타는 지구 방위대처럼 똑바로 서서 경례했다.

"네, 알겠습니다. 레이코 아줌마도 조심하시고 일 열심히 하세요."

공원 시계가 오후 다섯 시를 가리키고 있었다. 레이코는 곱게 화장한 모습과 달리 염색한 갈색 머리를 뒤로 질끈 묶고 있었다. 요지가 다가오자 레이코가 말했다.

"요지, 숙제 꼭 해. 넌 패배자가 되면 안 되니까."

못들은 척하는 요지 대신 간타가 대답했다.

"숙제는 아까 다 했어요. 요지는 아무 걱정 안 하셔도 돼요. 우리

학교 전교 회장이거든요. 5학년인데 회장이 된 건 처음 있는 일이래요."

요지는 어이가 없어서 아무 말도 하지 않았다. 줄곧 학급 임원을 억지로 떠맡아 온 요지는 주마다 한 번 모여서 하는 어린이회의에서 봄부터 회장을 맡게 되었다. 6학년에 마땅한 사람이 없기도 했지만 요지가 진행하면 회의 시간은 다른 때의 절반밖에 걸리지 않았다. 그래서 학급 임원들에게 평판도 아주 좋았다.

레이코는 요지 머리 위에 손을 얹더니 귀엽다는 듯 잘 빗은 머리를 마구 헝클어뜨리며 말했다.

"그래야 내 아들이지. 이대로 좋은 대학 가서 국회의원이라도 돼. 뇌물 잔뜩 받고 도쿄 시내 한복판에 호화 저택쯤은 지어야지."

레이코는 대기업 사장이나 국회의원들이 드나드는 긴자의 고급 클럽에서 일했다. 요지는 유치원 때 엄마가 술집에서 일한다며 놀림을 받은 뒤로는 엄마 직업이 싫었다.

"알았어." 요지는 퉁명스럽게 대답했다.

신오하시 거리로 앞장서서 걸어가던 간타가 언제나처럼 인도 가장자리에서 팔을 들어 택시를 잡았다. 택시가 멈추고 간타가 재빨리 문을 활짝 열었다.

"안녕히 다녀오세요, 레이코 아줌마."

"간타, 고마워."

큰길 너머 저녁노을 속으로 택시가 사라졌다. 간타는 황홀해 하며 말했다.

"레이코 아줌마는 정말 예뻐. 우리 엄마와 완전 달라."

요지는 언짢은 목소리로 말했다.

"쓸데없이 너네 엄마와 비교하지 마. 저녁 시간 다 됐어. 집에 가
자."

옆구리에 《15소년 표류기》를 끼고 요지는 커다란 아파트 단지 사
이를 성큼성큼 걸어가기 시작했다.

"괜찮아요오~, 괜찮아요오~."

간타는 빙글빙글 돌면서 요지 뒤를 따랐다. 여름날 저녁 햇빛을 받
아 유난히 길어진 두 개의 그림자가 바닥에 뻗어 있었다.

사흘 연속 저녁 식사로 카레가 나오자 간타는 노골적으로 싫은 내
색을 했다.

"엄마, 또 카레 남은 거야?"

저녁 준비에 모든 기운이 빠졌는지 이불 위에 누워 있던 메구미가
몸을 일으켰다.

"미안. 요즘 몸이 좀 힘들어서."

요지가 따끔하게 타일렀다.

"투덜대지 마. 첫날은 세 그릇이나 먹었으면서. 오늘은 새로 비엔
나소시지 볶음이 있잖아."

오믈렛, 양배추와 소고기 볶음, 비엔나소시지 볶음. 메인 요리는
같아도 된장국과 반찬은 반드시 새로 준비했다.

"하긴 그렇지."

간타가 빨간 비엔나소시지로 젓가락을 뻗었다. 요지가 재빨리 소
시지가 담긴 작은 접시를 끌어당겼다.

"싫으면 먹지 마. 내가 전부 먹을 테니까."

"요지, 알았으니까 그러지 마."

간타는 과장되게 두 손을 맞잡고 요지에게 빌었다.

"안 돼. 내가 아니라 엄마한테 고맙다고 해."

"뭐야. 요지는 우리 엄마 일이면 뭐든 금방 달라지네. 네네, 그러지요. 사과하면 되는 거지? 엄마, 매일매일 밥 해 줘서 고마워요."

간타 말투는 마치 유치원 아이가 인사하는 것 같았다. 침실에서 메구미가 조그맣게 웃는 소리가 들렸다. 불이 꺼진 침실은 마치 저녁놀이 물든 듯 보였다.

"늘 요지에게 미안해."

"전 괜찮아요. 근데 아줌마는 안 드세요?"

메구미는 베개를 베고 누웠다. 머리에 새치가 눈에 띄게 많아졌다. 레이코와 같은 나이인데 열 살은 더 나이 들어 보였다.

"만들면서 좀 집어 먹었거든. 요즘 밥맛이 별로 없어. 좀 자고 일어나서 치울 테니 그릇은 그대로 두렴."

말을 마치고 메구미는 돌아누웠다. 하지만 요지는 항상 설거지까지 말끔하게 해 놓았다. 비엔나소시지 접시를 제자리에 돌려놓자, 간타는 젓가락을 한 짝씩 양손에 들고 먹이라도 되는 양 순식간에 소시지를 찍어서 우적우적 두 개를 먹어치웠다.

"엄마가 항상 말씀하셨잖아. 반찬을 먹으면 밥, 다음에 다시 반찬. 차례대로 먹어야 한다고."

"네네, 알고 있습니다."

간타가 건성으로 대답하더니 라드(돼지 지방을 가공해서 만든 기름)가

떠 있는 작은 간장 종지를 따끈따끈한 하얀 쌀밥에 끼얹었다.

"이번에는 밥을 먹겠습니다."

주스라도 마시듯이 간타는 간장이 얼룩덜룩 스민 밥을 단숨에 입 안에 밀어 넣었다.

며칠 뒤, 언제나처럼 요지가 간타 집에서 저녁을 먹는데 전화벨이 울렸다. 간타가 밥공기를 든 채 전화를 받았다.

"여보세요."

잠깐 있다가 수화기를 요지에게 내밀었다.

"요지, 레이코 아줌마."

요지는 귀찮은 듯 전화를 받았다.

"일할 시간 아니야?"

엄마는 약간 취한 목소리였다.

"물론 일하는 중인데, 가게에 냉방이 너무 세서 춥잖아."

아파트에는 에어컨이 없었다. 지금도 창문을 활짝 열고 밤바람을 들이는 중이었다.

"밖이 이렇게 더운데 엄만 그게 할 소리야?"

"그래, 알았으니까, 엄마 옷장에서 기다란 분홍색 숄 좀 가져다줄래?"

"뭐? 나보고 그걸 가져오라고?"

수화기 너머로 남자와 여자들 웅성거리는 소리가 들렸다. 요지는 긴자 거리를 별로 좋아하지 않았다. 레이코가 화사하게 웃으며 말했다.

"여름은 너무 춥고, 겨울은 너무 더운 데가 흥청거리는 긴자 거리야. 그럼 8시에 소니 플라자 앞에서 보자. 돈 있지? 택시 타고 오렴. 다시 말하는데, 투명한 분홍색 숄이야. 그거라야 오늘 밤 드레스와 어울리거든."

요지가 대답도 하기 전에 레이코는 전화를 끊었다. 간타가 요지 얼굴을 들여다보며 물었다.

"아줌마가 뭐래?"

요지는 퉁명스럽게 대답했다.

"8시까지 옷 가지고 긴자로 오래."

간타는 식탁 의자 위에서 폴짝 뛰었다.

"엇, 그럼 갈 때 올 때 모두 택시 타겠네. 나도 같이 가도 돼?"

간타네는 가난해서 택시를 거의 타지 않았다. 아파트 단지에서 시내까지 자동차를 타는 것은 커다란 이벤트였다. 더구나 밤에 아이들 둘이 긴자까지 나가는 것은 절대 흔한 일이 아니었다. 요지가 고개를 끄떡이자, 간타는 기뻐서 소리를 질렀다. 슈퍼에 일을 하러 나간 메구미는 저녁 시간대라서 8시가 넘어 돌아올 것이다. 요지는 신 나하는 간타에게 말했다.

"메구미 아줌마에게 쪽지 써 놓고 가야 돼, 알지?"

"네네, 염려 마세요오~."

택시가 밤거리를 신 나게 달렸다. 요지의 무릎 위에는 안개 같은 오건디의 분홍색 숄이 든 작은 쇼핑백이 가지런히 놓여 있었다. 어릴 때부터 요지는 이럴 때 봉투에 옷을 넣어서 가져가는 센스가 있었다.

'이런 얇은 숄을 두른다고 따뜻하기나 할까?'

간타는 뒷좌석 창문에 이마를 딱 붙이고 입을 벌린 채 밤거리를 구경하고 있었다.

"악보 같지 않아?"

갑작스러운 간타의 말이 요지는 이해되지 않아서 되물었다.

"뭐가?"

요지는 기분이 좋지 않았지만 간타에게는 전혀 상관없는 일이었다. 간타는 초등학교 5학년이 되어도 여전히 남의 감정이나 분위기를 파악하지 못했다. 눈이 허공을 떠돌며 대답했다.

"길 저쪽까지 뻗어 있는 가로등 불빛이 꼭 올챙이처럼 보여. 기분 좋은 음악 소리가 들리는 거 같아."

"또 간타 병이 도졌네."

간타는 반복되는 이미지와 멜로디에 약했다. 리드미컬하게 반복되면 곧바로 그 소리에 빠져들었다. 이번에도 간타는 쏜살같이 흘러가는 창백한 가로등 불빛에 마음을 빼앗겼다.

"부러워. 레이코 아줌마는 예쁘고, 클럽에서 일하고, 돈도 많고, 항상 택시를 타잖아. 우리 엄마는 슈퍼에서 열심히 일하는데 돈은 없고, 택시도 못 타고, 꾸미지도 않아."

요지는 점점 짜증이 났다.

"시끄러. 밤마다 술이나 취하는데 그런 일이 좋긴 뭐가 좋아. 이제 그만 입 다물고 바깥 구경이나 해."

대낮처럼 밝은 긴자의 교차로에 택시가 멈췄다. 요지는 영수증을 챙긴 다음 차에서 내렸다. 먼저 내린 간타는 넓은 인도 한가운데에 서서 높은 건물들을 올려다보았다. 도시바, 소니, 후지야, 한큐 등 수많은 네온사인 간판이 밤하늘을 압도하며 깜빡거렸다. 길 가는 사람들은 모두 비싸 보이는 정장에 가죽구두를 신고 있었다. 남자는 더블 정장, 여자는 몸에 딱 붙는 옷이나, 미니스커트 차림이 많았다. 간타가 탄성을 질렀다.

"와아, 굉장해. 긴자 거리는 도쿄 디즈니랜드의 퍼레이드 같아."

요지도 좋아하지는 않지만 화려한 이 거리에 감탄하지 않을 수 없었다. 젊은 사람들이 한껏 멋을 부린 채 거품 경제가 한창인 여름밤을 즐기고 있었다. 남자 여자 할 것 없이 모두 무대에 올라가 자세를 가다듬고 스포트라이트를 받는 배우 같았다.

"요지야, 여기야, 여기! 간타도 같이 왔구나. 장하네."

술에 취한 레이코의 목소리가 들렸다. 그 소리에 길 가는 사람들이 요지를 돌아보았다. 얼굴이 빨개진 요지는 둘레 시선은 무시한 채 봉투를 든 오른팔을 내밀었다.

"어머머, 부끄러워하긴."

레이코는 긴자의 밤거리에서 폼을 잡고 서 있었다. 어깨가 그대로 드러난 산뜻한 분홍색 롱드레스를 입고 있었다. 레이코는 키가 크고 눈코입이 또렷해서 외국 영화배우 같았다. 간타가 말했다.

"레이코 아줌마, 예뻐요."

"그래, 고마워."

요지는 말없이 다시 봉투를 떠넘겼다.

"요지는 정말 무뚝뚝하다니까. 잠깐 이리 와 봐."

레이코는 요지 손목을 잡아끌고 좁은 골목길로 들어갔다. 긴자 거리는 골목 구석까지 네온사인으로 가득 차 있었다. 뒤좇아 간 간타는 탄성을 질렀다.

"와, 또 야간 퍼레이드다."

레이코는 요지를 가로등 밑에서 기다리고 있는 남자에게 데리고 갔다.

"자, 인사드려. 시노하라 씨야. 엄마 손님인데 아주 좋은 분이셔. 긴자에 이렇게 좋은 사람은 좀처럼 없다니까."

입고 있는 줄무늬 더블 정장은 빛이 날 정도로 광택이 났다. 40대 중반으로 보였는데 이마가 아주 넓고 올백 머리다. 요지에게 어른들은 모두 똑같아 보여서 아무 느낌도 없었다. 그저 갑작스레 가게 손님을 소개받으니 기분이 좋지 않을 뿐이었다. 남자는 실눈으로 가만히 요지를 내려다보며 말했다.

"레이코를 닮아서 아주 잘생겼구나. 여자깨나 울리겠어."

그 남자는 뒷주머니에서 검은 악어가죽 장지갑을 꺼내더니, 만 엔짜리 지폐를 꺼내 요지에게 내밀었다.

"자, 돌아가는 길에 택시비 해라."

머뭇거리는데 레이코가 말했다.

"받아 둬. 시노하라 씨한테는 휴지 조각 같은 거니까."

요지는 빳빳한 신권을 마지못해 손끝으로 받았다. 남자는 요지 뒤에 있던 간타도 알아차린 모양이었다.

"오호, 네가 말로만 듣던 그 의형제구나. 넌 좀 재미있는 녀석이라던데."

또 만 엔짜리 지폐를 꺼냈다. 간타가 거의 달려들다시피 받자 남자는 소리를 내며 웃었다.

"이 녀석은 솔직한 친구군."

간타는 힘차게 인사를 꾸벅 했다.

"심부름 값, 감사합니다. 전 도이 간타입니다. 요지의 옆집에 살고 항상 요지가 지켜 주는 친구입니다."

레이코가 남자 팔을 잡으며 말했다.

"자, 이제 가게로 돌아가요. 요지, 조심해서 가거라."

레이코는 남자에게 안기듯 기대며 긴자의 뒷골목으로 사라졌다. 간타가 그 모습을 넋을 잃고 바라보며 말했다.

"멋있는 남자와 아름다운 여자. 아주 이상적인 커플이야."

요지는 곧장 큰길로 발길을 돌리며 내뱉었다.

"이상적인 커플, 좋아하네. 저런 주정뱅이."

간타가 주머니에 두 손을 찔러 넣고 앞장서는 요지를 종종걸음으로 뒤좇았다. 하지만 몇 걸음 못 가 밝은 네온사인 밑에서 우뚝 걸음을 멈추었다.

"요지야, 우리 엄마한테는 비밀로 하고 둘이 라멘 먹고 가자. 이 가게, 고급스러운 것이 엄청 맛있을 거 같아."

요지가 돌아보자 간타는 붉은 차사오(돼지고기를 술, 향신료를 탄 간장 국물에 담가 구운 중화요리)가 걸린 창문을 뚫어지게 바라보고 있다. 손에 쥔 만 엔짜리 지폐를 내려다보았다. 이런 돈은 빨리 써 버려야 홀가분하다.

"그래, 들어가자."

요지는 금색으로 가장자리가 장식된 중화 레스토랑의 자동문을 통과해 빨간 카펫에 발을 디뎠다.

"들어가도 괜찮을까?"

간타는 쭈뼛거리며 따라갔다. 원탁에 자리를 잡은 요지는 태연한 얼굴이었지만, 메뉴판을 펼쳐보고 엄청나게 많은 면 종류에 깜짝 놀랐다. 쇼유라멘(육수를 간장으로 맛을 낸 일본 라면)과 미소라멘(일본식 된장인 미소로 맛을 낸 라면)만 있는 평범한 가게가 아니었다.

긴자 거리는 눈이 휘둥그레질 정도로 놀라운 곳이었다.

택시가 미나미지마 3단지 아파트에 도착할 즈음에는 벌써 9시 반이 지나 있었다. 둘은 저녁을 먹었는데도 라멘 한 그릇씩 뚝딱 먹어 치울 만큼 한창 자라는 아이들이었다. 간타는 느긋하게 말했다.

"채 썬 닭고기 면, 맛있었어. 그런 라멘, 긴자에 가야 먹을 수 있겠지?"

요지는 라멘보다 시간이 신경 쓰였다. 다른 때 같으면 목욕을 마치고 잠자리에 들 시간이었다.

"메구미 아줌마, 걱정하시지 않을까?"

간타는 또 가로등이 만든 빛의 리듬에 마음이 뺏겨 있었다.

"택시는 짱이야. 계속 달리고 또 정말 시원해. 이대로 내일 아침까지 타고 싶어."

"바보. 학교는 어쩌고?"

아파트 단지 앞에 택시가 멈췄다. 요금은 요지가 냈다. 간타가 받은 만 엔은 엄마에게 드리라고 했다. 돈에 아무런 욕심이 없는 간타도 엄마에게 주려고 했다고 순순히 말했다.

아파트 단지는 깜깜했다. 로켓 미끄럼틀이 있는 놀이터도 쥐 죽은 듯 조용했다. 둘은 인적 없는 아파트 단지 안을 서둘러 걸었다. 자신들이 사는 3동 엘리베이터에 올라타자 방금 버려진 듯한 담배꽁초에서 매캐한 탄내가 났다.

"긴자에서는 좋은 냄새가 났는데. 요지, 언젠가 우리가 커서 돈 많이 벌면 긴자에서 같이 안 살래? 레이코 아줌마와 우리 엄마, 아 참, 히메도 같이."

같은 단지에 사는 히메나는 조금 어두운 분위기의 아름다운 소녀로 성장해 있었다. 키는 요지보다 약간 컸고 간타와 같은 3반이었다. 요지는 긴자에서 살고 싶은 마음은 전혀 없었지만 적당히 분위기에 맞춰 대답했다.

"그래. 긴자의 고급 맨션에 모두 같이 살자."

아파트 복도를 걸어가는데 여름인데도 밤바람이 시원하게 느껴졌다. 10층에 흐르는 공기는 지상보다 싸늘했다. 간타가 현관문을 열자마자 소리쳤다.

"다녀왔습니다, 엄마. 긴자 다녀왔는데, 라멘 맛있었어. 모르는 아저씨가 만 엔도 줬어."

캄캄한 방 안에서는 아무 대답이 없었다. 간타는 당황했다.

"엄마, 왜 그래? 아직 안 왔어?"

운동화를 벗으려고 내려다본 요지 발밑에 웬 종이가 떨어져 있었다.

간타, 요지에게

엄마가 슈퍼 창고에서 쓰러지셨단다. 열이 심해 구급차로 보쿠토 병원으로 모셨어.

병원에 건강보험증을 가지고 가 보렴.

1014호 세키야 데루요.

주워 보니 근처 세탁소에서 돌리는 전단지 뒷면에 검정 매직 글씨로 굵직하게 날려 써 있었다. 세키야 씨는 슈퍼에서 메구미와 함께 일하는 동료다.

"간타, 큰일 났어. 빨리 병원에 가자. 건강보험증 가져와."

간타는 무더운 여름밤인데도 현관에서 부들부들 떨고 있었다.

"어디 있는지 몰라."

"아이 참, 잠깐 기다려."

요지는 신발도 벗지 않고 뛰어 들어가 식기장 서랍에서 건강보험증을 꺼내왔다. 어쩔 줄 몰라 하는 간타 옆을 지나치면서 말했다.

"넌 현관문을 잠가. 난 엘리베이터를 누를 테니까."

요지는 규칙적으로 형광등이 깜빡이는 텅 빈 복도를 바람처럼 달려갔다.

밤의 병원은 조용하고 어두웠다. 유리문으로 안이 훤히 들여다보이는 로비, 가지런한 벤치, 텅 빈 수납처, 어디에도 사람들의 모습은 보이지 않았다. 빨간 글자로 응급실이라고 써진 새하얀 네온사인만이 밝게 빛날 뿐이었다. 형광등이 들어 있는지 등대처럼 머리 위에서 반짝인다.

"이쪽이야."

요지가 서둘러 걸어갔다. 울상을 한 간타가 뒤쫓았다. 대기실에는 간호사가 두 명 있었다. 간타가 다짜고짜 소리쳤다.

"우리 엄마, 어디 있어요?"

요지가 새로 물어본다.

"오늘 밤에 실려 온 도이 메구미 환자는 어디 있나요?"

"많이 놀랐지? 따라오렴."

중년의 간호사가 어두운 복도를 앞장서 걸어갔다. 복도에는 소독약 같은 병원 특유의 냄새가 가득 차 있다. 그날 밤 뒤로 요지는 늘 병원 특유의 이 냄새를 떠올리곤 했다. 커다란 응급실은 커튼으로 칸이 나뉘어 있었다. 어디선가 젊은 남자의 신음소리가 끊이지 않았다. 간타가 무서워서 요지의 손을 꽉 잡았다. 간호사는 목소리를 낮춰 말했다.

"오토바이를 타고 과속하다가 굴렀대. 쯧쯧."

가려 놓은 흰색 커튼을 휙 걷었다.

"메구미 님, 아드님 왔어요."

간타가 침대로 뛰어들었다. 열이 심한 메구미는 힘겹게 고개를 돌리더니 겨우 머리를 들었다. 시트 위에 놓인 왼손에는 링거주사가 꽂혀 있었다. 투명한 관 안으로 작은 공기 방울이 드문드문 보였다.

"엄마, 괜찮아? 내가 라멘 먹고 싶다고 해서 늦었어. 미안해."

간타는 와락 울음을 터뜨리며 침대에 몸을 던졌다. 메구미가 오른손으로 간타의 삐친 머리카락을 쓰다듬었다.

"걱정 마. 엄마, 금방 퇴원해서 다시 밥해 줄게. 미안하지만 내일 아침은 그냥 냄비에 남은 거랑 날계란에 밥 비벼 먹어야겠다."

간타는 울음을 그치지 않았다. 메구미는 요지를 보며 말했다.

"요지, 미안하지만 간타를 부탁할게. 이 애는 여러 가지 손이 많이 가는 애라서."

요지는 침대에서 한 걸음 물러나 있었다. 더 이상 엄마와 아들 사이를 방해해서는 안 된다고 생각했기 때문이다. 고개를 끄떡이며 또렷하게 대답했다.

"네. 제가 잘 보살필게요. 아줌마는 아무 걱정 마시고 얼른 나으세요. 전 간호사 선생님께 건강보험증 드리고 올게요."

요지는 메구미 아줌마가 누워 있는 침대에서 떨어져 살며시 커튼을 닫았다. 늦은 밤인데도 병원에서는 여러 가지 소리가 들렸다. 아까부터 계속되던 젊은 남자의 신음소리에 지금은 간타의 울음소리가 더해졌다. 갑자기 요지는 이 세상에 혼자 놓인 기분이 들었다. 어두운 복도에서 간호사 대기실로 향하는 발걸음이 자꾸 빨라졌다.

걱정대로 메구미 아줌마는 금방 퇴원하지 못했다.

며칠 뒤, 의사가 아줌마의 상태를 설명해 주었다. 요지는 혈액에 병이 생겼다는 의사의 말이 잘 이해되지 않았다. 빨간 피라고 해서 다 같은 게 아니라는 것도 이상했고, 그런 게 병에 걸린다는 말도 의아했다. 간타는 엄마가 병에 걸렸다는 사실을 전혀 받아들이지 못했다. 날마다 내일은 퇴원해서 다시 같이 살 거라며 고집을 부렸다.

며칠이면 될 줄 알았던 메구미의 입원 기간은 점점 늘어났다. 어느

새 여름이 끝나고 가을을 지나 병실에서 내려다보이는 푸르렀던 느티나무 가지는 앙상해졌다. 그동안 요지는 메구미 아줌마가 부탁한 대로 한결같이 간타를 돌봤다.

요지는 정리 정돈을 못하는 간타를 대신해 청소를 하고 음식도 만들었다. 다만 빨래만큼은 간타 몫이었다. 간타는 세탁기 안에서 소용돌이치며 돌아가는 옷을 들여다보는 걸 좋아했다. 세탁 상태일 때에도 행굼 상태일 때에도 세탁기 앞에서 떨어지지 않는다. 가끔은 깨끗한 티셔츠나 속옷을 다시 세탁하기도 했다.

요지와 간타는 병원으로 하루걸러 문병을 갔다. 아파트 단지에서 병원까지는 자전거로 30분 정도 걸렸다. 비가 오면 비옷을 입고 다녔다. 둘은 침대 옆에 놓인 의자에 앉아서 긴 면회 시간을 보냈다. 메구미가 깨어 있으면 간타는 학교생활을 재미있게 이야기했다. 요지는 말없이 그 이야기를 한쪽 귀로 흘려들으면서 책을 읽었다. 아주 조용하고 차분한 시간이었다. 나중에 요지는 동물원 원숭이 우리 같던 초등학교 교실보다 병실을 더 그리워하며 떠올리곤 했다.

메구미의 병세는 조금씩 더 나빠졌다. 독한 약 때문에 피부색이 시커멓게 변하고 머리가 모두 빠져 버렸지만 피를 만드는 뼛속에 숨어 있는 병까지 어쩌지는 못했다. '한 사람의 생명은 이렇게 점점 줄어드는 걸까?' 요지는 입 밖으로 내지는 않았지만 메구미 아줌마가 야위는 모습을 보며 자꾸만 그런 생각이 들었다.

이윽고 겨울이 왔다. 메구미는 비닐 텐트가 쳐진 집중치료실로 옮겼다. 의사 선생님은 이제 메구미가 평범한 감기만 걸려도 아주 위험한 상태가 될 거라며 요지와 간타에게도 마스크와 모자를 쓰라고 했다.

집중치료실은 일인실이었다. 간타는 마음대로 걸어 다닐 수 있어서 그런지 즐거워 보였다. 손뼉을 치고 허리를 좌우로 흔들며 장난을 쳤다.

"괜찮아요오~, 괜찮아요오~."

요지는 그런 간타의 모습을 참을 수 없었다. 남의 마음을 읽지 못하는 간타는 메구미가 얼마나 아프고 병이 얼마나 심각한지, 눈치채지 못하는 것 같았다. 간타는 자신이 즐거우면 메구미가 아무리 힘들어 보여도 하고 싶은 대로 행동했다. 요지는 화가 나서 소리쳤다.

"이제 그만 좀 해."

메구미는 흐릿하게 웃으며 투명한 비닐 너머로 간타를 바라보고 있다. 이제 목소리를 내는 일도 힘들어졌다.

"괜찮으니까 내버려 둬. 간타, 엄마가 요지와 할 이야기가 있는데 잠깐 복도에 나가 있겠니?"

간타는 흰자위가 드러나게 치뜨면서 대답했다.

"알았어. 괜찮아요오~."

요지는 간타가 나가기를 기다렸다가 비닐 텐트 가까이 다가갔다. 산소를 내뿜는 소리가 피웅 피웅 들린다. 마스크 너머로 메구미가 우물우물 말했다.

"가슴이 많이 아프지만…… 요지, 난 이제 더 이상 싸울 수 없을 거 같아. 간타를 혼자 남겨 놓고 가는 건 아주 슬프지만 아무것도 해 줄 수 없구나. 그래서 말인데, 미안하지만 너한테 부탁할 게 있어. 그렇다고 새로운 부탁은 아니지만."

눈이 다정하게 웃고 있었다. 요지는 엄마인 레이코에게 없는 메구미 아줌마의 눈가 잔주름이 정말 좋았다.

"뭐든 말씀하세요. 다 들어 드릴게요."

그때는 병을 고치는 기적을 일으켜 달라고 해도 요지는 고개를 끄떡였을 것이다. 자신의 목숨과 바꿔도 상관없었다.

"고마워. 요지, 어엿하게 다 컸구나. 현명하고 착하고 용기도 있어. 그리고 간타처럼 늘 뒤에서 좇아다녀야 하는 아이 마음도 다 이해해. 너 같은 아들이 나한테 한 명 더 있었다면."

꾹 참고 있던 눈물이 서서히 밀려 나왔다. 울면 안 된다는 생각에 눈에 잔뜩 힘을 주었더니 노려보는 것처럼 되었다.

"사실 저도 우리 엄마보다 아줌마 같은 엄마가 더 좋았어요."

메구미는 하얀 베개 위에서 힘없이 고개를 저었다.

"난 아니야. 자식을 남기고 이런 병에 걸리는 건 엄마 자격이 없는 거지. 요지, 부탁할 사람이 너밖에 없어서 그러는데 해도 될까?"

요지는 눈에 잔뜩 힘주고 눈물이 흐르지 않게 한 다음 힘차게 고개를 끄떡였다.

"네, 말씀하세요."

"그 애를, 간타를 잘 부탁한다. 항상 곁에 두고 도와줘. 네가 뭔가 큰일을 하게 되면 그 애를 써 줬으면 해. 간타는 솔직하고 좋은 애지만 요즘 같은 세상에서는 살기 쉽지 않을 거야. 하지만 요지, 너라면 그 애를 지켜 줄 방패막이도 될 수 있고, 그 애의 좋은 점을 끌어내는 형도 될 수 있어."

메구미는 침대 위에서 천천히 몸을 일으켰다. 자세를 바로 잡고 요지를 보며 두 손을 맞잡았다. 요지는 누군가에게 이처럼 진지하게 부탁 받은 적이 없었다. 의자 위에서 등줄기를 쭉 폈다.

"요지, 우리 간타를 부탁해. 이 혹독한 세상에서 지켜 줘. 부탁이야. 진심으로 부탁할게."

메구미가 한 말이 멀리서 울리는 종소리처럼 사라졌다. 바로 대답해야 했지만 요지는 두려웠다. '아직 열한 살인데 정말 그럴 수 있을까? 자신의 일로도 벅찬데 간타까지 돌볼 수 있을까?' 더구나 메구미가 하나뿐인 목숨을 걸고 한 부탁이다. 요지는 너무 긴장한 나머지 온몸이 딱딱하게 굳어 있었다. 병실 밖에서 매서운 바람소리가 들린다. 자신도 모르게 대답이 튀어나왔다.

"네. 제가 간타를 지킬게요. 그 녀석이 죽을 때까지 온힘을 다해 지킬게요."

그 말을 한 순간, 요지는 무슨 일이 있어도 그 말을 지킬 거라는 사실을 분명하게 알았다. 평생 이 약속에 얽매이더라도 후회는 없었다. 메구미는 침대에 똑바로 앉은 채 요지에게 고개를 깊이 숙였다. 얼굴을 들자 뺨은 눈물로 얼룩져 있었다.

"고마워. 이제 마음이 놓여. 난 이제 아무 걱정이 없어."

"하지만 아줌마, 왜 저한테 부탁을 하세요?"

메구미는 희미하게 웃었다.

"사람한테 나이가 무슨 상관이 있을까? 어른이라도 그저 그런 사람이 있고, 아이라도 놀랄 만큼 믿음직한 사람이 있어. 너는 내가 아는 사람 중에서 가장 똑바른 사람이라서 부탁한 거란다. 내 눈은 틀리지 않을 거야. 곧 저세상으로 가는 사람은 잘못 보지 않는다고 하잖아."

요지는 깜짝 놀랐다. 메구미는 자신의 목숨이 얼마 남지 않았다는 사실을 알고 있는 것이다.

"미안한데 이번에는 간타를 불러 주겠니? 그 애한테도 할 말이 있는데."

"네, 그럴게요."

의자에서 일어나 집중치료실 문으로 갔다. 손잡이를 잡았는데 문이 저절로 열렸다. 향수 냄새가 먼저 코를 찔렀다.

"메구미 씨, 상태는 좀 어때요?"

긴 모피코트를 입은 레이코가 고급스런 멜론 상자를 들고 서 있었다. 겉치레를 좋아하는 레이코다운 문병이다. 요지는 엄마 손을 잡아 끌고 복도로 나갔다.

"잠깐 나가 엄마. 아줌마가 간타한테 중요한 할 말이 있으시대."

간타는 복도 창가에 서서 겨울 저녁놀을 바라보고 있었다.

"간타야, 너네 엄마가 부르셔. 하실 말씀이 있대. 우리는 병원 휴게실에 가 있을게."

간타는 손뼉을 치고 허리를 이리저리 흔들며 다가왔다.

"네네, 괜찮아요오~, 괜찮아요오~."

레이코가 웃으며 간타에게 말했다.

"이런, 간타, 재미있구나. 맛있는 멜론 사 왔으니까 이따가 같이 먹자."

요지는 간타가 장난치는 모습에 눈물이 맺혔다. 간타가 집중치료실 안으로 사라지기를 기다렸다가 복도를 따라 걸었다. 메구미 아줌마의 부탁이 머리에서 떠나지 않았다. 자신이 누군가와 그처럼 무거운 약속을 했다는 사실이 믿기지 않았다. 더구나 자신은 목숨이 다할 때까지 온 힘을 다해 그 약속을 지키겠다고 다짐까지 했다.

"요지, 왜 이렇게 조용하니? 말 좀 하지."

요지는 아무 대답도 하지 않았다. 그리고 몇 개월 뒤, 메구미 아줌마는 폐렴으로 조용히 숨을 거뒀다.

04

"뼈는 완전 새하얗구나."

간타는 기다란 젓가락으로 집은 엄마의 뼈를 요지에게 내밀었다. 어느 부분인지 모르는 가늘고 뾰족한 뼈 조각은 그냥 봐선 작은 동물 뼈 같았다. 요지는 그 뼈를 젓가락 끝으로 받아서 반짝이는 하얀 유골함으로 옮겼다.

"이 뼈 안에 엄마를 괴롭힌 병이 들어 있었다니, 신기해."

높은 창문을 통해 봄 햇살이 화장장 안으로 쏟아져 들어왔다. 가마 뚜껑이 열려 있고, 요지와 레이코, 간타, 메구미의 친척 몇 사람이 보였다. 모두 짓눌린 듯 슬픈 공기에 쌓여 있는데 간타만 달랐다.

"엄마는 돌아가셨지만 뼛속의 병도 같이 죽어서 고소해."

평소의 간타가 아니었다. 요지는 하얀 뼈가 흐트러진 받침대 위에 젓가락을 내려놓으며 말했다.

"간타, 이제 그만 조용히 해."

초등학교 5학년, 엄마를 갓 잃은 간타는 얼굴색 하나 바뀌지 않은 채 말했다.

"괜찮아요오~."

화장장 직원은 희미하게 눈살을 찌푸렸다. 이런 상황에서 개그를 하다니, 철이 없다고 생각했을 터였다. 하얀 장갑을 낀 화장장 직원은 재빨리 메구미의 뼈를 유골함 안으로 옮기기 시작했다. 하얀 유골함은 높이가 20센티미터 정도 되었다. 이처럼 작은 단지에 한 사람의 뼈가 모두 들어가다니, 놀라울 뿐이다.

모두 말없이 지켜보고 있는데 간타만 유난히 불안한 모습으로 살짝 발을 구르고 있었다. 어느새 유골함은 뼈로 가득 찼다. 마지막으로 작은 접시 같은 얇은 조각이 남았다.

"가족 분, 하시죠."

간타가 다시 젓가락을 들었다. 엄마의 두개골을 집어서 입구까지 가득 찬 유골함 위에 살짝 올렸다. 화장장 직원은 그 위치가 마음에 안 든 모양인지 뚜껑이 제대로 덮이게 바로 놓더니, 젓가락으로 두개골을 가볍게 눌렀다.

툭.

작은 가지가 부러지는 듯한 소리가 울렸다. 간타가 깜짝 놀라 뛰어올랐다. 담당자는 간타를 무시하고 말했다.

"잠시 저쪽 방에서 기다려 주세요."

어른들이 줄줄이 대합실로 자리를 옮기고, 아이들이 그 뒤를 쫓아갔다.

"괜찮아요오~, 괜찮아요오~."

간타가 조그맣게 중얼거렸다. 요지는 보푸라기가 생긴 간타의 검은 스웨터 소매를 잡아당겼다. 간타는 검정이나 감색 재킷이 없었다. 레이코가 긴자의 백화점에서 사 준 검은 정장 차림의 요지와 달리 장례식 내내 목이 축 늘어진 스웨터 한 벌로 버텼다.

"간타, 그 개그 이제 그만해. 화장장 아저씨도 이상한 얼굴로 쳐다보잖아. 너네 친척들도 기분 나빠 하셨어."

대합실에는 회색 소파가 놓여 있었다. 메구미 친척들이 레이코와 함께 진지한 얼굴로 입가를 가리며 소곤거리고 있었다. 그러다 힐끔 이쪽을 쳐다본다. 어른들은 아이들이 안 들었으면 하는 이야기를 할 때에 이런 분위기를 만든다.

"요지, 오줌 마려. 같이 가자."

간타는 대답도 기다리지 않고 무표정하게 걸어갔다. 요지가 뒤좇았다. 화장장 복도에서 같은 아파트 단지에 사는 아줌마가 말을 걸었다.

"간타, 네 엄마는 아주 좋은 분이셨어. 안타깝긴 해도, 이제 힘들어하지 않으셔도 되겠구나. 천국에서 널 지켜보실 거야."

요지는 가슴이 철렁했다. 간타는 상대방의 감정이나 분위기를 전혀 파악하지 못한다. 그래서 아무렇지 않게 대꾸했다.

"괜찮아요오~."

싸구려 상복을 입은 아줌마가 엄한 눈으로 간타를 노려보며 말했다.

"이럴 때 계속 장난만 쳐서는 안 되는 거야. 너, 알고 있긴 한 거니?"

간타는 아무 대답도 하지 않고 로봇처럼 딱딱한 걸음걸이로 걸어갔다. 복도 안쪽에 있는 남자 화장실에 들어가자마자, 곧장 빈칸으로 향했다. 화장실 문을 보며 요지가 말했다.

"간타, 소변이 아니라 큰 거였어?"

거칠게 내쉬는 숨소리가 금방 흐느끼는 소리로 바뀌었다.

"싫었단 말이야. 정말 싫었어. 모르는 사람들 앞에서 우는 거. 우리 엄마를 아는 건 나밖에 없는데. 누군가 한마디라도 따뜻한 말을 하면 분명 울 거 같았다고. 그래서……."

요지 눈에 눈물이 맺혔다. 하지만 자신이 슬퍼하는 걸 간타가 알아서는 안 된다. 눈에 힘을 주고 절대 목소리가 흔들리지 않게 했다.

"그래서 아까부터 괜찮아요오~, 괜찮아요오~, 했던 거야?"

닫힌 화장실 칸에서 간타가 울먹이는 소리가 들렸다.

"응."

요지는 가슴이 메었다. 눈물은 계속 흐르지만 목소리만은 평소 장난칠 때와 똑같이 냈다.

"간타, 너 짱인데~."

간타가 소리 높여 울기 시작했다. 화장장의 넓은 화장실에서 간타의 울음소리가 울린다.

"요지야, 거기 있어?"

"응."

"엄마 때문에 우는 건 오늘이 마지막이야. 조금만 기다려 줘. 쉬라도 하고 있어."

"알았어."

간타가 울고 있었다. 요지는 입을 꽉 다물고 울음소리가 새지 않게끔 했다. 유골함처럼 하얗고 깨끗한 소변기로 가서 아무렇지 않은 듯 바지 지퍼를 내렸다.

'사람들은 정말 괴상해.'

울면서 소변을 보던 요지는 생각했다. 소변기 안에 괴는 오줌 위로 눈물방울이 떨어져 섞인다. 요지는 말로 표현할 수 없지만 무언가 소중한 사실을 깨달은 것 같았다.

간타는 화장실에 틀어박혀 5분 정도 울었다. 밖으로 나와 요지도 자신과 똑같이 울고 있었다는 사실을 알고 웃었다. 둘은 눈물로 얼룩진 얼굴을 마주보며 살짝 웃었다. 그리고 세면대에서 차가운 물로 새빨개진 얼굴을 씻은 다음 화장장 대합실로 돌아갔다.

그날 밤, 간타는 요지네 집에서 잤다. 친척들이 간타네 집에 머물렀기 때문이다. 저녁 식사를 한 뒤, 요지는 혼자서 먼저 목욕을 했다. 마치 온종일 숲 속 공원이라도 뛰어다닌 듯 온몸이 몹시 피곤했다. 마음을 움직이면 몸도 똑같이 피곤해지는 걸까? 요지는 딱딱한 욕조 안에서 살이 붙기 시작한 팔다리를 힘껏 뻗었다.

목욕을 마치고 문을 열었더니 간타가 창백한 얼굴로 서 있었다.

"뭐야. 깜짝 놀랐잖아."

간타는 불쑥 중얼거렸다.

"……괜찮아요오~."

간타는 넋이 나간 얼굴로 검은 스웨터를 벗었다. 요지와 달리 살집이 있어서 배와 어깨도 아이답게 동그스름했다.

"이따가 같이 《드래곤 볼》 보자."

이미 수십 번은 읽었고, 매주 텔레비전 애니메이션으로도 빠짐없이 보고 있는 만화다. 여느 때라면 틀림없이 피콜로 대마왕 역할을 하고 싶다고 했을 터인데, 그때는 그저 말없이 고개를 끄덕일 뿐이었다.

요지는 티셔츠만 입고는 부엌으로 갔다. 검은 원피스를 벗은 레이코가 캐미솔 차림으로 소금 땅콩을 안주 삼아 맥주를 홀짝거리고 있었다. 이미 빈 캔이 두 개나 넘어져 있다.

"요지, 이리 와서 좀 앉아 봐."

요지는 술 취한 레이코가 싫었다. 밤늦게 들어와서도 레이코는 기분이 내키면 요지를 깨워 술 냄새를 풍기며 뽀뽀를 하곤 했다.

"왜?"

"글쎄, 앉아 보라니까."

취했지만 목소리는 진지한 것이 낯설고 이상했다. 요지는 의자 등받이에 목욕 수건을 걸쳐 놓고 레이코 맞은편에 앉았다. 비좁은 부엌 겸 식당이다. 요리를 하지 않기 때문에 레이코 뒤편으로는 쓸쓸해 보이는 늘 정리된 부엌이 보인다. 레이코는 차마 입이 안 떨어지는지 고개를 숙인 채 천천히 입을 열었다.

"간타 말인데, 새 학기부터는 지바에서 초등학교를 다닐 거야."

"뭐……?"

요지는 아무 말도 나오지 않았다. 온몸에 전기라도 통한 듯 놀랐다.

"간타 이모네 집에서 맡게 됐어. 간타 혼자 여기서 학교에 다닐 수는 없잖아."

요지는 간타가 앞으로 어떻게 지낼지 전혀 생각하지 않았다. 늘 그랬던 것처럼 계속 간타와 함께 크고 살 거라고 막연히 믿고 있었다. 그래서 아까 간타가 그렇게 새파랗게 질려 있던 것이다.

'내가 뭘 할 수 있을까? 내가 어른이라면…….'

요지는 애타는 마음으로 머리를 쥐어짰지만 열한 살 소년이 할 수 있는 일은 마땅히 떠오르지 않았다. 메구미 말이 분명 옳았다. 조금 뒤 간타가 목욕을 마치고 나왔다. 말도 없고 기운도 없었다. 이불을 나란히 펴고 함께 만화책을 읽었지만, 여느 때라면 흥분했을 장면도 머리에 들어오지 않았고, 이야기 흐름도 전혀 연결되지 않았다.

며칠 뒤, 요지와 간타는 긴시초 역 승강장에 서 있었다.

간타는 수학여행이라도 가는 양 커다란 배낭을 짊어지고 있었다. 정오가 지난 시간, 승강장에는 레이코와 같은 단지에 사는 히메나도 함께 있었다. 세 아이 가운데 히메나가 제일 컸고, 혼자 어른스러워 보였다.

지바 행 기차를 기다리고 있었다. 이미 노란색 소부센 열차는 몇 대 지나갔다.

"간타, 그쪽 학교에 가면 청소함에 자꾸 들어가지 마."

패닉 상태가 되면 간타는 화장장 화장실이든, 교실 청소 도구함이든 가리지 않고 좁은 장소에 틀어박히는 버릇이 있었다. 하지만 히메나가 살짝 도리질하며 말했다.

"그러면 좋겠지만 아마 어려울 거야."

어릴 때부터 철저히 현실주의자였던 히메나다웠다. 긴장한 간타는 완전히 얼어 있었다. 지바 역에 친척이 마중 나와 있기로 했지만, 혼자서 열차를 타고 멀리 가 보기는 태어나서 처음이었다.

승강장에 서면 역 앞에 있는 로터리와 영화관이 보인다. 봄 햇살에 흔들리면서 노란색 지바 행 열차가 승강장에 미끄러져 들어왔다. 이제 헤어져야 한다는 생각에 지바 행 열차가 미워 보이기까지 했다. 바퀴가 요란한 소리를 내며 들어오는데, 요지가 크게 소리쳤다.

"간타, 절대 학교, 아파트 단지, 레이코 아줌마, 히메나…… 그리고 날 잊으면 안 돼. 거기 가서도 열심히 잘해."

열차 문이 열리자, 간타는 다리를 질질 끌며 올라탄다.

"응, 절대 안 잊어. 너도 나, 잊지 마."

히메나와 레이코가 똑같이 말했다.

"간타, 잘 가. 힘내."

문이 닫히려는 순간, 간타가 무슨 말을 하려고 했다.

"우리 엄마가……."

요지는 의아했다. 간타는 마지막에 메구미 아줌마에 대해 무슨 말을 하고 싶었던 걸까? 공기 빠지는 소리가 들리고 일제히 문이 닫혔다. 창문에 손바닥과 이마를 딱 붙인 간타의 우물거리는 목소리가 들렸다.

"요지, 또 같이 놀자. 꼭 같이 노는 거야."

요지는 그날은 울지 않기로 결심했었다. 슬픈 건 혼자 낯선 곳으로 가는 간타다. 그 앞에서 눈물을 보일 수는 없었다. 애써 미소 지으며 열차 안에 있는 간타에게 소리쳤다.

"그래. 간타, 꼭 다시 같이 놀자. 약속이야."

열차가 서서히 출발하자, 따라서 걷기 시작했다. 간타가 뚫어지게 요지를 응시했다. 종종걸음이 어느새 전력 질주가 되었다. 이대로 땅끝까지 함께 뛰고 싶었다. 요지가 본 간타의 마지막 표정은 완전 얼이 빠져 있었다. 무언가 돌이킬 수 없을 정도로 무서운 것을 봐 버렸다는 얼굴이다. 열차는 맹렬한 속도로 역에서 멀어졌다.

요지는 혼자가 되었다.

미나미지마 3단지에 이사 온 뒤로 6년 동안, 요지는 밤낮 없이 간타와 붙어 있었다. 피를 나눈 가족은 아니지만 친형제보다 더 가깝게 지냈다. 간타와 헤어진 요지는 온몸이 텅 빈 듯했다. 재미있는 것도 없고, 맛있는 것도 없었다. 좋아했던 책 읽기조차 안 하게 되었다. 오히려 하얀 페이지를 마주하면 숨이 막혀 왔다.

봄방학이지만 혼자 멍하게 있는 시간이 많아졌다. 어느 날 오후, 요지는 아파트 단지에 있는 놀이터 벤치에 앉아 있었다. 무릎 위에는 읽지도 않는 책이 놓여 있다. 벚꽃 몇 송이가 가지 끝에서 꽃망울을 터뜨리고 있었다. 어깨 너머로 히메나 목소리가 들렸다.

"분명 간타도 너와 같은 얼굴일 거야."

히메나가 요지 옆에 약간 떨어져 앉았다.

"아니야. 간타는 새로운 가족, 새로운 동네에 정신없이 빠져 있을 걸."

간타는 아이들이 금방 새 장난감에 흥미를 보이는 것처럼 새로운 것에 대한 호기심이 강했다.

"엇, 지금 요지, 웃었어."

요지는 히메나를 쳐다봤다. 히메나가 빠질 듯이 요지를 들여다보고 있었다. '이 아이 눈이 이렇게 크고 맑았나.' 히메나의 눈은 밝은 유리구슬처럼 빛나고 있었다.

"내가 웃었다고? 늘 웃고 있잖아."

히메나가 고개를 살랑살랑 흔들자, 깨끗한 모래가 사르르 흘러내리는 듯한 소리가 났다.

"아니. 간타와 헤어진 뒤로 넌 전혀 안 웃어. 지금 간타 이야기를 하니까 처음으로 웃은 거야."

전혀 몰랐다. 히메나 말대로 기분이 가라앉아 있는 것은 맞다. 하지만 겉으로는 티가 안 나는 줄 알았다.

"그랬나?"

히메나가 낮게 소리치듯이 말했다.

"응, 그랬어."

놀라서 히메나를 보자, 화가 났는지 뺨과 입술이 붉어져 있다. 사람의 마음은 피로 이루어진 것 같다는 생각이 들었다. 마음을 만드는 피가 병에 걸린 거라면 메구미 아줌마가 낫지 않은 것도 어쩔 수 없던 건지도 모른다.

"너랑 간타는 많이 닮았어. 중요한 건 말 안 하고 슬픈 건 전부 마음속에 꽁꽁 숨겨. 지금도 자신이 괴로운 걸 아무한테도 말 안 하고 혼자 끙끙대며 멍하게 있잖아. 도서관에서도 괜히 보지도 않으면서 책 읽는 척이나 하고. 페이지는 전혀 안 넘어가던데."

눈코입이 오목조목한 히메나야말로 늘 차가운 표정에 새침해 보인다. 학교에서도 적극적으로 발표하는 모습을 본 적이 없다. 요지는 히메나가 너무 딱 잘라 말하는 모습에 주눅이 들어서 입을 다물곤 했다. 히메나도 무언가 말하기 망설여지는 모양이었다. 미지근한 봄바람이 벚나무 가지를 흔들지만 이제 막 꽃망울을 터뜨린 꽃잎은 한

장도 떨어지지 않았다. 바람에 살짝 흔들렸을 뿐이다. 이윽고 히메나는 결심한 듯 입을 열었다.

"간타 대신은 안 되겠지만 나도 여기 있을 테니까."

여자아이들의 마음을 모르는 요지는 이럴 때에는 뭐라고 대꾸해야 할지 몰랐다. 히메나가 고백을 한 건가, 싶었다. 요지가 다니는 초등학교에도 유명한 커플이 몇 쌍 있었다. 반 친구들이 짓궂게 놀려도 집에 갈 때 손을 꼭 잡고 다녔다. 히메나도 그럴 수 있다는 말인지 요지는 혼란스러웠다. 일단 조심스레 상처받지 않을 말들만 골랐다.

"고마워. 다음에 어려운 일이 있으면 도와줘."

키가 큰 히메나는 벤치에서 벌떡 일어나더니 치마 뒤쪽을 털며 말했다.

"예언하는 건 아닌데, 간타는 분명 돌아올 거야."

'무슨 말을 하는 걸까?' 요지는 히메나를 올려다보았다. 히메나 뒤로 거대한 절벽 같은 잿빛 단지와 탁해진 봄 하늘이 보였다.

"간타는 친척 집에서 행복하게 살고 있을 텐데?"

히메나는 자신 있게 천천히 고개를 두 번 저었다. 똑딱 똑딱, 두 박자의 메트로놈 같다.

"그럴 리 없어. 간타는 지금 너와 같은 생각일 거야. 둘은, 내가 얼마 전에 책에서 읽었는데, '영혼의 쌍둥이'야. 진짜 형제가 아니라도 역시 언젠가는 같이 있게 되는 거지."

영혼? 읽기는 해도 한자로 쓰지 못하는 글자다. 히메나는 해가 기운 공원에 기다란 그림자를 그리며 걸어갔다.

"잠깐만. 언젠가 돌아오다니, 무슨 말……?"

히메나는 돌아보지 않았다. 하지만 요지는 그 말에 마음이 조금 편해졌다. 조금 전까지만 해도 유난히 어두워 보인 단지의 차가운 벽도 왠지 따뜻해 보인다.

'나와 간타가 영혼의 쌍둥이?'

요지는 도서관에서 빌린 책을 품에 안고 봄바람에 떠밀려 집으로 돌아갔다. 언젠가 이 말을 편지에 써서 간타에게 알려 주기로 마음먹었다. 그때까지 국어사전에서 영혼이라는 글자를 찾아 외워 둬야 한다.

6학년 개학을 한 주 앞둔 밤이었다. 따르릉. 9시가 넘은 시각인데 전화벨이 울렸다. 또 엄마가 뭔가를 가져다 달라는 걸까? 이제 막 욕실에서 나온 요지는 젖은 머리를 털면서 전화를 받았다.

"여보세요."

전화를 건 중년 여성은 마음이 급한 모양이었다. 아이 목소리라는 것을 알고 다짜고짜 물었다.

"엄마는 안 계시니?"

요지는 아무 감정 없이 무덤덤하게 대답했다.

"엄마는 일하러 가셨어요. 실례지만 누구시죠?"

또 엄마가 어떤 유부남과 문제를 일으킨 걸까? 요지는 어릴 때부터 그런 사태에 익숙했다. 바람기 있는 엄마나 상대 남자의 아내에게도 동정할 마음은 눈곱만큼도 없었다.

"간타 이모인데. 저녁 무렵에 간타가 잠깐 놀다 오겠다며 나갔는데 아직도 안 돌아오네."

요지는 베란다 너머 하늘을 바라보았다. 불빛이 드문드문 비추는 단지 위로 별 하나 없는 캄캄한 도쿄의 밤하늘이 펼쳐져 있다. 봄이 긴 해도 밤에는 쌀쌀한 날씨다. 이 시간까지 간타는 뭘 하면서 놀까?

"그래서 조금 전에 경찰에 신고해서 찾고 있어. 요즘은 이상한 사건들이 많다 보니 자꾸 걱정이 되잖아. 일단 알려야 할 거 같아서 전화했는데. 엄마한테 전해 주겠니? 음, 이름이 뭐더라?"

"요지예요."

"그래, 맞아, 요지였지. 무슨 일 있으면 이리로 전화해 주겠니? 부탁할게."

전화를 끊으려는 간타 이모한테 요지가 허둥지둥 말했다.

"만약 간타가 돌아오면 아무리 늦어도 괜찮으니까 전화 주세요. 기다릴게요."

"그래, 알았다."

10시에 잠자리에 들었지만 좀처럼 잠이 오지 않았다. 간신히 잠이 들었는가 하면 악몽에 시달리다 깼다. 눈을 뜨면 무슨 꿈인지 기억이 안 났지만 그때마다 요지의 잠옷은 식은땀으로 축축해졌다.

딸칵. 열쇠 돌아가는 소리가 들리고 문이 열렸다. 발소리를 죽이며 레이코가 돌아온 시간은 거의 새벽 2시가 될 무렵이었다. 캄캄한 집에서 요지는 온몸에 홑이불을 두른 채 식탁에 앉아 있었다.

"엄마, 어서 와."

레이코가 놀라서 비명을 질렀다.

"요지, 깜짝 놀랐잖아. 불은 좀 켜 놓지. 왜 아직도 안 자는데? 무슨 일 있니?"

형광등이 켜지고 방이 파르스름하게 밝아졌다. 레이코는 가슴이 크게 파인 브이넥 니트에 흰색 부츠컷 바지를 입었다. 긴자의 클럽에 출퇴근할 때 입는 복장이다.

"간타가 없어졌어."

술에 취해 풀려 있던 레이코의 얼굴이 진지해졌다.

"무슨 말이야?"

레이코는 냉장고에서 생수를 꺼내 들고 요지 맞은편에 앉았다. 머리가 유난히 깔끔하게 정리되어 있다. 요지는 간타 이모한테 전화 온 이야기를 했다. 물을 마시면서 듣던 레이코가 입을 열었다.

"그래서 안 잤던 거야?"

"응. 잤는데 자꾸 깨잖아."

레이코는 난감한 얼굴을 했다.

"간타를 찾았다는 전화는 없고?"

"응, 없어."

레이코는 잠시 생각하더니 말했다.

"넌 이제 자도록 해. 전화는 엄마가 받을 테니까 걱정 말고. 간타니까 분명 아무 일 없을 거야."

레이코가 요지 머리 위에 손을 얹었다.

"어머, 땀을 많이 흘렸네. 이 물 좀 마셔."

물병을 내밀었다. 요지는 손끝으로 레이코의 립스틱 자국을 닦고 생수를 마셨다. 차가운 물 한 줄기가 목을 타고 내려간다. 몸에 열이 났는지 아주 시원했다. 요지는 비틀거리면서 방으로 돌아갔다.

그날 밤은 더 이상 꿈을 꾸지 않았다.

요지는 밤바다에 잠긴 바위처럼 눕자마자 깊은 잠에 빠져들었다. 눈을 감았다가 뜬 느낌인데 어느새 아침이었다. 천장의 흰색 십자 무늬가 보이고, 마음속에 글자가 떠올랐다.

'영혼의 쌍둥이.'

한자는 이미 국어사전에서 찾아보았다. 검은 명조체 글자가 천장에 크게 써져 있는 듯하다. 다시 다른 말이 떠올랐다.

'간타는 지금 너와 같은 생각이야.'

놀이터에서 히메나가 했던 말이다. 요지는 벌떡 일어나 창밖을 내다보았다. 잿빛 구름이 무겁게 하늘을 뒤덮고 가랑비가 가루처럼 바람에 흩날렸다. 요지는 커다란 침대가 방 대부분을 차지하는 레이코 침실로 갔다. 레이코는 눈가리개를 쓰고 잠들어 있었다. 요지는 레이코를 흔들어 깨워서 물었다.

"엄마, 전화 왔었어?"

"아이, 시끄러. 전화 안 왔어."

요지는 부엌으로 가 혼자 토스트를 만들어 먹었다. 평소와 똑같은 아침이었다. 그리고 세수하고 옷을 갈아입은 뒤, 현관에서 우산을 들고 엄마한테 말했다.

"좀 나갔다 올게."

요지는 놀이터에 가서 늘 앉던 벤치에 앉았다. 밤이 되어 둘레가 어두워질 때까지 우산을 쓰고 간타가 돌아오기를 기다렸다. 간타가 나와 같은 생각이라면 분명 돌아온다. 이제 요지의 확신은 흔들리지 않았다.

다음 날은 구름이 끼었다. 이날도 온종일, 요지는 놀이터 벤치에 앉아 있었다. 해질녘 레이코가 출근하면서 옆에 와 앉더니 툭 하고 주스 캔을 내려놓으며 물었다.

"간타 기다리는 거지?"

요지는 간타도 자신과 같은 생각이라고 믿었기 때문에 기다리는 것은 전혀 힘들지 않았다. 그렇다면 자신도 간타와 똑같은 것을 하면 된다. 요지는 밝게 대답했다.

"응."

레이코는 어이없었다.

"걱정하는 건 알겠는데 공원에서 계속 기다리는 건 지나친 거 아냐? 일단 간타가 여기로 올지 어떻게 알아?"

그건 생각하고 말고 할 문제가 아니었다. 자신들은 '영혼의 쌍둥이'가 아닌가?

"간타는 올 거야. 《달려라 메로스(다자이 오사무의 작품으로 우정과 신뢰를 지키기 위해 최선을 다해 달려가는 한 인간의 모습을 그린 이야기)》와 같아. 간타는 지금 온 힘을 다해 여기로 오고 있어. 그래서 난 온 힘을 다해 기다리는 거야."

그 책은 독서 감상문의 과제 도서였다. 간타가 친구와 한 약속을 지키기 위해 달려가는 메로스고 자신은 친구를 믿고 기다리는 세리눈티우스다. 기다리는 사람과 기다리게 하는 사람. 누가 더 힘들고 말고 한 것은 없었다.

"그래, 알았다, 알았어. 그럼 엄마는 일 나갈게. 어두워지면 집에 들어가라."

그날 밤, 요지는 8시가 넘어서야 집으로 돌아왔다. 끓는 물을 부어 컵라면 하나를 먹었다. 똑같은 자세로 여러 시간 앉아 있다 보니 몸은 차갑고, 관절 여기저기가 뻐근했지만 요지는 만족했다.

사흘째 아침은 아주 맑았다.

땀이 배어 나올 만큼 따뜻한 봄바람이 살랑살랑 불었다. 요지는 간단히 아침을 만들어 먹고 평소 등교 시간보다 일찍 집을 나섰다. 사흘째가 되자 기다리는 일도 조금 지루해졌다. 하지만 간타가 돌아온다는 사실에 의심은 없었고 집에 돌아갈 마음도 없었다. 들고 있던 책을 무릎 위에 펼쳐 놓고 읽기 시작했다. 못된 마법사가 등장하는 판타지 소설이었다. 곧바로 요지는 초라한 아파트 단지와는 다른 세계로 빠져들었다. 다시 책을 읽을 수 있게 되어 기뻤다. 그대로 집중해서 책을 읽는데 시선 끝에 진흙투성이 운동화 한 짝이 들어왔다.

"역시 요지는 기다리고 있었어."

고개를 들자 간타가 서 있었다. 부스스한 머리에 반바지와 티셔츠, 나일론 점퍼를 입었는데 온통 진흙과 먼지투성이였다. 통통했던 뺨도 해쓱했다.

"간타, 어서 와."

눈만 번뜩이며 간타가 대답했다.

"요지, 나 왔어. 이제 다신 헤어지지 않을 거야. 한 푼도 없어서 계속 걸어왔어. 밤에는 절이나 공원에서 자고……."

요지 눈에 눈물이 맺혔다.

"밥은 어떻게 했어?"

"배가 너무 고플 때만 적당히 슬쩍하고…… 나흘 동안 혼자 걸으면서 무서워 혼났어. 길도 전혀 모르고. 하지만 요지가 기다릴 줄 알았어."

간타 말에 요지는 울음을 터뜨렸다.

"나도 네가 반드시 돌아올 줄 알았어. 처음에 네 이모가 전화했을 때부터 그렇게 생각했어. 간타, 어서 와. 정말 잘했어. 이제 푹 쉬어."

안심한 듯 간타가 희미하게 웃었다. 요지는 자기는 우는데, 간타는 웃는다며 이상한 녀석이라고 생각했다.

"간타, 히메한테 아주 좋은 말을 들었는데……."

그 순간 얼굴에 미소를 띤 간타가 놀이터 바닥에 철퍼덕 고꾸라졌다. 요지가 안아 일으키자 간타는 거슴츠레한 실눈으로 올려다봤다.

"간타, 간타. 괜찮아? 얼른 엄마 불러올게."

간타는 꺼져 들어가는 목소리로 물었다.

"히메가 뭐라고 했는데?"

요지는 눈물을 뚝뚝 흘리며 대답했다.

"영혼의 쌍둥이. 우리가 영혼의 쌍둥이래."

간타는 한쪽 입술 끝을 약간 올리며 웃었다.

"영혼의 쌍둥이라. 아주 맘에 들어."

그러고는 요지 품에서 정신을 잃었다.

05

깃이 선 교복 두 벌이 나란히 걸려 있다.

사이즈가 같아서 키 큰 요지에게는 딱 맞아도, 몸집이 작은 간타는 옷 안에서 허우적거릴 정도다. 금색 단추는 반짝반짝 빛이 났다. 사소한 것에 정성을 들이는 간타가 레이코의 버리는 스타킹으로 한 시간이나 걸려 닦은 결과였다.

요지와 간타는 미나미지마 제8초등학교를 졸업하고 미나미지마 제4중학교로 진학했다. 고토구 근방에 위치한 공립 중학교치고는 우수하다고 평판이 좋은 학교였다. 교육열이 높고 교칙도 엄격해 학교 폭력도 거의 없었다. 머리 길이나 양말 색(검정이나 감색), 그리고 양말 길이(흰색으로 폭은 5밀리미터 이하)까지 엄격하게 교칙으로 정해져 있었다.

요지는 성적이 우수했지만 교육에는 관심이 적은 엄마 레이코 말에 따라 사립 중학교 입시를 치르지 않았다. 레이코는 비싼 세금을 내고 있으니 자식 교육 정도는 나라에서 해결해야 한다고 생각했다. 공부도 학교도 싫어하는 레이코다운 선택이었지만 간타에 대한 배려도 조금은 있었을 터였다. 요지가 시험 볼 정도의 어려운 학교라면 간타는 실수로라도 합격할 리가 없었기 때문이다. 다섯 살부터 함께 자라 온 요지와 간타를 떼어 놓는 일을 가엽게 여겼던 것이다.

간타 엄마가 세상을 떠난 뒤, 레이코는 간타를 맡아서 함께 생활했다. 요지 혼자 집에 남겨 두기보다 간타와 함께 있는 편이 마음이 놓이기도 했다. 지바에 사는 간타 이모가 많지는 않아도 다달이 간타 양육비를 보내왔다. 일을 하고 있던 레이코는 그 돈을 선선히 요지와 간타에게 용돈으로 주었다.

요지와 간타는 히마와리 유치원 때와 똑같이 매일 아침 함께 중학교에 등교했다. 이해는 봄에 개막한 제이리그가 사상 유례 없는 축구 열풍을 불러일으켰다. 요지네 중학교에서도 1학년 남학생의 3분의 1가량이 축구부에 들어갈 정도였다. 하지만 요지와 간타는 축구 열풍과 무관했다. 요지는 초등학교 때 학년 이어달리기 대표로 뽑힐 만큼 달리기를 잘했지만 혼자서 조용히 책 읽는 것을 여전히 좋아했다. 간타는 다른 사람의 감정이나 분위기를 파악하지 못하는 성격 탓에 사람, 특히 우락부락한 또래 남자애들을 무서워했다. 요지와 간타, 둘 다 단체 활동이 맞지 않았다. 그래도 만능 스포츠맨인 요지는 공부도 잘하고 통솔력까지 뛰어나 중학교에 들어간 첫해부터 반장이 되었다.

미나미지마 제4중학교는 걸어서 10분쯤 걸렸다. 2학기가 반쯤 지난 어느 날 아침, 간타가 달리는 자동차 소음에도 지지 않을 만큼 큰 소리로 말했다.

"우리 D반, 정말 정 떨어져."

요지는 간타가 무슨 말을 하려는지 짐작할 수 있었다. 간타는 두려워하고 있었다.

"노조미 말이야?"

그 이름만 들어도 간타는 움찔하더니 몸이 굳었다. 가을 햇살 아래 고개를 숙이자 얼굴에 짙게 그늘이 드리워졌다. 귀여운 이름과 달리 다카야마 노조미는 싸움을 아주 잘하는 일진이다. 다들 고만고만하게 얌전한 제4중학교에서 유일하게 혼자 태풍의 눈처럼 주먹을 휘두르고 다녔다. 중학교 1학년인데도 키가 180센티미터 가까이 되고 프로 격투기 선수처럼 가슴이나 어깨도 다부졌다. 아버지와 형도 조직폭력배라는 둥, 말보다는 주먹이나 발이 곧 노조미의 언어라는 둥 무시무시한 소문이 돌 정도였다.

"응, 그 녀석, 왠지 날 찍은 거 같아."

요지는 깜짝 놀랐다. 다른 사람의 감정을 잘 헤아리지 못하는 약점은 있지만 간타는 남에게 해를 끼치지는 않는다.

"노조미가 왜 널 찍어? 벌써 맞았어?"

간타는 부르르 몸을 떨었다.

"설마. 그 커다란 주먹으로 맞으면 난 완전 그 자리에서 뻗어 버릴 거야. 그런데 녀석, 가끔 날 가만히 쳐다보곤 해. 도마뱀 같은 눈으로 꼼짝 않고 노려본다고."

간선도로를 지나 학교 쪽으로 구부러졌을 때였다. 느닷없이 눈앞에 문짝처럼 커다란 검은 등이 나타났다.

"으악……."

놀란 간타가 비명을 질렀다.

요지는 상대를 자극하지 않게 조용히 말을 걸었다.

"노조미, 좋은 아침."

노조미가 돌아보더니 눈을 가늘게 뜨고 둘을 노려보았다. 앞단추를 채우지 않은 교복 앞섶이 그대로 벌어져 있었다.

"어, 요지, 간타. 오늘을 잘 기억해 둬. 기념할 만한 날이니까. 하하."

간타는 그저 노조미가 무서운지 옆에 있는 가드레일만 보면서 말없이 걸었다.

"무슨 기념?"

요지는 자연스럽게 노조미와 이야기를 나눴다. 간타는 그런 요지가 신기할 따름이었다. 역시 요지의 남다른 용기에 감탄했다. 과연 미나미지마 3단지의 빛나는 별다웠다. 노조미가 앞니를 드러내며 웃었다.

"내가 우리 학교를 장악하는 걸 기념하는 날이지. 방과 후에 3학년 일진을 불러냈거든. 녀석을 이기면 내가 학교 짱이 되는 거다. 야, 간타, 그러면 어떻게 되는지 아냐?"

이름만 불렸는데도 긴장한 탓인지 간타는 깜짝 놀라는 눈치였다. 노조미의 시선을 피해 눈을 내리깐 채 대답했다.

"몰라."

자신의 계획에 푹 빠져 있는 노조미는 간타가 어떤 상태인지 전혀 알아차리지 못했다.

"지금 딴 학교에서 우리 학교를 무시하잖냐. 공부만 하는 범생이 학교라고. 내가 짱이 되면 미나미지마에 있는 중학교 일곱 군데 모두를 원정 다니면서 다 내 손아귀에 넣을 거다. 내가 이 동네 짱이 되는 거지. 어때, 근사하지 않냐?"

요지는 별 관심 없다는 듯 반응했다. 그해 말에 노조미는 실제로 미나미지마 지역 짱이 되지만 말이다.

"우리 D반에서 문제만 일으키지 않는다면 난 네가 밖에서 뭘 하든 상관없어."

냉정하게 말하는 반장 요지를 노조미가 위에서 짓누르듯 노려보며 겁을 주었다. 숨이 닿을 정도로 얼굴이 가까워졌지만 요지는 꿈쩍도 하지 않았다. 무덤덤한 눈으로 맞서 쳐다봤다.

"넌, 좀 별난 녀석이다. 공부는 잘하는데 범생이는 아니고, 반장이면서 쌤 앞잡이도 아니고. 그러면서 항상 저 이상한 녀석을 데리고 다녀."

아파트 단지의 거친 녀석들도 노조미와 얽히게 되면 목소리를 낮췄다. 하지만 요지는 다른 아이들처럼 노조미가 무섭지는 않았다.

"거의 다 왔는데 교실까지 같이 갈래?"

노조미 눈이 더 휘둥그레졌다. 노는 애들 말고 누군가와 학교에 가는 게 처음이었던 것이다.

"넌 역시 별나. 나도 그렇지만, 너 역시 반에서 붕 떠 있는 거 모르지?"

요지는 자신이 어떻든지 상관없었다. 예전부터 요지는 마음속으로 자신이 혼자라고 생각해 왔기 때문이다.

"너라고 하지 말고 요지라고 제대로 불러 줘."

요지 말에 노조미가 그날 처음으로 웃었다.

"그렇게 할게, 요지. 그럼 오늘부터 날 짱이라고 불러라."

노조미는 자신이 한 말에 기분이 좋아진 듯했다. 길가에 있던 애꿎은 자동판매기를 가볍게 돌려찼다. 자판기가 비명을 지르며 우그러 들었다. 주변을 걸어가던 제4중학교 학생들은 못 본 척했지만 간타 는 자신이 얻어맞기라도 한 듯 배를 움켜잡았다.

그날 방과 후, 요지는 학교 도서실에 있었다.

중학생이 된 요지는 더 책에 빠져들었다. 하루 한 권은 읽어야 마음이 개운했다. 마치 운동선수가 하루라도 달리기나 스트레칭을 하지 않으면 몸이 굳는 것과 비슷했다. 하루 몇 시간씩, 하얀 종이 위에 인쇄된 활자 속으로 뛰어 들어가 실컷 상상의 나래를 펼쳤다. 아직 어린 나이니 아무리 책을 읽어도 거뜬했다. 하루 중 책의 세계에서 노는 그 몇 시간이 없으면 숨이 막히는 느낌이었다. 현실 속 세상은 너무 뻔해서 시시했다. 요지는 용돈 대부분을 책값으로 써 버렸다. 그래도 늘 읽을 책이 부족해서 학교 도서실과 동네 구립 도서관에 자주 갔다.

소설을 좋아하는 요지는 스토리 전개가 확실하면 미스터리, 호러, 공상 과학, 모험 등 장르를 가리지 않고 닥치는 대로 읽었다. 유일하게 재미를 못 느끼는 장르가 연애소설이다. 도서관에서 책을 고르고 있는 요지 옆에 간타가 발판을 깔고 앉아 있다.

"그렇게 책만 읽는데 안 질려?"

간타가 그동안 읽은 책은 한 손으로 꼽을 정도였다. 해마다 독서 감상문 숙제가 나오면 예전에 읽은 몇 권 가운데 골라 차례로 돌려가며 쓴다. 요지는 책장에서 눈을 떼지 않고 대답했다.

"질리긴 왜 질려? 모두 내용이 다른데."

간타가 아무 책이나 한 권 뽑아 들고 휘리릭 페이지를 넘겼다.

"하지만 그냥 보기엔 모두 똑같아 보여. 요지라면 어떤 운동부든 정식 선수가 될 수 있을 텐데, 운동부엔 왜 안 들어가?"

요지는 간타를 힐끔 쳐다보았다.

"한 살 많은 얼간이를 왜 선배라고 불러야 하는데? 난 그런 거 싫어. 운동은 좋아하지만."

"흠, 그렇구나. 아, 이 얘기 알아? 텔레비전에서 봤어."

간타가 갑자기 목소리를 낮췄다. 도서실 안쪽 책장 사이에는 사람 그림자도 보이지 않았다.

"어차피 별 얘기 아니잖아."

"한번 들어봐. 귀 좀 이리 내줘 봐."

요지는 하는 수 없이 간타 옆에 앉았다. 간타가 킥킥 웃으면서 말했다.

"오사카의 초등학교 선생님이 5, 6학년 학생들에게 조사했대. 성교육 시간에 뭘 알고 싶냐고."

초등학교 6학년 봄이었다. 조숙했던 같은 반 녀석에게 요지와 간타는 처음으로 사람이 어떻게 태어나는지에 대해 들었다. 황당무계하다고 생각했지만 그 녀석이 증거라면서 누드 사진이 들어간 야한 잡지도 보여 주었다. 요지가 아무 대꾸도 안 하자 간타가 말했다.

"키스는 왜 하는지, 왜 하고 싶어지는지. 왜 여자한테만 생리가 있는지. 가슴이 커지지 않으면 어떡할지. 왜 이성은 서로 끌리는지. 모두 그런 걸 알고 싶어 했대."

요지도 물론 여자애들이 귀엽다고 생각되었지만 누군가와 사귀고 싶은 마음은 안 들었다.

"좀 이상해. 왜 키스가 하고 싶을까?"

그때 책장 너머로 낯익은 목소리가 들렸다.

"어린이들 같으니라구."

히메나였다. 중학생이 된 히메나는 한층 예쁜 소녀로 성장해 있었다. 아직 어리지만 외모만큼은 눈에 띌 정도였다. 히메나가 3층 창문을 등지고 요지와 간타를 쳐다보고 있었다.

"그런 건 언젠가 다 알게 되겠지. 난 전혀 좋을 거 같지 않아. 상대를 아주 좋아한다면 몰라도."

그러고는 책가방에서 종이를 꺼내 비행기를 접기 시작했다. 히메나는 창문으로 그것을 가볍게 날려 보내고 다시 비행기를 접기 시작했다. 간타가 소리를 지르며 창가로 뛰어갔다. 종이비행기는 바람을 타고 축구부가 연습하고 있는 운동장까지 하늘하늘 날아갔다. 간타가 궁금한 얼굴로 히메나의 손을 들여다보며 물었다.

"무슨 종이야? 뭔가 쓰여 있는데."

히메나는 비행기를 접는 손을 멈추지 않고 관심 없다는 듯 대답했다.

"오늘 받은 러브레터."

"우와, 정말이네. 2학년 A반 하시모토 게이스케라고 쓰였어. 그런데 이렇게 날려 버리다니, 히메, 무섭다."

요지가 책에서 고개를 들어 히메나를 보았다. 히메나가 가만히 이쪽을 노려보고 있었다.

"어중간한 태도를 보이면 계속 귀찮게 구니까. 아닐 때는 확실하게 거절해야 된다고. 상대 마음이 아무리 갈기갈기 찢겨도 희망이 없다는 걸 제대로 보여 줘야 해. 그게 결국 상대를 위한 거야. 이래 뵈도 거절하는 쪽도 얼마나 괴로운데."

히메나는 다시 종이비행기를 밖으로 날려 보내며 말을 이었다.

"맘대로 좋아해 주는 건 귀찮은 일이야. 얼굴이 예뻐서 좋을 게 하나도 없다고."

간타가 편지 다발에 손을 뻗으며 말했다.

"나도 종이비행기 접을래."

히메나는 무슨 이유에선지 요지 쪽을 보면서 대답했다.

"그래, 아직 많으니까. 근데 요지는 발렌타인데이에 받은 초콜릿 모두 먹지?"

초등학교 시절부터 요지는 꽤 많은 초콜릿을 받았다. 먹는 것을 버리면 좋지 않다는 생각에 간타와 함께 매일 열심히 먹었다.

"그야 먹는 걸 버릴 수는 없잖아. 그 애들이야 성적이 괜찮고 평범해 보이는 남자애들한테 관심 갖는 것뿐이야. 내가 특별해서가 아니라."

"요지는 너무 물러. 그러면 여자애들이 내년에도 초콜릿을 또 주잖아. 사귈 생각도 없으면서 나쁘다."

간타가 갑자기 러브레터를 몇 장 집어 들더니 창문 너머로 휙 내던졌다. 하얀 종이들이 꽃잎처럼 흩어진다.

"아아, 키스, 초콜릿, 러브레터, 모두 부러워. 히메와 요지는 많이 받는데 왜 나는 하나도 못 받을까?"

히메나와 요지는 서로 쳐다보더니 누가 먼저랄 것도 없이 웃음을 터뜨렸다. 하긴 간타는 유치원 때부터 한 번도 여자애들과 사귄 적이 없었다.

"누구냐!"

창밖에서 누군가 소리쳤다. 당황한 간타가 고개를 안으로 쏙 집어넣었다. 히메나는 가만히 아래를 내려다보며 말했다.

"노조미, 미안. 간타가 내가 받은 러브레터를 날려 버렸어. 어디 다친 거야?"

요지가 책을 든 채로 창문으로 허둥지둥 뛰어갔다. 밖을 내려다보는데 노조미와 눈이 마주쳤다. 거리가 너무 멀어서 노조미 눈에 핏발이 섰는지는 보이지 않았다. 하지만 노조미 몸에서 스멀스멀 피어오르는 분노의 열기를 느낄 수 있었고, 이마에 난 상처에서 피가 맺힌 것이 보였다. 노조미는 왼손으로 상처 난 오른손 주먹을 문지르며 말했다.

"야아, 요지. 나 아침에 한 약속 지켰다. 내일부터 우리 학교 짱은 나야. 내가 3학년 요시카와를 묵사발 만들어 놨지."

히메나가 종이비행기를 날리며 말했다.

"흠, 좋겠네. 누가 제일 센지 뭐가 중요하다고. 남자들은 별나."

요지도 동감이었다. 누가 더 센지 싸우고, 교실에서는 누구 머리가 좋은지 시험 점수로 경쟁한다. 그것은 해도 해도 끝이 없는 일이었다. 아무리 강해도 반드시 더 센 사람이 나타나고, 아무리 머리가 좋아도 더 똑똑한 사람이 늘 있기 마련이다. 강함과 현명함이 싸우면 어느 것이 이길까?

요지가 책의 세계에 빠져드는 이유는 그 때문이었다. 현실 세계와 달리 책 속에서는 서로 비교할 수 없었다. 우주를 무대로 우주여행, 외계인 등을 소재로 한 스페이스 오페라와 도쿄를 배경으로 한 가난한 소년의 이야기, 캘리포니아에서 활약하는 사립탐정과 미라의 저주에 얽힌 수수께끼를 푸는 이집트 탐험가 등 인물, 사건, 배경, 어느 하나도 같지 않았다. 요지에게는 모두 흥미로운 이야기라서 순위를 매길 수 없었다. 소설 속 인물들은 모두 나름의 의미가 있고 각자 해야 할 역할이 있었다. 또한 혼란스런 현실과 달리, 소설에는 작가가 만들어 낸 분위기와 조화를 이룬다. 요지는 거기에 깊이 매료되었다.

"야, 요지. 공식적으로는 네가 이 중학교를 관리해라. 나는 뒤에서 할 테니까. 그럼 잘 있어라."

노조미는 이마에 피를 흘리면서 휘파람을 불며 걸어갔다. '무슨 음악이었지? 도쿄의 유명 나이트클럽 무희들 뒤로 흐르던 배경 음악 같았다. 〈너의 눈동자를 사랑하고 있어!〉였나? 언젠가 텔레비전에서 보았던 낯익은 장면이었다.'

'저 녀석도 사랑에 빠질까?' 요지는 새로운 학교 짱을 눈으로 좇으면서 생각했다. 고개를 돌려 창가에 나란히 서 있는 히메나를 보았다. 히메나는 다섯 번째 종이비행기를 엷은 구름이 떠 있는 가을 하늘에 날려 보내고 있었다. 만약 노조미 녀석이 사랑을 한다면 저 난폭한 녀석보다는 훨씬 강한 사람일 것이고, 그 사람은 분명 옆에 있는 히메나 같은 사람이 틀림없을 거라고 생각했다. 가위바위보처럼 사람은 어디선가 지면 다른 곳에서는 이기기도 한다. 같은 아파트 단지에서 자란 히메나의 조각처럼 뾰족한 콧날이 불현듯 무서워졌다. 요지는 히메나에게서 눈길을 돌렸다.

1980년대에 가장 큰 문제였던 학교 폭력은 거품 경제가 붕괴한 뒤에 다시 큰 사회 문제로 불거져 나왔다.

3학년 일진들이 노조미에게 졌다고 해서 미나미지마 제4중학교의 지배권을 순순히 내놓지는 않았다. 노조미를 중심으로 한 1, 2학년 연합과 예전 짱인 3학년 요시카와가 지배하는 구세력 사이에 싸움이 아주 과격해졌다. 양쪽 모두 자신들이 더 '나쁘다'는 사실을 보여 주기 위해 학교 시설물을 잇달아 망가뜨렸다. 어느 날 아침 등교해 보면 교무실의 모든 창문이 깨져 있기도 하고, 남자 화장실 소변기가 주르륵 깨져 있기도 했다. 노조미가 제4중학교에 입학한 지 반 년 만에 학교는 너덜너덜해졌다.

교사들도 여러 가지 대책을 세웠다. 학교 건물 양쪽 끝에 교실을 따로 만들어서 두 패거리를 떼어 놓기도 했지만 효과가 없었다. 어른과 아이의 경계에 있는 일진들은 차츰 자신들의 힘을 자각하기 시작하고 그 왕성한 기운을 내뿜으려고 했다. 그런데 학교는 그것을 막지 못했다. 하지만 아무리 힘이 세고 흉악해도 함부로 맞서지 못하는 힘이 있었다. 그것은 교사나 학교, 경찰과 같은 외부의 권위가 아니었다. 문제아들이 가장 두려워했던 것은 자신들이 생활하는 교실에 있었다. 바로 반 분위기였다. 노조미조차 은근히 반 분위기를 두려워했다.

발단은 6교시 학급회의 시간이었다. 반장인 요지가 한차례 의제를 다루고 마지막으로 말했다.

"이상으로 오늘의 학급회의를 마치겠습니다. 그밖에 이 시간에 다 같이 이야기하고 싶은 게 있습니까?"

요지는 교실 안을 보지도 않고 교탁 위에 펼쳐 놓은 인쇄물을 서둘러 정리하고 있었다. 이제 맡은 임무를 마치고 자기 자리에 돌아갈 수 있다. 담임인 기모토 선생님은 멍하니 창밖을 내다보고 있었다.

"저요, 할 말이 있는데요."

요지가 고개를 들었다. 얼굴에 주근깨가 많고 수수한 히로오카다. 청소부장을 맡고는 있으나 평소에 먼저 나서서 말한 적이 없는 학생이었다.

"히로오카, 말씀하세요."

"전부터 어떻게 해야 하나 했던 건데, 우리 반에서 청소를 전혀 하지 않는 사람이, 둘 있습니다."

순간 교실 안에 차가운 바람이 지나간 듯했다. 학생들이 불안해하는 모습으로 웅성거리며 저마다 입을 열기 시작한다.

"그 두 사람은 바로 노조미와 간타입니다. 제가 아무리 제대로 하라고 말해도 전혀 듣지 않습니다."

요지는 아차 싶었다. '열심히'나 '성실히'와 같은 추상적인 표현은 간타에게 와 닿지 못한다는 사실을 깜빡 잊고 있었다. 다른 사람의 감정을 읽지 못하는 것처럼 간타는 형용사나 부사 표현을 들으면 그에 걸맞는 이미지를 떠올리지 못했다. 다른 여학생이 저요, 하며 손을 들었다.

"저도 노조미한테 주의를 준 적이 있습니다."

까만 피부에 키가 크고 막대기처럼 말라서 '우엉'이라는 별명을 가진 사토였다.

"저요."

이번에는 남학생 가타오카였다.

"노조미는 지난주 담당 구역이 뜰이었을 때에도 제대로 하지 않았습니다. 게다가 잡초만이 아니라 꽃까지 뽑아 버렸습니다."

가타오카는 예전에 노조미에게 호되게 협박 받은 치과 의사의 아들이었다. 난폭한 노조미를 무서워하던 남학생들까지 하나둘 입을 열기 시작하였다. 이대로 두면 감당하지 못할 만큼 사태가 커질 게 뻔한데도 담임인 기모토 선생님은 모른 척했다. 그렇잖아도 노조미 때문에 늘 골머리를 앓고 있기 때문에 이참에 기를 꺾을 수 있을 거라고 생각하는 것 같았다.

하지만 초등학교 때부터 늘 반장을 맡아 왔던 요지는 잘 알고 있었다. 아이들은 일단 동요하기 시작하면 감당할 수 없을 정도로 끓어오르게 된다는 것을 말이다. 외부 권위자가 말리지 않으면 절대 멈추지 않는다.

"저요."

"저요."

"저요."

학생들이 너 나 할 것 없이 잇달아 손을 들고 노조미에 대한 불만을 털어놨다. 마치 반 전체 학생들이 노조미 규탄 대회라도 연 것 같았다. 간타도 지적을 당하긴 했지만 노조미의 3분의 1도 안 되었다. 그래도 간타는 자신의 이름이 나올 때마다 그 자리에서 꺼질 듯이 움츠러들었다.

노조미의 얼굴은 분노와 두려움으로 뒤엉켰다. 하지만 지난 잘못을 마구 들춰내는 아이들 중 누구도 덩치 큰 노조미가 어떤 얼굴을 하고 있는지 보지 않았다. 학교 비품이 부서지고, 선생님들과 부딪혀서 수업이 방해받는 일에 모두 짜증나 있었던 것이다. 반장인 요지도 학생들을 그만두게 할 수 없었다. 이럴 때 가장 강한 사람은 악한 사람이 아니라 모두와 같은 편에 서 있는 나머지 사람이다. 요지는 악한 사람이든, 같은 편에 있는 나머지 사람이든, 잔혹함에서는 별반 다르지 않다고 생각했다. 폭력을 휘두르거나 집단 의사 결정을 하는 데 상대방의 입장을 배려하는 일은 거의 없다.

요지는 제정신이 아니었다. 노조미의 어른스러운 얼굴은 차츰 분노의 기색이 짙어지기 시작한다. 이대로 폭발하면 학급회의는 산산조각이 날 것이다. 어쩌면 교실 창문이 남아나지 않을지도 모른다. 반장은 그러한 사태를 미리 막아야 한다. 하지만 한번 불붙은 반 전체의 분노는 좀처럼 가라앉을 낌새가 없었다. 학급회의 시간은 아직 15분 넘게 남아 있었다. 요지는 몸을 움츠리고 있는 간타를 쳐다보았다가 그 시선을 노조미에게 옮겨서 주의를 그쪽으로 돌렸다. 중립적인 입장에서는 아무것도 하지 못한다. 그래서 요지는 간타에게 맡긴 것이다. 적어도 이 바람의 방향을 바꿀 수 있는 한마디면 된다. 기회만 생긴다면 학급회의를 원래대로 되돌려 놓겠다고 마음먹었다.

"저기, 잠깐만요."

간타가 얼빠진 목소리로 손을 들었다. 반 전체의 시선이 집중되었다. 일어선 간타의 다리는 후들거리는 듯했지만 목소리에는 여전히 장난기가 있었다.

"저는요, 분위기 파악을 잘 못하거든요. 상대와 이야기하면서도 그

106

렇고, 반 전체에서도 마찬가지고요. 그리고 국어도 엄청 못해요."

간타가 책을 얼마나 못 읽는지 잘 아는 아이들의 희미한 웃음소리가 여기저기서 터져 나왔다.

"청소를 땡땡이치려는 건 아니에요. 저는 성실하게 청소를 하라든지, 열심히 합시다, 하는 말이 무슨 말인지 잘 몰라요."

"엣, 말도 안 돼."

뒷자리에 앉은 남학생이 조그맣게 소리 질렀다. 요지가 즉시 입을 열었다.

"저는 간타를 유치원 때부터 알고 있는데, 간타에게는 특별한 장애가 있습니다. 추상적인 말이 아니라 구체적으로 간타에게 부탁하면 제대로 청소할 수 있을 겁니다."

당황한 히로오카가 자리에 앉은 채 물었다.

"그게 무슨 말이에요?"

"유치원 때 선생님은 간타에게 여기에서 저기까지 이 걸레로 깨끗이 닦아라, 하고 청소할 곳을 구체적으로 정해 주었습니다. 그러면 간타는 곧잘 했어요."

간타는 머리를 긁적이며 웃었지만 아직도 다리는 떨고 있었다. '이만큼 이야기하기까지 간타는 얼마나 많은 용기를 쥐어짜고 있을까?' 요지는 겁쟁이 간타가 죽을힘을 다해 발표하는 모습에 가슴이 뜨거워졌다.

"정말, 정말로 잘할 수 있어요. 저는 청소를 수학 다음으로 좋아하거든요. 교실이 깨끗해지면 나누기로 딱 떨어지고, 제곱근이 딱 정수로 나온 것처럼 기쁘니까요. 음, 729의 제곱근은 27입니다."

교실에 실소가 흘러나오며 나무라던 분위기는 다소 누그러졌다. 간타는 초등학교 때부터 국어와 사회 과목은 전혀 못해도 수학과 과학은 아주 잘했다. 그리고 간타가 수학을 좋아하는 것은 D반 전체가 알고 있었다.

"음, 그래서 저는 노조미도 비슷하지 않을까 싶은데요."

도대체 무슨 말을 하려는 것일까? 요지도 예상하지 못한 말이었다.

"간타는 자신이 노조미와 비슷하다는 건가요?"

요지의 질문에 간타는 진지한 얼굴로 고개를 끄떡였다.

"노조미도 걸레나 빗자루를 받아 들고 어쩔 줄 몰라 할 때가 있어요. 뭘 어떻게 해야 할지 모르는 거죠. 그게 농땡이 부리는 것처럼 보일지도 몰라요. 저와 같다고 하면 노조미는 화낼지도 모르지만."

담임 선생님이 흥미진진하게 이쪽을 구경하고 있었다. 이렇게 되면 요지는 노조미를 지명하지 않을 수 없었다.

"노조미 생각은 어떻습니까?"

노조미가 덜컹 하고 커다란 소리를 내며 자리에서 일어났다. 교복은 가장 위 단추만 채운 채였다. 요즘 노조미네 패거리에서 유행하는 일탈이다. 중학생만 돼도 어떻게 교복을 입으면 껄렁껄렁해 보일지 수없이 생각해 낸다. 요지는 그때 뜻밖의 장면을 목격했다. 3학년 선배의 팔을 부러뜨릴 만큼 사나운 노조미가 얼굴을 수줍게 붉히며 시선을 피하고 있었다.

"음, 나도 무슨 말을 하는지 잘 모를 때가 있다. 앞으로 청소는 최대한 열심히 할 생각이다. 간타와 마찬가지로 제대로 말해 준다면 말이지."

오오, 하는 남학생들의 한숨 섞인 감탄 소리가 들렸다. 노조미는 덜커덩하고 일부러 소리를 내며 자리에 앉았다. 교실 분위기는 아까와 완전 딴판이었다. 이제 학급회의의 마무리를 담임 선생님에게 넘겨도 된다. 요지는 반 전체를 둘러보고 마지막으로 간타를 쳐다보았다. 앉아 있는 간타 다리가 책상 밑에서 아직도 떨리고 있었다. 노조미에게 얻어터질 각오로 죽을힘을 다해 용기를 낸 발언이었을 것이다.

"그럼 이제 학급회의에서 다루었으면 하는 또 다른 의제는 없습니까?"

이번에는 아무도 손을 들지 않았다.

"이상으로 학급회의를 마치겠습니다. 그럼 선생님."

요지는 교단에서 내려와 자신의 자리로 돌아갔다. 도중에 간타의 책상 위를 살며시 짚었다. 간타가 고개를 들어 요지를 올려다본다. 잘했다고 말하고 싶었지만 요지는 그대로 자리로 돌아갔다. 반장은 사사로운 감정을 내보이면 안 된다. 그래야 회의가 순조롭게 진행되기 때문이다.

방과 후, 여느 때처럼 요지와 간타는 함께 교문을 나섰다. 해질녘 교정에 흐르는 음악이 마음을 차분하게 해 주었다. 평범하고 편안한 선율이 가슴에 스미는 듯했다.

"간타, 오늘 굉장했어. 그때 노조미가 너와 같을 거라고 말하다니, 깜짝 놀랐어."

간타는 그때 곱셈에 열중하고 있었다. 두 자릿수 구구단을 적은 카드를 넘기면서 13 곱하기 7은 91이라고 바로 답을 중얼거렸다.

"나도 놀랐어. 그 녀석이 나와 똑같지 않으면 어떡하나 정말 걱정했거든. 변기처럼 머리가 깨지지 않을까 싶어서."

둘이 소리 맞춰 웃을 때 간타가 그 자리에 우뚝 걸음을 멈췄다. 저녁 해가 물든 가드레일에 노조미가 앉아 있었다. 간타는 요지 뒤쪽으로 숨었다. 둘은 천천히 노조미에게 다가갔다. 갑자기 차가운 캔커피가 요지와 간타 가슴으로 날아왔다.

"내가 쏘는 거야. 오늘은 덕분에 살았다. 간타, 고맙다."

당황한 간타가 고개를 숙인 채 도리질했다. 교칙으로 하굣길에 군것질하는 것을 막고 있기 때문에 요지와 간타는 주저했다. 그런데 노조미가 말했다.

"교문을 나선 순간 우리는 자유다. 쌤이 하는 말에 신경 쓸 거 없어. 마셔."

셋이서 가드레일에 나란히 걸터앉아 캔 뚜껑을 땄다. 한 입 마시자, 차가운 커피는 놀라울 정도로 달콤했다.

"나 역시 간타와 닮은 데가 있다고 생각했었다. 그 자리 분위기뿐 아니라 난 상대방의 아픔도 전혀 모르지만. 난 그것 때문에 줄곧 괴롭힘을 당해 왔기 때문에 누구보다도 강해져야겠다고 생각했어. 실은 전혀 그러지 못하고 있지만. 그리고 청소부장 여자애를 때릴 수는 없잖아?"

요지는 제4중학교 짱인 노조미를 쳐다보았다. 또 수줍은 얼굴을 하고 있다.

"꼭 그렇게 강해져야 할까?"

노조미의 얼굴이 움찔했다. 저녁놀을 받은 얼굴이 불 속에서 달구어진 돌처럼 붉었다.

"그래. 내가 있는 세계에서는 강해야 살아남을 수 있다."

'그건 도대체 어떤 세계일까?' 요지는 생각했다. 같은 중학생이라도 절대 똑같은 세계에서 살지는 않는다. 인간의 내면은 놀라울 정도로 다 다르다.

"너네 둘한테 오늘 신세졌다. 빚이 하나 생긴 거지. 언젠가 곤란한 일이 생기면 내 이름을 떠올려라. 아무리 어려운 일이라도 반드시 내가 어떻게든 해결해 줄 테니. 알았냐? 사나이끼리 약속이다."

요지와 간타는 노조미의 말을 이해할 수 없었다. 요지가 생각하기에 '사나이'라는 말이 붙은 것은 대개 쓸데없는 게 많았다.

"무슨 소린지 몰라도 상관없다. 하지만 잊지 말아라. 이건 나, 노조미가 맹세한 약속이니까."

노조미는 단숨에 캔 커피를 비운 뒤, 가드레일에서 훌쩍 일어나 골목으로 사라졌다.

"왠지 요술 램프의 거인 같아." 하고 말하는 요지 곁에서 간타는 의아한 표정으로 노조미가 사라진 골목을 가만히 바라보았다. 저녁 하늘에 움푹 팬 자판기에서 나온 푸른 형광등 불빛이 밝게 비치고 있다. 요지와 간타는 10년도 더 지난 뒤에 노조미에게 약속을 지켜 달라고 부탁하게 되리라고는 상상도 하지 못했다.

06

"다요네, 다요네, 다요네……."

간타가 구립도서관 열람실에서 내내 작은 목소리로 콧노래를 흥얼거리고 있다. 여덟 개씩 여섯 줄, 마흔여덟 개의 책상이 놓인 조용한 열람실이다. 내년 고등학교 입시를 앞두고 방과 후나 쉬는 날이면 요지와 간타는 늘 이 유리로 된 열람실에서 지내곤 했다. 커다란 창문 밖으로는 단풍이 들기 시작한 느티나무 가로수가 보였다. 도시라서 그런지 줄기가 매연에 그을려 있다. 요지가 옆자리에 앉은 간타 어깨를 쿡쿡 찌르며 말했다.

"같은 데만 부르지 마. 그거 〈DA. YO. NE〉 후렴구지? 이왕 부를 거면 전체를 불러. 신경 쓰인단 말이야."

토요일 해질녘이면 열람실에 빈자리가 거의 없었다. 절반 이상은 중고등학교 수험생이다. 똑같이 공부를 해도 수험생들은 몸에서 분노에 찬 알 수 없는 거무스름한 열기 같은 것이 피어오르기 때문에 금방 알 수 있다.

'나도 저 사람들처럼 고통스런 얼굴로 공부하고 있겠지.'

요지는 명문 사립인 세이보가쿠인 고등학교에 입학하는 게 목표였다. 느긋했던 레이코도 이대로는 안 되겠다고 생각한 모양이다. 중학교 때까지만 해도 공립학교도 괜찮다고 했으면서 어느 날 느닷없이 일류대에 가라, 그래야 일류 기업에 들어간다는 말을 꺼내기 시작했다. 제멋대로에다가 변덕스러운 레이코다웠다. 레이코는 몇 차례 클럽을 옮기면서도 여전히 긴자의 밤거리에서 일하며 버텼다. 이미 마흔을 넘었는데 가게에는 다섯 살 정도 속이고 있는 듯했다.

요지는 옆자리를 쳐다보며 어이없다는 듯이 말했다.

"간타, 수학 공부는 그만해."

책상에는 이차방정식 문제가 가득한 문제집이 펼쳐져 있었다. 간타는 좋아하는 수학 공부만 한다.

"수학은 아무리 공부해도 1, 20점밖에 안 오르잖아. 그보다 국어와 영어 공부를 해서 점수를 올리는 게 효율적이야. 전에도 말했잖아."

초등학교 때부터 계산을 좋아한 간타는 여전히 수학을 가장 좋아했다. 단순히 좋아만 하는 게 아니라 실제로 아주 잘하기도 했다. 그런데 국어 시간만 되면 마치 다른 사람이라도 된 양 수업을 이해하지 못하고 따라가지 못했다. 입을 살짝 벌린 채 멍하게 칠판을 바라볼 뿐이다. 늘 선생님들은 간타를 자신이 좋아하는 것만 하는 제멋대로인 학생이라고 여겼다. 어떤 선생님은 열심히 안 한다며 간타를 드러내 놓고 탓하기도 했다. 국어는 간타에게 트라우마였다.

"소설처럼 긴 글은 읽어도 전혀 모르겠단 말야."

간타는 가방에서 느릿느릿 고입 국어 참고서를 꺼냈다.

"모르더라도 아무튼 열심히 해 봐. 세이보 입학 시험 같이 볼 거잖아."

새파래진 얼굴로 간타는 고개를 끄떡였다. 유난히 머리숱이 많은 간타는 머리를 짧게 자르면 마치 검은 헬멧이라도 뒤집어쓴 것 같았다.

"응, 볼 거야."

요지는 반에서 늘 3등 안에 들었다. 간타는 수학과 과학 말고는 모두 중간 아래 성적을 유지하고 있었다. 담임은 간타 성적으로 세이보 합격은 어렵다고 했다.

"엄마와 약속했으니까."

간타는 무언가 생각에 잠긴 표정이었다. 요지는 고개를 돌리며 말했다.

"아무튼 긴 글들을 열심히 읽어 둬."

요지는 메구미 아줌마가 집중치료실의 비닐 텐트 안에서 했던 말을 떠올렸다.

'우리 간타를 부탁해. 이 혹독한 세상에서 지켜 줘.'

아직 초등학교 5학년이던 요지에게 정중히 고개 숙이며 말했었다. 어린 자식을 남겨 놓고 세상을 떠나야 한다는 사실에 간타 엄마는 얼마나 원통했을까? 가슴이 뜨거워진 요지는 다시 영문법과 숙어를 복습하기 시작했다.

20분 뒤 요지는 고개를 들어 간타를 쳐다보았다. 한 시간짜리 시험에서는 15분에서 20분 안에 한 문제를 풀어야 한다. 그래서 요지는 권투선수처럼 모든 공부를 토막 내서 20분씩 집중하곤 했다. 한 문제 한 문제를 싫증 내지 않고 되풀이했다.

"문제지랑 답안지, 줘 봐."

냉방이 필요 없는 가을 끝자락인데 간타 이마에는 땀방울이 송골 송골 맺혀 있다.

"요지, 화내지 마."

요지는 간타가 내민 참고서의 지문을 보았다. 자전거를 타고 쓰키 시마 섬을 돌아다니는 열네 살 소년들을 주인공으로 한 이야기로 젊은 작가가 쓴 소설의 일부였다. 이 작품은 시험에 자주 출제되기 때문에 요지는 이미 책으로 읽었다. 주인공이 중학생인데 어른 못지않게 건방지고 못하는 게 없었다. 재미있기는 했지만 실제 그런 열네 살짜리가 있을까 하는 생각이 들었다. 중학생에게는 그보다 훨씬 넌덜머리나는 일들이 잔뜩 쌓여 있기 때문이다. 원고지 세 장 정도의 지문을 얼른 읽은 다음에 간타가 쓴 답안지를 보았다.

"이게 뭐야."

답을 쓴 것은 한자 문제뿐이었다. 나머지 칸들은 지우개로 지운 흔적조차 없이 깨끗했다.

"아니, 그게, 그……."

요지의 목소리가 그만 엄해졌다.

"뭐든 좋으니까 써야지, 안 그러면 빵점이잖아. 몰라도 뭔가 쓰든지, 골라야 돼. 채점할 것도 없네."

50점 만점에서 10점 배점된 한자 쓰기 다섯 문제 가운데 간타는 겨우 세 문제를 풀었다. 요지는 쓱쓱 채점하고 간타에게 돌려주었다.

"자, 6점. 불합격."

책상에 두 팔을 걸친 간타 얼굴은 새빨개져 있었다. 몸은 떠는 듯했다.

"긴 지문은 읽어도 하나도 모르겠어."

요지는 그만 짜증이 나서 목소리가 커졌다.

"장문 독해는 지문 속에 답이 전부 있어. 문장을 꼼꼼히 읽으면 알수 있다고."

간타는 벌떡 일어나 소리쳤다.

"남의 마음을 어떻게 알아. 주인공의 마음이 되어 보라니, 절대 못해."

열람실 안이 소란스러워졌다. 책 속에 조용히 얼굴을 파묻고 있던 많은 학생들이 고개를 들고 간타를 노려봤다. 요지는 간타 손을 잡아끌고 열람실 밖으로 나갔다. 도서관 옆 자전거 보관대까지 걸어가서 죽 늘어선 플라스틱 벤치 가운데 한곳에 앉았다. 사람들이 늘 앉는 동그란 면이 희뿌옇게 바래 있었다.

"여기 좀 있어."

요지는 두 팔로 간타의 두 어깨를 가볍게 짚은 다음, 자판기로 가서 오렌지 주스를 사 가지고 왔다. 간타는 한번 폭발하면 아무도 건드리지 못한다. 난폭한 행동을 하지는 않지만 불안정한 상태가 지속되어서 대처하기 곤란해진다. 요지는 같이 살기 때문에 간타가 이성을 잃었을 때 어떻게 할지 잘 알았다.

"자, 주스 좀 마셔."

간타의 얼굴은 아직 새빨갰고 어깨를 헐떡이고 있었다. 요지는 심호흡하는 간타에게 다시 말했다.

"내가 사는 거니까 마셔. 너를 탓하는 사람은 아무도 없으니까."

상처 입은 짐승처럼 헉헉거리는 간타에게서 눈을 떼고 정면을 보왔다. 많은 자전거들이 자전거 보관대에 규칙적으로 늘어서 있었다. 그곳에 저녁 해가 비쳐 바닥에는 복잡한 설계도 같은 그림자가 뻗어 있다. 간타가 입을 열었다.

"난 정말 안 돼."

요지는 아무 대답도 하지 못했다. 간타가 자전거를 세우면 분명 이 보관대에서도 삐져나올 것이다. 이처럼 가지런히 정렬된 곳에서는 간타가 살아갈 데가 없다.

"아무리 읽어도 주인공이 무슨 생각을 하는지 전혀 모르겠어. 뭔가 말을 하고 자전거를 타고 또 누군가와 이야기를 해. 그런 게 반복될 뿐 뭘 생각하고 뭘 느끼는지는 하나도 모르겠어."

간타는 반쯤 마신 주스 종이컵을 꽉 쥐어 구겼다. 오렌지 주스가 넘쳐서 바닥이 조금 얼룩졌다. 간타는 쥐어짜듯이 말했다.

"……국어 장문 독해만이 아니야. 이 세상도 똑같아. 난 상대방 기분을 잘 모르겠어."

그 때문에 간타는 늘 반에서 미묘하게 따돌림을 당했다. 초등학교와 달리 중학교 때는 직접 대놓고 말하는 일이 줄어든다. 대신 어른들처럼 농담이나 비아냥거리는 말에서 숨은 뜻을 알아채야 한다. 그런데 간타는 그것을 하지 못했다. 간타가 요지 말고 아무하고도 눈을 맞추지 않는 이유 또한 상대가 무엇을 느끼는지 짐작 못하는 이유가 컸다. 간타는 요지한테조차 늘 확인해야만 했다.

"요지, 화 안 났어?"

요지는 인내심이 강했다. 10년이나 친구로 지내면서 어떤 행동을 했을 때 간타의 마음 상태가 어떤지 다 알았다. 간타가 이상한 행동을 하는 것은 모두 스스로 괴롭거나 무서워할 때다. 요지는 다시 제대로 웃는 표정을 짓고는 간타 눈을 똑바로 보며 말했다.

"화 안 났어. 하지만 그 상태로는 세이보는커녕 다른 어떤 고등학교에도 합격하기 어려워."

간타가 다리를 떨기 시작했다. 같은 속도로 같은 동작을 반복한다는 것은 간타가 불안하다는 증거다.

"요지, 어떻게 해야 돼? 그렇게 되면 우리는 고등학교 3년 동안 헤어져야 하는 거야?"

유치원 때부터 같은 집에서 지내 왔다. 요지와 간타는 피를 나눈 형제보다 강한 고리로 연결되어 있었다.

"그러면 내가 답이 막힐 때 쓰는 방법을 알려 줄게. 지문 내용을 잘 이해할 수 없어도 그럭저럭 정답 비슷하게 쓰는 방법이야."

간타가 고개를 들고 요지를 보았다.

"그런 좋은 방법이 있어?"

무표정한 요지가 어스름해져 가는 도서관 옆 자전거 보관대에서 윤기 없는 목소리로 말했다.

"너와 난 아빠가 안 계셔. 그러니 앞으로 사회에 나가서도 힘든 일이 많이 기다리고 있을 거야. 도와주는 사람도 없고 이 세상이 어떤 곳인지 가르쳐 줄 사람도 없으니까."

간타는 깜짝 놀랐다. 그동안 요지 입에서 아빠가 없다는 말이 나온 적은 한 번도 없었다. 요지는 간타와 달리 아버지와 함께 있는 가족을 봐도 결코 부러워하는 내색을 하지 않았으니까.

"그래서 난 생각했어. 잘 살아가려면 어떻게 해야 할지, 어떻게 하면 어른들의 기대에 어긋나지 않을지."

과연 요지다웠다. 간타는 하루하루 그저 멍하게 살고 있을 뿐 사회에 나갔을 때 일은 상상해 본 적도 없다. 설령 고등학교를 졸업한 뒤의 일이라고 해도 아직 3년이나 나중 일이다.

"어른들이 좋아하고 기대하는 아이의 모습이란 게 있어. 순수하고 순진하고 섬세하면서 씩씩하고 가끔 장난도 치고 떼를 쓰기도 해야 해. 하지만 기본적으로 어른들에게 반항하지 않고 사회 통념에 의심을 갖지 않는 거지."

듣고 보니 요지 말이 맞았다. 어른들은 아이들을 자신들 틀에 맞춰서 원하는 대로 만들고 싶어 한다.

"그게 다가 아니야. 협동을 중요하게 생각한다든지, 성공할 것 같지 않더라도 꾸준히 노력하는 모습을 보인다든지, 다른 사람의 말을 고분고분하게 듣는다든지. 말하자면 '좋은 아이'다운 가치관이 있는 거야."

간타는 요지 말을 듣고 약간 무서워졌다. '이처럼 옳은 소리만 해도 괜찮을까? 어른들은 그런 요지를 믿을까?'

"실은 아까 그 문제 나도 잘 모르는 데가 있어. 원작을 다 읽어 봤지만 뭘 물어보는지 잘 모르겠어서 참고서 해설을 봤는데도 모르겠더라고. 작가의 의도를 묻는 문제에 그처럼 하나의 단순한 대답으로 맞춰도 되는지 의문이 들었어. 이렇게 망설여질 때 '좋은 아이'다운 대답을 찾는 거야. 장문 독해에서는 그렇게 하면 절반 이상은 맞힐 수 있을 거야."

간타는 왠지 멀게 느껴지는 똑똑한 요지의 옆얼굴을 가만히 쳐다보았다. 의기양양하다기보다는 괴로워 보였다.

"국어 시험은 읽고 생각하는 힘을 기르는 게 아니라 어른들 생각을 강요하기 위한 거야?"

요지는 고개를 끄떡였다.

"선생님들도 깨닫지 못하고 계셔. 겉으로는 읽고 쓰고 생각하는 힘을 길러서 의사소통 능력을 높이는 게 목적이라지만 뒤로는 어른들이 다루기 쉬운 고분고분한 아이들로 키우려는 거 같아, 내가 보기에는."

'중학교 3학년인데 이런 생각까지 하다니.' 간타는 요지가 굉장하다고 생각했다.

"넌 다른 사람의 기분을 상상하거나 감정을 잘 읽지 못하잖아. 하지만 국어 문제를 푸는 데 그런 능력은 필요 없어. 순진하고 밝은 '좋은 아이'다운 대답을 찾으면 절반이 아니라 70퍼센트는 답을 맞힐수 있어. 간타, 알겠어?"

그건 시험에서 좋은 점수를 받기 위한 요령일 뿐 실제로 글을 읽고 이해하는 것은 아니라는 생각이 들었다. 하지만 간타는 대답했다.

"그래, 알았어. '좋은 아이' 방식으로 아까 그 문제를 다시 한 번 풀어 볼게."

멀리 보이는 건물 사이로 눈 속까지 물들일 것 같은 저녁 해가 저물어 간다. 요지와 간타는 열람실로 돌아가서 다시 공부를 시작했다. 간타는 요지가 가르쳐 준 방법대로 적당히 정답을 골랐다.

20분 뒤 요지는 다시 간타의 답안지를 채점했다.

"간타, 잘했어. 이번에는 36점이야."

간타는 자랑스러운 기분과 뒤통수를 맞은 듯한 기분이 반반이었다. 이처럼 간단한 요령만 익혔는데도 점수가 30점이나 올라갔다. 정말 막막했던 문제를 맞혀 높은 점수를 받았는데 이상하게 하나도 기쁘지가 않았다. 간타는 이럴 바엔 연립방정식을 푸는 게 훨씬 낫다는 생각에 완전한 정답을 끌어낼 수 있는 수학 문제집을 다시 꺼내 풀기 시작했다.

"간타가 너와 같은 학교에 시험을 보다니. 좀 놀랐어."

히메나가 새로 페인트를 칠한 벤치에 앉아서 말했다. 간타는 미끄럼틀에서 자기 나이의 절반쯤 되는 꼬마들과 놀고 있었다. 간타는 나이가 들어도 어린아이들과 놀기를 좋아했다. 로켓 미끄럼틀은 이제 낡아서 오래된 발사 기지의 유적 같았다.

"잘은 모르겠는데 저 녀석 엄마가 말씀하셨나 봐. 나와 같이 있으라고."

남다른 미모의 히메나는 이 근방 중학교에서 모르는 사람이 없을 정도였다. 미나미지마 제4중학교에 엄청 귀여운 여학생이 있다며 인근 학교에서 구경하러 오기도 했다. 학교 복도를 걸어가면 바다가 갈라지듯 주변 학생들이 양옆으로 비킬 정도니 히메나는 늘 외로웠다. 편하게 이야기를 나눌 수 있는 사람은 요지와 간타밖에 없었다.

"하지만 평생 같이 있는 건 무리잖아."

히메나의 말투는 요지처럼 무덤덤하고 열기가 없었다.

"그런가. 우리 셋이서 언제까지나 지금처럼 놀면서 함께 사는 건 불가능한 걸까?"

간타가 미끄럼틀을 거꾸로 타고 내려오면서 손을 흔들었다. 이미 수천 번은 더 본 익숙한 행동이다. 요지와 히메나는 초등학교 때처럼 같이 손을 흔들었다.

"무리야. 살아가려면 일을 해야 하고, 일은 각자 잘하는 걸 해야 하잖아. 너와 간타가 잘하는 게 같지는 않을 거잖아."

요지도 같은 생각이었다. 레이코도 대기업이라고 말할 뿐, 어떤 직종을 택해야 좋을지는 잘 모르는 것 같았다. 요지는 딱히 하고 싶은 일이 없었다. 열다섯 살이라는 나이로는 사회에 나가 일한다는 걸 잘 이해할 수 없었다. 주변에 있는 어른들이라곤 공립 중학교 교사나 긴자의 호스티스 정도다. 아빠가 있었다면 직업을 선택하는 데 조금은 도움이 되었을 텐데. 공부를 잘하는 요지였지만 일한다는 것에 대한 이미지는 그다지 갖고 있지 않았다. .

"히메, 넌 어떡할 거야?"

히메나는 멀리서 빛나는 미끄럼틀을 보며 웃었다.

"난 공부를 잘 못하잖아. 선생님은 노력하면 될 거라고 하시지만 아무리 노력해도 안 되는 일도 있어. 그래서 난 레이난 여고에 갈 거야. 거긴 내 성적 정도면 무난히 들어갈 수 있고 교복도 예쁘니까."

"레이난이라."

이 근처에서는 부잣집 딸들이 다니는 학교로 알려진 여고다.

"그 다음은 어떡할 건데?"

요지는 무심코 어른 같은 질문을 던졌다.

"자기가 듣기 싫은 질문은 상대방에게도 안 했음 좋겠는데. 그렇게 나중 일을 어떻게 알겠어. 하지만 난 분명 공부도, 일도 잘 못할 거야. 더더군다나 남자들과 섞여서 일을 잘한다는 건 절대 무리야."

"그럼 결혼하겠구나."

요지가 벤치 옆자리를 돌아보았다. 고개 숙인 히메나의 뺨이 희미하게 물들어 있었다.

"아마 그렇겠지. 난 공부도 일도 못하지만 누군가를 좋아하고 그 사람을 위해 뭔가를 해 주는 건 분명 잘할 자신 있어. 지금은 그럴 만한 사람이 없지만."

요지는 머리 뒤로 두 손을 깍지 끼고 하늘을 보았다. 아파트 단지 위로 혈관처럼 투명하고 엷은 구름을 높이 띄운 가을 하늘이 보였다.

"간타는 저렇게 노는 걸 잘하고 넌 사람을 좋아하는 걸 잘하는구나. 그런데 나는 잘하는 게 아무것도 없어."

"그렇지 않아. 공부도 잘하고 전교 어린이 회장도 했잖아. 넌 뭐든 할 수 있어. 우리 반 여자애들 중에도 팬이 있는걸."

전혀 위안이 되지 않았다. 여학생들에게 인기가 좋고 성적도 좋았지만 텅 빈 듯한 미래가 늘 불안했다. '난 어떤 어른이 될까? 어떤 일을 하며 살아갈까? 이 사회에서 자리 잡을 수는 있을까?' 밤낮 똑같은 걱정이 머릿속을 빙글빙글 맴돌았다.

"넌 좋겠다. 예쁘니까 분명 좋은 사람 만날 수 있을 거야. 남자는 귀찮은 게 많아. 사회에 나가서 40년이 넘게 일해야 하잖아."

히메나가 냉정하게 대답했다.

"에이, 넌 무리라면서 아무리 어려운 일도 척척 잘해 내잖아. 난 전혀 걱정 안 해. 그보다……."

히메나는 얼굴을 들고 로켓 미끄럼틀을 바라보았다. 벤치 아래로 노인 손처럼 바싹 바른 플라타너스 낙엽이 굴러간다.

"간타가 걱정이야."

간타는 초등학교 저학년 꼬마들보다 먼저 타려고 로켓 미끄럼틀 통 속에 있는 계단을 뛰어 올라가고 있었다. 동그란 창으로 언뜻언뜻 보일 때마다 창밖을 내다보며 이쪽을 향해 소리를 질렀다. '저 상태로 이 세상에서 살아갈 곳이 있을까?' 요지는 자신과 똑같이 간타의 미래도 불안했다.

"간타는 오해도 많이 받고 돈도 잘 못 벌 거야. 내 생각인데 왕따는 어디에나 있어. 학교 교실보다 어른들 사회가 훨씬 왕따가 심하지 않을까?"

간타는 로켓 미끄럼틀 꼭대기에서 가을볕을 받으며 똑바로 섰다. 하늘을 향해 집게손가락을 치켜세우며 말했다.

"준비! 간타 17호 발사!"

다시 머리부터 힘차게 미끄럼틀로 뛰어들었다. 로켓을 한 바퀴 돌 때마다 난간 너머로 등과 엉덩이가 보였다. 간타는 다 미끄러진 다음에 곧장 이쪽으로 달려왔다.

"왕자와 공주님은 무슨 이야기 중이신가요~? 잘 어울리네요~, 그렇고 말고요~. 그대로 사귀어 버려요~."

이상한 가락을 붙여서 노래하듯 말했다. 서투른 지휘자처럼 손으로 공중을 휘젓고 있다.

"간타, 하지 마. 재미없어."

이유는 모르겠지만 간타는 항상 히메나와 요지에게 사귀라고 한다. 자신의 몇 안 되는 친구이기에 연결해 주고 싶은 걸까? 여전히 장난스럽게 묻는다.

"복잡한 얼굴로 무슨 얘기했어?"

히메나가 간단하게 대답했다.

"네 장래에 대해."

간타는 무슨 말인지 못 알아들었는지 멍한 표정을 지었다. 요지의 목소리에서는 짜증이 묻어났다.

"고등학교 이야기도 하고, 또 어떻게 살아갈 건지, 어떤 일을 할 건지, 그런 심각한 이야기야. 나는 아주 많이 불안해. 앞으로 어떻게 되나 싶어서. 간타, 넌 밤에 눈 떴을 때 그런 생각 들면 무서워지지 않아?"

간타는 다시 웃음을 띄었다. 그 뒤로 아이들이 놀이터에서 흩어져 노는 모습이 보였다.

"응, 괜찮아. 일이 잘 안 풀릴 수도 있지만, 가난해도 어떻게든 살 수는 있으니까. 내 옆에는 언제나 요지가 있을 거잖아."

요지는 언제나처럼 간타의 단순한 생각에 어이가 없었다. 히메나가 자리를 비켜서 자신과 요지 사이에 자리를 만들었다.

"간타, 앉아. 난 왠지 좀 감동 먹었어. 그러면 되는 거야. 간타는 언제까지나 요지 옆에서 요지를 위해 일하고, 그렇게 하면 분명 어떻게든 될 거야. 부러워."

간타가 장난스럽게 물었다.

"부럽다니, 뭐가요~?"

"요지와 간타의 팀 말이야. 나도 끼워 달라고 할까 봐. 셋이서 일하고 셋이서 언제까지나 같이 놀면 좋을 텐데."

'그럴 수 있다면 얼마나 좋을까? 꿈같은 이야기다.' 하고 요지가 생각하는데 간타가 말했다.

"히메는 안 돼~."

"왜?"

간타는 힘차게 일어나며 말했다.

"귀여운 애는 귀찮은 일을 잔뜩 끌고 오니까, 안 돼~."

"기껏 칭찬해 줬는데, 무슨 말이 그래?"

히메나가 말을 채 마치기도 전에 간타는 다시 뛰어갔다. 이번에는 로켓 미끄럼틀이 아니라 한 자리가 비어 있는 그네 쪽이다. 요지가 웃으며 말했다.

"우리도 저렇게 무책임한 면이 필요한지도 몰라. 저 녀석 때문에 이쪽은 두 사람 몫을 고민해야 하지만."

히메나는 고개를 끄떡이며 체육복을 입은 간타의 등을 바라보았다. 놀 때 간타는 학교에서 입지 않는 낡은 체육복을 입었다. 등은 팽팽하고 팔꿈치 부분은 해어지려고 한다. '저 녀석도 언젠가 넥타이를 매게 될까?' 상상하자 왠지 우스꽝스러워서 가을바람이 부는 벤치에서 요지는 큰 소리로 웃었다.

세이보가쿠인 고등학교 입학시험은 2월 초순이었다.

시험장은 오차노미즈 기차역에서 걸어서 5분 정도 걸리는 스루가다이 대학 캠퍼스다. 비는 내리지 않지만 잿빛 구름이 무겁게 뒤덮은 우중충한 날이었다. 수백 명이 들어가는 넓은 시험장에서 요지와 간타 자리는 조금 떨어져 있었다. 둘레 수험생들은 마지막 1분까지도 아까워서 복습에 열중하는데, 간타는 시험 직전까지도 요지 자리로 와서 수다를 떨었다.

"간타, 공부 안 해도 돼?"

"응, 괜찮아요오~. 까짓것."

간타는 옆자리 수험생 따위는 신경 쓰지 않았다. 신경질적으로 보이는 안경 낀 남학생이 노골적으로 싫은 내색을 했다.

"그건 그렇고 요지, 넌 컨디션 어때? 너라면 세이보 정도는 별거 아니겠지만."

커다란 간타 목소리에 둘레에 있는 수험생 몇 명이 이쪽을 노려보았다. 간타는 선천적으로 분위기를 파악하지 못한다. 요지는 목소리를 낮춰 말했다.

"그렇지도 않아. 간타, 이제 그만 자리로 돌아가. 슬슬 시험 시간이야."

"네네, 괜찮아요오~."

간타는 장난치며 춤추는 듯한 걸음걸이로 책상 사이를 빠져나갔다. 시험장 한 귀퉁이가 웅성웅성 소란스러워졌다. 근엄한 시험관이 들어와서 교단 위 마이크를 집었다.

"그러면 1교시 시험을 시작합니다. 모두 책상 위를 정리하세요. 꺼내 놔도 되는 것은 수험표, 필통, 연필, 지우개, 시계, 그리고 땀을 닦기 위한 손수건뿐입니다."

아무도 입을 열지 않는 가운데 긴장감 없는 간타 목소리가 크게 울려 퍼졌다.

"선생님, 손수건이 아니라 그냥 수건도 괜찮아요? 전 땀을 엄청 흘려서요."

희미한 웃음소리가 일고 어이없다는 듯이 시험관이 대답했다.

"손수건이든 수건이든 괜찮습니다. 그럼 수학 문제지를 배부하겠습니다. 선생님들, 나눠 주세요."

교사 네 명이 맨 앞자리 책상에 시험지를 나눠 주는데 시험관이 말했다.

"배부가 끝날 때까지 시험지를 만지지 마세요."

다시 간타 목소리가 조그맣게 들렸다.

"수학, 수학, 난 역시 숫자가 좋아."

듣고 있는 요지 얼굴이 붉어졌다. 간타는 고등학교 입시에서도 평소 수학 시간과 똑같이 굴었다. 시험관이 간타 쪽을 보며 엄한 목소리로 주의를 주었다.

"거기, 학생, 또다시 마음대로 말하지 마세요. 주변 학생들에게 피해를 주면 수험 자격을 박탈합니다."

요지는 속으로 더는 아무 말 않기를 바랐다. 과연 간타도 시험관에게는 더 이상 말대답하지 않았다. 바스락바스락 종이 스치는 소리가 들리고, 수학 문제지가 모두에게 나눠졌다.

"그럼 시험을 시작합니다."

요지는 시험지를 펼치고 온 마음을 집중해서 시험 문제를 풀었다. 이곳이 어디이고 지금이 언제인지는 상관없다. 추상적인 수학 문제와 단 둘이 마주할 뿐이다. 요지는 수영장 바닥을 잠수하듯이 숨을 죽이며 차근차근 문제를 풀기 시작했다.

시험 시간이 10분쯤 남았을 때 요지는 처음으로 시험지에서 고개를 들었다. 문제를 모두 풀고 이제 실수가 없는지 다시 검토만 하면 된다. 신경이 쓰여서 간타가 앉은 오른쪽 앞을 쳐다보았다.

수학을 잘하는 간타는 이미 답안지를 작성하고 이쪽을 힐끔힐끔 돌아보고 있었다. 집게손가락과 엄지손가락으로 원을 만들어서 오케이 신호를 보낸다. 요지는 알았으니까 그만 앞을 보라고 소리치고 싶었다. 그냥 간타 신호를 무시하고 문제를 검토하기 시작했다. 시험 시간이 끝날 때까지 요지는 고개를 들지 않았다.

다음 영어 시험을 앞둔 쉬는 시간에도 요지 자리로 온 간타가 의기양양하게 말했다.

"수학 쉬웠지? 역시 숫자는 사람과 달리 알기 쉬워서 좋아."

요지는 더는 상대할 마음이 없었다. 이미 시험장에서 간타는 유명인이 되었다. 멀리 떨어진 자리에서 학생들 몇 명이 이쪽을 보며 소곤거렸다. 어떤 남학생은 노골적으로 싸움을 걸 듯 노려보았다. 요지는 간타를 자리로 데리고 갔다.

"잘 들어. 넌 영어와 국어를 잘 못하니까 마지막까지 영어 단어와 한자를 공부해. 알았어? 더 이상 시험장에서 문제를 일으키지 않는 게 좋아. 시험 태도도 다 체크하고 있으니까."

간타는 평소처럼 자신이 왜 혼나는지 모르는 듯했다. 시험관과 대화할 때도 악의는 없었고 평상시처럼 대했을 뿐이다.

"알았어. 복습할 테니 화내지 마. 난 야단맞으면 불안해지니까."

간타는 얌전해졌다. 무사히 영어 시험을 마치고도 더는 요지 자리로 오지 않았다. 요지는 마음 놓고 시험에 집중했다. 요지에게도 고교 입학시험은 여유가 없을 만큼 어려운 일이었다.

사건은 한창 국어 시험을 보는데 일어났다.

30분쯤 지났을 때 조용히 흐느끼는 소리가 들렸다. 처음에 요지는 시험장 밖에서 아이가 우나 보다 생각했다. 연필 소리만 사각사각 울리는 넓은 시험장에 울음소리가 차츰 커졌다. 이제 모든 사람들에게 똑똑히 들렸다. 마지막 시험 시간 시험장에서 한 수험생이 울고 있다.

감이 안 좋아진 요지는 조심스레 고개를 들고 간타 자리를 쳐다봤다. 동그스름한 간타 등이 떨리고 있었다. 무슨 일인지 간타는 수건에 얼굴을 파묻고 소리 죽여 울고 있었다.

하지만 이곳은 시험장이고 지금은 한창 시험을 보는 중이었다. 아무것도 해 줄 수가 없었다. 우는 간타를 떨쳐내듯 요지는 몸을 움츠려 문제지를 마주한 다음 장문 독해 문제를 풀기 시작했다.

스루가다이 대학 캠퍼스 비탈길에 있는 시험장을 나와서도 간타는 눈물을 그칠 줄 몰랐다. 구름 낀 하늘 아래, 역으로 향하는 비탈길은 시커먼 수험생들 등으로 가득 차 있었다. 중학생 둘이서는 찻집에 들어가지도 못한다. 요지는 간타 어깨를 잡으며 말했다.

"무슨 일이 있었는지 모르겠지만 아무튼 돌아가자. 이야기는 나중에 천천히 들을 테니."

간타가 이래서야 입학시험이 끝났다는 해방감이고 뭐고 없다. 오차노미즈 기차역에서 요지는 간타에게 표를 사서 건넸다. 울면서 표를 받아든 간타는 먼저 개찰구를 빠져나가 화장실로 뛰어 들어갔다. 요지가 허둥지둥 쫓아갔지만 화장실에 간타의 모습은 보이지 않았다. 볼일을 본 승객들이 잇달아서 밖으로 나갔다.

'옛날부터 간타는 패닉 상태에 빠지면 좁은 곳으로 들어가려고 했어.'

요지는 딱 한 곳 문이 닫힌 빈칸을 향해 말을 걸었다.

"간타, 괜찮아?"

경련을 일으킨 듯 한숨을 내쉬고 간타가 대답했다.

"다 끝났어."

"뭐가 다 끝났는데?"

약간 지저분한 역 화장실 빈칸 문 너머로 간타의 목소리가 띄엄띄엄 들렸다.

"시험 중에, 알았어. 영어도, 국어도, 전혀, 못 썼어. 네가, 가르쳐 준 '좋은 아이' 방식이, 통하는, 쉬운, 문제는, 하나도 없었어."

요지는 조용히 대꾸했다.

"그랬구나."

간타의 울음소리가 한층 커졌고 화장실 빈칸에서 소리치듯이 말했다.

"요지, 이제, 우리는 같이, 못 있게 됐어. 엄마와 약속했는데 너와 못 있게 됐어. 내가 공부를 못해서 미안해."

더는 아무 말도 없었다. 30분쯤 지나 간타가 울어서 퉁퉁 부은 얼굴로 역 화장실에서 나왔다. 그때까지 요지는 마치 몸 어딘가 총을

맞은 것처럼 꼼짝할 수 없었다. 두 사람이 이별하는 봄이 다가오고
있었다.

07

다섯 살에 처음 만난 뒤 10년이라는 세월이 흘렀다.

요지와 간타는 그동안 학교에서나 어디서나 늘 함께였다. 친형제보다 가깝게, 책을 꽂아 두지 않아 겹쳐 놓은 북엔드처럼 딱 붙어서 살아왔다.

그런데 이제 그 10년도 끝이 났다.

고등학교 입시가 두 사람을 갈라놓았다. 딱 붙어 있던 북엔드 사이에 참고서와 교과서가 억지로 들어가게 된 것이다.

요지와 간타는 도쿄 동부 지구에서 손꼽힌다는 명문 세이보가쿠인 고등학교에 지원했다. 요지는 합격했지만 간타는 예상대로 떨어졌다. 요지와 같은 학교에 다닐 수 없다는 것이 확실해지자 간타는 아예 입시 공부에 관심을 두지 않았다. 그 결과 간타는 서류만 접수하면 입학할 수 있는 도립 가메노슈 고등학교로 가게 되었다. 일반고에서는 가장 순위가 낮은 학교다.

하지만 간타가 풀이 죽은 것은 입학식 뒤 약 한 달 정도에 불과했다. 수업이 끝나면 쏜살같이 집으로 돌아와서 사복으로 갈아입고 요지를 기다렸다. 수업이 늦게 끝나는 요지가 돌아올 때까지 얌전히 혼자서 시간을 보냈다. 요지네 감색 교복 깃이 보이면 간타는 숨이 빨라졌다. 맑은 날이면 로켓 공원에서 요지를 기다리는 간타는 충견 하치코(주인이 세상을 떠난 뒤에도 도쿄 시부야 역 앞에서 계속 주인을 기다 렸다는 개)처럼 머지않아 미나미지마 3단지의 명물이 되었다.

"마이애미의 기적, 굉장했어."

요지가 전철 손잡이를 붙들고 말했다. 일요일 낮 소부센 전철 안은 서 있는 승객이 얼마 없을 정도로 한산했다.

"절대 이기지 못할 줄 알았는데. 골은 좀 맥 빠졌지만 어쨌든 이겼 어. 간타는 그동안 기적 같은 일이 있었어?"

그해 여름에 애틀랜타 올림픽이 열렸다. 일본은 남자 축구 예선에 서 예상을 뒤엎고 최강 브라질을 꺾었다. 그 경기를 본 사람들은 '마 이애미의 기적'이라 부르며 화제로 삼았다. 요지 물음에 간타는 적 당히 말을 맞추었지만 살아오는 동안 있었던 가장 큰 기적은 확실히 알고 있었다. 바로 요지를 만난 일이다. 그것이야말로 간타 일생에서 가장 큰 행운이며 기쁨이다.

"하지만 역시 올림픽은 장난이 아냐. 브라질을 이겼다고 결승전에 올라가는 건 아니니까. 역시 한 방 승부는 안 되는구나."

간타는 흔들리는 전철에 맞춰서 똑같이 몸을 기울이고 있는 요지 를 곁눈으로 쳐다봤다. 자신은 그 한 방 승부도 이기지 못했다. 하지 만 요지는 세이보가쿠인에 합격했다. 이대로 계속 공부하면 언젠가 도쿄대에 갈 것이다. 간타가 보기에는 이미 금메달을 한 개 딴 것과 마찬가지였다.

"하지만 머잖아 요지도 세상에서 최고가 될 거야."

고등학교 1학년 여름, 요지와 간타도 어느새 키가 자라 있었다. 원래 몸집이 작은 간타는 이제야 160센티미터가 되었지만 엄마를 닮아서 머리도 작고 훤칠한 요지는 실제 키인 170센티미터보다 훨씬 커 보였다.

"맨날 그렇게 말하는데 세상에서 최고가 되는 게 그렇게 쉬운 줄 알아? 우리는 아직 아무것도 아니야. 너나 나나 아빠가 없어서 학생 때는 그렇다 쳐도 사회에 나가면 분명 곤란한 일이 닥칠 거야."

요지는 세상을 넓게 보는 소년이었다. 자신의 세계에만 관심 있는 간타는 그 사실만으로도 무조건 요지를 존경했다. 요지는 미간을 찌푸리며 차창 밖으로 다가오는 전자상가의 네온사인을 바라보았다.

"도대체 앞으로 뭘 해야 할지 모르겠어. 이 세상에 정말 내가 있을 곳이 있을까? 현실도 교과서처럼 간단하면 좋을 텐데 말이야."

간타는 요지의 초조함을 이해할 수 없었다. 요지는 모든 것을 가졌다고 생각했기 때문이다.

"간타, 앞으로 하고 싶은 거 있어?"

그 물음에 대한 대답이라면 엄마 메구미가 돌아가실 때 분명해졌다.

"응, 요지가 하는 일 도울 거야."

간타는 자신 있게 고개를 끄떡였다.

"또 그런다. 정작 나도 내가 뭘 할지 모르겠다니까."

노란색 소부센 전철이 속력을 떨어뜨렸다. 소부센 역은 고가 위에 있기 때문에 마치 전자제품 업체의 간판 사이로 전철이 미끄러져 들어가는 듯했다.

"그렇긴 한데 요지는 어떤 일로 반드시 성공할 거고, 난 그 뭔지 모를 일을 도울 거야."

"그래그래, 알았어. 다 왔다. 아키하바라야."

요지가 먼저 전철에서 내려 사람들 속으로 들어갔다. 간타는 폭포처럼 쏟아지는 승객들 흐름에 맞춰 요지 등 뒤에 숨듯이 전자상가 입구 쪽으로 연결되는 개찰구로 내려갔다.

둘은 중앙로를 빠르게 걸어갔다. 전자상가의 중심도 바뀌고 있다. 옛날에는 텔레비전이나 비디오 같은 시청각(AV) 기기나 일반 가전 제품을 늘어놓은 가게가 많았는데 어느새 게임이나 컴퓨터 전문점이 절반 넘게 중심가에 입점해 있다.

요지와 간타도 게임과 컴퓨터 전문점을 찾고 있었다. 오늘 여기에서 사려는 것은 두 가지다. 하나는 간타가 사려는 이제 막 출시된 '닌텐도64'와 '슈퍼마리오64' 게임들이고, 다른 하나는 중고 컴퓨터다. 요지는 작년 겨울 요란한 선전과 함께 등장한 '윈도95' 운영체제를 써 보고 싶었다. 세이보 합격을 빌미로 레이코에게 듬뿍 타 낸 용돈도 가지고 있었다.

"와아, 이 줄 좀 봐."

간타가 소토칸다의 뒷골목에서 비명처럼 소리를 질렀다. 아이들과 어른들이 뒤섞인 줄이 애니메이션 미소녀의 대형 광고판이 선 가게 입구부터 모퉁이를 돌아 골목 안까지 이어졌다. 올해 여름에 출시된 '닌텐도64'는 다른 게임기보다 비쌌기 때문에 사기가 쉽지 않았다. 그런데 간타는 게임 잡지에 실린 광고에서 이 가게가 개업 기념 세일 중이라는 정보를 얻었던 것이다.

"할 수 없네. 우리도 어서 줄 서자."

갑자기 요지가 뛰기 시작하였다. 옛날부터 발이 빨랐지만 요즘은 한층 더 차이나기 시작했다. 불과 몇 십 미터 거리인데 금세 멀어졌다. 먼저 줄을 선 요지가 손짓했다.

"여기야, 여기, 일루 와."

요지 뒤로 이미 몇몇 일행들이 줄을 서 있었다. 아무 말도 하지 않았지만 따가운 시선이 날아왔다.

"죄송합니다."

간타는 사과를 하면서 줄을 선 요지 뒤에 붙었다. 한 시간 반 뒤 간타는 사고 싶던 게임기를 무사히 손에 넣고는 새 패키지를 보물처럼 내려다보았다. 왜 새로 산 게임기는 이렇게 반짝거릴까?

"자, 다음은 내 거 사러 가자. 내 건 시간 많이 안 걸릴 거야."

요지는 전선이 그물처럼 머리 위를 뒤덮은 아키하바라 뒷골목, 컴퓨터 매장이 밀집해 있는 거리로 들어갔다. 간타도 허둥지둥 게임기를 옆구리에 끼고 종종걸음으로 따라갔다. '윈도95'가 등장하고 단숨에 PC 열풍이 불었다. 이런 뒷골목에도 작은 컴퓨터 매장들이 장구벌레처럼 잔뜩 생겼다가 사라져갔다.

요지와 간타가 지름길로 가려고 건물 사이의 어두컴컴한 골목으로 들어갔을 때였다. 갑자기 낯선 소년 두 명이 앞을 가로막았다.

"야, 너네 컴 사러 왔지?"

똑같이 광택 나는 야구 점퍼를 입고 올백 스타일로 머리를 빗어 넘긴 2인조였다. 어깨에 꿈틀거리는 용무늬 자수가 인상적이었다.

한 명은 크고 다른 한 명은 간타와 엇비슷하게 작은 땅콩이었다. 요지는 골목을 가로질러 가운데 홈이 팬 콘크리트 통로 앞에 멈춰 섰다. 발끝이 더러워진 흙탕물에 잠겼다. 땅콩이 다시 말했다.

"돈 있지? 너네, 아까 게임 사려고 줄 섰던데."

다른 한 소년은 히죽거리고 있었다. 야비한 얼굴을 하면 왜 다들 똑같아 보일까? 간타가 요지 어깨를 잡아끌었다.

"요지, 튀자. 녀석들, 안 되겠어."

간타는 갑자기 홱 돌아서 왔던 방향으로 다시 뛰어가려고 했다.

"멍청한 것들. 도망 좋아하네."

땅콩의 목소리는 날카롭고 높았다. 저편에서 다른 녀석들이 두 명 더 다가오고 있었다. 모두 야구 점퍼를 입고 있다. 요지와 간타는 얼마간 간격을 두고 앞뒤로 네 명의 불량소년들에게 둘러싸였다. 아무래도 땅콩이 대장 같았다.

"좋게 말할 때 가진 거 내놔라. 우리가 잘 써 줄 테니."

4인조는 요지와 간타를 만만하게 보는 듯했다. 요지는 흰색 반팔 셔츠에 청바지, 간타는 가슴에 동키콩 캐릭터가 들어간 티셔츠와 트레이닝복 차림이었다. 평범한 고등학생들의 무난한 휴일 패션이다. 간타는 고등학교 1학년이지만 이미 배가 살짝 나와 있었다. 유치원 때 한 아이에게 달려들어 물어뜯었던 그네 사건 뒤로 폭력을 휘두른 적이 없었다. 초등학교 중학교 시절 내내 학급 임원을 해 온 요지도 마찬가지였다. 땅콩이 아무럼 좋다는 듯이 말했다.

"자꾸 같은 말 시키지 말고 얼른 내놔라. 어차피 내놓을 거 맞고 내놓을래? 그냥 내놓을래?"

간타는 지갑 속을 떠올렸다. 아마 2천 엔도 안 될 것이다. 아깝지만 이 정도 액수라면 맞는 것보다 주는 편이 낫다.

"싫다."

요지 목소리는 이럴 때에도 학급회의 시작을 알릴 때처럼 침착하면서도 단호했다.

"뭐냐, 넌."

땅콩 옆에서 키 큰 올백 머리가 소리 질렀다. 이마 위로 빗어 올린 머리가 뱃머리처럼 튀어나왔다. 요지가 앞을 노려본 채 간타에게 속삭였다.

"정면 돌파야. 우리 둘이서 저 땅콩을 향해 전속력으로 뛰는 거야."

땅콩 대장이 짜증내며 소리쳤다.

"뭘 중얼거리냐. 너네 매운맛 좀 보고 싶냐?"

요지가 숫자를 셌다.

"셋…… 둘…… 하나…… 뛰어, 간타."

간타는 무서웠다. 누군가에게 있는 힘껏 달려가 부딪치는 것이 무서웠다. 더구나 상대는 불량배고 나이도 더 많아 보였다. 반들반들거리는 야구 점퍼도 무섭고 뾰족한 앞머리에 짐승처럼 치켜뜬 눈도 무서웠다. 그 공포가 저절로 목을 뚫고 흘러나왔다.

"으악~."

간타는 두 팔을 들고 자신의 얼굴을 가리며 뛰어나갔다. 그보다 한 발 앞서 요지도 움직였다. 요지와 간타는 정면에 있던 두 사람 가운데 땅콩 대장을 향해 돌진했다. 키 큰 녀석은 갑작스러운 움직임에 당황하여 막대기처럼 서 있었다. 대장은 둘에게 받혀 거의 2미터가

량 날아서 눅눅한 콘크리트 건물 벽에 내동댕이쳐졌다.

"이대로 저쪽 길까지 뛰어."

간타는 놀랐다. 역시 요지 말대로 하면 틀림없었다. 어떤 위험도 빠져나갈 수 있다. 사람을 한 명 날렸는데도 땅콩에게 부딪친 팔꿈치에 상처 같은 건 전혀 없었다. 땅콩이 일어나면서 소리쳤다.

"세노, 준, 그쪽이다. 놓치지 마."

간타는 뛰면서 뭔가 이상하다고 생각했다. 이미 포위망을 뚫었고, 저쪽 네 사람은 뒤에 있지 않은가? 그 순간 건물 사이의 빛을 두 명의 그림자가 가로막았다.

"패거리가 더 있었어. 요지 어떡하지?"

이 어두운 골목길을 빠져나가려면 아직 20미터 정도는 더 가야 한다. 요지가 뛰면서 대답했다.

"뒤에 넷, 앞에 둘. 어떡하긴 뭘 어떡해. 이대로 곧장 부딪치는 거야. 여기를 벗어나 사람들이 있는 곳으로 나가면 녀석들도 더는 어떻게 못 해."

"알았어."

요지 말대로 하면 된다. 간타는 그렇게 생각하며 다시 땅을 차는 다리에 힘을 주었다. 요지와 간타는 죽을힘을 다해 전속력으로 달려갔다. 새로 나타난 둘은 단념했는지 2미터 정도밖에 안 되는 통로에서 벽 쪽으로 비켜섰다.

'아자! 역시 요지 말이 맞아. 이번에도 빠져나왔어.'

간타가 소리를 지르면서 우쭐해졌을 때였다. 벽 쪽으로 비켜선 녀석이 다리를 쓱 내밀었다. 그때부터 간타는 슬로모션처럼 눈앞이 느

140

리게 움직였다. 한발 앞선 요지는 두 번째 포위망을 뚫고 통로 쪽을 향하고 있었다. 하지만 간타는 공중에 뜬 채 계속 달리는 느낌이 들었다. 다리가 지면을 찾아 바동거린다. 콘크리트 홈과 누군가 버린 꽁초가 눈앞에 점점 가까워진다.

"짜샤~!"

땅콩 대장의 목소리였다. 넘어진 간타 위로 누군가 몸을 덮쳤다. 두 사람 분 체중이 실려 꼼짝할 수가 없었다. 그래도 간타는 기를 쓰며 고개를 들어 골목 끝에 있는 요지를 보았다. 요지가 잠시 망설이는 듯했다. '이대로 큰 길로 나가서 사람을 부를까? 아니면 간타를 구하러 돌아갈까?'

땅콩 대장의 농구화가 바로 눈앞에 보였다. 흰색 바탕에 검은 줄 세 개가 있는 아디다스다.

"야, 넌 친구를 버리고 도망가냐? 네놈이 사람들을 불러오기 전에 이 녀석을 반쯤 죽여 놓을 줄 알아라."

농구화가 뒤로 빠지면서 간타의 시야에서 사라졌다. 다음 순간 옆구리에 불이 붙은 듯 뜨거운 충격이 가해졌다.

"어쩔 거냐? 이 녀석을 버리고 혼자 내빼냐? 비겁한 놈."

간타는 콘크리트 바닥에서 고개를 들어 소리쳤다.

"난 괜찮으니까 요지 먼저 가. 가서 도와 달라고 해. 난 괜찮아."

등이 짓눌려 있어서 피리처럼 높은 소리가 나왔다. 어두컴컴한 골목에서 밝은 거리에 서 있는 요지는 검은 실루엣으로만 보였다. 똑바로 가슴을 펴고 서 있던 그림자가 구부정한 자세로 이쪽을 향해 느릿하게 걸음을 옮기기 시작하였다.

"요지, 안 돼. 오면 안 돼. 절루 가."

"이 자식은 느려터진 데다가 시끄럽기까지 해."

다시 땅콩이 같은 곳을 걷어찼다.

"난 괜찮으니까, 요지 오면 안 돼. 이런 녀석들한테 지면 안 돼."

울먹이는 소리가 나온 것은 얻어맞아서가 아니었다. 자신의 실수로 요지까지 위험에 빠졌기 때문이다. 이래서야 엄마와 한 약속을 지킬 수가 없다. 간타는 그 사실이 너무나 분했다.

"젠장!"

아무리 발버둥 쳐도 두 명이 짓누르고 있어서 꿈쩍도 하지 못했다. 간타는 눈물이 났다. 눈물이 콘크리트에 스며들어 바닥이 잿빛이 됐다.

"왔다. 이제 간타를 놔 줘."

요지도 땅콩과 같은 아디다스 농구화였지만 간타는 눈물 때문에 줄 세 개가 잘 보이지 않았다. 등을 누르던 무게가 사라지고 간타가 일어섰다. 이번에는 불량배 여섯 명이 간타와 요지를 에워쌌다. 모두 언제 달려들어도 대응할 수 있게끔 허리를 낮춘 상태로 준비하고 있었다. 이제 정면 돌파는 어려워 보였다.

땅콩 대장의 얼굴이 빨간 건 화 때문만은 아니었다. 아까 날아갈 때 부딪쳤는지 오른쪽 광대뼈가 마치 탁구공이라도 넣은 양 부어 있었다.

"니들, 날 개망신 줬어. 그래 놓고 무사할 거 같냐?"

땅콩은 두툼한 입술 끝에 하얗게 거품을 물며 말하더니 야구 점퍼 안쪽 주머니를 더듬었다. '뭘 꺼내려는 걸까?' 생각하는데 찰칵하는 금속음이 들리더니 꽉 쥔 주먹에서 칼이 번뜩였다.

"남의 얼굴을 이 꼴로 만들어 놓고 돈으로 끝날 거라 생각하면 큰 오산이다."

땅콩이 천천히 다가왔다. 간타는 무서워서 소름이 돋았다. 난생처음 분노로 이성을 잃은 사람을 보았다. 이 녀석은 앞뒤 생각하지 않고 사람을 찌를 것만 같았다. 핏발이 선 눈으로 간타를 노려보았다.

"먼저 돼지, 너부터 돼지에 어울리는 글자를 팔에 새겨 주마. 넌 돼지다."

간타는 칼로 몸에 글자를 새긴다는 말이 이해되지 않았다. '실제로 그런 짓을 하는 사람이 있을까? 이럴 때 왜 어른이 지나가지 않을까?'

"팔 내놔. 세 조각으로 떠서 돼지 표시를 새겨 줄 테니."

땅콩 대장이 한걸음씩 다가왔다. 나머지 다섯은 팔짱을 끼고 웃으면서 구경하고 있었다. 대장이 하는 일에 익숙한 모양이었다. 땅콩이 대장인 것은 작은 몸집인데도 무시무시할 정도로 잔인하기 때문일 것이다. 간타는 다리가 후들거렸지만 각오했다. 지금은 어떻게 해서든 시간을 벌어야 한다. 요지까지 위험에 빠뜨려서는 안 된다. 아까는 자신의 실수 때문에 붙잡혔지만 이번에는 반드시 이 몸을 방패삼아 요지를 지켜야 한다.

간타가 오른팔을 내밀었을 때였다. 순식간에 하늘을 가로지르는 새 그림자 같은 것이 눈앞을 지나갔다.

"요지!"

요지 두 손이 칼을 쥔 땅콩 대장의 오른손을 붙잡고 있었다. 간타

몸에 절대 칼이 닿게 해서는 안 된다는 생각으로 정신없이 뛰어들었을 것이다. 땅콩과 요지는 온 힘을 다해 몸싸움을 벌였다. 똑같은 농구화가 춤이라도 추듯 콘크리트 홈을 사이에 두고 왔다 갔다 했다. 그러다가 한쪽 뒤꿈치가 홈에 걸렸다. 둘은 뒤엉킨 채 넘어졌다.

"아앗……."

땅콩 대장이 자신의 허벅지를 두 손으로 끌어안고 나뒹굴었다. 칼 손잡이가 청바지에 수직으로 꽂혀 있다. 청바지는 순식간에 피를 빨아들이며 검붉게 물들었다. 간타는 물가에 가면 나는 냄새 같은 비릿한 피 냄새를 맡았다.

"이봐, 거기 뭐냐?"

골목 끝에 자전거 두 대가 서 있었다. 모자를 쓴 남자들은 허리춤에 경찰봉과 권총 케이스를 달고 있었다. 땅콩을 제외한 불량배들이 갑자기 도망치기 시작했다.

"거기 서."

경찰들이 골목 안으로 뛰어 들어왔다. 간타는 온몸에 힘이 빠졌다. 이제 살았다. 좋아하는 게임기를 사러 왔을 뿐인데 왜 이런 위험한 일을 당해야 하지? 갑자기 이곳이 무서워졌다.

젊은 경찰관이 창백한 얼굴을 하고 바닥에 쓰러져 있는 땅콩을 안아 일으켰다.

"출혈이 심해질 테니 칼은 이대로 두는 게 낫겠다. 지금 구급차를 불러 주마."

경찰은 가슴에 늘어뜨린 무전기로 어딘가에 연락했다. 간단하게 보고를 마친 뒤, 구급차와 경찰차를 수배했다. 땅콩을 가만히 누인

144

뒤에 간타와 요지를 올려다보며 물었다.

"너희가 이랬니?"

조금 전까지 새빨갰던 땅콩 대장의 얼굴은 이제 종이처럼 새하얬다. 경찰 눈에는 허벅지를 칼에 찔린 피해자 한 명과 그 자리에 남은 가해자 두 명으로 비췄을 것이다.

"하지만, 하지만, 하지만, 하지만……."

간타는 무슨 말인가 하고 싶었지만 아무 말도 나오지 않았다. 요지가 간타의 어깨에 손을 놓으며 말했다.

"간타, 됐어. 내가 말할게."

경찰은 어느새 일어나서 검은 수첩을 펴들고 있었다.

"여기 쓰러진 사람과 제가 몸싸움을 벌였어요. 친구한테 칼을 쓰려고 해서 정신없이 달려들었어요."

경찰은 받아 적으면서 질문하였다.

"칼은 누구 거지?"

"이 사람 거예요."

"너희와 이 애는 아는 사이니?"

요지는 고개를 가로저으며 내뱉듯이 대답했다.

"아니요. 이 골목길을 지나는데 갑자기 이 사람이 말을 걸었어요. 돈 내놓으라고."

'어이쿠' 하는 얼굴로 젊은 경찰은 바닥에 쓰러진 땅콩 대장을 내려다보았다.

"요즘 쉬는 날에 컴퓨터를 사러 온 사람들을 협박하는 사건이 일어나고 있었단다. 이 녀석들 짓이었나 보군. 하지만 너."

경찰은 요지를 보며 살짝 고개를 저었다.

"다시는 칼을 든 사람에게 달려드는 짓은 하지 말거라. 네가 대신 다쳤을지도 모르잖니."

간타는 소리 지르고 싶었다. 안전할 때는 무슨 말이든 할 수 있다. 그럼 순순히 자기 팔에 글자를 새기라고 했어야 할까?

"미안하지만 상대가 다쳐서 오늘은 금방 돌아가지 못하겠구나. 알아 둬라. 부모님에게 연락해야 하니까."

그리고 경찰이 간타를 쳐다보았다.

"이름이 뭐니?"

간타는 검은 수첩에 자신의 이름이 적히고 싶지 않았지만 마지못해 대답했다.

"도이 간타, 도립 가메노슈 고등학교 1학년이에요."

"그리고 넌?"

요지는 얼굴이 새파랗게 질린 채 대답했다.

"아리하라 요지, 세이보가쿠인 고등학교 1학년이요."

"호오, 세이보라. 공부 잘하는구나. 주소와 전화번호는?"

요지가 주소와 전화번호, 보호자 이름을 말하는 동안 간타는 후들 거리는 다리를 가까스로 버티고 서 있었다. 하지만 구급차가 도착할 무렵에는 그 자리에 털썩 주저앉아 버렸다.

가장 가까운 만세이바시 경찰서로 갔다. 요지와 간타는 서로 다른 방에서 같은 상황을 몇 번이나 설명해야 했다. 마치 자신들이 공갈 사건의 범인이 된 것 같았다. 간타는 자신이 본 사건을 재현하면서도 요지가 많이 걱정되었다.

'고의는 아니지만 상대방이 다쳤으면 상해죄가 될까? 정당방위가 고등학생에게도 적용될까?' 간타는 여러 가지 생각이 떠올라 초조했지만 할 수 있는 건 아무것도 없었다.

세 시간이 지나서야 요지를 만날 수 있었다. 간타가 방에서 나와 소년과로 돌아왔을 때 요지가 형사의 책상 옆에 놓인 의자에 앉아 있었다.

"요지, 괜찮았어?"

요지는 창백한 얼굴로 고개만 끄덕이며 대답했다. 간타는 옆에 있던 형사에게 물었다.

"요지는 어떻게 되죠?"

"글쎄. 상대가 어떻게 나올지 모르겠구나. 그쪽 부모가 화내며 고소한다고 하면 소년 재판을 받게 될지도 모르고. 우리는 요지가 성적도 좋고 전과도 없으니까 가능하면 원만하게 처리했으면 하는데."

"네에."

소년 재판이라는 말이 아주 무겁게 다가왔다. 아마 미성년자 재판을 이르는 말일 것이다. '상처를 입혔다는 것 때문에 요지가 책임지고 고소를 당한다는 걸까?' 간타는 스스로 한심해져서 눈물이 나왔다.

"요지, 미안. 나 때문에 미안해. 그때 조금만 빨리 도망쳤어도……, 요지 대신에 내가 그 사람한테 달려들었다면……, 아니, 그보다 내가 먼저 찔렸으면 좋았을 텐데."

간타는 온몸으로 흐느껴 울었다. 자신이 찔려서 그 불량배를 고소할 수 있다면 얼마나 좋을까? 그러면 요지를 안전하게 피해자 편에 둘 수 있을 것이다. 조용한 밤에 소년과가 갑자기 소란스러워졌다. 요지 엄마 레이코와 어두운 색 정장을 입은 낯선 남자가 나타났다. 이상하게 학교 선생님들은 어떠한 차림을 해도 금방 알아볼 수 있다.

"경찰 아저씨 죄송합니다. 우리 요지는 그런 짓을 할 아이가 아니에요. 하지만 잘못은 잘못이죠. 몇 년이 되더라도 소년원에 집어넣어서 죗값을 치르게 해 주세요."

명품 여름 드레스를 차려입은 레이코가 손수건으로 눈가를 찍으며 말했다.

"진정하세요, 어머님. 소년원에 갈 일을 없을 겁니다. 그보다 이분은 세이보에서 오셨습니까?"

정장 차림의 중년 남자가 머리를 숙였다.

"이번에 저희 학교 학생이 아주 큰 사건을 일으켰습니다. 죄송합니다."

선생님은 한동안 고개를 들지 않았다. 간타는 왜 어른들이 자신들에게 아무것도 안 묻는지 이해할 수 없었다. 지금 이 자리에 있는 사람들 가운데 그곳에서 정말 무슨 일이 있었는지 아는 사람은 요지와 간타밖에 없는데 말이다. 하지만 물어보는 사람은 아무도 없었다. 소년과 형사가 말했다.

"어머님과 선생님, 잠시 이쪽으로 오시겠습니까?"

어른들은 넓은 공간에서 구석으로 자리를 옮겼다. 요지와 간타는 파이프 의자 위에 남아 있었다. 간타는 머뭇거리며 물었다.

"요지, 괜찮아?"

요지는 냉정하게 어른들이 이야기 나누는 모습을 가만히 바라보고 있었다.

"난 괜찮아. 하지만 학교는 그냥 넘어가지 않을 거야. 학교는 체면을 가장 중시하는 데라서."

간타는 깜짝 놀라 물었다.

"학생보다 학교가 중요한 거야?"

요지는 빙긋이 거짓 없는 미소를 보였다. 순수한 만큼 애처로운 미소다.

"어른들은 대개 그래."

이 미소를 지켜야 한다. 간타는 그때 가슴에 새겼다.

'여기에 그 칼이 있었다면 스스로 내 팔에 새겼을 거다. 아무리 많은 피를 흘리는 한이 있더라도 반드시 요지는 내가 지킨다. 이번에는 실수를 해서 요지가 나를 구해 주었지만 또다시 이런 일이 일어나면 반드시 내가 목숨 걸고 요지를 구한다.'

거친 숨을 내쉬며 파이프 의자에 앉은 간타는 이때 마음속 깊이 결심했다. 그 결심은 간타가 장차 살아가는데 인생의 지침과 같은 역할을 한다. 다시 말해 무엇이 옳고 무엇이 더 좋은지를 판단하는 모든 일의 기준이 된 것이다. 이 격동의 하루는 간타와 요지의 인생을 완전히 바꾸어 버렸다.

모든 사람들에게 촉망 받던 요지는 칼처럼 날카롭고 어두운 눈을 가진 청년이 되고, 간타는 그런 요지를 지키기 위해서라면 무슨 일이든 행동에 옮기는 충실한 호위대가 된다.

요지와 간타의 소년 시절은 여름이 끝나가는 아키하바라에서 불과 하루 만에 마침표를 찍었다. 그리고 불안과 공포, 불신으로 가득 찬 둘의 청춘 시절이 시작되었다.

08

칼에 다리를 찔린 땅콩 대장의 이름은 기야마 모토히로이고, 세이요한 대학 부속고등학교 2학년이었다. 만세이바시 경찰서 소년과에서는 모토히로를 아키하바라에서 연쇄적으로 일어나던 '갈취 공갈 사건'의 주범으로 보고 엄하게 추궁했지만 붙잡힌 여섯 명 중 아무도 여죄에 대해서 자백하지 않았다. 대장 격인 모토히로는 형사에게 이렇게 말했다고 한다.

"신문 기사를 보고 저희도 쉽게 따라할 수 있을 거 같아서 아키하바라로 나갔어요. 전자상가에 처음 간 거였고 칼을 쓴 것도 처음이었어요. 돈도 정말 뺏으려고 한 게 아니라, 친구들 앞이라 허세를 부리다가 칼까지 휘두르게 된 거고요. 정말 잘못했어요."

소년 재판에서는 거의 모든 정보가 비공개로 처리되어 피해자와 가해자 사이에 정보가 공유되는 일은 없다. 요지와 간타는 안면을 튼 형사에게 그 진술을 들었다. 소년과 방에서 간타는 자신도 모르게 소리를 질렀다.

"처음일 리가 없어요. 녀석은 칼도 아주 익숙하게 휙휙 휘둘렀다고요. 제 팔에 글자를 새기겠다고 협박했어요. 돼지라고 새긴다고요."

간타의 목소리는 비명에 가까웠지만, 요지는 냉정하게 말했다.

"제 생각도 같아요. 우리가 도망치지 못하게 이중으로 같은 패거리들을 배치해 뒀고요. 한두 번 해 본 솜씨가 아니에요. 아주 차분히 즐기는 거 같았어요. 사건이 일어난 뒷골목을 선택한 것, 인원 배분, 말을 거는 타이밍. 모두 일상적으로 익숙한 모습이었어요. 생각해 보니 말을 걸기 전에 저희가 게임기 사는 줄에 서 있던 걸 다 확인해서 돈이 있을 거라 미리 알고 있었어요. 이 정도면 계획적인 거 아니에요?"

원래 하얗던 조사실의 벽은 지금은 흠집투성이에 잿빛으로 변해 칙칙했다. '도대체 얼마나 많은 청소년들이 이 방에서 조사를 받았을까?' 파이프 의자도 나사가 헐거워져서 앉아 있기 불안했다. 머리가 반백인 50대 형사는 몹시 지쳐 보였다. 얼마나 피곤해 보이는지 하얀 셔츠와 검은 넥타이까지 후줄근해 보였다. 형사가 수첩을 내려다보며 말했다.

"그건 요즘 인기 있는 만화를 보고 거기에 빠져서 그랬다던데. 너희들한테 잔인한 말을 했지만 모두 진심은 아니었다고 했다."

손바닥 뒤집듯 건성으로 한 반성이었다. 간타는 버터플라이 나이프를 가지고 팔을 내밀라며 위협하던 그 땅콩 대장의 눈초리를 떠올렸다.

"거짓말이에요."

형사는 피곤한 듯 말했다.

"그럴지도 모르지. 하지만 가정법원의 판사가 결정한 일이니 어쩔 수가 없구나. 거긴 학생을 벌주기보다는 올바른 길을 걷게 하는 걸 우선으로 하는 데거든. 아무튼 너희들이 무사해서 다행 아니냐."

형사는 손목시계를 확인했다.

"회의가 있어서 말이지, 이제 됐니? 결국 주범인 그 모토히로라는 아이는 초범에다가 공갈 자체도 미수여서 보호관찰에 집행유예 처분을 받았다. 이번에 소년원 송치는 보류됐어. 부모 신원도 확실하고 학교에서도 다 받아들인다고 하고."

"……."

간타는 한숨밖에 나오지 않았다. 요지는 희미하게 웃으며 말했다.

"알았어요. 그럼 이제는 길에서 녀석들을 마주치지 않게 조심할게요. 녀석은 여전히 아무렇지 않게 살게 되는 거죠?"

형사는 검은 수첩을 덮고 일어나더니 피곤한 얼굴로 대답했다.

"그런 거지. 언제나 나쁜 인간들은 아무렇지 않은 얼굴로 거리를 활개치고 다니는 법이거든."

무더웠던 여름 햇볕은 심판이 진행되는 동안 선선한 가을날의 저녁 해로 바뀌었다. 요지와 간타는 아키하바라에서 집으로 돌아가기 위해 컴퓨터 매장이 늘어선 중앙로를 걸어가고 있었다. 고개를 드니, 건물 벽면 가득 거대한 애니메이션 미소녀가 메이드 복장으로 미소 짓고 있다. 보랏빛 머리와 분홍색 눈이 한눈에 들어왔다.

"쳇, 그런 나쁜 자식이 무죄라니. 말도 안 되지 않아, 요지?"

거리에 떨어진 전단지가 바람에 날아오른다. 건물과 건물 사이에는 지저분해진 전단지가 녹지 않은 눈처럼 쌓여 있었다.

"그렇다고 무죄는 아니야. 집행유예가 붙었어도 유죄는 유죄야."

"하지만 아무렇지 않게 학교로 돌아가서 아무렇지 않게 거리를 다닐 수 있잖아. 그러면 아까 요지가 말한 것처럼 어디선가 우리와 떡 하니 마주칠 수도 있어."

요지가 갑자기 놀란 얼굴을 하였다.

"앗, 간타 뒤에."

간타는 그 자리에서 펄쩍 뛰어오르면서 돌아보았다. 뒤에는 아키하바라에서 흔히 볼 수 있는 전단지 아르바이트가 서 있을 뿐이었다.

"요지, 그러지 마."

"미안, 미안. 한동안은 녀석도 아키하바라에는 안 올 거야. 여긴 괜찮아. 하지만 간타 말대로 녀석과 언제 어디서 마주쳐도 이상할 게 없어."

"아아, 열 받아. 기껏 아키하바라까지 왔으니까 중고 게임기 가게에 들렀다 가자. 뭔가 게임기라도 하나 사야지, 짱 나."

둘은 큰길에서 꺾어져 컴퓨터와 소프트웨어가 장난감처럼 쌓인 골목으로 들어갔다.

'녀석'과는 그 뒤로 3주가 지난 뒤 예기치 않은 형태로 마주치게 되었다.

토요일 오전이었다. 이미 잠옷을 갈아입은 요지와 간타는 아침으로 빵을 먹고 있었다. 둘 다 휴일 아침 만화영화를 보는 나이는 지났기 때문에 텔레비전으로 한 주의 뉴스브리핑을 보고 있었다. 루스삭스(무릎에서 발목으로 흘러내리는 헐렁한 스타킹)를 신은 여고생들 발끝이 클로즈업되어 '우리 사회에 만연하는 원조교제'라는 타이틀이 화면을 채웠다. 그해는 인기 여가수 아무로 나미에와 원조교제의 해였다.

"정말로 저런 차림을 한 여자애들은 원조교제를 하고 있을까?"

요지는 또래 여자애들의 원조교제가 잘 이해되지 않았다. 요지가 다니는 세이보가쿠인은 남학교라서 여학생이 없었다. 간타는 뭐라고 대꾸할지 난감했다. 간타가 다니는 가메노슈 고등학교 여학생들은 대부분 루스 삭스를 신었다. 그 가운데 몇몇은 실제 원조교제 소문이 돌았는데 호텔비 포함해서 3만 엔을 받는다고 들은 적이 있다. 젊을수록 비싸게 받는다고 했다. '이런 이야기를 순진한 요지에게 해도 될까?'

"흰 사자 새끼도 마찬가지 아닐까? 흔하지 않으니까 텔레비전에 나오는 거겠지?"

"흠, 그런가. 하지만 시부야 같은 데 가면……."

그때 현관 초인종이 울렸다. 요지는 일어나서 인터폰으로 향했다.

"누구세요?"

"우체국입니다. 내용증명인데 서명이나 인감, 부탁합니다."

내용증명? 무슨 말인지 얼른 못 알아들었다. 선선히 받아도 될까? 옆방에서 자는 엄마 레이코를 깨우러 갔다. 슬립 차림의 레이코가 자명종 시계를 확인하더니 엎드린 채 소리쳤다.

"아직 9시도 안 됐잖아. 대체 한밤중에 무슨 일이야."

우편물 이야기를 하자, 목욕 가운을 걸치며 일어났다. 머리를 매만지면서 현관으로 향한다. 문을 연 레이코의 목소리에는 짜증이 잔뜩 묻어 있었다.

"뭐죠? 토요일 아침부터."

"죄송합니다. 여기 서명 부탁합니다."

펜을 건네받아 '아리하라'라고 쓰는 엄마 손을 슬쩍 보았다. 고급스러워 보이는 새하얀 서류 봉투였다. 발신인에 '모리노 우에조노 사무소'라고 인쇄되어 있다. 집배원이 가자, 레이코가 현관문을 잠그며 말했다.

"법률 사무소라니, 무슨 일이지?"

봉투 윗부분을 북북 찢자, 안에서 서류 파일이 나왔다. 꽤 두툼했고 겉에는 스탬프가 찍혀 있다. 레이코가 휘리릭 넘겨보더니 얼굴이 새파랗게 질려 말했다.

"이게 무슨 소리야. 누가, 요지 널 고소한대."

요지는 현관에 우뚝 서 있었다. '고등학생인 내가 고소를 당한다? 뭔가 법을 어긴 적이 있었나?' 간타는 불안한 표정으로 두 사람을 바라보고 있었다.

"누가 날 고소하는데?"

"몰라."

요지는 레이코 손에서 고소장을 낚아챘다. 첫 페이지에 바로 원고의 이름이 인쇄되어 있었다. 기야마 히로카즈. 성을 보고 바로 알아차렸다. 이 사람은 그 땅콩 대장의 아버지가 분명했다. 요지는 어려운 법률 용어를 차근차근 읽어 나갔다.

그 아키하바라 사건으로 칼에 찔린 아들이 다리 힘줄이 끊어져 앞으로 정상적인 보행이 곤란하고 장애가 남을 우려가 있기에 그 손해배상을 청구한다는 소송 같았다. 요지가 중얼거리듯 말했다.

"내가 그 컴퓨터 비용 갈취범한테 고소당했어."

간타는 읽어도 이해하지 못하는 소장에 얼굴을 들이밀고 있다.

"왜? 요지는 무죄잖아. 칼을 가지고 돈을 내놓으라고 한 건 그쪽이 잖아. 칼에 찔린 것도 저 혼자 넘어져서 그런 거잖아."

레이코도 갓 일어나서 부스스한 머리로 멍하게 서 있을 뿐이었다. 냉정해져야 한다. 요지는 목소리를 억누르며 말했다.

"정당방위를 인정받은 건 형사재판이야. 이건 민사소송으로 장애 가 남을 수 있는 다친 다리에 대해 보상하라는 거 같아. 나한테 잘못 은 없지만 다친 것에는 일부 책임이 있다. 뭐 그런 게 아닐까?"

레이코가 소리쳤다.

"말도 안 돼. 우리 집에 그럴 돈이 어디 있다고. 이 사람이 무슨 장 난치나."

이미 레이코도 마흔 줄이었다. 아직까지는 그럭저럭 긴자 거리에 서 버티고 있지만 젊은 시절처럼 잘나가지는 못하는 모양이었다. 손 해배상 청구 상대는 당연히 보호자인 레이코였다. 요지는 자신의 일 인데 엄마한테 피해가 가는 것을 이해할 수 없었다. 간타가 소장을 들고 주먹을 불끈 쥐는 요지를 걱정스럽게 지켜보며 말했다.

"완전 이상해. 공갈 협박을 받은 쪽에서 돈을 줘야 하다니, 어떻게 그럴 수 있어? 재판에서도 분명 이길 거야."

요지의 목소리는 차분했다.

"그쪽도 승산이 없었다면 이런 재판을 벌이지 않았을 거야. 엄마, 죄송……."

요지가 말을 채 마치기도 전에 간타가 소리쳤다.

"사과는 내가 해야지. 요지는 나를 지켜 주려고 칼을 든 그 녀석한테 달려들었어. 내가 잡혀서 그런 거야. 다 내 잘못이야."

레이코는 거실 탁자까지 걸어가더니 떨리는 손으로 담배를 꺼내불을 붙였다. 심호흡이라도 하듯이 빨아들였다가 연기를 내뿜으면서 말했다.

"하는 수 없지. 우리 가게에 변호사도 오니까 의논해 볼게. 이건 어른들 문제니까 엄마가 알아서 할게."

엄마 말이 끝나고 요지는 그대로 현관에 주저앉았다. 그제야 자신이 엄청 충격 받고 긴장하고 있다는 사실을 깨달았다. 아직 가을인데 이상하게 한기가 들었다. 누군가에게 고소를 당한다는 것은 구토가 나는 기분이다.

"요지, 나 때문에 미안해."

어깨에 놓인 간타의 손이 뜨거웠다. 요지는 알았다고 고개를 끄덕이더니 그 자리에서 아침으로 먹은 잼과 버터가 발라진 쿠페 빵을 조금 토했다. 요지는 아직도 그때를 기억하면 쓰디 쓴 위액과 끈적거리는 달콤한 딸기 잼이 뒤섞여 떠오른다.

10월이 되어 요지와 간타는 쓰키지에 있는 법률 사무소에 불려갔다. 요지가 팩스로 받은 약도를 한 손에 들고 걸어가는데 간타가 교차로 모퉁이를 가리키며 말했다.

"저 편의점 있는 데 아냐?"

지하에 편의점이 있는 우중충한 건물이었다. 4층에서 엘리베이터를 내려 복도를 따라 걸어갔다. 법률 사무소라고 해도 문은 다른 회사와 똑같은 철문이었다. 마미야 변호사 사무소. 레이코가 이번 재판을 의뢰한 변호사다.

"실례합니다."

문을 열자 아무도 없는 접수처가 나타났다. 요지가 다시 한 번 소리쳤다. 안쪽에서 젊은 여자가 나와서 인사를 건넸다.

"어서 오세요. 어떻게 오셨어요?"

"세 시에 마미야 변호사님과 약속이 있는데요. 아리하라 요지라고 합니다."

간타도 냉큼 말했다.

"친구 도이 간타입니다."

"기다리고 계십니다. 이쪽으로 오세요."

칸막이로 구분된 좁은 회의실로 안내했다. 탁자와 의자가 여섯 개로 수수했다. 요지는 영화 속 화려한 법률 사무소를 상상했기 때문에 약간 긴장이 풀렸다. 잠시 뒤 약간 나이 든 남자가 두툼한 서류와 노트를 안고 들어왔다. 하얀 셔츠는 소매를 걷어올렸다.

"얘들아, 미안. 좀 바빠서 말이지. 마미야라고 한단다."

변호사는 싱글벙글 웃으면서 말했다. 머리는 백발이었고 벗겨지기 시작한 이마가 아주 넓었다. 목소리는 옆 건물에서도 들릴 정도로 컸다.

"레이코 씨한테 얘기 들었다. 이번 일은 놀랐겠구나. 그런데 요지는 세이보가쿠인 다닌다며? 내 후배네? 반갑구나."

손을 내밀기에 요지는 어리둥절하며 악수했다. 의외로 두껍고 커다란 손이었다. 변호사가 노트를 펴고 말했다.

"그쪽 소장은 읽어 봤단다. 상대 소년은 장난으로 칼을 과시하는데 갑자기 요지가 몸으로 부딪쳐왔다고 하는데, 실제로 어땠는지 말해 주겠니?"

요지보다 먼저 간타가 대답을 했다.

"돈을 내놓으라고 했어요. 그런 말을 누가 장난으로 해요? 칼로 정말 저를 찌르려고 했어요."

변호사는 노트를 보지도 않고 휘갈기면서 물었다.

"음, 네가 어릴 적부터 친구인 도이 간타지? 차례로 물을 테니 잠깐 기다리렴. 그럼 아리하라 요지 군, 그날 아키하바라에는 왜 갔죠?"

요지는 허리를 곧게 펴고 대답했다. 변호사의 질문은 20분 넘게 이어졌다. 이어서 똑같은 질문이 간타에게도 반복되었다. 둘 다 무언가를 이처럼 진지하게 떠올려 본 적은 없었다. 변호사는 요지와 간타의 이야기를 모두 듣고 산뜻하게 말했다.

"역시 소장 내용과는 상당히 다르구나."

간타가 탁자 위로 몸을 내밀었다.

"그쵸? 저희가 옳고 저쪽이 틀렸죠?"

요지가 전부터 궁금했던 것을 물었다.

"형사님한테 들은 그쪽 진술과 이 소장의 증언이 전혀 다른데 어떻게 된 거죠?"

변호사는 미소를 잃지 않고 대답했다.

"음, 재판이라는 건 여러 가지가 복잡하게 얽혀 있어서 말이지. 자신의 죄를 최대한 가볍게 하기 위해서 형사에게는 그렇게 진술한 게 아닐까? 반성하는 걸 보이는 게 유리하니까. 소년 사건의 재판은 인간의 본성은 착하다는 성선설을 바탕으로 하거든."

간타가 발끈하며 끼어들었다.

"자기가 잘못했다고 생각하면 귀찮게 재판 같은 거 안 하면 되잖아요."

변호사는 머리를 매만지며 간타에게 미소 지었다. 간타는 변호사의 얼굴에서 사라지지 않는 미소가 갑옷처럼 보였다.

"그건 맞는 말인데. 형사에서는 선선히 유죄가 되어도 민사에서 뒤집어지는 일도 있단다. 예를 들어 집행유예를 받았지만 민사재판에서는 승소해 얼마 안 되더라도 손해배상을 받았다면 학교와 이웃들에게 해명이 되잖니? 우리만 나쁜 게 아니다, 저쪽도 나빴다고 말이지."

간타의 분노는 가라앉지 않았다.

"컴퓨터 살 돈을 빼앗으려는 녀석이 안 나쁘다는 거예요?"

변호사는 여전히 미소 짓고 있었다.

"이번에는 상대측에도 포인트가 있어. 이런 건 상해를 입은 쪽이 유리하단다. 물론 잘못은 원고 측에도 있지만 교통사고와 같은 거지. 백 퍼센트 저쪽 잘못만 아니면 손해배상 청구는 가능해. 만약 요지가 소년을 들이받지 않았거나 대화로 해결하려고 했다면 다치지 않았을지도……."

간타가 소리 높여 말을 막았다.

"잠깐만요. 그럼 제가 찔렸어야 했다는 거예요? 칼로 팔에 글자를 새긴다고 했다고요."

변호사의 미소는 슬퍼 보였다.

"그건 진심이 아니라 농담이라고 했어. 너무 상식에서 벗어난 말이라서 그게 인정받을 가능성도 있지."

요지가 아주 냉소적인 목소리로 갑자기 입을 열었다.

"법률이나 재판은 어른들 상황에 따라 적당히 바뀌는 거군요."

"음, 뭐. 실제 재판은 소설이나 영화처럼 되지는 않거든. 변호사도 멋있는 배우가 아니라 나 같은 사람이 하고 있잖니."

"그 서류에서 한 가지 걸리는 게 있는데요. 저와 간타가 아버지 없이 자랐고, 엄마는 긴자의 클럽에서 일해서 항상 아이들 둘이 돌아다니고 밥을 먹는다, 그래서 보호자의 지도, 감독이 닿지 않는다고 한 부분이요."

변호사는 씁쓸하게 웃으면서 소장을 펼쳤다.

"이런 서류는 냉정하고 공평한 척하면서 상대방의 약점을 철저하게 파고드는 법이지. 너희가 어떻게 생각하느냐가 아니라 제3자인 판사의 심증을 잘 맞춰야 하는 거야."

요지는 곧바로 말을 받았다.

"엄마만 계신 집에서 자란 저희가 습격당하고, 부모님이 모두 계신 그 녀석은 저희 돈을 빼앗으려던 패거리의 짱이었어요. 그게 사실이라도 아버지가 안 계시고, 엄마가 호스티스라는 이유만으로 재판에 불리한 거네요."

변호사는 여전히 난감한 미소를 지은 채 휴 하고 깊이 한숨을 쉬었다.

"잘 들어라. 어머니는 훌륭한 일을 하고 계셔. 하지만 유감스럽게도 법정에서는 네 말이 맞구나. 법원에서는 괜히 다투지 말고 대화로 해결하라고 하지. 법정에서 다투는 건 법률상의 마지막 수단이란다. 가능하면 원만히 대화로 해결하는 게 바람직해."

변호사는 다 식은 차를 한 모금 마셨다. 입술 양끝이 한층 올라간 것은 웃는 표정을 더 강하게 지었기 때문일 것이다. 변호사는 요지와 간타를 차례로 쳐다본 다음, 입을 열었다.

"너희가 억울한 건 충분히 이해해. 하지만 합의하는 게 어떻겠니?"

간타가 의아해하며 물었다.

"합의라니, 무슨 뜻이죠?"

요지가 짜증스럽게 대신 대답했다.

"재판하지 않는다, 대화로 해결한다는 의미야. 방금 변호사님이 말씀하셨잖아."

변호사는 탁자 위에 두 손을 깍지 끼고 목소리를 한층 더 낮추었다. 배우가 중요한 대사를 말할 때 흔히 취하는 자세다.

"너희가 절대 양보 못 한다면 재판을 하는 방법도 있어. 물론 그렇게 되면 시간이 아주 오래 걸릴 거고 우리가 반드시 승소한다는 장담도 못해. 변호사 비용도 많이 들 뿐더러, 배상금까지 물게 될 수도 있어. 오늘 너희를 보자고 한 건 그걸 묻고 싶어서다."

요지는 변호사라는 직업이 참으로 어려운 일이라는 것을 깨달았다.

"그러면 변호사님은 그걸 확인하기 위해서 저희에게 그 사건에 대해서 꼬치꼬치 물어보신 거예요?"

변호사는 끈질기게 미소 띤 얼굴을 유지하고 있었다.

"뭐, 그렇다고 할 수 있지. 너희도 너희들 사정이나 마음을 전혀 안 듣고 갑자기 합의하자고 하면 받아들이기 어렵잖니. 레이코 씨가 말하더구나. 만약 아이들이 재판을 하겠다면 얼마가 들더라도 재판을 한다고 말이지. 하지만 그건 부담이 아주 많이 될 거다. 자, 둘이서 의논해서 결정하렴. 난 잠깐 자리를 비켜 줄 테니."

변호사는 서류를 두고 칸막이 너머로 사라졌다. 간타가 울 것 같은 목소리로 말했다.

"잘못한 게 없는데 왜 우리가 백기를 들어? 그쪽은 정말 못된 불량배들이고, 칼도 가지고 있었고, 컴퓨터 살 돈을 빼앗으려던 나쁜 놈들이잖아. 눈매도 아주 무서웠고, 번쩍번쩍한 점퍼는 위협적으로 보였다고. 근데 그런 녀석들과 대화하고 돈까지 줘야 하다니 말도 안 돼."

요지는 팔짱을 끼고 공중을 노려볼 뿐 아무 반응이 없었다. 간타는 요지 어깨를 흔들며 말했다.

"너도 싸워 보지도 않고 지는 건 싫지? 녀석들이 분명 잘못했다는 건 모두가 아는 일이니까."

눈에 핏발이 선 요지가 아주 차분하게 말을 했다.

"네 마음 이해해. 나도 그러니까."

"그럼 재판을 해서 호되게 매운 맛을 보여 주자."

요지는 쓸쓸하게 웃으며 고개를 저었다. 간타는 그 변호사 같은 웃음이라고 생각했다.

"그건 안 돼. 재판에는 돈이 들어. 근데 우린 그럴 돈이 없어. 변호사님 말처럼 반드시 이긴다는 보장은 어디에도 없어. 우리가 옳다는 걸 굳게 믿어도 그걸 꺾어야 할 때도 있는 거야."

간타는 분해서 눈물이 나오려고 했다.

"그럼 그런 녀석들과 대화를 해야 하는 거야? 돈 줄 테니 재판하지 말아 달라고?"

요지는 간타의 우는 소리에도 꾹 참고 견뎠다. 자신도 분해서 눈물이 나려 했지만 만약 그렇게 되면 간타는 자제하지 못하고 폭발할 것이다. 또 패닉 상태에 빠져서 이 사무실에 있는 사물함에 틀어박힐지도 모른다.

"간타, 이제 됐어. 우리가 틀리지 않았지만 엄마한테 더 이상 부담을 드릴 순 없어. 재판은 포기하자. 이건 거래야. 옳고, 그르고는 상관없어. 단지 돈을 낭비하지 않기 위한 거래야."

간타는 소리 죽여 울었다.

"하지만 우리는 절대 잘못하지 않았어. 그저 피해자야. 그런데, 그런데."

칸막이 너머로 변호사가 고개를 내밀었다.

"결론은 났니?"

요지는 단련된 강철처럼 강한 목소리로 대답했다.

"네. 재판은 그만두고 합의하기로 했어요. 재판을 하면 비용이 많이 드는 거죠?"

변호사는 자리에 앉아서 서류를 정리하기 시작하였다.

"그래. 그쪽 모리노 우에조노 법률 사무소라는 데는 솜씨가 좋기로 유명하고 변호사 비용도 엄청나게 비싼 데지. 그쪽은 분명 잘사는 집이니까 재판이 되면 우리 쪽만 성가셨을 거다. 그저 시간을 끌기만 해도 이쪽 상처가 깊어지지."

울상을 지은 채 간타가 변호사에게 물었다.

"변호사님은 얼마나 하세요?"

변호사는 머리를 긁적이며 웃었다.

"아하하, 그런 건 역시 신경이 쓰이나 보구나. 합의가 순조롭게 진행되면, 아직 청구서는 안 썼지만, 50만 엔 이상 100만 엔 이하는 되지."

요지와 간타는 눈이 휘둥그레졌다. 요지가 소리를 질렀다.

"그렇게 많이 들어요?"

"그래, 정당함에는 대개 돈이 드는 법이야."

요지가 중얼거렸다.

"정의에는 돈이 든다."

"그래. 그리고 내가 한 가지 조언하마. 잘 들어라. 절대 재판이나 법률, 경찰과는 엮이지 않는 게 좋단다. 사람을 심판한다는 건 그 사람을 사람답게 하는 부분까지도 전부 깎아 내는 일이야. 행복하고 싶으면 법 근처에는 얼씬도 하지 말거라."

간타는 천천히 고개를 끄떡이는 요지를 보았다. 왠지 강한 확신이 드는 동작이었다.

"알았습니다. 법률에 저촉되지 않게 노력할게요. 저의 정당함도 지키고 싶고."

변호사는 웃으며 고개를 끄떡였다.

"자네는 우수한 학생 같군. 열심히 하렴."

요지는 비아냥거리는 웃음을 지었다.

"하지만 그러려면 돈이 필요한 거죠?"

요지 말에도 변호사는 미소를 잃지 않았다.

"유감스럽게도 그런지도 모르지. 엄마에게 안부 전해 다오."

요지와 간타는 자리에서 일어났다. 그리고 피곤해 보이는 변호사에게 인사를 하고 법률 사무소 회의실을 나왔다.

밖으로 나오자 해가 저물어 가고 있었다. 똑같은 정장을 입은 회사원들이 비장한 얼굴로 거리를 오갔다. 요지와 간타는 지하철역으로 향했다. 아직 겨울도 아닌데 왠지 쌀쌀한 느낌이 들었다. 언제나처럼 자신의 옆에서 걸어가는 요지인데 지금은 왠지 차가운 바람이 부는 것 같았다. 간타는 요지가 어딘가 모르게 더는 아이가 아닌 것만 같아서 무서워졌다. 인생의 막바지에 다다른 사람처럼 체념과 차가움이 감돌았다. 저녁놀이 남은 하늘을 올려다보며 요지가 천천히 입을 열었다.

"간타, 정당하려면 돈이 필요한 거네."

간타는 아무 대답도 하지 못했다. 긴자의 수많은 건물들 위로 흘러가는 탁한 피 같은 구름만 바라보고 있었다. 요지는 차분한 목소리로 간타에게만 들리게 말했다.

"아무리 옳은 일이라도 돈이 없다는 사실만으로 더는 아무 것도 아닌 게 되기도 해. 돈이 없다는 건 나쁜 건가 봐. 돈이 없는 건 나쁜 거야."

간타는 들어서는 안 되는 세상의 비밀이라도 들은 듯 허둥지둥 대답했다.

"넌 날 지키기 위해서 칼을 든 녀석에게 달려든 거야. 넌 틀리지 않았고 옳았어. 그건 돈과 아무 상관없어. 이제 너무 이상한 생각은 하지 마."

간타는 불과 두 시간 만에 자신과는 전혀 다른 곳으로 가 버린 친구가 갑자기 무서워졌다. 요지는 간타 말이 들리지 않는 모양이었다. 꿈꾸는 듯 멍한 표정으로 눈앞에 있는 인도를 바라보며 말한다.

"자, 봐 봐. 그래서 직장인들은 모두 기를 쓰며 돈을 벌려고 하는 거야. 돈이 없으면 이 세상에서 내가 나로 있지도 못해. 그 사람이 그 사람인 채로 못 살아. 돈이 없는 건 공기나 물이 없는 것과 같아. 못 살아."

요지가 갑자기 간타를 돌아보았다.

"결심했어. 난 돈을 벌 거야."

간타는 이 친구가 무슨 말을 하는 건가 싶었다. 요지는 불이라도 붙은 듯 말했다.

"돈을 많이 벌어서 너랑 엄마를 지킬 거야. 오늘 내 인생에 새로운 목표가 생겼어."

간타는 그 목표가 돈을 버는 것이어도 되는 건가 싶어서 난감했다. 하지만 뭔가를 깨달은 것처럼 반짝거리는 요지 얼굴을 보고 아무 말도 하지 못했다.

원래 책을 좋아했던 요지는 다음 날부터 도서관에 다녔다. 《고용, 이자 및 화폐의 일반 이론》, 《임금 노동과 자본》, 《프로테스탄티즘 윤리와 자본주의의 정신》 등, 요지가 고르는 책들이 무슨 뜻인지 간타는 전혀 이해할 수 없었다.

그날 요지는 다시 태어났다. 굳게 결심한 대로 젊은 나이에 성공을 거두고 거대한 부를 얻었다. 하지만 요지와 간타의 청춘은 시작될 때부터 그 끝을 알리는 어두운 그림자도 함께 드리워져 있었다.

09

"라운드넥 둘, 브이넥 하나, 흰 런닝 셋, 회색 둘."

간타가 노래하듯이 전표를 읽어 나갔다. 그리고 눈앞 선반에 나열된 커다란 상자 안에서 그 숫자대로 남성용 속옷을 꺼내 배송 박스에 집어넣는다. 전국 각지 매장에서 보내온 주문에 따라 상품을 담아 발송하는 것이다.

"흰색 셋, 검정 넷, 회색 둘, 스트라이프 셋."

이번에는 하나 건너 떨어진 선반에서 요지 목소리가 들렸다. 이쪽은 신사용 양말을 박스에 담고 있었다. 전표를 일일이 복창하는 것은 배송 실수를 피하기 위해 정해 놓은 규칙이다.

"요지, 《원령공주》 재미있지?"

그해 7월에는 유명한 애니메이션 감독 미야자키 하야오의 작품이 개봉되어 폭발적인 인기를 누리며 그동안의 흥행 기록을 갈아 치웠다. 요지는 미야자키 하야오 감독의 애니메이션에 별로 관심이 없었지만 간타가 우겨서 히비야에 있는 극장에 같이 다녀왔다.

"응. 하지만 1,500엔은 비싸. 이 알바 시급이 얼마인지 너도 잘 알잖아."

더운 여름, 둘은 히가시오지마 역 앞에 있는 대형 운송 회사 창고에서 일했다. 천장은 높고 천장 쪽에 지붕으로 난 창문이 하늘을 향해 열려 있었다. 하지만 냉방 설비가 없었기 때문에 늘 땀투성이였다. 요지가 아르바이트 정보지에서 찾은 일거리는 물류 창고에서 주문 받은 물건을 꺼내 포장하는 일이었다. 천성이 낯을 많이 가리고 의사소통도 쉽지 않은 간타 때문에 요지는 사람을 직접 대하지 않아도 되는 단순한 작업을 찾았다. 이 알바 말고도 요지는 자신이 다니는 세이보가쿠인에 응시하려는 중학생 두 명의 과외도 하고 있다.

간타는 접착테이프로 상자를 꼭 붙이면서 말했다.

"750엔."

"2시간 동안 부지런히 일해 번 돈이 영화 한 편으로 사라지는 거야. 네가 꼭 보고 싶다고 해서 가긴 했지만 안 그랬으면 비디오 나올 때까지 기다렸을 거야."

간타가 새 전표를 읽었다.

"라운드넥 여섯, 브이넥 넷, 흰 런닝 여덟, 회색 넷…… 이 매장 꽤 큰가 봐. 하지만 이 애니메이션은 여태껏 봤던 만화보다 두 배나 더 많은 셀화 14만 장을 사용했대. 전부 손으로 그린 거야. 굉장하지?"

요지는 담담하게 전표를 읽었다.

"흰색 둘, 검정 둘, 회색 하나, 스트라이프 하나. 그러든 말든 우리에겐 더 중요한 게 있잖아."

간타는 비닐봉지에 든 속옷을 상자에 던져 넣고 한숨을 쉬었다.

"알아. 돈 말이지?"

그 아키하바라 사건 뒤로 요지는 달라졌다. 아버지 없는 우리가 스스로를 지키려면 반드시 돈이 필요하다고 했다. 대학생들도 어려워하는 경제 관련 서적을 닥치는 대로 읽으며 꼼꼼하게 노트하기 시작한 것도 그 무렵이다.

"맞아. 신문 경제면은 꼬박꼬박 읽고 있어?"

간타는 대답하지 못했다. 한 방울 땀이 턱 끝에서 뚝 하고 콘크리트 바닥에 떨어진다.

"우리가 애니메이션에 빠져 있는 동안, 세상에는 엄청난 일들이 벌어지고 있어. 태국 정부와 중앙은행 그리고 유럽과 미국의 헤지펀드(개인 모집 투자 신탁, 국제 증권 및 외환 시장에 투자해서 단기 수익을 올리려는 민간 투자 기금)들 간의 싸움. 이건《원령공주》의 멧돼지와 인간의 작은 싸움과는 비교가 안 돼."

간타는 전혀 관심 없는 이야기였다. 하지만 요지가 엄청난 관심을 가질 정도니까 분명 중요한 것이라고 생각했다.

"실물 경제에 비해서 과대평가되었던 태국 통화 바트에 전 세계 헤지펀드가 공매를 시작했어. 태국 중앙은행은 외환 준비를 관두고 밤새 엄청난 금리를 걸어 자국 통화를 지키려고 안간힘을 썼고. 하지만 실패했어. 그러다 어마어마한 매물이 쏟아져 나온 거지. 결국 고정환율제를 포기하고 변동환율제로 바꿀 수밖에 없었어. 순식간에 바트화가 20퍼센트나 폭락한 거야. 그러니 태국 경제가 어떻게 버티겠어. 지금 바트화는 완전 피투성이야. 지금 셀화가 몇 장이니, 그런 걸 논할 때가 아니야."

요지는 막힘없이 말을 쏟아 내면서도 포장 작업하는 손을 멈추지 않았다.

"……그건, 뭐랄까, 굉장하네."

간타는 중앙은행은 물론, 외환 준비가 뭔지 몰랐다. 헤지펀드니, 고정환율제라는 단어는 들어본 적도 없다. 하지만 요지 말처럼 언젠가 틀림없이 이 주문 같은 말들이 아주 중요해질 세상이 올 거라 믿었다. 요지 눈에는 앞으로 나아갈 그 길이 분명하게 보일 것이다.

"태국만이 아니라, 한국과 인도네시아도 상황이 많이 안 좋은가봐. 이제 국제 통화 기금(IMF)이 어떻게 움직일 지가 문제야. 하지만거긴 규제가 엄격하니까."

요지는 알 수 없는 소리를 하는 고등학교 2학년이었다.

"응, 국제 통화 기금은 엄격해."

간타는 휑뎅그렁하게 넓은 창고 안에서 메아리처럼 요지 말을 따라했다.

아르바이트 제안은 요지가 먼저 했다.

로켓 공원에서 아이스크림을 먹다가 요지는 갑자기 간타에게 말을 꺼냈다.

"언젠가 내 일을 도와준댔지?"

간타는 초콜릿과 바닐라가 섞인 아이스크림을 핥으면서 고개를 끄떡였다. 로켓 미끄럼틀에서 아이들이 소리를 지르면서 놀고 있었다. 그러고 보면 고등학생이 된 뒤로 간타는 미끄럼틀을 탄 적이 없었다.

"응, 당연하지."

"그럼 같이 일해 줄래?"

용돈이라면 요지의 엄마 레이코가 주었다. 지바에 사는 간타 이모는 착실하게 간타의 양육비를 보내왔다. 요지와 간타는 그런대로 용돈을 넉넉하게 받고 있었다.

"갖고 싶은 거라도 있어?"

'자전거나 새 휴대폰일까?' 간타는 함께 신제품을 사서 조만간 서비스하는 10엔 문자 메일을 시험해 보고 싶었다. 문자 메일은 통화료보다 요금도 훨씬 싸다고 했다.

"아니, 갖고 싶은 건 없어. 물건을 사기 위해서만 돈이 필요한 건 아니야. 그렇게 쓸 수도 있지만 그럼 언제까지나 가난에서 못 벗어나. 잘 들어, 간타. 우리는 아주 멀리까지 가는 거야."

머리가 좋은 사람이 하는 말은 종종 알아듣지 못할 때가 있다. 간타는 아이스크림을 크게 한 입 베어 먹었다.

"여행 가는 거야? 오키나와나 하와이?"

레이코는 이미 마흔을 넘어서 긴자의 클럽에서 일하기 곤란한 상황이었다. 그래서 긴시초 역 뒤편에 작은 클럽을 연다고 했다. 오늘도 돈을 마련하기 위해 동분서주하고 있을 것이다. 요지와 간타는 태어나서 아직 한 번도 비행기를 탄 적이 없었다.

"아니. 우리에겐 자본금이 필요해. 일을 시작하고 새로 돈을 낳기 위해서는 돈이 필요해."

돈으로 돈을 낳는다. 예전에 본 고대 그림처럼 거북이 위에 코끼리를 얹는다면 이해가 가지만 500엔짜리 동전이 저절로 늘어나는 일이 있을까?

"간타, 우선 100만 엔을 만들자."

놀란 간타는 벤치 옆에 앉은 요지를 쳐다보았다. 미인인 엄마를 닮아 단정한 얼굴이지만 그 고소 사건 뒤로 파리하니 차가운 그림자가 드리워졌다. 중학교 때부터 여학생들이 요지에게 쓴 러브레터를 전해 준 적이 한두 번이 아니었다.

"그런 큰돈을 고등학생이 어떻게 모아."

요지와 간타는 한 달에 3천 엔씩 용돈을 받았다. 둘이서 한 푼도 쓰지 않고 모아도 거의 15년은 걸리는 액수다. 요지가 설명했다.

"학교에 다니면서 알바를 하자. 우리 둘이 노력하면 1년이면 가능해. 그 돈은 장차 몇 배가 되어서 돌아오고 우리를 지키는 방패가 될 거야. 운용은 나한테 맡겨."

'운용?' 또 모르는 말이다. 살며시 옆얼굴을 보니 요지 표정이 반짝반짝 빛났다. 멀리 은색 로켓 미끄럼틀이 둔탁한 빛을 내고 있다. 단지 안에 있는 공원이 간타에게는 마치 나사(NASA)의 우주 로켓 발사장처럼 보였다. 요지라면 분명히 최고의 우주 비행사가 될 것이다. 간타는 자신도 모르게 고개를 끄떡였다.

"알았어. 알바, 해 볼게."

"그래, 좋았어. 모두가 대입 준비에 쫓기고 있을 때 우리는 더 멀리 가는 거야. 간타, 나는 그동안 도서관 경제학 칸에 있는 책들을 거의 다 읽었어."

간타는 한 페이지도 읽지 못하는 어려운 책들이다. 동경하는 눈빛으로 요지를 쳐다보았다. 요지는 학교에서도 반 친구들과 어울리지 못하는 듯했다. 아키하바라 사건 이후 학교에는 이상한 소문이 퍼졌다. 번화가에서 싸움을 벌이다가 불량배 다리를 칼로 찔렀다, 공부는 잘하지만 무슨 짓을 할지 모른다, 무엇 때문인지 경제학 관련 서적만 읽는 수수께끼의 열일곱 살이다 등등. 하지만 요지는 그러한 소문이 돌아도 별로 신경 쓰지 않았다. 간타는 강한 요지에게 감탄하면서도 지나치게 날카로운 모습에 위험을 느꼈다. 요지가 천천히 말했다.

"그래서 나 나름대로 알게 된 게 있어."

'도대체 무슨 말을 하려는 걸까?' 요지가 무슨 말을 할지 전혀 예측할 수 없었다. 간타에게는 요지가 하는 말이 고등학교 수업보다도 재미있었다. 선생님보다 훨씬 빠르게 반응을 보여 주기 때문이다.

"결국 돈이라는 건 티켓이야."

"티켓? 전철 티켓?"

요지는 흥분되는지 벤치에서 일어나 여름 하늘을 향해 가슴을 폈다.

"그 티켓이 있어야 우리는 자유를 얻을 수 있어. 아파트 단지나 학교에서도, 우리가 살아가는 이 세상의 성가신 습관이나 법률, 이 모든 것들로부터 아주 멀리 떨어진 곳까지 갈 수 있어. 누가 뭐라 하지도 않고, 구속하지도 않고 자유롭게 살 수 있는 거야."

간타는 멍하니 생각했다. '자유를 얻으면 난 뭘 하지? 지금과 별로 다르지 않을 것 같은데. 하지만 요지는 다르겠지? 자유를 얻으면 분명히 뭔가 멋진 일을 할 거야. 어쨌든 세계 제일의 우주 비행사니까.'

"이런 세상에 태어나서 자유롭지 않다면 살아갈 의미가 없는 거잖아. 나는 언젠가 어른들은 물론 이 세상 누구의 손도 닿지 않는 곳까지 갈 거야. 돈으로부터 자유로워질 거야."

이처럼 반짝이는 요지 눈을 본 적이 없는 간타는 요지가 조금 격정스러웠다.

"완전한 자유를 얻으면 어떡할 건데?"

요지는 간타를 힐끔 보더니 대답했다.

"걱정 마. 그때는 너도 같이 갈 거야. 엄마도 있고 다른 사람이 몇 명 더 있을지 몰라. 완전하게 자유로워지면 난 실컷 웃을 거야. 햇살이 쏟아지는 길을 모두 함께 걸으면서 실컷 웃을 거야. 거 봐라, 우리는 자유를 얻었다. 약 오르면 여기까지와 봐라 하고."

따뜻한 햇볕을 등지고 산책하며 모두 서서 크게 웃는다. 요지와 간타, 레이코 아줌마, 어쩌면 히메도 있을지 모른다. 아무도 손가락질하는 사람은 없다. 간타는 웬지 아주 좋은 목표라는 생각이 들었다. 공무원이 된다거나 대기업에 들어간다는 또래들 목표와는 차원이 달랐다. 과연 요지다웠다.

'그래, 난 요지가 자유를 얻을 수 있도록 평생을 바쳐 도울 거야. 그래서 요지와 함께 자유로워질 거야.'

간타는 자리에서 벌떡 일어나 요지 옆에 나란히 섰다. 비록 도쿄 외곽 초라한 동네였지만 소나기구름이 뜬 하늘의 저녁놀은 웅장했다. 여러 가지 붉은빛이 소용돌이치고 있었다.

"알았어. 나도 꼭 자유로워질 거야. 근데 뭐부터 하면 되는데?"

요지의 뺨이 장밋빛으로 물들어 있었다.

"일하는 거야. 일하고 또 일해서 돈을 벌어. 그래서 자유행 티켓을 사는 거지. 간타, 같이 자유를 얻자."

간타는 오른팔을 하늘로 추켜올리며 제자리에서 폴짝 뛰었다.

"좋아~!"

어린 간타와 요지는 이 세상에 그런 티켓은 실제로 존재하지 않는 다는 사실을 몰랐다. 하지만 둘은 멀리 있는 무언가를 원했다. 눈앞에 있는 것이 아닌 아주 멀리서 반짝이는 것. 거기에 손이 닿지 않는 다면 차라리 죽는 편이 낫다고 여겼다.

어떤 일을 하고 어떤 삶을 선택하든 자유다. 하지만 십대 중반에 그런 열병에 걸리지 않는다면 이 지루한 세상을 바꿀 수 있다는 걸 기대할 수는 없다.

물류 창고 아르바이트는 꼬박 1년 동안 계속했다.

마침내 1년 뒤 요지와 간타는 월급을 받고 곧장 집으로 돌아왔다. 월급날에는 아파트 단지 근처에 있는 맥도널드에서 초콜릿 쉐이크 와 더블치즈버거로 외식하고는 했지만 지금은 둘 다 마음이 급했다. 패스트푸드를 먹고 있을 겨를이 없었다.

마침내 목표로 했던 금액이 모아졌다. 요지와 간타는 방으로 가서 쿠키 통을 열었다. 안에는 구겨진 만 엔짜리가 고무줄로 차곡차곡 묶여 있었다.

"간타, 쥐 봐."

갈색 월급봉투에서 지폐를 꺼냈다. 여름방학이라서 제법 두둑했 다. 간타는 6만 엔이 넘는 돈을 쿠키 통에 툭 던졌다. 요지도 자기 월 급을 합쳤다.

"세어 보자. 간타, 부탁해."

간타는 돈을 잘 세었다. 만 엔짜리 다발을 부채처럼 펼쳐서 3장씩 재빨리 세어 나간다. 간타는 정수 암산이나 수학과 관련된 기억에 뛰어난 재능이 있었다. 요지도 그 재능을 높이 샀다.

"……서른하나, 서른둘, 서른셋, 서른넷. 나머지 한 장과 3천 엔. 103만 엔하고 3천 엔이야. 요지, 우린 해냈어."

"그래, 정말 굉장해. 나도 한번 만져 보자."

요지는 손으로 백만 엔이라는 돈의 무게를 확인하며 말했다.

"왠지 기분이 이상해. 이게 대충 100그램인데 아주 무거운 것 같기도 하고 가벼운 것 같기도 하고. 하지만 한 가지 사실은 분명해."

간타는 열여덟 살에 백만 엔을 모은 자신들의 능력에 깜짝 놀라고 감동도 받았다.

"그게 뭔데, 요지?"

요지는 씩 웃으며 대답했다.

"이건 우리가 모은 첫 백만 엔이라는 거야."

요지는 1년에 걸쳐 모은 돈다발을 오래된 신문이라도 버리듯 쿠키 통에 툭 내던졌다.

"하지만 절대 마지막이 아니야. 이번에는 이걸 이용해서 더 키울 거야. 간타, 축하하러 맥도널드 가자. 오늘은 뭐든 먹고 싶은 거 먹어. 내가 쏠게."

"야호! 와아, 신 난다. 그럼 빅맥 먹어야지."

간타는 백만 엔 다발을 집어서 천장을 향해 내던졌다. 만 엔짜리 지폐가 낙엽처럼 팔랑거리며 떨어진다.

"요지, 봐 봐. 돈 비야."

둘은 손뼉을 치며 웃고는 떨어지는 지폐에 파묻혀 좁은 방에서 뒹굴었다.

여름방학 마지막 금요일이었다.

요지와 간타는 가장 가까운 긴시초 역으로 향했다. 역 앞 로터리에서 버스를 내려 곧장 게이요 도로로 걸어갔다. 도로를 사이에 두고 역 맞은편에는 유리로 된 가게가 반짝거렸다. 감색 바탕에 은색별이 지는 친숙한 마크가 유리 벽면에 띠처럼 둘러 있었다. 갤럭시 증권 긴시초 역 지점이었다. 간판 아래에는 닛케이(일본의 주가 지수) 평균과 환율 시세 수치가 실시간으로 깜빡였다. 간타가 몸을 떨며 말했다.

"왠지 떨려. 고등학생이 이런 데 와도 되는 거야?"

둘 다 빈손이었다. 요지는 망설이는 친구를 전혀 개의치 않고 말했다.

"고등학생이 투자를 하면 안 된다는 법은 없어. 괜찮으니까 가자."

갤럭시 증권 출입문 앞 매트리스에 발을 내딛자, 눈앞의 유리문이 열렸다. 오른쪽 전광판에는 수많은 주가가 따스한 오렌지색으로 깜빡인다. 정면에 카운터가 보였다. 젊은 여직원이 유니폼 차림으로 앉은 채 고개를 숙였다. 둘은 빨려들 듯이 카운터로 향했다.

"어서 오세요. 이리 앉으시죠."

인테리어 잡지에서나 보는 세련된 북유럽 풍 의자였다. 간타는 언제든지 일어날 수 있게끔 살짝만 걸터앉았다. 요지는 카운터 위에 깍지 낀 손을 올려놓고 말했다.

"여기서 계좌를 개설하고 싶은데요."

창구 담당 직원은 약간 당황한 모습이었다.

"고객님이요?"

요지는 애써 미소 지으며 말했다.

"네, 얼마 안 되지만 투자 공부를 해 볼까 싶어서요."

오른손으로 청바지 뒷주머니에서 두툼한 봉투를 꺼내 카운터에 내려놓았다. 젊은 창구 담당 여직원이 봉투를 집으며 말했다.

"잠시 실례합니다."

"그리고 이건 저희 어머니의 동의서고요."

요지는 봉투를 하나 더 꺼냈다.

여직원이 두툼한 봉투 안을 확인했다. 고개를 끄떡이고 봉투를 카운터에 내려놓더니, 신청 용지를 꺼냈다.

"그럼 여기 체크된 곳을 써 주세요. 그리고 이게 저희 회사 카드 신청서입니다. 비밀번호를 정해 주세요."

요지는 모든 항목을 쓱싹쓱싹 채워 나갔다. 간타는 어안이 벙벙한 표정으로 요지가 익숙하게 신청서를 작성하는 모습을 바라보고 있었다. 요지는 다 쓴 다음에 간타에게 물었다.

"비밀번호는 어떻게 할까? 우리 독립 기념일로 하자."

요지는 벽에 걸린 달력을 쳐다보았다. 날짜는 8월 28일이었다.

"공팔이팔. 됐다. 도장은 어디에 찍어요?"

여직원이 손으로 가리키며 알려 주었다.

"여기와 여기, 그리고 여기, 세 군데 찍으시면 됩니다."

요지는 이번에는 청바지 앞주머니에 손을 집어넣었다. 플라스틱으로 된 녹색 인감이 나왔다.

"앗, 요지, 그 도장, 중학교 졸업식 때 받은 거잖아. 나도 똑같은 거 있어."

"하하하, 알아챘구나."

요지는 인감을 꽉 눌러 찍었다. 그 사이 두 사람이 거의 1년에 걸쳐 모은 돈은 기계에 들어가서 불과 몇 초 만에 셈을 마쳤다. 정확히 백만 엔이었다. 여직원은 웃으면서 말했다.

"이게 보관증이고 이건 고객용 계좌 개설 신청서입니다. 카드는 2주쯤이면 댁으로 배송될 거예요. 또 궁금하신 점이 있으시면 여기로 연락 주세요."

자신의 명함을 꺼내서 요지한테 건넸다.

갤럭시 증권 긴시초 역 지점 고객 담당 다카시마 미도리.

"고객님도 여기요."

간타는 여직원이 내민 명함을 두 손으로 공손하게 받았다.

"전 이 지점에 온지 2년이 되었는데 두 분이 가장 젊은 고객님이세요. 거품 경제가 끝난 지금 아주 심각한 상황인데 고객님 같은 분들이 주식 시장에 참여해 주셔서 아주 든든하네요. 앞으로 저희 갤럭시 증권을 잘 부탁드립니다."

마지막으로 여직원은 진심어린 미소를 보여 주었다. 작년 1997년에는 23년 만에 일본의 GDP(국내총생산)가 마이너스 성장을 기록했다. 또 그해 가을 홋카이도 타쿠쇼쿠 은행과 야마이치 증권이 파산하며 온 나라가 거대한 충격에 휩싸였다. 머지않아 장기신용은행과 채권신용은행이 국유화되면 주식 가치는 거의 땅에 떨어질 거라는 예측이 떠돌았다. 요지와 간타는 동틀 무렵 가장 깜깜한 시기에 시장에 뛰어든 것이다.

"저희야말로 잘 부탁드려요."

둘은 인사를 하고 자리에서 일어났다. 냉방이 아주 잘 된 증권사를 나오자마자 늦여름의 열기가 온몸을 감쌌다.

"자, 다음 일을 하러 가자."

요지와 간타는 시원한 음료수도 한 잔 마실 틈도 없이 편의점에서 주스를 사 곧바로 집으로 돌아갔다. 곧장 방으로 들어간 요지가 커다란 전지를 몇 장 펼쳤다. 좁은 바닥이 꽉 찼다. 어떤 전지는 이어 붙이니 2미터 가량이나 되었다. 간타가 놀란 목소리로 물었다.

"우와. 이게 다 뭐야?"

"차트야. 알바하면서 그동안 주식을 공부했어. 이건 지난 10년 동안의 닛케이 평균 그래프야."

전지는 옆으로 아주 길게 이어졌다.

"어쩐지 엄청난 산이 무너지고 나서 줄곧 골짜기만 계속되는 느낌이야."

간타의 감상에 요지는 연필로 그 산의 정상을 가리키며 말했다.

"그래. 여기가 89년 말, 거품 경제가 절정에 달했을 때야. 주가가 4만 엔이 다 되었는데, 지금 닛케이 평균은 15,000엔대니까 거의 3분의 1로 내려간 셈이지."

"엇, 그럼 그때 주식을 산 사람은 돈이 3분의 1이 된 거야? 아까 그 100만 엔이 33만 엔이 된 거네. 왕 충격인데."

꼬박 1년 동안 놀지도 않고 아르바이트를 하며 모은 돈이었다. 그 돈이 3분의 1이 되다니. 상상만 해도 간담이 서늘해진다. 간타가 조심스럽게 물었다.

"이런 위험한 거에 우리 돈을 걸려는 거야?"

요지는 가만히 간타의 눈을 바라보며 대답했다.

"그래. 방법은 그것밖에 없어."

간타는 뭐라 할 말이 없었다.

"요즘 같은 시기에 가장 쉽게 돈을 벌려면 신용 거래로 주식을 사고팔 수 있는데, 우선 주식을 사 모으는 방법밖에는 없어. 우리 자금으로는 그 보증금이 안 돼. 너도 신문이나 텔레비전 뉴스에서 경기가 바닥이란 소린 들었지?"

부실 채권, 공적 자금, 금융기관의 파탄. 그런 낯선 용어가 매일같이 보도되고 있을 때였다.

"응, 하지만 거품 경제일 때는 어렸으니까 경기가 좋다는 게 어떤 건지 잘 모르겠어."

간타의 대답에 요지가 복잡한 얼굴을 했다.

"그 시절에는 뭔가 아주 즐거웠던 거 같긴 해. 나도 그런 건 책으로만 읽어서 잘 모르겠어. 하지만 우리는 경기가 아무리 나빠도 살아남아야 해. 이걸 봐."

전지 위에 새로 전지를 세 장 펼쳤다. 흰색과 검은색의 네모난 막대기가 위아래로 길게 뻗어 있다. 간타가 또 물었다.

"이건 뭐야?"

"봉차트라는 건데, 주가 변동을 그린 차트야. 난 지난 1년 동안 계속 주가 변동을 쫓아왔어. 그래서 몇 군데를 골랐는데 선택한 기준은 간단해."

요지가 차트에서 고개를 들더니 빙긋 웃으며 말을 이었다.

"내가 취직해도 괜찮다고 생각하는 회사와 앞으로 계속 성장할 것 같은 회사를 골랐어. 우선 휴대폰이 이만큼 붐이니까 엔티티 도코모, 플레이스테이션으로 닌텐도를 이긴 소니, 그리고 10엔 문자 메일로 화제가 된 제네럴전산이야."

"흐음, 제네럴전산만 표가 짧은데?"

"응, 그건 10엔 문자 메일이 뉴스가 된 봄부터 시작했으니까. 이중에서 첫 투자 대상을 고르려고 해."

모든 차트들이 처음 본 닛케이평균에 맞춰서 줄줄이 하락하고 있었다. 간타가 보기에는 다 비슷비슷해 보였다.

"난 뭐든 상관없어. 네가 정해. 어차피 들어도 모르는데 뭐 하러 설명을 해?"

요지는 도리질을 했다.

"그 백만 엔의 절반은 간타, 네가 일해서 번 돈이잖아. 그리고 투자를 전부 남의 손에 맡기면 안 돼. 다른 사람에게 매매를 위임해서는 안 된다는 일임 매매 금지라는 게 있거든. 증권 회사에 맡겨도 안 된대."

"흠, 그렇구나. 넌 정한 거야?"

요지도 처음 종목을 선택하는 것이라서 긴장하는 듯했다.

"아니, 아직 모르겠어."

간타는 전지에 그려진 차트를 멍하니 바라보았다. 이중에서 하나를 정해 주식을 백만 엔어치나 사야 한다. 하지만 주식은 언젠가 팔기 위해서 사는 것이다. 편의점에서 껌이나 캔 주스를 사는 것과는 사정이 다르다. 하지만 미래는 아무도 모른다. 요지도 더 이상 말이 없었다. 분명 투자에는 많은 용기가 필요한 것이다.

한동안 바라보고 있는데 그중 한 차트에서 흐릿하게 빛이 나는 느낌이 들었다.

"이건 어디야?"

"제네럴전산."

"왠지 이게 좋을 거 같아."

"왜?"

간타는 천천히 대답했다.

"도코모의 휴대폰은 이미 가지고 있고, 소니의 플스도 집에 있잖아. 하지만 10엔 문자 메일만 써 본 적이 없어서 전부터 해 보고 싶었어. 10엔 문자 메일이 가능한 휴대폰은 제네럴전산이 가장 잘 팔리잖아. 나도 갖고 싶기도 하고. 그래서 이게 좋지 않을까 싶어."

요지는 전지 세 장을 나란히 늘어놓고 꼼꼼하게 봉차트를 비교했다. 얼마 뒤 무언가를 발견한 듯 말했다.

"그렇구나. 7월부터 8월에 걸친 하락장에서도 아주 약간이긴 해도 제네럴전산이 하락폭이 적어. 반대로 상승할 때에는 상승률이 높아. 괜찮을 거 같아. 이걸로 해 보자."

요지는 여름방학이 끝날 무렵부터 9월까지 세 번에 나누어 제네럴전산 주식을 매입하였다. 평균 매입가는 309엔으로 전부 3천 주였다. 하락세로 마감한 다음날 아침, 명함을 받았던 갤럭시 증권의 여직원에게 전화를 걸어서 모두 첫 거래로 매입했다. 이 무렵에는 온라인 거래가 아직 활성화하지 않을 때였다.

가을이 점차 깊어지는 가운데 요지와 간타는 물류 창고 아르바이트를 계속했다. 자유행 티켓은 아주 비싸서 백만 엔으로는 도저히 손에 넣을 수 없었다. 아직도 자본금이 더 필요했다.

간타도 자신이 모은 돈을 투자하자 경제에 흥미를 갖기 시작했다. 넓은 창고 안의 대화도 점차 열기를 띠었다. 낮에는 학교에서 공부하고 저녁부터 밤까지는 알바를 하며 조금씩 자금을 모았다. 밤에는 학교 공부가 아닌 몹시 배우고 싶었던 세계 경제의 형성 과정에 대해 공부했다.

열여덟 간타와 요지는 이 시기가 청춘의 황금 시대였다. 첫 투자 종목인 제네럴전산은 가을까지 폭등하여 둘은 거의 세 배나 되는 이익을 거두게 된다.

그래도 간타와 요지는 아르바이트를 계속했다. 꾸준히 자금을 늘리고 시장에서 얻은 이익은 쓰지 않고 모두 재투자했다. 두 사람에게 처음이자 마지막이 될 회사의 자본금은 순조롭게 쌓여 갔다.

10

'탁! 탁!' 아까부터 요지가 폴더 형 휴대폰을 반복해서 여닫고 있다. 기요스미 거리에 있는 단골 패밀리 레스토랑의 창가 자리였다. 가게 안 몇몇 테이블에만 아침 먹는 손님이 있을 뿐이다. 종업원도 나른한 모습으로 느릿느릿 움직인다. 창밖에는 출근하거나 등교하는 사람들이 잔뜩 찌푸린 얼굴로 오가고 있다. 아침부터 흥분한 간타가 두 눈을 반짝이며 말했다.

"그거 신형 휴대폰 맞지? 역시 폴더 형은 멋있어."

그동안 단순했던 휴대폰 기능은 2000년에 엄청나게 발전했다. 그래서 20세기 마지막 해는 휴대폰의 해로 기억된다. 테이블 위에는 요지 명의로 된 휴대폰 세 대가 놓여 있다. 요즘 요지는 늘 휴대폰을 만지작거리며 생각에 잠기곤 했다. 요지가 들고 있던 한 대를 보이며 말했다.

"얼마 전까지만 해도 휴대폰 액정이 다들 흑백이었는데 지금은 절반 넘게 칼라로 바뀌었어. 5천만 대 넘게 계약됐고."

왼손으로 또 다른 휴대폰을 들더니 사진 찍는 흉내를 냈다.

"조만간 디지털카메라와 음악 플레이어 기능이 달린대. 이제 휴대폰은 카메라도 되고 MP3 플레이어도 되는 거야."

들고 있던 휴대폰 두 대를 내려놓고 조금 두꺼워 보이는 나머지 한 대를 집어 들었다.

"휴대폰의 진화도 마침내 종점까지 온 듯해. 이건 인터넷이 돼. 웹 페이지를 볼 수 있고 마음대로 메일도 보낼 수 있어. 맘만 먹으면 대학교 졸업 논문도 쓸 수 있어. 이거 하나면 컴으로 하던 걸 거의 전부 할 수 있어. 굉장하지 않아?"

올봄 요지는 대학생이 되었다. 명문 사립대 경제학부에 입학했지만 강의에는 유급 당하지 않을 만큼만 출석했다. 그보다는 이렇게 간타와 근처에서 시간을 보내거나 경제 관련 서적을 읽고 기업가와 IT 업계 사람들을 만났다. 간타는 뭐가 굉장한지 잘 몰랐지만 바로 고개를 끄떡였다. 요지가 굉장하다면 그것은 분명히 굉장한 일이다.

"거품 경제가 붕괴된 뒤 일본에는 새로운 성장 산업이 사라졌어. 경제 성장이 거의 멈춘 상태야. 너도 취직 빙하기란 말 들어봤지?"

처음 듣는 말이었지만 그냥 고개를 끄떡였다. 정보에 많이 노출되면 왠지 현기증이 나고 머리가 아파 오기 때문에 간타는 신문도 텔레비전도 많이 보지 않았다.

"우리 학교를 졸업해도 거의 절반은 백수야. 그런 불경기인데도 인터넷과 휴대폰만은 얘기가 달라. 지금도 이 분야엔 새로운 비즈니스 모델이 계속 생겨나고 있어."

요지가 괴로운 표정을 지었다. 긴자에서 잘 나가던 호스티스 엄마를 닮아 얼굴이 갸름하다. 요지에게 잘 어울리는 얼굴이었다.

"지금 이러는 동안에도 누군가가 선수를 칠 거 같아서 초조해. 뭔가 좋은 아이디어가 없는지 온종일 그 생각뿐이야. 음, 어제까지 해서 우리 자금이 얼마였지?"

제네럴전산에 첫 투자를 한 뒤, 요지와 간타의 자금은 눈덩이처럼 불어났다. 요지는 시대를 꿰뚫는 눈이 있고, 간타는 남다른 기억력과 계산력이 있었다. 간타는 선천적인 장애 때문에 인간관계에 서툴렀다. 게다가 상대방 눈을 똑바로 쳐다보지 못하고 상대방 마음도 헤아리지 못했다. 반면 사람 마음처럼 불확실하고 불안정하지 않으며 똑 떨어지는 숫자의 세계를 좋아했다. 거기서는 늘 야단맞는 기분도 들지 않았고 편하게 쉴 수 있었다. 특히 자신들이 번 돈으로 투자를 시작한 뒤, 간타는 매일 수치가 움직이는 신비로운 주식 시장에 빠져들었다.

"피노키오넷이 2백 주, 사키요미 기획이 3천 주, 에그쉘터가 천 주. 어제 종가로 계산하면…… 대충 728만 엔이야."

투자한 종목들은 모두 도쿄 증권 거래소 마더스(한국의 코스닥과 비슷한 시장)나 자스닥 등 신흥 시장에 상장된 IT 관련 기업이었다. 요지는 침체된 도쿄 증권 거래소 1부의 대기업을 단념하고 생긴 지 얼마 안 된 기업의 미래에 기대를 걸었다. 그 투자 방법은 요지의 기대를 저버리지 않고 멋지게 결실을 맺었다. 간타는 자신들이 가진 종목의 주가가 지난 석 달 동안 어떻게 변했는지 모두 기억했다. 요지는 그런 것들은 모두 컴퓨터에 들어 있기 때문에 기억할 필요 없다고 했지만 간타는 단순히 숫자를 외우는 것이 즐거웠다.

"그렇구나. 빨리 천만 엔이 됐으면 좋겠는데."

둘은 아직 십대였다. 요지는 대학 1학년이고, 간타는 고등학교를 졸업한 다음 단골 비디오 대여점에서 아르바이트를 시작했다. 그런 자신들이 엄청난 거금을 움직이고 있다는 사실에 왠지 기분이 이상했다.

"요지, 천만 엔이 되면 뭐할 건데?"

요지는 고개를 한 번 끄떡이더니, 창밖으로 시선을 보냈다. 회사원들의 잿빛 물결이 지하철역으로 향한다.

"우리 회사를 세울 거야. 그래서 아무도 본 적이 없는 형태로 성공하는 거지. 불경기, 취직 빙하기, 싱글 맘도 관계없어. 반드시 해낼 거야."

간타는 요지가 하는 일은 반드시 성공할 것이라고 믿었다. 그때 자신은 크게 성공한 요지의 옆에서 이 어릴 적 친구를 자랑스러워할 것이다. 요지가 물었다.

"오늘 알바는 몇 시부터야?"

"오후 시간대라서 4시부터. 넌?"

"난 오후에 학교에 갔다가 5시부터 과외가 있어. 간타 아직 자금이 많이 필요해. 서로 파이팅하자."

"응, 파이팅."

패밀리 레스토랑을 나와서 역으로 가는 요지와 헤어졌다. 순간 간타는 마음이 불안해졌다. 오가는 사람들과 시선이 마주치지 않게끔 바닥만 쳐다보며 걸었다. 아파트 단지 안에 있는 편의점에서 만화책을 읽고 텔레비전 방송 잡지를 훑었다. 금요일 밤 9시에는 젊은이들 사이에서 엄청난 인기를 얻고 있는 드라마를 방영한다. 그 때문인지 요즘 공원에는 주인공과 똑같이 하얀 민소매를 입은 갱 스타일의 소년들이 눈에 띄게 늘었다. 간타는 그처럼 튀는 또래들이 부러웠지만 자신은 도저히 따라할 용기가 없다는 것을 알았다. 어릴 때부터 이 세상에 있는 어른들은 모두 자신을 야단치려고 호시탐탐 기회를 엿보고 있다는 생각이 들었다. 간타에게 세상은 잔혹하고 화를 잘 내는 사람들로 가득 찬 교실 같았다. 약한 자가 강한 자에게 먹히는 약육강식의 법칙은 아이의 세계나 어른의 세계나 마찬가지였다. 간타처럼 도망도 잘 못 치고 머리 회전도 늦은 사람에게 가장 올바른 생존 방법은 최대한 머리를 낮춰서 위험한 인간들의 눈에 띄지 않게 조용히 사는 것이다.

간타가 집으로 돌아가자 레이코는 막 일어난 참이었다. 화장을 지우지 않고 잤는지 얼굴이 푸석푸석해 보였다. 캐미솔 위에 가운을 대충 걸치고 있었다.

"간타, 요지는 어디 갔니?"

초등학생 때부터 엄마를 대신해 온 레이코다.

"학교에 간댔어요."

"그래?"

오래된 아파트의 부엌은 식탁을 하나 놓으면 꽉 찼다. 레이코는 간타와 요지가 예전에 경쟁하듯이 스티커를 덕지덕지 붙여 놓은 식탁 의자에 앉더니 말했다.

"간타, 이리 와서 앉아 봐."

'무슨 일일까? 또 뭔가 야단맞을 실수를 한 걸까?' 의자에 앉는 간타의 동작이 뻣뻣해졌다.

"괜찮아, 화 안 내. 내가 널 야단칠 이유가 없잖아."

역시 레이코는 간타를 잘 알았다. 많은 사람들은 간타가 어색하게 행동하거나 쭈뼛거리며 눈을 내리깔기만 해도 화를 냈다. 하지만 레이코는 간타가 기분이 안 좋은 것이 아니라, 다만 쩔쩔매고 있거나 무서워하고 있다는 사실을 알았다.

"우리 가게 말인데."

레이코는 긴시초에서 클럽을 경영했다. 가게 호스티스의 절반은 일본인이고 나머지는 러시아 인이라고 한다.

"요즘 경기가 안 좋다 보니 손님들이 별로 없어서."

레이코는 간타의 손에 자신의 손바닥을 얹었다. 간타는 두근거리며 레이코에게서 눈을 돌렸다.

"너희 돈 꽤 많이 모았지? 지금 당장 자금 회전이 안 돼서 말인데…… 돈 좀 빌려 주면 안 될까?"

간타는 슬그머니 레이코의 손 밑에 있던 자신의 손을 빼냈다. 어떻게 대답해야 할지 난감했다. 레이코가 다시 두 손을 맞잡으며 부탁했다.

"빚 때문에 힘들어서 그래. 부탁이야. 네가 요지한테 말 좀 잘해 줘."

"아줌마가 요지한테 직접 말씀하지 그러세요?"

간타야 피 한 방울 안 섞였지만 요지는 친아들이다. 레이코는 한숨을 내쉬었다.

"그 애는 좀 쿨하고 무뚝뚝하잖아. 말을 붙일 수가 없어."

요지는 차가운 성격이 아니었다. 하지만 자신과 마찬가지로 무언가에 한번 빠지면 다른 일은 눈에 들어오지 않는 면이 있었다. 아무리 레이코 부탁이라도 요지라면 자금에 손대려 하지 않고 단번에 거절할 것이다.

"요지한테 말은 해 보겠지만 아마 안 될 거예요. 괜찮으시면 제가 알바해서 모은 돈이라도 드릴까요?"

지바에 사는 이모가 보내 주던 양육비는 고등학교를 졸업하면서 끊겼다. 아르바이트를 해서 달마다 식비를 부담했지만 수중에 얼마쯤은 남아 있었다. 예금 계좌를 따로 갖고 있지 않은 간타는 침실로 가서 쿠키 통을 가지고 돌아왔다.

"여기에 얼마쯤 있을 거예요."

요지와 함께 신흥 주식시장에 투자하고 있는 자금은 1엔 단위까지 정확하게 알고 있는데 반해, 자신의 돈에는 건성이었다. 간타는 꾸깃꾸깃한 지폐와 잔돈을 세더니 말했다.

"음, 전부 해서 85,626엔 있어요. 아줌마, 마음대로 쓰세요."

레이코는 통 속을 들여다보더니 눈이 더 커졌다. 만 엔짜리 한 장과 잔돈만 남기고 모두 집어 들었다.

"그럼 이만큼만 빌릴게. 간타, 요지한테는 비밀로 해 줘. 부탁할게."

돈이 생기자 기운이 났는지, 레이코는 서둘러 샤워를 하러 갔다. 간타는 엄마와 같은 레이코에게 도움이 되어서 마냥 기뻤다. 돈에는 신기한 힘이 있다. 요지처럼 머리가 좋은 사람과 레이코처럼 낭비만 하는 사람 모두를 빠져들게 하는 힘이 있다. 하지만 간타 앞에서는 그 힘도 효력을 잃었다. 요지가 부탁하지 않았다면 간타는 그처럼 오랫동안 아르바이트를 하지 않았을 테고 자본금을 만드는 데 협력하지도 않았을 것이다. 돈은 있으면 편하지만 없어도 별로 곤란하지 않았다. 간타는 오히려 쿠키 통이 가벼워져서 기분이 좋아졌다.

해질녘까지 아무 할 일이 없던 간타는 텔레비전 게임을 했다. 플레이스테이션과 슈퍼컴보이로 한 시간씩 번갈아 놀았다. 게임은 중고로 사면 됐고 전기비만 들 뿐이었다. 먹을 것은 편의점에서 언제든지 싸게 구입할 수 있었다.

돈은 살아가는 데 필요한 최소한만 있으면 충분했다. 간타는 숫자를 아주 좋아했지만 끝없이 수량을 늘리기 좋아하는 자본주의 욕망에는 관심이 없었다. 그것이 간타를 자유롭게 만들기도 하고, 가끔은 옭아매기도 한다. 간타는 텔레비전 앞에 앉아서 게임 속의 마법 아이템을 수집하는 데 열중했다.

간타가 아르바이트하는 비디오 대여점은 기요스미 거리에 있는 작은 가게였다. 할리우드 블록버스터와 성인 비디오 대여, 그리고 중고 게임기 판매로 주요 매상을 올렸다. 낮에는 주인 식구들이 번갈아 나와 있었고, 저녁부터 가게 문을 닫는 새벽 2시까지는 간타 혼자 가게를 보았다. 전철이 끊긴 뒤에는 성인 비디오를 빌리러 오는 단골뿐이었고, 카운터 안에만 있으면 되니까 크게 바쁘지 않았다. 손님들도 비디오를 빌리면 서둘러 나가기 때문에 대화할 일도 거의 없었다. 대인 관계에 서툰 간타에게는 딱 맞는 일이었다.

그날 밤 11시 넘어서 자동문 열리는 소리가 났다. 만화 잡지를 읽고 있는데 갑자기 어두컴컴한 가게가 밝아지는 느낌이었다. 고개를 드니 히메나가 보였다. 민소매 니트에서 뻗은 팔이 마치 정교한 인형처럼 하얘서 피가 흐르지 않는 것 같았다. 아무 표정 없는 얼굴도 핏기 없이 하얗다. 히메나가 카운터 앞에 서서 말했다.

"알바 그만뒀어."

"또 일이 있었어?"

히메나는 단아한 얼굴로 고개를 끄떡였다.

"오늘은 주인 없지? 내가 그쪽으로 넘어가도 될까?"

간타가 그러라고 하자, 히메나는 검정색 카운터를 통과해 계산대 안으로 들어왔다. 가게에서 사각지대인 구석 자리에 의자를 가져다 놓더니 털썩 주저앉았다. 전문대에 들어간 히메나는 요양사 공부를 했지만 장차 요양사가 될 생각은 없었다. 취업이 안 될 때를 대비해 서 자격증만 따 두려는 생각이었다. 초등학교 때부터 눈에 띄게 예 뻤던 히메나는 커서도 여전히 아름다웠다.

미나미지마 제4중학교 때는 전체 남학생 3분의 1에게서 러브레터 를 받았고, 그 뒤 몇 차례 연예기획사로부터 스카우트 제의를 받았 다고 한다. 그러나 히메나는 모두 딱 잘라 거절했다. 중학교에서는 요지와 히메나가 남녀 학생들 가운데 가장 인기 있었다. 히메나는 지긋지긋하다는 표정으로 입을 열었다.

"편의점 점장님이 교대 근무를 이상하게 짜 와서 나와 단 둘이 있 게 됐어. 난 혹시라도 귀찮은 일이 생길까 봐 절대 가까이 가지 않으 려고 했는데, 점장 사모님이 매장에 와서 난리를 친 거야. 자기 남편 한테 괜히 꼬리치지 말라고."

히메나는 '후유' 하고 한숨을 길게 내쉬더니 말을 이었다.

"그 아줌마가 날 보고 '닳아빠졌다'고 하더라. 누가 마흔 넘은 아저 씨한테 꼬리를 친다고 그러는지, 원. 아아, 열 받아. 근데 닳아빠졌다 는 게 도대체 무슨 말이야?"

간타도 알지 못했다. 시대극에서 그런 말을 들은 것도 같다. 하지만 그때는 심부름 나온 여자가 지배인의 지갑을 훔치고 있었기 때문에 지금과는 상황이 달랐다.

"몰라."

술에 취해 얼굴이 벌게진 회사원이 성인 비디오 빈 껍데기를 카운터 위에 내려놓았다. 〈찢긴 학교 수영복-그 방과 후〉와 〈유부녀 온천 여행 1박 2일-스즈코 31세〉라는 제목이었다. 간타는 카운터 안쪽에 있는 비디오 창고에서 그 비디오테이프 두 개를 찾아가지고 돌아왔다. 히메나는 눈살을 찌푸리며 모른 척했다. 손님이 대여료를 놓고 나가자, 히메나는 조그맣게 말했다.

"남자들은 왜 모두 저럴까?"

간타는 아무 대답도 못했다.

"간타는 우리 오빠처럼 발달장애가 있어서 고생이 많잖아. 나도 마찬가지야. 내 얼굴도 장애 같은 거니까."

항상 냉정하던 히메나가 웬일로 약한 소리를 한다. 간타는 히메나 머리 위에 걸린 벽시계를 보면서 이처럼 아름다운 장애도 있나 생각했다.

"난 전혀 그럴 생각이 없는데 항상 남자들이 쫓아다니고 치근덕거려. 여자들은 그걸 보고 내가 나쁘다면서 이상한 질투를 해. 난 내 얼굴이 전혀 맘에 안 들어. 이런 얼굴 정말 싫어."

'아하, 평범함과 다른 건 모두 장애가 되는구나.' 간타는 무언가 새로운 것을 발견한 기분이었다. 그러면 요지처럼 머리가 지나치게 좋은 것도 장애일 것이고, 그것 때문에 요지 역시 괴로워할지도 모른

다고 생각했다. '사람들은 왜 자신의 가장 잘난 부분 때문에 괴로워하는 걸까?'

"히메는 이제 어떡할 거야?"

"모르겠어. 일하는 건 너무 힘들고 학교를 졸업해도 요양사 일은 수입도 별로인가 봐. 결혼이라도 할까 싶어."

간타에게는 결혼은커녕, 이성을 만나는 일조차 별세계 이야기였다. 긴장하며 물어보았다.

"상대는 있고?"

히메나는 손사래를 치며 웃었다.

"있긴 뭐가 있겠어. 없어. 난 남자 사귀는 거 귀찮아. 사람들이 왜 연애에 빠지는지 이해가 안 돼."

간타도 동감이었다. 그렇잖아도 인간관계에 서툰데 이성이라면 문제가 더 복잡해진다. 더구나 사귀면 항상 같이 지내야 한다. 생각만으로도 숨이 막힌다. 간타가 제대로 대화를 나눌 수 있는 여성은 레이코와 히메나뿐이다.

"요지는 어떻게 지내?"

"오늘은 수업 끝나고 과외 있대. 요즘은 늘 휴대폰만 들여다보며 연구하고 있어."

"사용법 같은 거?"

"아니, 요지는 휴대폰과 연관된 일을 하고 싶은가 봐. 언젠가 회사를 세운댔어."

히메나는 만족스럽게 고개를 끄떡였다.

"그렇구나. 요지라면 진짜 성공할 거야. 그럼 나도 너네 회사에서 일할 수 있으려나."

　간타는 안내 데스크에 히메나처럼 예쁜 여자가 있는 사무실을 상상했다. 아주 즐거울 것 같았다. 그리고 모두 함께 점심을 먹으러 가는 것이다. 햇볕이 내리쬐는 사무실이 즐비한 거리를 셋이서 걸으면 기분이 얼마나 좋을까?

　"아아, 난 내일부터 또 알바 찾아야 해. 이제 다 거기서 거기지만. 그럼 요지한테 안부 전해 줘. 회사 세우면 나한테도 꼭 알려 주고."

　방긋 웃다가 금방 뚱한 표정으로 돌아간 히메나는 왔을 때와 똑같이 바람처럼 가게를 나섰다. 간타는 신작 영화 포스터가 빽빽하게 붙은 자동문을 바라보았다. 한밤중의 가게는 아까와 똑같은 조명이었다. 그런데 왜 한층 어둡게 느껴지는 걸까? 히메나가 떠난 가게에서 간타는 느릿느릿 선반을 정리하기 시작했다.

　간타는 외출할 때 언제나 휴대용 게임기를 가지고 다녔다.

　전철을 타거나 신호를 기다릴 때, 패스트푸드점이나 편의점에서 줄을 설 때에도 많은 사람들 속에서 우두커니 있는 것을 견디지 못했다. 무언의 압력을 받는 것처럼 주변 사람들이 터무니없이 무서워지기 때문이다.

　휴대용 게임기는 자투리 시간을 때우고 다른 사람들에게 받는 공포를 견디기 위한 부적과도 같았다. 당연히 제한된 시간 때문에 집 밖에서는 RPG(Role Playing Game, 플레이어들이 가상 인물의 역할을 맡아 정해진 규칙을 따라 즐기는 PC 게임) 대작이나 슈팅 게임은 하지 않았다. 예전부터 주로 테트리스나 헥사, 아니면 포커나 블랙잭 등 단순하고 이해하기 쉬운 게임을 하면서 놀았다.

　그날은 폭풍우를 몰고 올 것 같은 잿빛 구름이 소용돌이치고 있었다. 눅눅한 바람에는 비 냄새가 섞여 있었다. 간타와 요지는 시부야 역 미야마스자카시타 출구 쪽 거리를 걷고 있었다. 요지가 〈휴대폰 비즈니스의 미래를 모색하다〉라는 심포지엄에 참석한 동안, 간타는 근처 찻집에서 내내 게임하며 요지를 기다렸다. 둘이 함께 집으로 돌아가는 길에 역 앞 교차로의 신호가 빨간색으로 바뀌었다.

　"이상해. 모두들 휴대폰에 엄청난 가능성이 숨어 있다고 해. 하지만 실제로 그게 어떤 형태인지는 아무도 상상하지 못하고 있어. 도쿄 지하에 어마어마한 석유가 잠들어 있는 거 같아. 있는 건 분명한데 파 보지 않으면 그 장소를 아무도 모르는 거야."

　간타는 평소처럼 테트리스를 하고 있었다. 블록 네 개가 직선으로 붙은 막대기가 떨어지기를 기다린다. 우측 가장자리가 깨끗이 비어 있었다. 그곳에 딱 맞는 블록이 들어가면 한꺼번에 많은 블록들이 사라져 가슴이 후련해진다. 요지는 교차로 건너편을 멍하니 바라보았다. 사람들이 횡단보도 바로 앞에 쓰나미처럼 모여 있었다. 사람들의 3분의 1 정도가 휴대폰을 들여다보고 있다.

　"가능성이라니?"

　간타는 그저 이야기에 귀를 기울이고 있다는 걸 나타내려고 별 의미 없이 물었다. 그런 간타를 힐끔 쳐다보더니 요지가 대답했다.

　"휴대폰을 아무도 생각하지 못한 방법으로 사용하는 거야. 그걸 가장 먼저 생각해 내서 실제 사업화한 사람이 유전을 갖게 되는 거지."

　그 순간 휴대용 게임기의 화면에 파란색 기다란 막대기가 나타났다. 간타는 신호를 기다리는 사람들 속에서 덩실거리며 소리쳤다.

"나왔다!"

요지는 웃으면서 간타를 쳐다보았다. 갑자기 표정이 아주 진지해진다. 간타의 게임기를 보고 다음에 교차로 건너편에 늘어선 사람들을 보았다. 요지의 시선이 몇 차례 화살 같은 속도로 미야마스자가 시타 교차로를 오갔다. 하늘에는 먹물 같은 폭풍우 구름이 너울거린다.

요지의 얼굴이 창백해졌다. 신호를 기다리는 사람들에게서 떨어져 나와 비틀거리며 인도 가장자리에 있는 화단으로 갔다. 팬지와 마거리트, 튤립이 어우러져 있었다. 요지는 커다란 화단 끝에 걸터앉아 머리를 감쌌다.

간타는 게임을 멈추고 걱정스럽게 요지를 들여다보았다. '이상한 비즈니스 책만 읽어서 머리에 충격을 받은 건 아닐까?'

"요지, 괜찮아?"

요지가 고개를 들었다. 보랏빛 입술에 새하얗게 질린 얼굴로 경련이라도 일어난 듯 웃고 있었다.

"괜찮아. 지금 이 세상에서 나보다 기분 좋은 사람 있으면 나와 보라고 해. 재미있어, 너무 기쁘면 핏기가 사라지나?"

간타는 가끔 요지가 이해되지 않았다. 자신이 곤란한 상황에 처했을 때 좁은 곳으로 들어가고 싶어 하는 것처럼 요지도 가끔 아무도 못 알아듣는 소리를 하고 싶어지나 보다. 사람들은 공포에서 도망치는 자기만의 방법이 있다. 요지는 진지하게 말했다.

"간타, 고마워."

"뭐……?"

화단에 앉은 채 요지가 말했다. 뺨은 약하게 혈색이 돌아왔다.

"간타 덕에 유전을 찾았어. 시부야의 유전이야."

대답할 말이 없었다. 이래서 머리가 좋은 사람은 곤란하다. 분명 뛰어나게 우수한 점은 요지가 지닌 장애다. 사람은 자신이 지닌 최고의 장점으로 괴로워하게 된다.

"요지, 무리하지 마. 난 네가 무얼 찾아도 똑같으니까."

간타의 목소리는 아주 부드러웠다. 진심에서 한 말이었지만 요지는 이해하지 못하는 듯했다.

"간타, 무슨 소리야? 방금 우리 둘이서 휴대폰의 혁신적인 비즈니스 모델을 발견한 거야. 좀 전에 신호를 기다릴 때 나는 교차로 건너편을 봤어. 모두 얼마 안 되는 시간을 때우려고 휴대폰을 들여다보고 있는 거야. 그때 네가 '나왔다!' 하고 소리쳐서 게임하는 걸 쳐다봤어. 그 순간 네 게임기와 휴대폰을 들여다보는 많은 사람들이 하나로 연결됐어. 갑자기 머릿속에서 엄청난 불꽃이 일어나는데 머리가 어떻게 되는 줄 알았다니까."

흥분해서 단숨에 내뱉는 요지 옆에 간타도 걸터앉았다. 신호가 바뀔 때마다 한데 모여 있던 사람들이 흩어져서 저마다 역으로 향했다. 간타와 요지만 그 사람들 속에서 멈춰 있었다.

"미안한데 네가 무슨 말하는지 하나도 모르겠어."

요지는 간타의 무릎을 툭툭 쳤다.

"잘 몰라도 돼. 오늘 간타는 뉴턴의 사과야."

'뉴턴?' 역시 요지는 머리가 이상해진 모양이다.

"뉴턴이 사과가 떨어지는 걸 보고 만유인력을 발견했듯이 난 네가 게임하는 걸 보고 새로운 비즈니스 모델의 아이디어를 발견했어."

아무도 발견하지 못한 휴대폰 비즈니스의 아이디어. 모두 눈에 불을 켜고 찾는 것이다. 바로 조금 전에 열린 그 심포지엄에서도 모두 혈안이 되어 아이디어를 찾고 있었을 터다.

"간타, 잘 들어. 간단하게 설명할게. 머잖아 모든 휴대폰에서 인터넷이 가능해져. 액정 화면도 칼라가 되었고 게임을 하기에 충분한 조건이야. 우린 테트리스 같은 단순한 쉐어 게임을 준비만 하면 돼. 개발 비용은 안 들어. 인터넷에 널렸으니까. 휴대폰에서 다운받는 건 무료여도 괜찮아. 잠깐 심심풀이로 하는 게임에 살짝 인터넷 광고를 붙이는 거지. 그러면 광고 수익은 모두 우리 게 되는 거야."

이윽고 간타도 요지가 흥분하는 이유를 조금 이해할 수 있었다. 휴대폰과 게임, 그걸 그대로 연결한 것이 아이디어의 핵심이었다. 그거라면 간타도 잘 알았다. 자신이 안다면 일본 전체 수천만 명의 휴대폰 유저들도 바로 알 것이다.

"잠깐 광고를 보기만 하면 수많은 미니 게임을 마음대로 이용할 수 있어. 분명 금세 접속자가 백만 명을 돌파할 거야. 우린 반드시 성공할 수 있어."

시부야 역 하늘의 폭풍우 구름 속에서 빛이 번뜩였다. 조금 뒤 땅이 꺼지는 듯한 천둥소리가 역 앞 교차로에 울렸다. 순식간에 횡단보도는 커다란 빗방울로 얼룩졌다.

'어떡하지. 이러다간 비를 쫄딱 맞을 텐데.' 간타는 망설였지만 요지는 교차로 모퉁이에 놓인 화단에서 꼼짝하지 않았다. 지나가는 사람들은 머리를 가리고 건물 처마나 지하철 계단으로 걸음을 서둘렀다.

그때 요지가 커다랗게 웃음을 터뜨렸다. 폭풍우가 몰아치는 하늘을 우러러보며 배를 부여잡고 크게 소리 높여 웃는다. 간타는 게임기를 티셔츠 속에 집어넣었다. 요지가 움직이지 않으면 자신도 비를 맞을 수밖에 없다.

늦봄에 내리는 차가운 비와 격렬한 천둥소리, 그리고 요지의 웃음소리가 겹쳐서 간타는 현기증이 나려 했다. 간타는 무언가가 시작되었다고 느꼈다. 그것은 아주 좋은 것이면서 동시에 아주 무서운 것이 될 것이다.

간타는 옆에 앉은 요지를 쳐다보았다. 요지는 여전히 창백한 얼굴로 웃고 있었다. 요지가 가는 곳이라면 아무리 무서운 곳이라도 끝까지 따라가자.

간타는 온몸이 흠뻑 젖어 부들부들 떨면서도 비바람에 울려 퍼지는 요지의 웃음소리를 언제까지나 듣고 있었다.

11

시부야 도겐자카에 있는 건물 7층.

요지와 간타가 처음 빌린 사무실은 20평 넓이의 원룸이었다. 벽 쪽에 늘어선 책상 네 개와 검은 인조가죽 소파는 부도난 디자인 사무실에서 놓고 간 것이다. 높은 건물이 적은 시부야의 비탈길 위에 위치해 있었기 때문에 먼지 낀 창문이지만 매일같이 저녁 해가 저무는 광경을 실컷 바라볼 수 있었다.

열아홉 살인 요지와 간타는 아르바이트와 주식 투자로 모은 밑천을 자본금으로 유한 회사를 설립했다. 회사 이름은 로켓파크. 아파트 단지 놀이터에 있는 로켓 미끄럼틀에서 따온 이름이다. 처음에 요지가 그 회사 이름을 제안했을 때 간타는 덩실거리며 기뻐했다. 다섯 살 때부터 둘이서 놀았던 추억의 장소였기 때문이다. 불과 몇 년 뒤, 이 이름이 일본 전체를 떠들썩하게 만들 줄 두 젊은이는 상상도 하지 못했다.

로켓파크의 약관 처음에는 휴대폰과 인터넷을 이용해서 새로운 형태의 오락과 정보를 제공한다고 했다. 두 번째에는 휴대폰과 인터넷을 매체로 해서 광고, 선전 중개 업무를 한다고 밝혔다. 요지는 간타에게 힌트를 얻은 휴대폰 게임 사이트를 주요 사업으로 할 계획이었다.

본래부터 대학에 별 관심이 없던 요지는 시부야의 사무실에 온종일 틀어박혀 지냈다. 간타도 비디오 대여점 아르바이트를 그만두고 사무실로 출근했다. 책상밖에 없는 휑한 방에서 요지와 둘이서 하루를 보냈다. 일다운 일은 전혀 없었다. 필요한 물건이 있으면 도겐자카에 가서 사 왔다. 시부야는 간타에게 마음이 편치 않은 무서운 거리였지만 요지와 단 둘이서 일하는 흉내를 내는 것은 즐거웠다. 요지가 말하는 새로운 비즈니스 모델은 전혀 감이 오지 않았기 때문에 간타는 유한회사 로켓파크를 회사 놀이쯤으로 이해했다.

하지만 요지에게는 목숨을 건 창업이었다. 컴퓨터 몇 대와 팩스, 전화기를 중고로 갖추자 정신없이 일하기 시작했다. 둘은 수시로 회의를 했다. 하지만 일방적으로 요지가 이야기하면 간타는 그저 고개를 끄떡이며 내용을 기록하거나 기억할 뿐이었다. 간타는 자신이 흥미를 갖는 일에만 관심을 갖고 기억했다. 그 시점에서 간타의 관심 대상은 둘이 보유한 주식 가격과 은행의 예금 잔고, 그리고 요지의 말과 행동이 전부였다.

어느 날 아침, 간타는 평소처럼 패스트푸드점에서 커피와 햄버거를 사 가지고 출근했다. 요지가 또 회사에서 잔 모양이다. 사무실 바닥에 침낭이 허물처럼 찌부러져 있었다.

"요지, 좋은 아침이야. 아침 가져왔어."

기운차게 시작된 아침 인사는 도중에 흐지부지되었다. 간타가 자신을 솔직하게 드러낼 수 있는 사람은 요지, 엄마 대신인 레이코, 그리고 소꿉친구인 히메나밖에 없었다. 그런데 사무실 벽 쪽 책상에는 요지와 낯선 장발의 청년이 앉아 있는 것이었다. 둘은 머리를 맞대다시피 하며 컴퓨터를 들여다보고 있었다.

"간타, 어서 와. 로켓파크의 새로운 직원을 소개할게. 이름은 데무라 가즈히로고, 우리 대학 공학부 2학년이야. 우리 회사 기술 담당 부장이라고나 할까."

처음 보는 미국 애니메이션 티셔츠를 입은 청년이 고개를 들고 말했다.

"간타지? 잘 부탁해."

요지처럼 왠지 머리가 좋아 보이는 남자였다. 간타는 상대가 대학생이라는 사실만으로도 주눅이 들었다. 자신은 도저히 이해하지 못할 만큼 머리가 좋을 것이다. 요지는 간타의 태도를 전혀 알아차리지 못하고 말을 이었다.

"이미 서버 렌탈은 해 뒀어. 가즈히로는 사이트 만드는 일을 할 거야. 인터넷 여기저기에 있는 무료 게임을 휴대폰용으로 바꾸는 거지. 테트리스나 블랙잭, 테니스 게임처럼 쉬운 거지만."

가즈히로가 긴 머리를 쓸어 올리며 귀찮다는 듯 말했다.

"하나하나는 간단하지만 한두 개가 아니라서 말이지."

요지는 개의치 않고 말했다.

"우선 목표는 게임 100개. 로켓파크는 무료 게임들을 실컷 해 볼 수 있는 모두의 휴대 공원이 되는 거야."

요지가 생각해 낸 회사 표어였다. 요지는 로켓파크의 사장으로 모든 업무를 계획하고 사람을 모으며 하나씩 계획을 실행하는 일을 한다. 공대생 가즈히로는 실제로 휴대폰 게임 사이트를 설계한다. 그럼 간타가 할 일은 뭘까? 매일 커피를 사 오면 될까?

"요지, 일이 본격적으로 시작되는 건 알겠는데 난 뭘 해야 하는데?"

요지는 아무렇지 않게 대답했다.

"사이트가 개설될 때까지 앞으로 몇 주는 걸려. 간타는 숫자에 강하니까 우리 회사 경리 업무와 바람잡이를 해 줘."

"무슨 말이야?"

요지는 마우스를 움직여서 인터넷 게시판을 열었다.

"어디든 좋으니까 게시판에 글을 올리는 거야. 무료로 놀 수 있는 휴대폰 게임 사이트가 오픈하는데 아주 재미있어 보인다고."

아주 쉬워 보이는 일이었다.

"정말 그런 거면 돼?"

간타의 물음에 요지는 햄버거 포장을 벗기면서 대답했다.

"응. 그거면 돼. 근데 우리와 똑같은 아이디어를 가진 사람들은 아주 많을 거야. 중요한 건 속도야. 가장 먼저 사이트를 오픈해야 할 테니 모두 각오해."

가즈히로는 잠자코 고개만 끄떡였지만, 간타는 좁은 사무실 천장에 오른팔을 추켜올리며 큰 소리로 대답했다.

"좋았어!"

그날 간타는 복사하기와 붙여넣기로 300군데가 넘는 인터넷 게시판에 로켓파크를 알렸다. 자정이 넘어도 사무실 불은 꺼지지 않았고 퇴근하는 사람도 없었다. 마침내 일이 시작된 것이다. 더구나 아르바이트가 아니라 자신들의 회사 일이었다. 성공하든, 실패하든, 모두 스스로 감당해야 한다.

간타의 의욕은 절정에 달했다.

요지는 로켓파크의 기획서를 작성하여 광고 대리점을 돌았다. 그쪽에 아는 사람도 없었고 광고업계에 대한 지식이 전혀 없었기 때문에 무작정 부딪쳤다. 닥치는 대로 대리점에 쳐들어갔다. 간타가 같이 갈 때도 있고 요지 혼자일 때도 있었다.

대리점에서는 안내 데스크에 명함을 내밀면 대개 약속을 하고 왔는지부터 물어봤다. 없다고 하면 안내 데스크 여직원은 조금 곤란한 얼굴을 했다. 그래도 요지는 단념하지 않았다. 15분이라도 좋으니까 인터넷 광고 담당자를 만나게 해 달라며 물고 늘어졌다.

그렇게 해서 나오는 사람은 대개 요지처럼 젊은 사람이거나 곧 정년퇴직을 앞둔 사람이었다. 회사를 열 군데쯤 돌 무렵에는 요지도 자신의 처지를 파악할 수 있었다. 아직 인터넷 광고는 사업성에서 별로 인정받지 못하는 모양이었다. 하지만 요지는 거기에서 실망하지 않았다.

기회는 아무도 깨닫지 못하는 곳에 있다. 자신들은 다른 사람들보다 한발 먼저 시작했기 때문에 아직 아무도 그 가치를 모르는 것이다. 요지의 그런 자신감은 폭풍우가 불던 시부야에서 간타와 함께 발견한 새로운 아이디어에 대한 감동에서 나오고 있었다. 자신이 그만큼 감동을 받았으니, 아직 로켓파크의 진정한 가치를 모르는 사람들도 언젠가는 반드시 찬성하고 협력해 줄 것이라고 믿었다. 요지는 어떻게 보면 간타와 비슷한 면이 많았다. 과제를 하나 찾으면 그것을 해결할 때까지 다른 것들은 쳐다보지도 않았다. 그런 태도는 위험과 맞닿아 있지만 회사를 세울 때에는 하나만 보는 집중력과 무조건 돌진하는 용기로 나타났다.

사무실 임대료를 내고 멤버 셋에게 월급을 주고 교통비와 야근 식사비, 각종 공과금을 내다 보니, 또 비품이나 전자제품을 구입하다 보니, 요지와 간타가 보기에 충분했던 회사 자금도 한 주 한 주 지날수록 눈에 띄게 줄었다. 요지와 간타는 시범 사이트에서 쉴 새 없이 게임을 다운받아 시험해 보지만 좀처럼 만족스러운 결과를 얻을 수 없었다. 본격적인 사이트 오픈은 계속 연기되었다. 게임 오류를 해결할 디버그를 위해서 세 사람은 백 개의 게임을 구역질 날 정도로 했다. 심심풀이로 했을 때는 즐거운 게임이지만 막상 일로 하게 되자 그야말로 고문이었다.

간타는 매주 인터넷 게시판에 글을 써 나갔다. 모든 게시판에 매일같이 로켓파크에 관한 글이 올라왔으니 인터넷 사용자들도 짜증났을 것이다. 여기저기에 로켓파크를 욕하는 글들이 눈에 띄게 늘었다. 언제 오픈할지 모르는 가짜 사이트, 새로운 형태의 사기 사이트라는 글들을 볼 때마다 간타는 가즈히로가 가르쳐 준 대로 게시판 관리자에게 삭제를 요청했다. 하지만 끝없이 계속 올라오는 글들은 도돌이표 같았다.

"이렇게 되면 어쩔 수 없어. 한시라도 빨리 진짜 사이트를 열어야겠어. 그래야 사람들도 잠잠해질 거야."

요지가 간타의 어깨너머로 게시판을 읽더니 중얼거렸다. 가즈히로가 계속 키보드를 치면서 말했다.

"하지만 사이트를 열었는데 문제가 생기면 로켓파크의 신용은 바닥으로 떨어져. 아직 버그도 해결 안 됐고 수정할 점도 많아. 우린 시간이 필요해."

경리 담당인 간타는 생각했다. 직접 회사를 세워 보니 잘 이해됐다. 어른들에게 시간이란, 그대로 자금을 의미한다. 회사가 하루를 더 살기 위해서는 어마어마한 운영 비용이 들기 때문이다. 은행에 있는 예금 잔고를 마지막 한 자리까지 떠올렸다.

'이대로라면 보름 안에 로켓파크는 문을 닫게 될 거야. 이처럼 좋은 아이디어가 있고 열심히 하는데 왜 잘 안 될까?'

간타는 무서워서 그 생각을 입 밖으로 내지 못했다. 그때 사무실 전화벨이 울리고 요지가 받았다.

"여보세요, 로켓파크입니다. …… 실례지만 어디신지요?"

요지는 상대방의 대답을 듣더니 순식간에 얼굴이 환해졌다.

"덴노샤요? 일전에 한 번 인터넷 광고 담당자 분을 뵌 적이 있습니다."

말을 하면서 오른손으로 주먹을 위로 치켜들었다.

"알았습니다. 내일 오후 1시, 찾아뵙죠. 그럼 잘 부탁드립니다."

전화를 끊었다. 요지가 간타에게 와서 하이파이브를 하고 뛰어오르면서 소리쳤다.

"그쪽에서 만나재. 덴노샤는 업계 3위의 대기업이야. 좋은 클라이언트를 소개해 준대."

단 한 통의 전화로 로켓파크는 엄청난 성공과 추락의 갈림길에 서

게 된다. 하지만 그때 사무실에 있던 사람들 가운데 자신들의 미래를 예측할 수 있는 사람은 아무도 없었다.

 덴노샤 본사는 신바시 로터리 앞에 있었다. 위를 올려다보자, 하늘색 유리 건물에 비친 구름이 천천히 움직이고 있었다.

 "뭔가 건물이 장난 아닌데."

 간타는 벌써부터 긴장했다. 남의 기분을 읽는 것, 그 자리의 분위기를 파악하는 것, 갑자기 일정이 바뀌는 것 등 그런 일들은 여전히 서툴고 적응하기가 어려웠다.

 "이럴 거면 사무실에서 게임이나 할 걸 그랬어."

 간타는 한 벌밖에 없는 감색 정장 차림이었다. 넥타이를 매지 못해서 요지가 도와주었다. 목이 아주 갑갑했다. 분명 회사원들은 이 가느다란 끈으로 회사에 묶여 있는 것이다. 요지가 굳은 표정으로 대리점 입구를 노려보며 말했다.

 "어쩔 수 없잖아. 우리도 엄연히 회사 조직이라는 걸 보여 주려면 나 혼자 올 수 없어. 가즈히로는 사람 만나는 걸 싫어해서 이런 데에 같이 못 와. 그게 입사 조건이었으니까."

 자동문 안으로 걸음을 내딛자, 냉기가 벽처럼 부딪쳤다. 냉장고 안처럼 서늘해서 이마에 맺혔던 땀들이 순식간에 들어갔다. 안내 데스크는 세련된 느낌이었다. 데스크 여직원이 감정 없는 미소로 가볍게 인사하며 말했다.

 "어서 오세요. 약속은 하고 오셨습니까?"

 요지 뒤에 숨으려는 간타를 두고 요지가 당당하게 대답했다.

"네, 로켓파크의 아리하라 요지라고 합니다. 제3영업 인터넷 광고 과의 기노시타 과장님과 1시 반에 뵙기로 약속이 되어 있습니다."

여직원은 여전히 똑같은 표정이었다.

"저쪽에서 잠시 기다려 주세요."

여직원이 가리킨 곳에는 소파 세트가 호텔 로비처럼 간격을 두어 놓여 있었다. 간타는 큼지막한 1인용 소파에 앉아 말했다.

"이건 우리 사무실 거랑은 달라. 진짜 가죽이야."

요지가 낮게 말했다.

"너무 떠들지 마. 아직 애라고 만만하게 보는 것 같아."

전화를 걸던 여직원이 수화기를 내려놓고 말했다.

"로켓파크 님."

간타가 오른손을 들며 대답했다.

"네, 여기요."

잿빛 대리석으로 된 로비에 간타의 목소리가 울렸다. 아무도 반응이 없었다. 간타는 엄청난 실수를 저지른 듯해서 당황했지만 요지는 차분했다. 자리에서 일어나 안내 데스크로 간다.

"22층 엘리베이터 앞에서 기노시타 과장님이 기다리고 계십니다. 저기 우측으로 가시면 됩니다."

요지는 단정한 얼굴 표정 그대로 여직원을 바라보았다. 한순간 여직원 얼굴에 부드러운 표정이 나타났다.

"고맙습니다. 저희 로켓파크를 잘 부탁드립니다."

이제 갓 태어난 회사를 기억해 준다면 요지는 뭐라도 할 참이었다. 간타는 정장이 잘 어울리는 요지 뒤를 따라 엘리베이터를 타러 갔다.

타원형의 탁자 너머에 처음 보는 남자 둘이 앉아 있었다. 덴노샤 직원 같지는 않았다.

한 사람은 차분한 인상의 40대로, 고급스러운 정장을 입고 알이 작은 무테안경을 썼다. 남자는 요지와 간타를 똑바로 쳐다보며 냉정하게 평가하는 듯했다.

그 옆에는 갈색 머리의 젊은 남자였다. 그 남자가 입은 정장은 간타와 똑같은 할인점 양복이었다. 한쪽 귀에 귀걸이를 단 젊은 남자는 미리 지시를 받았는지 정면을 노려보고 있었다. 간타는 시중드는 사람 같다고 생각했다.

기노시타 요시타카 과장이 두 사람을 소개해 주었다.

"브라이트 흥산의 가시마 히데미 대표님과 세가와 레이 씨입니다. 브라이트에서는 로켓파크의 광고에 흥미를 보이고 계시죠. 오늘 아리하라 요지 사장님을 오시게 한 건 브라이트와 로켓파크와 저희, 세 회사가 앞으로 오랫동안 함께하고 싶어서입니다."

간단한 소개가 끝나자 의례적으로 명함을 교환했다. 간타는 항상 명함을 건네는 일이 어색했다. 별 볼일 없는 자신이 명함을 내밀면 상대방이 화를 내지 않을까, 명함을 교환할 때 실수하지 않을까, 하고 몹시 불안하기 때문이다. 가시마의 명함에는 브라이트 흥산 대표라고 적혀 있었다. 분명 가장 높은 사람일 것이다.

중년인 가시마는 차분했지만 젊은 세가와는 간타와 마찬가지로 긴장하는 듯했다. 이 사람도 이런 비즈니스 자리가 익숙지 않다는 생각이 들자, 왼쪽 귀에 걸린 은 귀걸이에 왠지 호감이 갔다.

가시마가 잘 울리는 낮은 목소리로 말했다.

"기노시타 과장님한테 이야기를 듣고 로켓파크의 아이디어가 재미있다고 생각했어요. 하지만 역시 광고할 데를 사거나……."

여기서 잠깐 말을 멈추었다. 안경 낀 기시마는 날카로운 눈으로 그 자리에 있는 사람들을 한 사람 한 사람 쳐다보았다. 회의에 익숙한 모습이다. 자신이 하는 말의 힘, 그리고 잠시 말을 멈췄을 때 어떤 효과가 있는지 아주 잘 아는 듯했다.

"………만약 투자를 생각하면 역시 직접 만나서 사람을 확인해야 합니다. 그러면 요지 사장님, 사업 계획을 브리핑해 주시겠습니까?"

가시마는 팔짱을 끼더니 느긋하게 의자에 기댔다. 요지는 간타를 보고 고개를 한 번 끄떡이더니 씩씩한 목소리로 입을 열었다.

"저희는 아직 열아홉 살로 회사를 세운 지 얼마 안 됐습니다. 자본금은 전부 저희가 한 푼 두 푼 모았습니다. 아르바이트와 투자를 통해서죠. 그 누구의 도움도 받지 않았습니다. 저희는 어릴 때부터 친구인데, 둘 다 아버지가 안 계십니다."

간타는 요지가 도대체 무슨 말을 하려는 건지 의아했다. 그런 게 이 일과 도대체 무슨 상관이 있을까?

"어릴 때부터 생각했습니다. 우리는 첫 출발부터 늦었다. 그래서 언젠가 우리가 회사를 세워서 그 결점을 극복하자. 지난 3년 간 저희는 어떤 일을 시작할지 열심히 생각했습니다."

간타는 지난날을 떠올렸다. 자신들은 아버지가 없다. 그리고 자신은 발달장애가 있고 요지는 폭력 사건으로 곤란을 겪었다. 평범하게 살려면 남들보다 더 노력해야 하는 사정이 있었다.

"로켓파크의 아이디어는 아주 단순합니다. 휴대폰 사이트에 무료로 미니 게임을 올려놓고 사람을 모으는 거죠. 목표는 우선 회원 30만 명입니다. 그 정도 젊은이들이 모이면 작은 잡지 정도의 광고 효과는 있을 거라 봅니다."

요지의 이야기는 15분 정도 더 이어졌다. 휴대폰 사이트의 시장성, 인터넷 기술의 진보, 젊은이들이 얼마나 휴대폰에 의존하는지, 가장 인기 있는 미니 게임 열 가지와 앞으로의 꿈과 전망. 요지는 목소리가 잠길 정도로 생각나는 대로 이야기를 계속했다. 아무리 이야기를 해도 자꾸만 무언가 부족한 느낌이 드는 모양이었다. 이야기를 마쳤을 때 요지는 땀범벅이 되어 하얀 셔츠의 옷깃이 땀에 젖어 있었다.

간타는 집중하여 들었고 진심으로 감동을 받았지만 주변을 보니 그렇지도 않은 듯했다. 기노시타 과장은 별로 관심 없어 보였고, 귀걸이를 한 젊은 남자는 시작한지 얼마 안 되어 이야기를 따라가지 못하는 모습이 역력했다. 문제의 브라이트 홍산 대표는 이야기를 듣다가 눈을 감아 버렸다. 잠들지는 않았는지 불안했다. 이처럼 마음이 담긴 프레젠테이션도 모두 헛수고가 된 게 아닐까? 막 체념했을 때 가시마 대표가 입을 열었다.

"잘 알았습니다. 회사란 설립자가 얼마나 열정과 지혜를 짜내는지에 승패가 걸려 있죠. 우리 회사가 로켓파크의 첫 번째 클라이언트가 되겠습니다."

그 순간, 간타는 의자에 앉은 상태로 뛰어오를 뻔했다. 요지는 완전히 지쳤는지 한동안 반응이 없었다. 그러다 믿기지 않는다는 듯이 조심스럽게 물었다.

"정말 클라이언트가 되어 주신다고요?"

가시마 대표는 표정 하나 바뀌지 않고 고개를 끄떡였다.

"사이트의 가장 좋은 위치에 저희 회사 로고를 넣어 주세요. 광고료는 덴노샤와 의논을 해 보죠."

간타는 아주 감격해서 소리쳤다.

"감사합니다. 앞으로 한 달 반이면 은행 예금 잔고가 바닥이 나려고 했어요. 브라이트가 저희를 구해 주셨어요."

요지가 멍한 얼굴로 말했다.

"감사합니다. 정말 감사합니다. 하루라도 빨리 사이트를 열어서 최대한 회원을 모으겠습니다."

가시마가 자리에서 일어나자, 세가와도 자동으로 따라 일어났다.

"젊다는 건 멋진 거죠. 열심히 하세요. 나머지는 덴노샤와 진행해 주시고요. 다음에 식사라도 한번 합시다."

가시마가 회의실에서 나가려는데, 간타가 뒤에서 말을 걸었다.

"실례지만, 왜 광고를 내려고 생각하셨죠?"

가시마는 돌아보더니 입 끝으로 웃어 보였다.

"나도 아버지를 일찍 여의었거든요. 아이디어도 좋고 의욕도 있어 보여서 해 보자는 생각이 들었습니다. 그럼 이만."

브라이트 홍산의 가시마와 세가와가 회의실에서 나갔다. 기노시타 과장이 재빨리 요지에게 다가와서 어깨를 두드렸다.

"요지 사장, 잘했어요. 이렇게 잘될 줄은 몰랐는데."

요지는 수척해진 얼굴로 웃었다.

"과장님, 감사합니다. 그런데 브라이트 홍산은 어떤 회사죠?"

기노시타 과장은 진지한 얼굴로 가볍게 고개를 저었다.

"실은 나도 잘 몰라요. 누가 소개해 줬는데 인터넷 광고는 생긴 지 얼마 안 되어서, 전혀 모르는 클라이언트도 종종 있어요."

요지와 간타는 덴노샤에서 나와 지하철을 타러 신바시 역 쪽으로 걸어갔다. 약간 기울어진 햇살이 샐러리맨들이 많이 오가는 거리를 비추었다. 위를 올려다보자 하늘색이던 덴노샤 건물 벽면이 황금빛으로 물들어 있었다. 빈 택시들과 건물에서 나오는 열기로 로터리는 뜨거운 프라이팬 바닥 같았다. 하지만 두 사람에게는 그 더위조차 왠지 기분이 좋게 느껴졌다. 간타가 입을 열었다.

"아까 네가 우리는 아버지가 안 계시다고 했잖아. 그때는 정말 조마조마했어. 도대체 무슨 말을 하려고 저러나 싶어서."

요지는 맥주집 앞을 지나며 말했다.

"우린 내세울 게 없잖아. 아무것도 모르고, 자금도 없고, 뛰어난 기술도 없어. 게다가 아는 사람도 없고, 이름이 알려진 것도 아니고, 그렇다고 신용이 있는 것도 아니고. 그래서 솔직하게 전부 털어놓자는 생각이었어. 그래도 안 되면 깨끗이 포기하자고."

간타는 가시마 대표가 회의실에서 남기고 간 마지막 미소를 떠올렸다. 왠지 수줍어하면서도 스치듯 지나간 미소였다.

"그 대표라는 사람은 좋은 사람 같았어."

"그렇긴 한데 아직 잘 모르겠어. 제대로 입금이 될 때까지는 믿을 수 없어. 그전에 우리가 사이트를 제대로 준비해서 오픈하는 게 우선이긴 하지만."

지하철 계단에 다다랐다. 요지는 고개를 돌려 하늘색 덴노샤 건물을 마지막으로 올려다보았다. 간타도 버릇처럼 요지를 따라했다.

"오늘부터 정말 우리 회사가 시작된 거 같아. 오늘을 잊지 말자."

"응, 오늘이 로켓파크의 발사 기념일이야."

싸구려 양복을 입은 간타가 비행기처럼 두 팔을 벌려 지하철 계단을 뛰어 내려갔다. 요지가 웃으며 말했다.

"간타, 조심해. 그러다 굴러떨어져."

둘은 어두운 지하철 출입구 속으로 사라졌다.

그해 9월, 로켓파크의 정식 사이트를 오픈했다.

배너 광고는 브라이트 흥산 하나였지만 요지와 간타는 걱정하지 않았다. 휴대폰 무료 게임 사이트는 처음이라며 오픈 전부터 몇몇 매스컴에서 취재 요청이 들어왔다. 열아홉 살의 젊은 사장, 아리하라 요지는 IT 업계에서 점차 유명세를 타기 시작했다. 단정한 용모와 거침없는 말솜씨를 고루 갖춘 젊은 요지는 이미 미나미지마 제8초등학교 시절부터 스타에게 필요한 모든 조건을 가지고 있었다.

오픈 당일 하루 만에 로켓파크는 회원 수 만 명을 돌파했다. 서버 처리 능력을 높이기 위해서 새로운 렌탈 계약과 자금이 필요했다. 역시 브라이트 흥산은 가장 먼저 손을 들어 투자를 해 주었다. 은행도 물론 거래를 터 줬지만 그것은 요지와 간타의 회사가 더 유명해진 뒤의 일이다.

요지가 목표로 한 회원 30만 명은 오픈한 지 2주를 조금 넘겨 달성했다. 요지와 간타, 두 사람의 꿈을 태운 새로운 회사는 그 이름 그대로 로켓처럼 출발했다.

12

"여기 경치는 도겐자카와 전혀 달라."

간타는 천장까지 이어진 커다란 창문에 기대더니, 팔을 벌려 경치를 안아 보았다. 도심 절반이 자신의 것처럼 느껴졌다. 파란 하늘 아래 수많은 건물들이 생선 비늘처럼 보인다. 도쿄의 비늘 색은 잿빛 콘크리트와 은색 유리, 파란 스테인리스가 버무려진 색이었다. 이곳은 미나미아오야마 힐즈에 있는 고층 빌딩 3분의 2 높이에 있는 사무실이다. 주식회사가 된 로켓파크는 넓은 층의 절반을 임대했다.

"맞아, 정말 달라. 먼지투성이 시부야와는 일 년 만에 작별했어."

요지가 창문 쪽으로 의자를 돌렸다. 바로 지난주까지만 해도 삐걱거리는 중고 회전의자였다. 지금은 허먼 밀러에서 나온 고급 의자로 바뀌었다. 요지는 여전히 청바지와 티셔츠 차림이었다. 하지만 티셔츠는 한 장에 5백 엔 하던 헌 옷에서 4만 엔 하는 명품으로 바뀌었다.

휴대폰용 무료 게임 사이트, 로켓파크가 일반에게 공개된 지 일 년이 흘렀다. 젊은 두 사람은 감당하기 어려울 정도의 성공에 휘둘리고 있었다.

"진짜 로켓에 탄 거 같아. 여기까지 한순간이야."

단숨에 지상에서 이 높이까지 뛰어올랐다. 인터넷은 엄청난 속도로 두 사람에게 성공을 안겨 주었다. 요지는 고개를 끄떡이며 간타에게 말했다.

"하지만 진짜 성공은 아직이야. 승부는 이제부터지."

달마다 억 단위의 광고료가 들어오고 직원이 60명을 넘었다. 그래도 요지는 만족하지 못하는 걸까?

"이 게임은 어디까지 가야 이기는 거야?"

간타의 물음에 요지는 씩 웃으며 발밑을 가리켰다.

"이 정도 건물을 우리가 지을 수 있게 되면."

200미터 높이의 지능형 빌딩을 지으려면 도대체 비용이 얼마나 들까? 간타는 현재 회사의 자산과 빚, 외상 대금, 예금 잔고를 떠올렸다. 재무 담당 임원인 간타는 하루가 끝나면 그날 새로 바뀐 숫자들을 정확히 기억해 둔다. 분명 큰 숫자이기는 하지만 요지의 무한한 꿈과는 거리가 멀다.

"커피 마셔."

히메나가 부드러운 목소리로 말했다. 히메나는 전문대를 중퇴하고 요지의 비서로 들어왔다. 일정을 관리하고 매스컴에 대응하는 일이 주요 업무다.

"고마워. 하지만 히메는 커피 타지 않아도 된댔잖아. 비서실장이니까."

"괜찮아. 좋아서 하는 건데."

간타는 눈부시다는 듯 히메나를 쳐다보았다. 감색 타이트스커트 정장 차림이었다. 아름다운 사람은 어떠한 모습을 해도 아름답다. 요지와 히메나는 중학교 때처럼 여전히 잘 어울렸다. 간타는 이 두 사람을 앞으로도 볼 수 있다는 것에 만족한다.

"히메, 오늘 일정은?"

히메나가 PDA를 꺼냈다.

"오전에 사내 미팅이 세 건. 신규 게임 개발, 사이트의 유료화 안 건, 그리고 영업 회의. 오후에는 잡지 취재가 두 건.《월간 이코노미스트》와《주간 소년 빅》입니다."

"앗, 빅 만화, 나 좋아하는데."

히메나가 화면에서 눈을 떼고 간타를 힐끔 쳐다보더니, 그대로 말을 이었다.

"저녁에는 일곱 시부터 위층 홀에서 아스나로 회 파티가 있습니다. 점심시간이 삼십 분밖에 없는데, 도시락이라도 사 올까요? 뭘로 할까요?"

요즘에는 점심시간에도 회사 밖으로 나가지 못했다. 간타는 못마땅했지만 하는 수 없이 대답했다.

"카레라이스."

"간타, 하루걸러 카레와 햄버거잖아. 더 균형 잡힌 영양을 생각해 봐."

요지가 귀찮다는 듯이 말했다.

"나도 카레로 할래."

이어 요지는 컴퓨터 메일함을 열었다. 요지는 매일 아침 평균 250통의 메일을 받는다. 그 메일을 모두 읽는 것도 중요한 업무였다. 조금 전 일정에 사장 개인의 업무는 포함되어 있지 않다. 시간을 낭비할 수는 없었다.

"자, 간타와 히메는 이만 나가 줄래?"

"네, 알겠습니다. 사장님."

히메나가 가볍게 인사를 하고 먼저 사장실에서 나갔다. 간타는 자신의 방으로 돌아가고 싶지 않았다. 숫자를 좋아해 재무 업무가 싫지는 않지만 지루하기는 했다.

"저기,《주간 소년 빅》취재에 같이 가도 될까?"

요지는 고개를 끄떡이며 말했다.

"마음대로 해. 그리고 저녁에 아스나로 회 파티에도 같이 가 줘."

"엣, 거긴 싫은데."

간타가 갑자기 일정을 바꾸는 걸 싫어하는 것을 알았지만, 요지는 모르는 척하고 말했다.

"업무상 필요한 일이야. 참석해 줘. 제대로 재킷 입고."

"네네, 그러죠."

간타는 창밖을 힐끔 쳐다본 다음 사장실에서 나왔다. 아주 잘 만들어진 도시 개발 모형처럼 도심이 한눈에 내려다보였다. 이처럼 굉장히 높은 곳에서 이런 경치를 보고 자랐다면 요지도 달라졌을 터였다. 사람은 언제나 무엇을 보느냐에 따라서 바뀌는 법이다.

도심 풍경이 낮에서 저녁으로 바뀌었다.

햇빛 아래 모든 게 드러나는 낮보다는 보기 싫은 부분은 적당히 숨겨진 밤경치가 훨씬 아름다웠다. 더구나 이 홀은 로켓파크가 있는 층보다 20층 가량 높이 있었다.

농구 코트도 만들 만큼 충분히 넓은 홀에 다양한 차림의 경영자들이 모여 있었다. 절반은 정장에 넥타이, 나머지는 청바지에 티셔츠나 반팔 남방을 입었다. 인터넷 사업 관련 일을 하는 사람들은 반드시 정장을 입어야 한다는 고정관념이 없다.

"여러분, 바쁘신 가운데 오늘 아스나로 회에 와 주셔서 감사합니다."

연단 위에서 유명한 경제 평론가가 인사를 하고 있었다. 아스나로 회는 이 경제 평론가가 신규 상장을 목표로 하는 젊은 경영자들을 모아서 만든 모임이었다. 이들 젊은 경영자들은 인터넷 사업이 성장하여 휴대폰 서비스가 본격적으로 시작된 이 시기에 시대의 흐름을 잘 탄 사람들이었다.

간타는 어색한 정장 차림으로 요지 옆에 찰싹 붙어 있었다. 어릴 때부터 낯선 사람과 인사하고 이야기하며 상대방 표정을 살피는 일을 유난히 못했다. 홀에는 화려한 드레스를 입은 아름다운 여자들이 눈에 띄었다. 왠지 이 건물에서는 층이 높아질수록 여자들도 점점 아름다워지는 듯하다. 아니면 아름다운 여자들은 높은 곳과 부자를 좋아하는 걸까?

"와 주셔서 감사합니다. 요지 사장님, 간타 씨."

간타는 갑자기 귓가에서 들린 목소리에 깜짝 놀라 뛰어오를 뻔했다. 브라이트 흥산의 가시마 대표였다. 아직 경제 평론가가 인사말을 하고 있기 때문에 가시마는 가까이에서 목소리를 낮춰 말을 걸었다.

"오늘 소개해 드릴 분이 있습니다. 알고 지내면 절대 손해는 없을 분이죠."

브라이트 흥산을 만나고 일 년의 시간이 흘렀다. 브라이트 흥산은 이제 로켓파크의 최대 광고주는 아니었다. 하지만 요지는 회사가 시작도 하기 전에 찾아온 위기의 순간에 맨 처음 손을 내밀어 준 은혜를 잊지 않았다. 이 모임에도 가시마의 권유로 참석한 것이다.

"아, 네. 저희야말로 잘 부탁드립니다."

요지는 빈티지샴페인이 든 잔을 들었고, 간타는 우롱차 컵을 들고 있었다. 근사한 정장을 차려입은 가시마는 멋진 뒷모습을 보이며 다른 사업가와 이야기를 나누러 가 버렸다. 경제 평론가는 연단 위에서 아직도 이야기를 하고 있다.

"미래를 위해서 새로운 사업을 키워야 합니다. 이제는 정보와 네트워크 시대입니다. 제조업만으로는 이 나라를 지탱할 수 없습니다. 거품 경제가 붕괴된 뒤, 일본은 거의 성장을 멈췄습니다. 여기 계시는 여러분들이 우리의 희망입니다. 신규 상장을 이루고 시장에서 자금을 모아 주십시오. 그걸 자본 삼아 더 큰 성장을 위해 노력해 주십시오. 제가 중국 공산당과 똑같은 말을 할 줄은 몰랐습니다만 이 말은 진실입니다. 먼저 풍요로워질 수 있는 사람이 먼저 풍요로워집시다. 부는 위에서 밑으로 떨어지는 법입니다. 위에서 먼저 풍요로워져야 전체가 풍요로워집니다."

정말일까? 간타는 처마 끝에서 뚝뚝 떨어지는 빗물을 떠올렸다. 간타는 어릴 때 실제로 빗물을 마신 적도 있었다. 갈증이 나는데 여름비가 맛있어 보였다. 하지만 입으로 받아먹어 본 빗물은 먼지 냄새가 나서 도저히 마실 수 없었다. 많은 사람들에게 떨어진다는 돈이 그처럼 냄새가 나지 않으면 좋을 텐데. 간타는 그런 생각을 하면서 우롱차를 홀짝거렸다.

환담 시간이 되자, 다시 가시마가 다가왔다. 뒤에는 눈이 아주 크고 체구가 작은 남자가 같이 있었다. 요지와 간타에게 창가 소파로 가자고 권했다. 자리에 앉기 전에 가시마가 남자를 소개해 주었다.

"이분은 다메나가 펀드의 다메나가 요시히로 대표십니다. 도쿄대학 경제학부를 수석으로 졸업하고 구 대장성(일본의 재정, 통화, 금융에 관한 사무를 관장하는 행정 기관) 취직을 걷어차고는 미국 투자 은행에 들어가셨어요. 그렇죠? 다메나가 대표님?"

고급스러운 감색 정장은 몸에 잘 맞았다. 다메나가는 커다란 눈을 더 크게 뜨며 말했다.

"네, 대장성의 최종 시험은 아주 치사하죠. 마지막까지 남은 사람들을 한 방에 두고 성적순으로 한 사람씩 부릅니다. 지원자들은 자기 차례가 올 때까지 몇 시간이고 기다리는 거죠. 공무원이라는 사람들은 일반인에게 그런 짓을 하는 게 아무렇지 않은 모양입니다. 저는 거기서 다섯 시간을 기다렸어요. 태어나서 가장 긴 하루였죠. 화가 어찌나 치미는지 결국 전부 걷어차고 나왔어요. 장난도 아니고, 그런 곳에서 어떻게 일하나 싶었죠."

말을 하며 유난히 친밀하게 생글생글 웃는다. 훌륭하고 머리가 아주 좋은 사람이면서도 자신과 타인 사이에 벽을 두지 않는 점이 간타는 의아했다. 그래도 간타는 다메나가와 한 번도 눈을 맞추지 않았다.

"요지 사장님, 지금 회사가 한창 잘 나가죠? 로켓파크의 성장력은 그야말로 로켓이에요. 가시마 대표님한테 들었는데 휴대폰 무료 게임 사이트는 여기 간타 씨와의 공동 아이디어라면서요?"

처음 인사할 상대방의 이름을 미리 알아왔다는 것에 놀라서 간타는 다메나가를 힐끔 쳐다보았다. 미소가 마치 벽처럼 느껴졌다. 무슨 생각을 하는지 도무지 알 수 없었다.

"간타 씨는 재무 담당이던데, 앞으로 잘 부탁드립니다. 여유 자금이 있으면 저희 펀드에 맡겨 주시죠. 지난 5년 동안 평균 운용 성적은 연이율 41퍼센트입니다."

"……네에."

간타는 눈길을 피한 채 대충 대답했다. 고등학생 때부터 주식 투자를 해 온 요지와 간타다. 우수한 성과를 거두는 다메나가가 어떤 타입의 펀드매니저인지 소문은 익히 들어 알고 있었다. 먼저 회사 업종이나 규모, 성숙도와 관계없이 자산 가치나 이익에 비해 한 주당 주가가 싼 기업을 공략한다. 그다음 강력한 힘을 발휘하는 대주주로서 실컷 주문하고 그 회사가 높은 가격으로 되사게 하는 식이었다. 합법적이긴 해도 악명 높은 그린메일러(목표한 기업의 주식을 사 모은 뒤, 경영권을 위협하지 않는 대가로 기업 측에 비싸게 주식을 되파는 사람)였다. 다메나가는 간타의 반응이 거슬렸는지 약간 눈살을 찌푸렸다.

"간타 씨는 많이 내성적이신가 보군요. 사람들과 잘 어울리질 않네요?"

요지가 설명했다.

"간타는 선천적으로 사람들과 조금 다른 면이 있습니다. 하지만 그건 업무와는 아무 상관없어요. 오히려 아주 도움이 되기도 하고요. 간타, 우리 회사가 보유한 주식의 오늘 최종가를 말해 줄래?"

간타는 눈을 내려뜬 채 대답하였다.

"아인슈타인팜 16엔 오른 781엔, 제네럴전산 6엔 내린 420엔, 히카리야마 제작소 똑같은 1,462엔, 사야마 익스프레스 3엔 오른……."

과연 다메나가 대표도 눈이 휘둥그레졌다.

"지금 보유하신 종목은 얼마나 되죠?"

요지의 눈짓에 간타는 마지못해 대답했다.

"스물세 종목이요."

"그 모든 가격을 매일 기억하고 계신 겁니까?"

요지가 자랑스럽게 고개를 끄떡였다.

"단순히 외우고 있는 게 아닙니다. 지난 몇 년 동안의 시세변동도 간타의 머리에 다 들어 있죠."

"모든 종목을요?"

"네, 종목뿐만이 아니라 그날그날의 닛케이 평균과 총 거래액까지. 거기에 당연히 매일매일 저희 회사의 재무 상황도 기억하고 있습니다. 간타는 대인 관계에는 다소 서툴지만 저희 회사의 걸어 다니는 복식 부기죠."

다메나가 대표가 웃으며 말했다.

"간타 씨, 언젠가 로켓파크를 그만두시면 저희 펀드 이름을 떠올려 주십시오. 저희 회사에서도 정말 탐나는 인재네요."

웃고 있던 다메나가의 얼굴이 진지해졌다. 눈을 더 크게 뜨자 눈이 튀어나올 것만 같았다.

"요지 사장님은 고등학교 때 아르바이트하면서 모은 자금을 밑천 삼아 주식 투자로 로켓파크의 자본금을 만들었다고 들었습니다. 실로 대단한 신세대 경영자네요. 물론 사장님도 신흥 시장에서 상장을 노리고 있겠죠?"

여기저기서 요지한테 주식을 공개하라는 말이 나오고 있었다. 회사가 어느 정도 커지면 다양한 금융 기관이 달라붙어 억지로 더 키우려고 한다. 신흥 시장에서 주식을 공개하면 부는 폭발적으로 늘어난다. 그 국물을 얻어먹으려고 은행, 증권, 회계 사무소, 펀드 등 황금 냄새에 민감한 조직들이 상어 떼처럼 모여든다.

"상장은 계획 중입니다. 아직 언제라고 분명히 말씀드리지 못하지만요. 조만간이라고만 해 두죠."

브라이트 홍산의 가시마와 다메나가가 순간 서로 쳐다보았다. 가시마가 고개를 끄떡이자, 비싼 정장을 입은 다메나가가 말을 했다.

"상장하면 그때 경제 상황에 따라 조금 다르겠지만, 부는 수백 배가 되기도 하죠. 로켓파크의 성장력과 브랜드 가치를 생각하면 한번에 천억 엔에 가까운 자금이 굴러 들어오게 될 겁니다."

금융 기관의 예측액과 거의 비슷했다. 꿈같은 숫자다. 간타는 창밖으로 보이는 도쿄의 야경을 바라보았다. 빛 알갱이들이 카펫처럼 땅바닥을 촘촘히 메우면서 저 멀리 도쿄만까지 이어진다. 사람은 밤을 어디까지 밝혀야 직성이 풀릴까? 가시마가 물었다.

"그 자금을 요지 사장님은 어떻게 쓸 생각이시죠?"

간타는 요지의 옆얼굴을 쳐다보았다. 역시 긴장한 모습이었다. 천억 엔이라는 숫자는 개인이 쉽게 움직일 수 있는 액수가 아니었다. 다메나가가 떠보듯 물었다.

"그 정도 돈이면 평생 놀고먹을 수 있어요. 하지만 요지 사장님의 꿈은 그저 부자가 되어 놀고먹는 건 아닐 겁니다. 훨씬 더 큰 꿈을 꾸고 있겠죠?"

간타는 식은땀을 흘렸다. 아침에 이야기하던 요지의 꿈을 떠올렸다. 도쿄 한복판에 거대한 회사 건물을 짓는 꿈 말이다. 어느 정도 성공을 거두긴 했지만 자신들은 아직 스무 살에 불과했다. 이런 어른들에게 보기 좋게 이용당하는 게 아닐까? 간타는 불안해서 견딜 수 없었다.

"아아, 아아, 아아……."

몹시 불안할 때 나오는 의미 없는 목소리가 흘러나왔다. 가시마가 의아해하는 얼굴로 간타를 보며 말했다.

"미안하지만 중요한 이야기예요. 간타 씨, 조용히 해 주세요."

요지가 천천히 입을 열었다.

"이대로 신생 인터넷 기업에서 멈출 생각은 없습니다. 주식 상장을 통해 아무리 거액의 자금을 얻어도 새로운 사업을 추진할 생각입니다. 인터넷이 언제까지 발전할지는 아무도 모르죠. 분명 저희는 일 년 남짓하여 크게 성공했습니다. 그렇다면 앞으로 일 년 안에 문 닫을 가능성도 배제할 순 없겠죠. 미래는 아무도 알지 못합니다. 저도 새로운 성장 동력을 찾고 있습니다."

간타는 요지를 완전히 믿고 의지했다. 모든 것을 요지한테 맡겨도 아무 문제 없다는 생각이었다. 언론에서 꽃미남 청년 사장이라며 칭찬하고 추켜세우는 요지이지만 마음 깊은 곳에는 그런 불안이 있었던 것이다. 무서운 속도로 성장하면서도 항상 다음을 생각한다. 그래서 요지는 뛰어나다. 간타는 이 오랜 친구가 자랑스러웠다.

가시마와 다메나가가 눈짓을 주고받더니 고개를 끄떡였다.

"그렇다면 제가 한 가지 제안을 드렸으면 합니다."

무대 위에서 라이브 재즈 연주가 흘러나왔다. 부드러운 소리였다. 피아노 트리오에 여성 보컬이 한 명이었다. 파티에 참석한 음반 회사 사장 회사에 소속된 흑인 혼혈 가수였다.

"여기서, 말인가요?"

요지의 물음에 다메나가 대표가 눈을 크게 뜨며 웃었다.

"네, 여기서요. 물론 나중에 저희 직원을 데리고 정식으로 방문하겠지만 핵심은 지금 제가 말씀드리는 게 다입니다."

간타는 급격히 불안해졌다. 머리가 비상해 보이는 이 사람이 도대체 어떤 제안을 할지 몰랐다. 요지는 눈을 가늘게 뜨고 듣고 있었다. 음악은 귀에 익은 〈언젠가 왕자님이〉로 바뀌었다. 콘트라베이스 소리가 파티장에 울려 퍼졌다. 잠깐 틈을 두었다가 다메나가가 목소리를 낮췄다.

"로켓파크를 전 세계 게임 산업을 대표하는 그룹으로 키워 보시지 않겠습니까?"

가시마가 맞장구치듯 고개를 끄떡였다. 다른 IT 사장들과 젊은 여자들의 이야기 소리가 차츰 멀어진다. 간타는 들고 있던 우롱차를 한 모금 꿀꺽 삼켰다. 다메나가의 눈이 정말로 탁자 위로 튀어나올 것 같다.

"〈알티머 판타지〉 시리즈는 알고 계시죠?"

지난봄에 신작이 출시되어 4백만 개를 판매한 RPG의 명작이었다. 이미 시리즈는 여덟 번째까지 이어졌다. 이번에는 플랫폼이 되는 게임기를 변경했다. 그것만으로 전 세계 게임기 매출 1위가 바뀌었다.

〈알티머 판타지〉가 게임 업계에 미치는 영향력은 대단했다.

"아시다시피 디지털 심포니 주식회사에서 제작한 게임입니다. 작년 매출액은 거의 5백억 엔이 다 되었어요. 이게 디지털 심포니라고 생각해 봅시다."

다메나가가 가운데 탁자 위에 놓인 고급 크리스털 재떨이를 가리키며 말했다.

"디지털 심포니의 모회사는 도쿄 변두리에서 대대로 트럼프를 만들어 온 아리아케 카드 주식회사입니다. 매출은 자회사인 디지털 심포니의 20분의 1에 불과하죠. 그리고 이게 아리아케 카드라고 합시다."

무릎 위에 있던 하얀 면 냅킨을 마술사처럼 펼쳐 보였다. 그리고 냅킨으로 크리스털 재떨이를 덮는다.

"요지 사장님, 이 두 회사를 합친 가격은 얼마일까요?"

요지는 대답을 하지 않았다. 흥분했는지, 두 눈은 반짝이고 뺨은 상기되어 있다. 여유롭게 미소 짓는 다메나가의 표정에서 자신의 제안에 대한 자신감이 엿보였다.

"단순한 덧셈이라면 이 두 회사 가격을 더하면 되겠죠. 하지만 두 회사 사이에는 자본이 꼬여 있어요. 디지털 심포니가 발행한 주식 가운데 3분의 2는 모회사인 아리아케 카드가 가지고 있습니다."

"……그렇군요."

요지의 목소리는 잠겨서 알아듣기 어려웠다.

"무슨 말씀이신지 알았습니다. 아리아케 카드를 인수하면 자동적으로 디지털 심포니도 저희 것이 된다. 그렇죠?"

다메나가가 웃었다. 가시마도 웃었다. 두 어른의 웃음이 간타에게
는 악마의 웃음처럼 보였다. 남의 불행을 기뻐하며 지옥의 구렁텅이
로 떨어뜨리는 웃음이다. 다메나가가 냅킨으로 덮은 재떨이를 들어
보였다. 그대로 요지에게 내민다.

"들어 보세요."

요지는 말없이 냅킨에 싸인 크리스털 재떨이를 받았다. 다메나가
는 도로 그것을 가져가서 냅킨을 벗겨 재떨이를 꺼냈다. 요지의 손
에 냅킨만 얹는다. 요지는 손바닥에 놓인 냅킨을 쥐었다.

"그 천 조각을 사기만 했는데 크리스털 재떨이도 손에 들어온다면
어쩌시겠습니까?"

과연 경험이 풍부한 펀드매니저였다. 다메나가는 입가에 힘을 주
며 말했다.

"로켓파크의 매출은 아직 아리아케 카드에 못 미칩니다. 하지만 상
장하면 요지 사장님은 만능 조커를 손에 넣게 되죠. 자유로이 쓸 수
있는 새로운 거액의 자금입니다. 어떻습니까? 단 한 번의 간단한 투
자로 회사 매출을 20배 넘게 만들어 보시지 않겠습니까?"

가시마가 바로 말을 이었다.

"게임 제작 회사를 소유하는 건 로켓파크의 미래를 위해서도 도움
이 될 겁니다. 휴대폰 사이트에는 항상 새로운 게임 콘텐츠가 필요
하니까요."

간타는 바짝 긴장해 있었다. 요지는 뭐라고 대답할까? 여기서 결
정만 내리면 회사는 내년에라도 20배가 넘게 커질 수 있다. 하지만
자신들에게 그만한 규모의 회사를 움직일 능력이 있을까? 다메나가

대표가 말했다.

"물론 실제로 이 정도 투자를 하려면 법적인 문제도 있고 각 관계 부처에 미리 손도 써야 하죠. 그 문제는 저희 펀드 전문가와 제가 확실하게 지원하겠습니다. 물론 그만큼 수수료는 내셔야겠지만 이익이 훨씬 더 남게 되죠."

정말 자신들은 미나미아오야마 힐즈에 있는 빌딩처럼 2백 미터가 넘는 건물을 세우게 될까? 로켓파크와 디지털 심포니가 합쳐지면 분명 게임 소프트 업계에서는 가장 큰 세력이 된다.

간타가 지켜보는 가운데 요지가 마침내 입을 열었다.

"……너무 갑작스러운 이야기라서 바로 대답을 드리기 어렵습니다. 조금 생각할 시간이 있을까요?"

다메나가 대표가 싱글벙글 웃으며 대답했다.

"물론 되고 말고요. 하지만 아주 좋은 조건의 사업 제안이다 보니 얼마든지 하겠다고 나서는 IT 관련 경영자들이 있어요. 그래요, 일주일 드리겠습니다. 그때까지 답을 주시죠."

요지는 그 기세에 눌려 고개를 끄떡였다.

"그럼 저희는 이만 가 보겠습니다. 장차 일본 디지털의 미래를 짊어질 요지 사장님의 배짱과 판단력을 기대해 보죠. 긍정적인 대답을 기다리겠습니다."

다메나가와 가시마가 인사를 하고 자리를 떴다. 이 파티장에 아는 사람들이 많은 모양이다. 여기저기에서 그들을 불러 세운다. 간타는 빈 컵에 든 얼음을 먹었다. 머리와 몸에서 자꾸만 열이 났다.

"요지, 어떡할 거야?"

충혈된 요지 눈에서 빛이 튕겨져 나오고 있었다. 시선은 저 멀리 도쿄의 야경을 노려보고 있었다. 사나운 청년의 얼굴이다. 요지는 잔에 담긴 샴페인을 다 마시고 대답했다.

"아직 모르겠어. 조금 더 생각해 볼게."

간타는 무조건 요지의 뜻에 따를 생각이었다. 요지와 함께였기 때문에 부모가 없는 자신이 여기까지 올 수 있었다. 설령 무일푼이 되든, 목숨을 잃든, 간타는 끝까지 요지를 따를 참이었다. 요지가 불쑥 말했다.

"우린 정말 엄청난 데까지 올라온 거 같아. 간타, 아파트 단지에 있던 공원, 기억하지?"

간타는 온 힘을 다해 고개를 끄떡였다. 두 사람의 모든 것이 시작된 곳인데 어떻게 잊을 수 있을까?

"우리가 탄 건 로켓 미끄럼틀이 아니라 진짜 로켓이었어."

요지가 웃는 얼굴로 쳐다보았다. 그것만으로 간타는 가슴이 벅차오른다.

"간타, 우주까지 같이 날아 볼까?"

야경이 바라다보이는 유리창에 요지와 간타가 나란히 비쳤다. 둘다 정장 차림이었다. 하지만 요지의 눈빛은 오래전 유치원 때와 똑같았다. 간타는 그 사실이 기뻐서 다시 한 번 힘껏 고개를 끄떡이고 얼음을 으드득으드득 씹었다.

13

　이듬해 4월 어느 좋은 날, 로켓파크는 도쿄 증권 거래소 마더스에 신규 상장했다.

　3월 판매액은 18억3천만 엔, 경상이익은 8억2천만 엔, 순이익 5억 천만 엔으로, 판매액은 전년 대비 70퍼센트 증가했고, 경상이익은 거의 두 배 넘게 뛰었다. 상장 첫날에는 매수 주문이 약 만5천 주인데 비해 매도 주문은 약 3천 주로 엄청난 인기를 모아서 좀처럼 가격이 결정되지 않았다. 그러다 거래 종료 5분 전에서야 간신히 예상을 훨씬 웃도는 30만 엔대 중반으로 시세치가 확정되었다. 이날 마더스 시장 총 거래의 60퍼센트를 로켓파크가 차지했다.

　사람들의 뜨거운 관심은 로켓파크 주식만이 아니었다. 스물한 살의 청년 사장, 아리하라 요지는 언론이 주목하는 스타로 매일같이 와이드 쇼나 뉴스에 등장했다. 요지는 아직 대학생이지만 일에 쫓겨 거의 등교하지 않았다. 상장과 동시에 휴학계를 제출하고 로켓파크 경영에 온 힘을 쏟고 있다.

　상장 왕자.

　하룻밤 사이에 수백억 엔의 자산을 손에 넣은 요지의 닉네임은 주간지 제목에서 간단하게 결정되었다. 단정한 생김새와 쿨한 말솜씨,

깔끔한 흰색 셔츠 차림의 요지는 수많은 IT 기업가 가운데서도 단연 눈에 띄었다. 여성지에서는 한류 스타나 아이돌과 나란히 하여 주마다 요지를 다루었다. 단골 가게, 좋아하는 브랜드, 이상형이나 결혼관에 대해서 자세히 도표를 그려 가며 지면을 장식했다.

간타는 오랜 친구이면서 요지의 팬이었기에 그러한 기사를 보면 모두 스크랩해서 소중하게 보관했다. 사장실에서 새로 스크랩을 하며 요지에게 물었다.

"나카메구로에 있는 버드월드라는 꼬치구이 가게, 단골이었어?"

책상 위에는 자료가 10센티미터 가량 쌓여 있었다. 요지는 차례차례 자료를 살펴보던 손을 멈추지 않고 대답한다.

"아니, 한 번 같이 간 게 다잖아. 사인해 달라는 게 짜증나서 그 뒤로 안 갔어."

"그렇구나. 그런데 단골집이 된 거네. 이제 요지는 스타니까 함부로 사인해 주면 안 돼. 응, 그렇지."

간타는 자신이 한 말에 스스로 고개를 끄떡였다. 요지는 고개를 들어 벽시계를 보았다.

"밤이 늦었네. 간타는 돌아가서 자지 그래?"

"요지는 어떡할 건데?"

"좀 더 일하다 잘 거야."

사장실에는 소파 침대가 있었다. 요지는 주중 절반은 빌딩 옆 레지던스 동에 있는 방에 돌아가지 않고 사장실에서 잤다. 사장실에도 여분의 옷과 잠옷을 갖춰 놨고 샤워 시설도 있었다. 매일 아침 정해진 시간에 직원들이 출근하기 때문에 늦잠 잘 염려도 없었다.

"또 저 소파에서 자려는 거지?"

걱정한 나머지 간타는 그만 비난하는 말투가 되었다.

"엄마도 아니면서 잔소리는."

요지는 한순간, 엄마 레이코를 떠올렸다. 몇 년 전에 긴자의 클럽을 그만두고 지금은 긴시초에서 가게를 하고 있다. 가장 자신 있어 하는 술장사였다. 요지는 이제 가게 문을 닫고 은퇴하라고 했지만 레이코는 단번에 거절했다. 일하지 않으면 금방 늙고, 그보다 아들에게 신세지고 싶지 않단다. 과연 자존심 강한 레이코다웠다.

간타는 신문과 잡지 스크랩을 마친 뒤에도 여전히 사장실에 남아 있었다. 아무래도 요지와 함께 돌아가려는 생각 같다. 간타의 방은 요지와 같은 층이었다. 한 달 임대료는 각각 150만 엔이 넘지만 대부분 회사 주택 보조금으로 충당되었다.

"그래, 알았어. 오늘은 이 방에서 자도 돼. 내 잠옷 빌려 줄 테니까 알아서 샤워나 하든지."

요지의 말에 간타는 뛰어오르며 소리를 질렀다.

"앗싸! 또 예전처럼 같이 잘 수 있어."

어이없을 정도로 순진한 간타는 요지 앞에서 감정을 솔직하게 표현했다. 요지가 한 치의 망설임도 없이 의사를 결정하고 힘든 일을 견뎌 나갈 수 있는 것도 곁에 항상 간타가 있기 때문이었다. 비즈니스 세계나 어른들 세계로 기울지 않게 간타가 붙잡아 주고 있었다.

"난 아직 자려면 멀었어. 내일 기자 회견 자료를 읽어야 하거든."

간타가 불안해하며 물었다.

"다비드 작전?"

요지는 자신 있게 고개를 끄떡였다. 흥분한 탓인지 뺨이 상기되어 있다.

"그래, 작은 것이 큰 것을 쓰러뜨리는 다비드 작전이야. 구약성서에서 다윗이 거인 골리앗에게 돌멩이를 던져 쓰러뜨린 것처럼 내일은 게임 업계의 거인에게 힘껏 돌멩이를 맞춰 줄 테니 온 일본이 난리날 거야."

아침 7시 10분 전, 사장실에 여섯 명의 임원들이 모여 있었다. 비서실장인 히메나도 있다. 모두 긴장한 탓인지 얼굴이 창백해 보였다. 회의용 탁자 가운데에는 노트북 한 대가 놓여 있었다. 요지가 손목시계를 확인하고 입을 열었다.

"이제 준비는 마쳤을 겁니다."

마우스를 클릭하여 다메나가 대표가 소개해 준 온라인 증권 사이트로 들어갔다. 비밀번호를 입력하고 거래 화면을 열었다. 요지는 종목란에서 아리아케 카드를 선택했다. 어제 종가는 6,720엔으로 예상 금액을 약간 넘었다.

"시작합니다."

요지는 고개를 들고 회의용 탁자를 에워싼 사람들을 둘러보았다. 한 번 클릭하면 돌이키지 못한다. 거래는 절대 취소할 수 없다. 간타는 무서워 견딜 수 없었지만 온 힘을 다해 고개를 끄떡였다. 요지도 고개를 끄떡이고 주식 수를 입력했다.

700,000주

간타는 바로 머릿속으로 계산했다. 6,720엔으로 70만 주라면 약 47

억 엔이다. 이런 거금을 한 번의 클릭으로 써 버려도 될까? 구름 위에 있는 돈의 신이 화내지는 않을까?

다음 순간, 요지는 아무런 망설임도 없이 작은 검정색 마우스를 클릭하고 있었다.

몇 초 뒤, 거래가 성립되었다는 표시가 나타났다. 로켓파크의 사장실에서 박수 소리와 함께 기뻐하는 소리가 울렸다. 요지도 흥분한 모습이었다. 약간 붉어진 얼굴로 다음 거래를 시작했다.

다시 노트북 화면으로 돌아갔다. 똑같이 아리아케 카드를 골라 70만 주 매수 주문을 넣었다. 요지는 간타를 보며 씩 웃었다.

"다음 매수는 간타가 해 봐."

간타는 손에 힘이 들어가지 않았다. 집게손가락을 한 번 까닥하면 거의 50억 엔이라는 거금이 움직인다. 역사가 있는 장난감 업체, 아리아케 카드의 자산을 욕심내 사 모으고 있는 것이다. 간타는 떨리는 손으로 간신히 마우스를 클릭했다.

거래 성립. 요지는 다시 똑같은 조작을 시작했다. 히메나가 노트북 앞에서 물러난 간타에게 속삭였다.

"이렇게 아침 일찍 증권 거래소가 문을 열어?"

젊은 임원들이 흥분하여 컴퓨터 주변을 빙 에워싸고 있었다. 간타와 히메나는 타원형 탁자에서 떨어져 창가로 갔다. 아오야마 거리에 안개가 하얀 스크린처럼 걸려 있다. 푸른 나무와 건물이 균형을 이루어 잘 정돈된 도심의 아침 풍경이었다. 눈앞에서 일어나고 있는 일은 전혀 현실감이 없었다. 간타는 갑자기 기분이 안 좋아졌다.

"나도 잘은 모르는데 시간 외 거래라는 방법이 있다나 봐. 그 사람이 가르쳐 줬어."

간타는 그 사람 이름을 차마 입에 담지는 못했다. 이 거래에 사전 미팅은 없었다고 하는 것이 절대적인 약속이다. 간타는 다메나가 대표가 한 말을 그대로 되풀이했다. 간타의 비상한 기억력은 마치 흉내 내기의 달인처럼 대화의 리듬이나 어조까지 재생시켰다. 간타는 눈이 튀어나올 것처럼 크게 떴다.

"시간 외 거래라고 해도 절대 위법은 아닙니다. 상호 보유 주가 해소 등으로 한 번에 많은 양의 주식이 시장에 나온 경우, 가격 붕괴를 막기 위해 일정한 가격을 정해서 시장을 통하지 않고 매매하는 거죠. 이른 아침이나 점심시간에 전격적으로 그런 거래를 합니다."

히메나는 풋 하고 웃으며 말했다.

"간타, 다음에 흉내 내기 프로그램에 나가 봐. 근데 모두들 왜 저리 흥분하는 거야?"

탁자 둘레에 모인 남자들은 사냥한 고기를 나누는 맹수처럼 강렬한 열기를 품고 있었다.

"그야 아리아케 카드를 사면 덤으로 디지털 심포니가 따라오잖아. 게다가 위법은 아니지만 적대적 인수를 하는데 시간 외 거래로 한다는 건 도쿄 증권 거래소 역사상 처음 있는 일이래."

"흐음, 정말 어마어마한 일이구나."

간타는 웃는 요지를 쳐다보기만 했는데도 행복해졌다. 이제 아리아케 카드의 인수도, 디지털 심포니와의 제휴도 어떻게 되든 상관없었다. 요지가 탁자에서 말을 걸었다.

"히메, 이리 좀 와 봐."

"네, 사장님."

이제 그 호칭에도 익숙해진 듯했다. 감색 정장 차림의 히메나가 컴퓨터 앞에 섰다. 요지가 말했다.

"이제 일곱 번째야. 마지막 거래는 히메가 해 줘."

키보드를 톡톡 두드리며 매수 주문을 입력하더니 히메나에게 컴퓨터 화면을 돌렸다. 히메나는 신기해 하며 물었다.

"이제 마우스로 클릭만 하면 되는 거야?"

상장 왕자 요지의 표정은 그야말로 반짝였다.

"응, 이걸로 아리아케 카드가 발행한 주식의 30퍼센트 가량을 우리가 갖게 되는 거야. 자, 이게 끝나면 모두 옆 호텔 레스토랑에 가서 거하게 아침 식사를 합시다. 드디어 디지털 심포니가 우리 게 되는 겁니다."

히메나는 기쁨도 두려움도 없어 보였다. 망설임 없이 마우스를 클릭하고는 얼른 컴퓨터 앞을 떠났다. 이날 아침 25분 동안 이루어진 일곱 번의 온라인 거래로 창업 70년이 넘는 장난감 업계의 명문, 아리아케 카드가 발행한 주식 490만 주가 로켓파크 소유가 되었다. 매수하는 데 든 총액은 약 330억 엔이었다.

로켓파크의 제1회의실은 직원 60명을 수용할 수 있는 규모였다. 그런데 점심시간에 들이닥친 보도 관계자들은 250명이 넘었다. 에어컨을 켜도 사람들 열기로 숨이 막혀 왔다. 모든 지상파 텔레비전, 5대 신문사, 거기에 주간지와 월간지, 경제 전문지 등 주요 언론사들은 모두 모였다. 뒤쪽의 벽을 따라서 비디오카메라가 빽빽이 늘어서 있었다. 카메라맨들은 자리싸움으로 살벌해져 있었다.

간타는 요지와 기술 담당 임원인 데무라 가즈히로와 함께 하얀 테이블보가 깔린 기다란 탁자 앞에 앉아 있었다. 아까부터 얼굴 위로 터지는 플래시 때문에 눈을 뜨고 있기 어려울 지경이다. 히메나 목소리가 마이크를 통해 회의실에 울렸다.

"바쁘신 가운데 와 주셔서 대단히 감사합니다. 지금부터 긴급 기자 회견을 시작하겠습니다. 먼저 저희 아리하라 요지 사장님의 인사 말씀을 들으시겠습니다."

플래시와 셔터 소리가 폭풍우처럼 덮쳤다. 요지는 애써 미소 띤 얼굴로 입을 열었다.

"오늘 로켓파크는 아리아케 카드 주식회사가 발행한 주식의 31.5퍼센트를 취득했습니다. 먼저 그 사실을 알려 드립니다."

당장 기자가 질문을 던졌다.

"이대로 경영권을 손에 넣을 수 있게 주식 지분율을 과반수까지 높일 겁니까?

요지의 미소는 한 치도 흐트러지지 않았다. 간타는 요지가 자랑스러웠지만 갑자기 멀리 가 버린 것 같아서 마음이 복잡했다.

"네. 아리아케 카드는 전통 깊은 훌륭한 장난감 업체입니다. 게임이라는 공통점도 있습니다. 저희 회사가 사업을 해 나가는 데 아주 바람직하고 긍정적인 상승 효과가 있을 겁니다."

다음 질문은 여기자가 했다.

"아사카제 신문 경제부의 고시무라입니다. 이번 주식 매점의 목적은 아리아케 카드 본사가 아니라 그 회사가 보유한 자회사 디지털 심포니 주식이라는 소문이 있는데, 요지 사장님 생각은 어떻습니까?"

"디지털 심포니는 일류 게임 제작사로 존경합니다. 로켓파크와 아리아케 카드, 그리고 디지털 심포니, 세 회사에 모두 윈윈이 되는 행복한 관계가 된다. 이게 이번 인수의 목적입니다."

다음에는 나이 든 기자가 손을 들었다. 간타는 눈매가 유난히 날카로운 것이 왠지 형사 같다고 생각했다.

"도와 경제의 하라다입니다. 요지 사장님은 그렇게 말씀하시지만 아리아케 카드의 경영진들은 이번 갑작스러운 주식 매점에 불쾌감을 나타내고 있습니다. 디지털 심포니의 요시이 대표님도 이번 사태에 우려를 나타내셨죠. 이건 적대적 인수 아닙니까?"

요지는 입술 끝이 약간 처지는 듯했지만 애써 미소를 지었다.

"아직 정식으로 그쪽 경영진들과 이야기를 나누지 않았기 때문에 뭐라 말씀드리기는 어렵지만, 저희 로켓파크는 적대적 행위였다고 생각하지 않습니다. 저희는 나름대로 모두에게 이익이 되는 방법을 열심히 생각했습니다. 그 결과가 아리아케 카드의 인수였고요. 앞으로 각 회사의 경영진들에게 성심껏 설명해 드리고자 합니다."

나이 든 기자가 다시 물었다.

"시간 외 거래 말인데요, 적대적 인수에 처음으로 이용되었습니다. 위법은 아니지만 증권거래법에 저촉될 법한 아슬아슬한 그레이존이라고 말하는 관계자가 많습니다. 사장님 생각은 어떠십니까?"

과연 경제지 기자는 날카로운 질문을 던졌다.

"증권법에서는 이 방법에 대한 금지, 벌칙 항목이 없습니다. 위법

성은 없다는 생각입니다."

"하지만 그건 그러한 기습 전법을 실행할 리가 없다는 보편적인 정서 때문이죠. 공평하고 공정한 시장 거래 관점에서 보면 명백히 법에 어긋난 매매 아닌가요? 설령 법적으로 옳다고 해도 공적인 기업으로서 도의적인 책임은 못 느끼시나요?"

간타는 모두 한통속이 되어 요지를 괴롭히지 말라고 소리 지르고 싶었다. 어떠한 질문과 비난에도 요지는 도망치거나 숨지 못한다. 플래시는 쉴 새 없이 터져 눈이 부셨다. 비디오카메라는 요지 표정을 한순간도 놓치지 않겠다는 듯 클로즈업했다.

"전 도의적인 문제는 잘 모릅니다. 저희 회사 휴대폰 사이트에서 게임을 다운받아 즐기는 전체 사용자들에게 나쁜 영향을 미친다고 생각하지 않습니다. 기자님은 아까부터 악역을 만들고 싶어 하시는 거 같은데, 이번 거래에 선악은 없습니다."

요지는 약간 지친 얼굴로 텔레비전 카메라를 향해 웃었다.

"로켓파크는 이미 아리아케 카드의 3분의 1이 넘는 주식을 보유하고 있습니다. 불쾌하다느니, 우려된다느니 그런 문제가 아닙니다. 저희 회사는 지금도 임원 해임과 합병, 영업 양도 등 경영상 중요한 결정을 할 때 거부할 권리가 있습니다. 아리아케 카드의 경영진들은 교섭 테이블에 앉아야 합니다. 그때 인터넷과 게임의 상승효과와 앞으로의 전략에 대해서 분명하게 설명드릴 생각입니다. 관계자들 모두가 만족할 수 있는 새로운 성장 전략이 될 겁니다."

기자 회견은 시작된 지 20분을 넘어가고 있었다. 요지가 손목시계를 보더니 사회를 보는 히메나에게 고갯짓을 했다.

"그럼 이제 마칠 시간이 되었네요. 이것으로 기자 회견을 모두 마치겠습니다. 오늘은 바쁘신 가운데……."

그때 그 나이 든 기자가 오른손을 높이 들며 크게 외쳤다.

"잠깐만요. 이번 전격적 매수에는 분명 누군가 뒤에서 그림을 그린 인물이 있을 겁니다. 사장님, 그게 도대체 누굽니까?"

요지의 얼굴빛이 변했고 기자 회견장이 웅성거렸다. 요지는 아무 말도 하지 않고 자리에서 일어나 공손히 고개를 숙였다. 히메나가 마이크를 통해 소리쳤다.

"이로서 기자 회견은 끝났습니다. 안녕히 돌아가십시오. 오늘은 이것으로 마치겠습니다."

그날 밤 미나미아오야마 힐즈의 빌딩 앞에는 보도진들이 떠나지 않고 있었다.

사장실에서 내려다보니 기자가 비디오카메라 앞에서 열심히 말을 하는 모습이 보였다. 간타가 불쑥 말했다.

"이러면 저녁 먹으러 밖에 못 나가겠네."

텔레비전에서 조그맣게 뉴스 소리가 흘러나오고 있었다. 요지가 웃는 얼굴로 기자 회견을 하고 있다. 가끔 카메라가 멀어지면 창백한 얼굴을 한 간타도 화면 가장자리에 비쳤다.

"와, 어째 텔레비전에서 보니까 내가 더 통통해 보이네."

"조용히 해 봐. 지금 중요한 전화를 걸 거니까."

요지가 일어나 창가로 걸어가는 모습이 꽤 피곤해 보였다. 그러고 보면 오늘 하루, 땀을 많이 흘렸는지 흰 셔츠를 여러 번 갈아입었다.

요지는 간타가 처음 보는 휴대폰을 가지고 있었다.

"그거 어디서 났어? 새로 샀어?"

요지는 한숨을 쉬며 대답했다.

"아니, 이건 대포폰이야. 다메나가 대표가 줬어. 통화 기록이 남으니까 내 폰을 쓰면 안 된다고. 연락은 이걸로 하래."

간타는 자꾸만 신경이 쓰이던 것을 물었다.

"기자가 한 말은 정말이야?"

"뭐?"

"아리아케 카드 인수가 위법이 아니냐고 한 말."

요지가 도쿄의 야경을 등지고 돌아보았다. 청년 사장 요지의 가장자리로 눈부신 불빛이 비쳤다.

"위법 아니야. 왜냐하면 경찰에 잡힌 사람도 없고, 증권 거래소도 아무 말 안 하잖아."

"하지만 우린 괜찮아도 그쪽 회사 사람들은 분명 기분이 안 좋을 거야."

요지가 어깨를 들썩였다.

"어쩌겠어. 하지만 우리와 손을 잡게 되면 그쪽 가치도 올라가. 지금은 내키지 않아도 결국에는 이해할 거야."

정말 그럴까? 간타는 생각했다. 요지와 함께 만든 로켓파크를 전혀 알지 못하는 사람이 샀다면 어떤 기분이 들까? 주식이 오르고 이익이 늘어나는 것은 분명 좋은 일이다. 하지만 그 누군가는 아파트 단지 공원에 있는 로켓 미끄럼틀을 탄 적도 없을 뿐더러, 그 존재조차 알지 못한다. 도저히 이해할 수 있을 것 같지 않았다.

"지금이라도 490만 주, 전부 팔면 안 될까?"

"무슨 소리 하는 거야. 그렇게 되면 수수료만 버리는 게 아니야. 그처럼 대량의 주식을 한꺼번에 팔면 시세가 무너져서 주가는 폭락해. 100억 엔 손해 보는 건 금방이야. 거기에다가 아침에 샀다가 저녁에 팔면 아무도 우리를 신용하지 않게 돼. 우리는 앞으로도 사업을 계속해 나가야 한다고."

간타는 점점 자신들이 한 일이 얼마나 중대한 것인지 알게 되었다. 그래서 그처럼 많은 방송 관계자들이 모여든 것이다. 겨우 일곱 번의 클릭 때문이다. 만약 시간을 돌이킬 수 있다면 다시 아침 7시로 돌아가고 싶었다. 그러면 무슨 일이 있더라도 인터넷 거래를 막았을 것이다.

"간타, 조용히 좀 있어 봐. 중요한 전화할 거거든. 아직 우리는 아리아케 카드 주식을 30퍼센트밖에 확보하지 못했어. 20퍼센트를 더 사 모아서 경영권을 쥐지 않으면 의미가 없어."

간타는 기분이 안 좋아졌다. 매점, 경영권, 시간 외 거래나 적대적 인수라는 말들은 그동안 요지와 간타의 생활에 없던 것들이었다. 그런데 지금은 매일같이 주가와 시가 총액과 회사의 재무 상황만 생각한다. 요지가 다메나가와 휴대폰으로 통화를 하고 있었다.

텔레비전 뉴스에서는 이어서 아리아케 카드 사장의 인터뷰가 흘러나오고 있었다.

"저희는 도망도 안 가고 숨지도 않습니다. 저희가 20퍼센트, 그쪽이 30퍼센트. 먼저 과반수를 차지하는 쪽이 이기는 겁니다. 철저하게 맞서 싸울 겁니다. 이런 식의 인수가 아무렇지 않게 이루어지면 일본 경제가 무너지죠."

뉴스 소리가 간타의 주의를 끌었다. 아리아케 카드 사장은 머리가 하얀 할아버지였다. 화가 나서 견딜 수 없는 모양이다. 말투는 공손하지만 안경 너머로 눈에 핏발이 서 있었다. 요지가 전화기에 대고 말했다.

"다메나가 대표님, 지금 뉴스 보십니까? 아리아케 카드는 저희와 철저하게 싸울 태세입니다. 하지만 이제 저희는 여유 자금이 없습니다. 이제 서로 공개 매수가 될 테니 주가는 점점 올라가겠죠. 자금을 준비해야 합니다."

간타는 귀를 기울였다. 다메나가 대표의 밝은 목소리가 울리지만 무슨 말을 하는지는 알아듣지 못했다.

"네, 하지만, 그 돈은 어디서……."

요지의 눈이 험악해지고 얼굴빛이 약간 창백해지는 듯했다. 간타는 뉴스를 들으면서 생각했다. 나머지 20퍼센트의 주식을 사려면 지금보다 훨씬 더 많은 거금이 필요하다. 지난 몇 년 동안 몇 차례 투기주를 서로 차지하려고 싸우는 모습을 봐 왔다. 주가는 그야말로 로켓처럼 30퍼센트, 50퍼센트, 두 배로 뛰어올랐다. 어쩌면 5백억 엔 넘게 들 수도 있다.

로켓파크의 당좌예금 잔액을 대입해 보았다. 인터넷 거래 원클릭으로 회사는 파산할 것이다. 하지만 어떻게든 살아남아야 한다. 이 회사는 아버지가 없는 요지와 자신이 냉혹한 세상에서 살아남기 위해 만든 구명 로켓이기 때문이다.

"……케이맨 제도…… 하지만 거기는 악명 높은 조세 피난처 아닙니까?"

요지가 몸을 비틀며 창문에 기댔다.

"갑자기 보내신다니, 무슨 말씀이시죠?"

목소리가 이상했다. 간타는 쏜살같이 요지 휴대폰에 귀를 갖다 댔다. 다메나가 대표의 목소리는 명랑한 악마 같았다.

"요지 사장님은 그 돈이 어디서 나왔는지 걱정할 필요 없어요. 그리고 요지 사장님이 이미 잘 아시는 분의 자금이에요."

간타는 다메나가 대표의 커다란 눈과 공손한 말투를 떠올렸다. 그 남자도 같이 아는 사람이라면 떠오르는 사람은 딱 한 사람이다. 로켓파크의 첫 투자자, 브라이트 홍산의 가시마 히데미다. 그처럼 좋은 사람이 조세 피난처로 유명한 케이맨 제도와 연관이 있다니, 어떻게 된 일일까?

"요지 사장님, 이제 승부를 그만둘 수 없어요. 이대로 계속 싸워 이겨서, 이 어려운 궁지에서 벗어나는 수밖에요. 자금은 이번 주 안에 그쪽 계좌에 송금합니다. 최대한 유용하게 사용해 주십시오."

통화는 갑자기 뚝 끊겼다.

"제길, 당했어!"

요지가 소파에 휴대폰을 내던졌다. 간타가 조심스레 물었다.

"무슨 일이야?"

요지가 머리를 쥐어뜯으며 대답했다. 간타는 요지가 이처럼 곤경에 빠져 하는 모습을 본 적이 없었다.

"어떻게 되고 말 것도 없어. 우리가 처음부터 속은 거였어. 브라이트 홍산은 간사이 지역에서 활동하는 커다란 조폭 세력이 경영하는 기업 같아. 범죄 행위로 번 뒷돈을 조금씩 조세 피난처의 은행에 옮겨놨는데 그 금액이 엄청나게 늘어난 거야. 그 검은돈을 국내에 다시 들이는 방법을 찾고 있었던 거지. 신규 상장이나 인수 합병에서는 거액의 돈이 움직여. 그 혼란한 틈을 타 돈세탁을 하려는 속셈이야."

간타에게는 신규 상장이나 인수 합병 못지않게 범죄 조직이나 돈세탁은 낯선 말이었다. 간타는 견딜 수 없이 무서워져 자신도 모르게 바들바들 떨고 있었다.

"우린, 이제 어떡해?"

요지의 눈빛은 아까 텔레비전에서 본 아리아케 카드 사장과 똑같았다. 핏발이 서서 번뜩이며 싸우겠다는 의지를 내보이고 있다.

"이제 도망갈 데는 없어. 다메나가 대표 말이 맞아. 반드시 이겨야해. 암흑세계의 자금으로 엄청난 손해를 입으면 목숨까지 위험해질 거야. 너나 나나 여기까지 왔으면 이제 목숨을 건 거야. 끝까지 싸워서 어떻게든 아리아케 카드와 디지털 심포니를 우리 것으로 만들고, 제대로 이익을 내서 검은돈을 돌려주는 수밖에 방법이 없어."

간타는 눈물이 나려 했다. 창밖을 바라보았다. 아오야마의 야경은 아주 아름다웠지만 구멍이라도 뚫린 듯 빛이 없는 부분이 있었다. 봄이면 벚꽃 명소가 되는 아오야마 묘지였다. 왜 성공이나 부는 어둠과 나란히 있는 걸까?

요지 얼굴이 텔레비전에 커다랗게 비치고 있었다. 겨우 12시간 전만 해도 상장 왕자 요지는 꿈으로 가득 찬 자랑스러운 표정으로 싱글벙글 웃으며 이야기하고 있었다.

"……세 회사에 모두 윈윈이 되는 행복한 관계가 된다. 이게 이번 인수의 목적입니다."

신명 나는 선전 포고와 함께 몹시 시달릴 것 같은 요지와 간타의 60일 전쟁은 시작되었다.

14

온 나라가 두 동강이 나는 듯한 소동이었다.

요지와 간타가 아리아케 카드를 인수한 것은 그동안 숨어 있던 일본 사회의 문제점을 극명하게 드러낸 사건이었다. 스물한 살의 IT 업계 젊은 CEO가 상장 이익을 모두 걸고 전통 있는 장난감 업체를 인수했다. 일생일대의 커다란 도박이지만 경영권을 확보할 만큼 지분율만 높이면 그 결과로 일본 최대의 게임 제작 회사가 따라온다.

요지와 같은 젊은 세대는 거품 경제가 붕괴된 뒤에 청춘 시절을 보내고 있다. 좋은 자리는 기성세대가 모두 독점해 버리고, 정규직으로 일하기도 어려웠다. 극도의 취업 빙하기가 계속되었다. 연봉 2백만 엔도 안 되는 아르바이트로 어렵사리 생계를 꾸려 가는 젊은이들이 나날이 늘어나고 있다.

기성세대는 걸핏하면 노동 윤리를 내세워 이 모든 게 사회 전체의 이익을 위해 꼭 필요한 것이라고 아름답게 포장하면서 궁지에 몰린 젊은 세대들을 냉정하게 배제시키고 몰아붙였다. 그리고 빈곤과 기회의 불평등은 다 개인의 책임이라며 외면해 버렸다. 젊은이들은 교활하게 신자유주의로 방향을 튼 사회에 불만을 터트리며, 요지가 그레이존에서 한 시간 외 거래에 박수갈채를 보냈다.

로켓파크 사이트에는 매일 수천 건이 넘는 응원 메시지가 남겨졌다.

"잘했다. 속 시원하다. 부자들과 권력자를 짓밟아 줘라. ……."

동시에 같은 수만큼의 비난과 협박 메일도 받았다.

"벼락부자. 수전노. 연장자를 공경하라. ……."

간타는 사장실 컴퓨터로 한없이 이어지는 댓글들을 스크롤했다.

"요지, 네가 텔레비전에서 그런 소리를 해서 그런 거야."

요지는 표정이 굳어 있었다. 그날 이후로 요지는 얼굴에 부드러움이 사라지고 속을 드러내지 않게 되었다. 간타는 국회의원 표정 같다고 생각했다. 두꺼운 피부 밑으로 감정을 잔뜩 억누른 얼굴이었다. 요지가 아무 반응이 없자 간타가 다시 말했다.

"주식도 상품과 마찬가지야. 시장에서 파는 걸 사는 게 뭐가 나쁘냐. 매수가 싫으면 회사 주식을 공개하지 않으면 된다. 넌 그렇게 말했지?"

요지가 고개를 들어 차가운 눈빛으로 옆에 있는 간타를 보았다. 간타는 갑자기 요지가 낯선 사람처럼 느껴졌다. 다른 사람의 감정이나 분위기를 읽지 못하는 간타지만 요지한테만은 달랐다. 적은 나이지만 인생의 4분의 3을 함께 지낸 사이다. 간타는 요지의 마음은 훤히 이해한다고 생각해 왔다. 그런데 그 오랜 친구의 마음이 전해지지 않는다. 간타는 초조해졌다.

"……저기, 그러니까, 있잖아. 넌 어떻게 생각하는데……?"

형제처럼 자란 요지에게 더듬으며 말한 것은 처음이었다.

"내 생각은 아무 상관없어. 남이 어떻게 생각하느냐가 중요한 게 아니라, 이 승부에서 어떻게든 이겨야만 우리가 사는 거야. 알잖아, 간타."

물론 뼈저리게 아는 사실이었다. 첫 시간 외 거래에서만 로켓파크 는 330억 엔에 이르는 거액의 자금을 투입했다. 싸움은 이제 막 시작이었다.

"그 돈은 어떻게 됐어?"

케이맨 제도에 있는 투자 은행에서 새로 3백억 엔을 받았다. 펀드 매니저 다메나가에 따르면 그 자금은 일본에서 나와 홍콩, 스위스, 두바이, 케이맨 제도로 전 세계 금융 기관을 전전했다고 한다. 세상에 내놓지 못하는, 떳떳하지 못한 검은돈이다. 로켓파크 사장 요지와 재무 담당 임원 간타만 아는 비밀이었다. 그 누구에게도 누설할 수 없었다. 위법이라는 사실을 알고 자금을 받았기 때문에 돈세탁의 죄를 묻게 될 것이다. 간타의 목소리는 떨렸다.

"벌써 도착했어. 언제든지 인출할 수 있어."

요지는 뭔가 눈길을 끌었는지 책상 위에 놓인 컴퓨터를 보았다. 요지가 마우스를 조작하자 갑자기 소리가 크게 들렸다.

"……그 점에 대해서는 저희 디지털 심포니도 반성하고 있습니다."

"앗, 그 목소리, 요시이 대표지?"

간타가 요지 책상으로 다가갔다. 컴퓨터 화면 구석에 경제 뉴스 창이 열려 있고, 유명한 게임 디자이너인 디지털 심포니의 요시이 도모키 대표가 비쳤다. 〈알티머 판타지〉 시리즈의 총감독으로 아직 30대 후반의 경영자였다.

요시이 대표는 흰색과 파란색의 체크무늬 셔츠를 입었다. 그러고

보면 아리아케 카드 사장은 감색 정장인데 비해 요지는 고급이기는
해도 펄럭거리는 티셔츠 한 장이었다. 같은 경영자라도 세대에 따라
옷차림은 전혀 달랐다. 일본의 경제계가 변화하고 있다는 의미다. 요
시이 대표의 인터뷰는 계속됐다. 여성 아나운서가 질문을 던졌다.

"디지털 심포니는 로켓파크에 어떤 방법으로 맞설 생각입니까?"

상냥하던 요시이 대표 얼굴이 결투에 임하는 굳은 표정으로 바뀌
었다.

"저희는 전력을 다해 아리아케 카드 인수를 막을 겁니다. 내일 아
침 일찍, 주식 공개 매수를 실시합니다. 신문 공고도 준비를 마쳤습
니다."

"뭐라고!"

금융상품거래법에 따르면 기업의 지배권을 얻기 위한 공개 매수
는 매수 예정인 주식 수, 기간, 그리고 가격을 신문에 공고해야 할 의
무가 있었다. 요지가 의자에서 튕기듯 벌떡 일어났다. 컴퓨터 화면을
잡고 흔들며 소리쳤다.

"제길, 도대체 얼마냐구!"

화면 속 요시이 대표는 긴장해서 얼굴빛이 창백했다.

"매수 가격은 7,700엔. 아리아케 카드의 보유 주식 20퍼센트를 합
쳐서 발행 주식의 과반수가 되는 30퍼센트 취득을 목표로 하고 있습
니다. 매수 자금은 이미 저희 주거래 은행의 동의를 구했습니다."

로켓파크는 이미 시간 외 거래를 통해 30퍼센트를 약간 웃도는 아
리아케 카드의 주식을 손에 넣었다. 하지만 만약 디지털 심포니가 30
퍼센트를 매수하는데 성공하면 아리아케 카드의 경영권을 얻으려던

계획은 실패로 끝나고, 자회사인 디지털 심포니를 손에 넣는 것도 불가능해진다.

"요지, 어떡해. 이대로 있다간 우리가 당할 거야. 우리가 산 가격보다 요시이 대표는 천 엔이나 가격을 높여서 공개 매수한다잖아. 난 저 사람이 만든 게임 팬이었는데."

"간타, 징징거리지 마. 저쪽이 그렇게 나온다면 우리도 온 힘을 다해 싸울 수밖에 없어."

"하지만 우린 그럴 돈이 없어."

요지가 짜증 내며 책상을 내리쳤다.

"그 돈이 있잖아."

"그건 검은돈이잖아. 사용하지 않고 이자만 더해서 돌려주는 게 나아. 그런 돈을 쓰면 감옥에 갈 수도 있어."

요지가 넓은 사장실 안을 이리저리 서성거린다. 요즘 언론 기자들이 미나미아오야마 힐즈의 빌딩 출입구에서 교대로 지키고 있기 때문에 마음대로 외출도 못했다. 요지와 간타는 마치 호화로운 감옥에서 생활하는 것과 같았다.

"아직은 우리가 전면적으로 유리해. 그쪽이 내일부터 산다면 우리는 오늘부터 사는 거야. 가격은 얼마든 상관없이. 그 돈을 전부 다 쓴다는 생각으로 시장에 나온 아리아케 카드 주식을 사 모으라고 해."

간타는 요지 뒤를 허둥거리며 뒤따르고 있었다. 어릴 적 친구의 등이 이처럼 힘겨워 보인 적이 있었던가? 눈앞에 있는데도 손을 뻗을 수가 없었다.

"……하지만 그런 돈으로 주식을 어떻게 사."

창가에서 요지가 갑자기 걸음을 멈추고 간타를 돌아보았다. 간타는 하마터면 요지 가슴에 부딪칠 뻔했다. 요지가 간타에게 집게손가락을 쓱 내밀며 말했다.

"간타, 사장 명령이야. 전력을 다해 사는 거야. 목표는 나머지 20퍼센트, 과반수를 손에 넣어서 경영권을 빼앗는 거야."

요지의 눈이 번뜩였다. 간타는 처음 보는 요지 얼굴에 몸이 움츠러들었다. 둘이서 아르바이트를 하며 창업의 꿈을 키울 때는 즐거웠다. 그 뒤, 많은 돈과 많은 사람들이 모여들었지만 간타에게는 모두 필요 없는 것들뿐이었다. 하지만 여기까지 왔으면 요지 말을 따르는 수밖에 없다. 시장에서 패하면 남은 건 쓰러져서 죽는 일뿐이다.

"……알았어. 사람들에게 전할게."

간타는 구부정한 자세로 사장실에서 나갔다. 요지는 창밖으로 사막처럼 펼쳐진 도쿄의 높은 건물들을 내려다보며 뒤돌아보지도 않았다. 간타는 문이 닫히기 직전까지 애원하는 마음으로 요지의 등을 바라보았다.

차가운 금속음이 들리고 문이 완전히 닫혔다. 간타는 낮게 중얼거렸다.

"……요지 말대로 온 힘을 다해 싸울게. 내가 온 힘을 다해 지킬게…… 최선을 다해 꼭 지킬게."

간타는 폭신한 카펫이 깔린 복도를 따라 재무부로 걸어갔다.

다음 날부터 요지와 요시이는 뉴스와 와이드 쇼의 단골이 되었다. 서로 상대를 비난하고 자신들의 회사가 장차 성장 전략을 더 잘 그릴 수 있다며 어필했다. 요지는 휴대폰의 인터넷과 게임의 융합으로 상승효과가 발생해서 양쪽 모두 성장할 수 있음을 강조했다. 요시이는 게임 제작에는 자유로운 분위기가 반드시 필요하고 이미 지금도 충분히 이익을 올리고 있다, 애당초 휴대폰용 게임과 일반 텔레비전 게임은 소프트웨어의 질이 전혀 다르다, 경쟁 상대도 아닐 뿐더러 상승효과도 기대되는 상대가 아니라고 주장했다. 거기에 해설자와 평론가도 가세하면서 양측의 싸움은 오래된 시스템과 새로운 시스템의 싸움 양상을 띠게 되었다.

이 시기, 요지는 간타에게서 잠시도 떨어지지 않았다. 겉으로는 아리아케 카드 주식을 매수하는데 그때그때 바뀌는 상황을 확인하고 싶어서라고 했지만, 간타는 다른 이유를 하나 더 알고 있었다. 요지도 간타처럼 이 폭풍우가 무서웠던 것이다. 자신들이 한 세대의 대표가 되고, 움직이고 있는 검은돈을 포함한 거액의 자금, 만약 인수에 성공했을 때 덮칠 세 회사의 경영 책임들이 무서워 견딜 수 없었던 것이다. 둘은 그만한 책임을 질 각오가 없었다. 주식 매수도 과자 가게에서 장난감이 포함된 초콜릿을 상자째 사는 것 같은 가벼운 마음이었다. 그런데 사회 전체가 이토록 격렬하게 반응할 줄은 상상도 하지 못했던 것이다.

간타가 그 전화를 받은 것은 와이드 쇼에 생방송 출연하기 위해 미니밴으로 이동할 때였다. 천연 가죽과 단풍나무로 된 호화로운 내장재에 최신 인터넷 환경을 갖춘 고급 밴은 움직이는 사무실로 사용하려고 특별히 주문한 것이었다.

아리아케 카드 인수를 담당하는 나이 많은 부하 직원의 목소리에 간타의 얼굴빛이 변했다.

"……하지만 다메나가 대표는 저희 편이었는데요."

요지가 고개를 들더니 간타에게 물었다.

"무슨 일이야?"

간타가 전화기를 막고 말했다.

"요지, 잠깐만……. 그래서 그 주식은 어떻게 됐는데요?"

고개를 끄떡이는 간타의 얼굴빛이 점점 창백해졌다. 자동차에 타고 있어서 다행이었다. 그렇지 않으면 청소 도구함에 들어갔을 때처럼 어딘가 좁고 어두운 곳으로 도망치고 싶었을 것이다. 간타는 패닉 상태가 되면 좁은 곳에 들어가려는 습관이 있었다. 요지가 손톱을 씹는 간타에게 말했다.

"전화 중이라도 말해 봐. 심장에 안 좋아."

간타는 조심스레 말했다.

"……다메나가 대표가 우리를 배신했어."

요지가 가죽 의자의 팔걸이를 내리쳤다.

"그게 무슨 말이야?"

간타는 움츠러들었지만 조그맣게 대답했다.

"……다메나가 펀드가 가지고 있던 아리아케 카드 주식을 팔았대."

"젠장, 우리가 살 수 있던 거야?"

간타는 고개를 숙이고 설레설레 흔들었다.

"아니. 발행 주식의 10퍼센트 정도 가지고 있었는데 전부 디지털 심포니가 샀대."

요지가 놀라서 멍하게 있었다. 그리고 미니밴의 천장을 노려본 다음에 갑자기 크게 웃음을 터뜨렸다. 기사가 놀라서 살짝 브레이크를 밟았다. 요지가 살짝 고꾸라지더니 말했다.

"그렇구나. 시장에 우리 편은 아무도 없던 거야. 손해냐, 이득이냐, 그것밖에 없어."

흥분한 요지 뺨이 붉게 상기되었다.

"그랬던 거야. 다메나가 대표는 자신의 주식이 어디로 가든 상관없었어. 우리든, 디지털 심포니든, 한 푼이라도 비싸게 팔 수 있는 쪽에 팔고 도망가면 장땡인 거지."

"하지만 왜 우리한테 안 팔았을까?"

"그 남자는 우리 금고 속까지 잘 알아. 그쪽이 더 자금에 여유가 있다고 생각한 게 아닐까? 펀드는 처음부터 자금이 중요해. 생각해 보면 다메나가 대표에게는 우리가 디지털 심포니를 인수하는 것도 아리아케 카드의 주가를 끌어올리기 위한 연극에 지나지 않았던 거고."

"하지만 이번 계획을 모두 세우고 돈까지 빌려 준 건 다메나가 대표잖아."

요지는 아직도 웃고 있었다.

"그야 그렇지. 하지만 그 돈은 다메나가 펀드와는 성질이 달라. 다메나가 대표는 소개만 했을 뿐 아무 관계가 없어. 우리가 어떻게 되든 알 바 아니지. 간타, 이제 보유 주식 비율은 어떻게 됐어?"

계산할 것도 없었다. 모든 숫자가 간타의 머릿속에 들어 있으니까.

"아리아케 카드가 20퍼센트, 이번에 더해져서 디지털 심포니도 20퍼센트. 우리가 그 뒤로 10퍼센트 늘어서 40퍼센트니까……."

이윽고 요지는 웃음을 거두고 말했다.

"40퍼센트씩으로 세력은 똑같네. 나머지 20퍼센트는 어떤 주식이지?"

"아리아케 카드 거래처의 상호 보유주로 대부분 시장에 나올 일은 없어. 이젠 아무리 돈이 있어도 어떻게 못해. 우린 이제 꼼짝할 수 없어."

간타의 마지막 말은 거의 비명에 가까웠다. 처음에는 작은 장난감 업체를 인수해서 일본 제일의 게임 업체를 덤으로 손에 넣겠다는 가벼운 생각이었다. 복잡한 문제는 전혀 없었다. 그저 단순한 투자 건이었다. 그런데 수많은 인간의 투기 심리, 이해관계, 감정이 얽혀서 복잡하고 기괴한 사태로 빠져들었다. 요지는 이 문제를 어떻게 풀려는 걸까? 아무리 어려워 보이는 수학 문제도 생각지 못한 곳에 보조선을 그어서 해결해 온 요지다. 그런데 이곳은 교실이 아니라 이익에 굶주린 짐승들이 우글우글 숨어 있는 정글 같은 자본주의 시장이었다. 속 시원한 해결은 역시 요지에게도 어려울 것이다. 간타는 살며시 물었다.

"요지, 어떡할 거야?"

요지는 의자 등받이를 한껏 젖히며 대답했다.

"모르겠어. 눈 좀 붙일게. 방송국에 도착하면 깨워 줘. 어제는 한숨도 못 잤거든."

"알았어."

그래도 간타의 가슴속에는 같은 의문이 울렸다. 요지, 어떡할 거야? 우리는 이 상황에서 어떻게 살아남지? 간타는 어릴 적 살던 그 미나미지마 3단지로 돌아가고 싶었다. 비디오 대여점에서 아르바이트하며 요지와 평생 그 로켓 미끄럼틀에서 놀면 좋았을 터다. 이렇게 특별 주문한 고급 미니밴도 원치 않았고 힐즈의 고급 맨션, 고액 연봉, 주식 옵션도 원하지 않았다. 그저 요지와 함께라면 만족했다.

짙은 선팅 필름이 붙은 차창 밖으로 시오도메의 높은 고층 건물들이 차츰 가까워졌다. 잠든 요지 숨소리가 들린다. 앞으로 몇 분만 더 자게 내버려 두자. 요지는 사장으로서 매일 엄청난 압박과 싸우고 있었다. 간타는 잠든 요지를 글썽거리는 눈으로 바라보았다.

'이 친구를 지키려면 어떻게 해야 할까? ⋯⋯나보다 더 소중한 친구를.'

난생처음 간타는 온몸과 마음을 집중해서 진지하게 생각했다.

와이드 쇼에는 간타가 싫어하는 정치 평론가 이사와 소헤이가 출연했다. 일흔 살이 다 됐는데도 유난히 기운차고 목소리가 큰, 머리숱 적은 노인인데 무슨 이유에선지 요지와 로켓파크를 몹시 미워했다.

스튜디오는 디귿(ㄷ) 자 형태로 탁자가 놓여 있어 양복 차림의 이사와 씨와 티셔츠 차림의 요지가 마주 보게 되었다. 중앙에 앉은 사회자가 먼저 이사와에게 말을 걸었다.

"아리아케 카드의 주식 매점에 대해서는 여론도 크게 나뉘는 것 같은데, 이사와 선생님께선 어떻게 생각하시는지 궁금합니다."

이사와는 요지를 힐끗 노려본 뒤에 열변을 토했다. 거칠고 빠른 말투가 이 평론가의 특징이다.

"어쨌든 첫 시간 외 거래가 뒤에서 허를 찌르는 식 아니었습니까? 아무리 약한 자가 강한 자에게 먹히는 약육강식의 시장이라고는 해도 그건 신의와 성실의 원칙을 위반한 겁니다. 전 아리아케 카드의 대표를 잘 아는데, 세상이 놀랄 일이라며 깜짝 놀라셨습니다. 본래 아리아케 카드 자체를 원하는 게 아니라 자회사인 디지털 심포니를 싸게 손에 넣고 싶다는 비열한 매점이었던 거 아닙니까? 그런 얕은 수가 용서된다고 보십니까?"

사회자는 냉정하게 양측의 대립을 부추겼다.

"이사와 선생은 그렇게 말씀하시지만, 젊은 층을 중심으로 요지 사장을 지지하는 목소리도 높은데요. 요지 사장께선 이 의견을 어떻게 생각하시는지요?"

요지는 애써 웃음을 띠고 있었다. 잠을 못 잔 탓인지 얼굴빛이 좋지 않았다.

"먼저 시간 외 거래가 증권거래법 위반이 아니라는 점을 분명히 하고 넘어갔으면 합니다. 저희 로켓파크는 디지털 심포니와 아리아케 카드가 저희와 손을 잡음으로써 한층 성장할 수 있다고 확신합니다. 휴대폰 네트워크에는 무한한 가능성이 있습니다. 저희 회사는 플랫폼의 하드에 좌우되지 않는 새로운 비즈니스 모델을 제안합니다."

사회자가 요지의 말을 받기 전에 이사와가 먼저 입을 열었다.

"잠깐만요. 그건 그렇고 나이 많은 윗사람을 상대하면서 옷차림이 그게 뭡니까? 티셔츠가 아니라 넥타이 정도는 매고 와야 하는 거 아닌가요?"

스튜디오에 있는 젊은 스태프들 사이에서 웃음이 흘러나왔다. 간타는 텔레비전 카메라 옆에 놓인 모니터로 그 광경을 보고 있었다. 곧바로 요지의 티셔츠가 클로즈업된다. 요지가 여유만만하게 미소지으며 말했다.

"제가 넥타이를 매든 안 매든, 그건 이번 사업의 본질과 아무 연관이 없다고 봅니다만."

이사와가 탁자를 내리치며 소리쳤다.

"그렇게 사람을 우습게 아니까 세상의 반감을 사는 겁니다."

간타는 이런 자리에서 옷차림을 언급하는 것이 과연 어떤 의미가 있는 건지 궁금했다. 사회자도 그런 대화가 아무 성과를 거두지 못할 것이라고 생각했나 보다. 요지를 향해 의식적인 미소를 지으며 물었다.

"조금 전에 요지 사장이 말씀하신 휴대폰 사이트와 게임이 손을 잡음으로써 발생하는 상승효과라는 건 구체적으로 어떤 걸 말씀하시는지요?"

간타는 목을 움츠렸다. 요지는 인터넷과 게임의 미래에 확실한 전망이 없었다. 그저 신규 상장으로 거액의 자금이 흘러들어 왔고, 그 돈으로 더 큰 승부를 걸고 싶었기 때문에 디지털 심포니에 손을 뻗었을 뿐이다. 그런 의미에서 요지와 간타는 세뱃돈을 받은 아이와도 같았다. 세뱃돈을 받았으니 곧장 장난감 가게로 달려간 것처럼 말이다.

"그 점에 대해서는 저희 회사 전담팀이 아리아케 카드와 디지털 심포니에 제안할 기획서를 작성하고 있습니다. 아직 구체적인 방법을 설명 드릴 단계는 아니지만, 휴대폰 사이트와 게임의 궁합이 좋다는 건 저희 회사의 급성장을 보시면 분명 아시리라 생각합니다."

"마술사가 트릭은 없다고 하는 것처럼 말씀은 잘하시는군요. 요지 사장은 성실성이 없어요."

이사와 씨는 주정뱅이 같은 야유를 뱉어 냈다. 사회자가 손으로 이사와를 말리며 말했다.

"한 전문가가 휴대폰 게임과 일반 게임기의 소프트웨어는 내용과 용량, 판매 방식도 전혀 다르다고 했는데 그 점은 어떻게 생각하시는지요?"

이제야 간타도 사회자가 어떤 역할을 하는지 이해할 수 있었다. 무서워해야 할 사람은 이사와가 아니라 이 사회자였다. 냉정하게 사실을 근거로 요지에게 따지려고 들었다. 로켓파크는 그동안 카드놀이나 테트리스, 갤럭시안처럼 오래되고 쉬운 게임을 휴대폰에 무료 배포하여 광고 수익을 얻었다. 디지털 심포니가 개발한 초대작 게임에 적용된 기술력도 없었고 시장도 거의 가지고 있지 않았다. 요지는 이 질문을 어떻게 빠져나갈 것인가? 간타는 조마조마한 마음으로 수많은 전깃줄이 뒤엉킨 스튜디오 구석에서 눈부신 조명을 받는 요지를 바라보았다.

요지는 훌륭한 배우였다. 불안이나 공포는 전혀 드러나지 않았다. 미소 띤 얼굴로 천천히 고개를 끄떡였다. 걱정 마세요, 저를 믿으세요, 라며 텔레비전 너머 익명의 시청자들에게 확신에 찬 몸짓을 내보였다.

"현 단계에서는 말씀하시는 게 맞을지도 모릅니다. 하지만 게임 세계와 휴대폰은 급속도로 발전하고 있습니다. 머지않아 틀림없이 모든 게임이 가능한 고성능 휴대폰이 등장할 겁니다. 게임, 컴퓨터, 인터넷, 모든 것들을 포함한 거대 시장이 탄생하는 거죠. 앞으로 다가올 새로운 게임 시장에서 유리한 자리를 차지하고 싶습니다. 그 첫걸음으로 아리아케 카드의 주식을 사들인 겁니다. 로켓파크는 앞으로 3년 뒤, 5년 뒤의 미래에 투자한다고 생각하고 있습니다."

간타는 과연 요지라고 감탄했다. 이사와가 목소리를 높였다

"또 실없는 소리만 늘어놓는군요. 요지 사장은 일본 사회를 뭘로 보는 겁니까? 모두 생계를 위해서 부지런히 일하고 있어요. 주식을 사 모아서 거저 떼돈을 벌려고 하다니, 노동자들 의욕을 꺾는 거 아닙니까? 요지 사장이 하는 행위는 젊은이들에게 나쁜 영향을 주고 있습니다."

카메라 화면이 촌스러운 무늬의 넥타이를 맨 대머리 평론가 이사와에게서 흰색 셔츠를 입은 요지로 바뀌었다. 웬일로 요지의 눈에 분노의 빛이 보였다. 흰자위가 서슬이 돌 정도로 파르스름하다.

"당신 기성세대들은 그렇게 당신들 마음대로 정한 의욕을 젊은이들에게 강요하고 있습니다. 젊은이들도 매일 죽을힘을 다해 일하고 있습니다. 하지만 그 결과가 어떻습니까? 젊은 세대의 절반 가량이 비정규직 노동자에 머무르거나 아르바이트로 하루하루를 살아가죠. 연봉 2백만 엔도 잘 안 주면서 노동 의욕만 내세우고, 옛날처럼 개인 욕심보다는 공공을 위해 일하라고 강요합니다. 저와 같은 젊은 세대는 모두들 당신 같은 사람에게 분노를 느끼고 있습니다."

이사와가 소리쳤다.

"당신 같은 사람이라니, 무슨 뜻이오? 어떻게 그런 말을."

카메라는 요지에게 고정되어 있었다. 요지의 억누른 목소리가 슬프게 울렸다.

"당신 같은, 경제가 호황이었던 좋은 시대에 일본에서 자라나 일을 하다가 경제가 어려워지자 때맞춰 잘 도망친 사람을 말합니다."

스튜디오가 조용해졌다. 정치 평론가도 할 말을 잃고 멍하게 있었다.

"네, 광고 들어갑니다. 세트 바꿔 주세요."

조연출이 소리쳤다. 요지가 출연하는 코너는 끝났다. 스튜디오 곳곳에 놓인 모니터에는 슬롯머신 업체의 광고가 나가고 있었다.

요지가 자리에서 일어나 사회자와 이사와에게 인사했다. 중년의 사회자는 같이 인사했지만 이사와는 요지를 무시했다. 눈부신 스튜디오를 가로질러 요지가 간타에게 왔다. 간타가 살며시 인사를 건넸다.

"수고했어. 요지, 굉장했어."

요지가 지친 얼굴로 말했다.

"그런가. 나도 지고 싶지 않았으니까. 하지만 노동 의욕 말에는 순간 열 받았어."

간타는 요지와 나란히 걸어갔다. 스튜디오 출입구에서 많은 관계자들이 인사를 건넸다. 요지는 상냥하게 인사를 받았고, 간타는 발밑을 보고 걸었다. 스튜디오를 나온 복도에서 젊은 조연출이 소리 낮춰 말을 걸었다.

"저런 영감님이 뭐라고 하든 전 로켓파크와 요지 사장님을 응원합니다. 힘내세요."

젊은 조연출은 밤을 샜는지 눈이 새빨갰다. 후줄근한 청바지에는 접착테이프가 덕지덕지 붙어 있다. 요지가 손을 내밀었다. 청년은 청바지에 손바닥을 쓱쓱 문지르더니 힘주어 악수했다.

"고마워요. 어떻게 될지 모르지만 열심히 할게요."

조연출이 감격한 얼굴로 말했다.

"아까 그 '잘 도망친 사람'이라는 말, 엄청 좋았어요. 저희는 모두 늦게 태어나 도망치지 못한 사람들이니까요."

요지와 간타는 형광등이 파르스름하게 비추는 복도를 따라 대기실로 향했다. '잘 도망친 사람.' 요지가 순간적인 분노로 입에 담은 이 말이 그해의 유행어가 될 것이라고 예상한 사람은 아무도 없었다.

로켓파크와 아리아케 카드, 디지털 심포니 연합군 간의 싸움도 마찬가지였다. 60일 전쟁의 제2막은 또 다른 제4세력이 나타나며 예상 밖으로 전개되었다.

15

"우리는ㅡ, 결코ㅡ, 로켓파크를ㅡ, 용서하지ㅡ, 않는다ㅡ!"

1층에서 나는 시끄러운 확성기 소음이 중앙 홀을 통해 뚫려 있는 3층까지 들렸다. 앞서 선창한 구호를 굵은 목소리의 남자들이 따라 외쳤다.

"용서하지, 않는다ㅡ!"

로켓파크의 설립자 아리하라 요지와 도이 간타가 미나미아오야마 힐스의 카페테리아에서 점심 식사를 하고 있었다. 그린 카레를 다 먹고 나서 지금은 커피를 마시고 있다. 이 가게는 코코넛을 사용한 본격적인 태국 카레와 샐러드, 커피나 홍차가 함께 나오는데도 가격은 딱 천 엔이었다. 힐스라는 이름은 붙었지만 모든 레스토랑이 그렇게 비싸지는 않았다. 힐스 건너편에 서 있는 시위 차량 대열이 다시 주변 공기를 뒤흔들었다.

"미국식ㅡ 해적 자본주의의ㅡ, 앞잡이ㅡ, 로켓파크를ㅡ, 때려 부수자ㅡ!"

낮고 우렁찬 목소리가 기계처럼 이어졌다.

"때려 부수자ㅡ!"

요지가 커피를 한 모금 마시더니 지긋지긋하다는 얼굴로 말했다.

"왜 우리가 미국 앞잡이라는 거지? 미국엔 가 본 적도 없고 미국 사람 돈은 한 푼도 안 썼는데."

간타도 의아했다. 자신들은 고등학생 때부터 아르바이트로 모은 돈을 밑천으로 로켓파크를 세웠다. 그게 우연히 휴대폰 기술의 진보와 맞물렸고 무료 서비스라는 아이디어와 잘 맞아서 성공을 거두었을 뿐이다. 요지와 간타는 자신들이 흘린 땀을 똑똑히 기억했다. 물류 창고에서 속옷 포장 작업을 하고 받은 시급은 750엔이었다. 하지만 요즘 모든 언론들은 아리아케 카드를 적대적으로 인수한 요지를 민중의 적으로 다루었다.

언론은 이마에 구슬땀을 흘리며 일하는 노동자나 법의 울타리 안에서 경쟁하는 기업을 바보로 여기는 탐욕스런 미국식 자본주의를 두고 볼 수 없다고 말했다. 또 요지를 돈의 힘으로 일본 경제 윤리를 파괴한 악질적인 신흥 졸부라고 매도했다.

"요지. 난 저 목소리를 듣기만 해도 너무 무서워. 저렇게 사람을 위협하는 건 범죄가 안 되나 봐. 요즘 우리 우편물 중에 면도날이나 찢어진 요지 사진을 넣어 보낸 게 엄청 많아."

"어쩔 수 없어. 사람들은 서로 만난 적도 없고 이야기를 나눈 적이 없어도 얼마든지 미워할 수 있거든. 내가 이상한 건, 모두 노동이 신성하다고 외치면서 실제로 회사에서는 사람을 기계 부품처럼 취급한다는 거야. 말과 행동이 전혀 달라. 노동은 신성하지만 노동자는 한 번 쓰고 필요 없어지면 버리는 일회용이라니 모순이야."

간타는 유리 탁자 위에 놓인 스포츠 신문을 펼쳤다. 요지는 3대 일간지와 경제 신문을 봤지만 간타는 늘 스포츠 신문이었다.

"이거 봐봐. 히메가 이렇게 크게 실렸어."

요지는 컬러풀한 예능면에 눈길을 주었다. 히메나가 기자 회견에서 사회를 보는 모습이 큼지막하게 찍혀 있다.

'로켓파크 사장의 미녀 비서, 유흥업소 의혹!'

"처음엔 히메를 아이돌처럼 대했으면서 갑자기 이렇게 됐어. 신주쿠에 있는 업소에 히메와 똑같이 생긴 여자가 일하고 있었대."

요지는 다시 되풀이했다.

"어쩔 수 없어."

"왜 어쩔 수 없는데?"

거리에서 구호 소리가 울렸다. 이번에는 로켓파크가 일본의 젊은이들을 못쓰게 만든다고 했다. 요지는 비아냥거리듯 입 끝만 움찔했다.

"우리 회사든, 나나 히메한테든, 똑같아. 처음에는 멋대로 흠집 하나 없이 완벽한 이미지를 그려서 추켜세워. 실컷 추켜세워 놓고 천장에 닿으면 약간의 결점만으로 갑자기 손바닥 뒤집듯이 쉽게 뒤집어 버려. 똑같은 상대를 이번에는 사람이 아니다, 용서하지 않겠다며 히스테릭하게 난리쳐. 거기엔 아무 기준도 없어. 아이가 장난감에 싫증 내는 것과 같아. 어쩔 수 없어."

간타는 소리라도 치고 싶었다. 시위 차량은 자신들을 공공의 적으로 규정하고 신문은 로켓파크와 연관된 모든 사람들을 나쁘게 평했다. 회사 대표로 언론에 끊임없이 노출되는 요지가 받는 압박은 어느 정도일까?

"아 참, 아리아케 카드의 공개 매수는 얼마나 진행됐어?"

"이제 시장에 나온 주식은 거의 없어. 완전 그대로야."

요지가 눈살을 찌푸리며 생각에 잠겼다.

"이렇게 된 이상 비용은 얼마가 들든 상관없으니까 억지로라도 사모아 줘. 빨리 결판내지 않으면 우린 계속 곤란한 상황에 내몰리게 돼. 우리 직원들 사기가 걱정이야."

지금으로서는 본업인 휴대폰 게임 배포에 아무런 문제가 없었다. 무료 게임 사이트의 회원 수는 순조롭게 늘고 있었다. 간타는 계속 머릿속에 숫자를 떠올렸다.

"회원 수는 순조로워, 하지만 주된 수익원인 광고가 7프로 떨어졌어."

"왜?"

"디지털 심포니와 거래하는 '오레노 게임'이 광고를 중지했어. 다음 클라이언트가 금방 나올 테니까 영업부에서 걱정하지 말라고는 하던데……."

'오레노 게임'은 아키하바라를 중심으로 도쿄 시내에 열 곳이 넘는 매장을 가진 게임 판매 체인이다. 요지는 신음하듯이 말했다.

"그래, 알았어. 간타, 빨리 결판을 내야 해. 언제까지나 이런 폭풍우 속에 있을 수는 없어. 최대한 빨리 여기서 빠져나가는 거야."

간타는 열심히 고개를 끄떡였다. 그 돈을 썼을 때부터 살아남으려면 무조건 이겨야 한다는 걸 알고 있었다. 자신들은 지면 바로 죽는 게임에 억지로 참가하고 있는 중이었다. 간타의 가장 큰 바람은 요지를 지키고 어떻게든 이 위기에서 벗어나는 것이었다. 미나미아오야마 힐즈의 세련된 카페테리아가 왠지 관엽 식물과 유리로 만들어진 묘지처럼 보였다.

그때 간타의 휴대폰이 울렸다. 음악을 좋아하지 않는 간타는 평범한 벨 소리를 사용했다. 작은 액정 화면에 뜬 발신자는 히메나였다.

"히메, 무슨 일이야?"

"지금 사장님하고 있지? 어디야?"

히메나 목소리 뒤에서도 똑같이 '로켓파크를 쓰러뜨려라!' 하고 외치는 확성기 소리가 흘렀다.

"3층 카페테리아."

히메나는 언제나 냉정했다. 담담한 태도는 히마와리 유치원 때부터 똑같다.

"응. 저 사람들은 왜 저렇게 정의를 좋아하지? 사장님께 전해 줘. 우리한테 호의적인 방송국 PD한테 연락이 왔어. 디지털 심포니가 생각지 못한 최후의 수단을 쓰려나 봐. 2시부터 요시이 대표가 긴급 생방송에 출연하니까 보는 게 좋겠대."

휴대폰 목소리가 밖으로까지 흘러나왔다. 간타 휴대폰에 귀를 기울이던 요지가 손목시계를 보며 말했다.

"이제 5분 있으면 2시잖아. 금방 올라갈 테니까 사장실 텔레비전으로 녹화 준비를 해 줘, 히메."

"그러겠다고 하는데? 끊을게, 히메."

간타가 전화를 끊으려는데 히메나가 말했다.

"안내 데스크 쪽은 피해서 비상구를 이용하는 게 좋겠어, 간타."

"알았어."

대답은 했지만 간타는 히메나의 말을 흘려들었다. 요지가 먼저 계산대로 가 버렸기 때문이다. 간타는 나중에 이 신문을 히메나에게 보여 주며 놀려 줘야겠다는 생각으로 스포츠 신문을 옆구리에 끼고 요지 뒤를 쫓았다.

엘리베이터를 내렸을 때부터 분위기가 평소와 달랐다.

회색 카펫이 깔린 복도를 따라 로켓파크의 안내 데스크로 향했다. 로켓 미끄럼틀을 일러스트화한 로고가 카운터 위에 무지개 색으로 걸려 있다. 네온사인도 벽 양측에 일곱 빛깔 무지개 색으로 달려 있었다. 놀이동산의 입구 같은 유쾌한 공기가 완전히 바뀌어 있다.

어디선가 코를 찌르는 냄새가 났다. 악취라기보다 눈이 따끔거리는 암모니아 냄새였다. 안내 데스크 앞의 카펫이 잿빛으로 얼룩져 있었다.

경찰관이 두 사람 주변을 경계하고 있었다. 요지가 말을 걸었다.

"수고가 많으십니다. 무슨 일입니까?"

젊은 경찰관은 상대가 요지라는 것을 알아보고 긴장했다. 힘차게 경례를 하고 대답했다.

"조금 전에 암모니아 병을 든 남자가 이곳에 왔었습니다. 안내 데스크에서 실랑이가 있었던 모양입니다."

보안은 완벽하다고 소문난 최신 지능형 빌딩이었다. 그래도 수상한 사람의 침입은 완전히 막지 못하나 보다.

"알겠습니다. 수고하십시오."

요지는 그대로 회사에 들어갔지만, 뭔가 결심을 한 간타는 경찰관에게 다가갔다. 처음 보는 사람인데다가 무서운 제복을 입고 있어서 평소 습관이 나왔다. 상대방을 똑바로 쳐다보지 못하고 모기 소리처럼 질문을 했다.

"저기요……. 그 남자가, 뭐라고 했어요?"

경찰은 의아한 얼굴을 했지만 정면을 주시한 채 대답했다.

"사장을 만나러 왔다고 소리쳤답니다."

"……그렇군요."

간타의 말에 젊은 경찰이 미소 지으며 말했다.

"아까 그분이 요지 사장님이시죠? 텔레비전에서 보는 것보다 훨씬 느낌이 좋으세요."

간타는 무거운 충격을 받은 상태로 머리를 숙이며 말했다.

"……네, 그래요. 제발 요지를 지켜 주세요."

경찰은 무슨 부탁인지 잘 알아듣지 못하고 의아한 얼굴을 했다. 하지만 간타는 그대로 이상한 냄새가 나는 회사로 들어갔다.

사장실에는 요지와 히메나뿐만 아니라 간부 몇 사람도 모여 있었다. 커다란 텔레비전 둘레에 모여 앉아 팔짱을 끼고 있다. 텔레비전 화면에는 낯익은 와이드 쇼 세트장이 보였다. 요지도 자주 출연하는 프로그램으로 이 시간대에 가장 높은 시청률을 기록하고 있다. 사회자는 회사의 부장처럼 차분한 인상의 남자 아나운서였다. 인상에 잘 어울리는 낮은 목소리로 텔레비전 카메라를 향해 말했다.

"로켓파크의 아리아케 카드 인수가 새로운 국면을 맞게 되었습니다. 오늘은 그 소용돌이 속에 있는 디지털 심포니의 요시이 도모키 대표님께서 나와 주셨습니다. 어서 오세요."

카메라가 바뀌어 요시이가 혼자 화면에 비쳤다.

"많이 긴장한 거 같은데. 얼굴빛이 안 좋아."

요지가 말했다. 화면은 다시 사회자로 돌아갔다.

"요시이 대표님은 로켓파크의 적대적 공개 매수를 완벽하게 막을 방어책을 세우셨다고 하는데 어떤 건지 말씀해 주시겠습니까?"

사장실 안에서 낮은 신음소리가 한꺼번에 터져 나왔다. 간타는 뒤통수를 얻어맞은 듯한 충격을 받았다. '완벽한 방어책? 그런 게 과연 있을까?' 요시이가 지칠 대로 지친 모습으로 미소를 지었다.

"네, 그 미팅 때문에 어젯밤엔 한숨도 못 잤습니다. 저희로서는 거의 완벽한 방어책이라고 생각합니다만. 주식 시장에 대해 잘 모르는 제가 아니라 새로 디지털 심포니의 파트너가 되신 분이 설명해 드리겠습니다."

요시이 대표가 화면에 드러나지 않았던 좌측 인물에게 가볍게 인사를 했다. 사회자가 말했다.

"저분이 나기사 인베스트먼트의 가타기리 헤이조 대표님이시군요. 자금력 있는 로켓파크의 공개 매수를 막으려면 어떤 방법이 있을까요?"

잿빛 정장을 입은 약간 뚱뚱한 남자가 우렁찬 목소리로 대답했다. 게임 디렉터인 요시이와는 확실히 다른 타입이었다.

"적대적 공개 매수의 방어책은 얼마든지 있습니다. 이번 사태는 비전문가 간의 싸움이었기에 전문가인 제가 도움을 드리게 되었습니다. 흰옷을 입은 것도 아니고 그다지 꽃미남도 아니지만 이래 뵈도 백기사입니다."

상당히 자신이 있어 보였다. 사회자는 애써 웃으며 말했다.

"백기사란 건 전문용어로, 인수되는 기업 측에 우호적인 제3자를 말하는 거죠?"

"네, 그렇습니다. 제가 바로 백기사입니다."

이마에 땀방울이 맺힌 가타기리가 개그를 날렸다. 스튜디오에 실소가 흘러나왔다. 도저히 호감을 주는 인물은 아니었다. 사회자가 미소를 거두고 말했다.

"가타기리 대표님의 펀드는 자금력이 5백억 엔을 넘는다는데, 어떤 형태로 아리아케 카드와 그 자회사인 디지털 심포니를 구제할 수 있을까요?"

땀투성이인 가타기리는 싱글벙글 웃으며 대답했다.

"저희가 아리아케 카드가 보유한 디지털 심포니의 주식을 모두 차주(주식의 신용 거래에서 증권 회사로부터 주식을 빌리는 일)하게 되었습니다. 물론 그동안의 임차료는 다 지불할 거고요. 기간은 4년이고, 그동안 디지털 심포니의 1대 주주는 나기사 인베스트먼트가 되죠. 조만간 정식으로 계약을 맺을 겁니다. 그 4년 동안 아무도 그 주식에 손을 못 대는 거죠."

사장실이 술렁였다. 그렇게 되면 설령 아리아케 카드의 인수에 성공해도 성장할 가능성이 없는 오래된 장난감 업체를 하나 손에 넣은 것에 지나지 않는다.

"젠장, 어떻게 된 거야."

요지는 중얼거렸지만 텔레비전 안에서 가타기리는 여유롭게 말했다.

"물론 이건 비즈니스니까 저희 펀드에도 이익은 있습니다. 저희와 요시이 대표님 회사가 자금을 모아서 새로 50억 엔 규모의 펀드를 세우기로 했습니다. 이건 가칭입니다만 현재는 디지털 컴퍼니 캐피탈이라고 부릅니다. 어떻습니까? RPG의 타이틀로도 손색이 없는 이름 아닙니까?"

가타기리는 땀에 젖은 이마를 번들거리며 싱글벙글 웃었다. 머리는 좋아 보이지만 속을 알 수 없는 기분 나쁜 분위기를 풍겼다. 일본 최대의 게임 제작 회사 디지털 컴퍼니의 요시이 대표가 입을 열었다.

"단 이 차주는 주주총회에서 의결권이 없습니다. 때문에 나기사 인베스트먼트는 저희 업무나 운영 방침에 개입하지 못하는 거죠. 이제 일단은 안심할 수 있습니다. 그리고."

요시이의 얼굴이 엄해졌다. 더 중대한 발표가 있는 것일까?

"아리아케 카드와 저희가 공동 출자해서 설립한 자회사, 디지털 심포니 뮤직과 디지털 심포니 스튜디오를 매각하기로 했습니다."

요지가 탁자를 내리치며 소리쳤다.

"당했다. 모두 한창 잘나가는 자회사들이야. 스튜디오는 《알티머 판타지》 장편 애니메이션이 대박 나서 올해는 완전 상승세야. 만약 우리가 공개 매수에서 이겨도 먹이가 우리 손에 넘어가지 않게 팔겠다는 거야. 전부 없애 버리겠다는 초토화 작전이라고."

텔레비전에서는 컴퓨터 그래픽 영상이 나왔다. 로켓파크, 아리아케 카드, 디지털 심포니, 각각을 정점으로 하는 삼각형에 새로 나기사 인베트스먼트가 더해져서 정방형의 안정된 그림이 완성되었다.

끊임없이 성장하고 시장에서 적극적인 공격을 펼쳐 온 로켓파크에게 안정은 그대로 정체와 죽음을 의미한다.

간타는 자신들이 그야말로 막다른 구석으로 내몰렸다는 사실을 몸서리치게 이해했다. '이곳에서 빠져나갈 방법이 있을까?' 자신들은 길을 잘못 들었다. 시작해서는 안 되는 위험한 도박을 시작하고 들어가서는 안 되는 탐욕의 정글에 발을 들였다. 이곳에는 사나운 발톱과 이빨을 갖춘 굶주린 짐승들이 우글거린다.

요지가 사장실을 돌아다니면서 지시를 내렸다.

"법무부에 차주를 금지시킬 수 있는지 확인해 줘요. 그래도 우리는 아리아케 카드의 대주주니까. 그리고 가까운 증권 회사 직원한테 나기사 인베스트먼트에 대해 알아보라고 해 주세요. 저 대표가 어디서 태어나고 자란 사람인지, 경력은 어떤지, 그리고 어디서 자금을 끌어모으는지. 서둘러요."

요지는 창가로 가서 창문에 이마를 기댔다. 백 미터가 넘게 떨어진 도로에는 아직도 잿빛 곤충 같은 시위 차량이 대열을 이루고 있었다. 어느 틈엔가 사장실에서 사람들이 모두 나가고 없었다. 남은 사람이라곤 예전 그 아파트 단지 공원에 있을 때처럼 요지와 간타, 그리고 히메나뿐이었다.

"뭔가 굉장히 귀찮아졌어."

요지의 목소리는 지쳐 있고 표정은 웃는지, 우는지도 알 수 없었다. 히메나가 말했다.

"우린 참 멀리 왔어. 아까 안내 데스크에서 소동을 피운 사람, 요지를 가만 안 두겠다며 소리 질렀어."

간타도 무슨 말을 하고 싶었지만 한마디도 나오지 않았다. 몸 안에 뜨거운 무언가가 있고 여러 감정이 끓어올랐지만 전혀 말이 되어 나오지 않는다. 요지가 한숨을 쉬며 말했다.

"내가 목숨을 위협 받을 만큼 나쁜 짓을 한 건지."

간타는 창밖을 내려다보았다. 시위 차량의 지붕 위에는 군복 같은 제복을 입은 젊은 남자가 마이크를 들고 서 있었다. 치켜든 주먹이 간타가 서 있는 창문을 향해 있다.

요지와 간타는 비즈니스와 시장 간의 싸움이라고만 생각했다. 본래 좋아하던 게임을 일과 연관시키려고 시작한 로켓파크다. 돈을 버는 것도 이 사회에서 자유로워지기 위해서였다. 하지만 이번 공개 매수는 절대 건드려서는 안 되는 사회의 어둠을 건드렸다. 거기에는 정의와 악, 속마음과 표면상의 원칙이 군데군데 얽혀 있었다. 사회의 밑바닥에는 논리적으로는 설명이 안 되는 거대한 거머리 같은 생물이 있었다. 바로 새로운 것, 변혁을 가져오는 것은 싫어하고 미워하는 세력이었다.

하지만 두 사람에게 닥친 공포의 시간은 이제 시작에 불과했다. 이 세상에 정의만큼 잔인하고 독한 것은 없다. 정의는 끝까지 정당함을 지키기 위해서 철저하게 보복을 원한다. 스스로가 그 보복의 표적이 되었을 때 무슨 일이 일어날까? 평범하게 성장한 두 친구에게 애당초 그런 것을 예측하는 능력은 없었다.

악이 얼마나 무서운지는 누구나 상상할 수 있다. 하지만 정의가 얼마나 엄한 얼굴을 하는지는 그것을 직접 경험한 사람만이 아는 법이다.

간타는 그날 오후, 책상에서 서류를 정리하며 보냈다. 선천적으로 청소나 정리 정돈을 못했기 때문에 재무 담당 임원이라며 주어진 방에는 로켓파크를 설립했을 때부터 놓인 서류가 산더미처럼 쌓여 쓰레기장을 방불케 했다.

간타는 모든 서류를 차례로 쓰레기봉투에 집어넣었다. 그동안 필요 없던 서류였기 때문에 앞으로도 필요하지 않을 것이다. 반드시 필요한 데이터는 사진기 같은 기억력으로 머릿속에 통째로 숫자를 옮겨 넣었다. 간타는 자료를 가지고 있다는 사실이 무서웠다.

간타에게 일본이라는 나라는 초등학교 교실과 똑같았다. 그 작은 교실을 지배하는 것은 교칙도 아니고 교사나 부모님도 아니었다. 아이들 사이에서 매일같이 방향이 바뀌면서도 결코 어디로 불지 예측할 수 없는 공기, 즉 분위기였다.

어떤 아이가 괴롭힘을 당하는데 이유는 없었다. 어느 날 누군가 선택되고 그날부터 터무니없는 소문이 좁은 교실에 퍼지고 그 아이는 표적이 된다. 선택된 사실 자체가 괴롭히는 이유가 되었다. 아이가 어떤 변명을 해도 소용없었다.

아리아케 카드의 인수가 시작된 뒤 간타는 요지를 어떻게 지킬지 생각했다. 간타는 원래 스스로 결정하는 것을 잘 못했다. 그동안은 모두 요지에게 맡기면 안심이었다. 하지만 요지를 지키기 위해서는 간타 자신이 행동해야 했다.

요지는 스스로를 잘 지킬 수 있는 사람이다. 하지만 아무리 머리가 좋은 요지여도 예상 밖의 위험은 어디든 존재할 수 있다. 점심때 젊은 남자가 들고 있던 것이 암모니아가 아니라 황산이나 휘발유였으면 어떻게 됐을까? 아오야마의 골목길을 걸어갈 때 시위 차량이 돌진해 온다면 어떻게 해야 할까?

간타는 재무 자료를 버리면서 계속 떠올렸다. 어릴 때부터 사람들과 잘 어울리지 못했기에 마땅히 떠오르는 사람이 없었다. 자신이 만났던 모든 사람들을 차례로 머릿속으로 떠올려 보았다. 뛰어난 기억력만큼은 자신 있었다. 밤이 되고 수백 명 넘게 재생되었을 무렵 희미한 얼굴이 하나 떠올랐다. 바위처럼 울퉁불퉁한 얼굴을 한 중학생, 교복 앞단추는 모두 풀려 있다. 미나미지마 제4중학교의 짱, 다카야마 노조미였다. 노조미가 석양에 물드는 가드레일에 앉아서 말했다.

"언젠가 곤란한 일이 생기면 내 이름을 떠올려라. 아무리 어려운 일이라도 반드시 내가 어떻게든 해결해 줄 테니. 알았냐? 사나이끼리 약속이다."

보통 사람이라면 중학생 때 한 약속 따위를 어른이 될 때까지 간직하지는 않을 것이다. 하지만 간타는 달랐다. 약속은 간타에게 절대적이었다. 실제로 그동안 요지에게 했던 약속을 모두 지켜 왔다. 내일을 모르는 세상에서 살아가려면 말을 신뢰해야 했다. 윤리와 언어와 약속은 간타가 세상을 살아가는 데 바탕이 되는 절대적인 존재와도 같았다.

노조미의 얼굴을 떠올린 뒤 간타는 파일 캐비닛으로 갔다. 차곡차곡 쌓아 올린 상자에서 중학교 졸업 앨범을 찾기 시작했다. 누구든 노조미의 연락처를 아는 사람을 찾아야 했다. 요지 손은 빌리고 싶지 않았다. 이번에는 요지가 간타를 지키는 것이 아니라, 간타가 소중한 친구인 요지를 지킬 차례다.

약 한 시간이 걸려 졸업 앨범을 찾았다. 간타는 땀투성이가 됐지만 자신이 옳은 행동을 하고 있다는 사실을 굳게 믿었다. 일단 무언가를 결정하면 다른 것들은 눈에 들어오지 않는 성격이었다.

노조미에 대한 신뢰도 마찬가지였다. 분명 노조미도 간타가 신뢰하는 만큼의 신념을 가지고 그 약속을 했을 터였다. 어쨌든 노조미도 자신과 똑같은 괴로움을 지니고 살아왔으니까. 간타는 휴대폰을 꺼내 졸업생 명단에서 노조미를 찾아 전화를 걸기 시작했다.

"간타, 이제 그만 집에 가자."

요지가 간타의 사무실에 온 것은 언제나처럼 밤 11시가 넘어서였다. 사무실이 있는 오피스 동에서 레지던스 동까지는 나란히 세워진 쇼핑센터의 옥상 정원을 빠져나가서 정확히 90초가 걸렸다. 그야말로 엎어지면 코 닿을 거리다. 임대료는 비쌌지만 90퍼센트는 회사에서 내니 부담은 없었다. 요지는 간타의 사무실을 보고 놀라워했다.

"이 방도 꽤 깨끗해졌네."

"응, 굉장하지? 히메가 도와줘서 45리터짜리 쓰레기봉투를 열일곱 개나 내놨어. 필요 없는 서류는 전부 버릴 거야."

요지가 웃으며 말했다.

"진작 그러지."

간타는 요지와 함께 회사 복도를 걸어갔다. 거의 모든 부서에 불이 켜져 있었다. 절반이 넘는 직원들이 아직 남아서 일하고 있다. 젊은 직원들이 많은 성장기의 회사는 축제의 밤처럼 늘 떠들썩했다.

스마트 기능이 있는 사원증으로 엘리베이터에 올라탔다. 이 카드가 없으면 오피스 동의 출입은 불가능하다. 유리로 된 자동문을 통과하자 봄바람이 불어왔다. 부드러운 바람에 요지 앞머리가 살짝 흔들렸다. 두 줄로 늘어선 나무들은 스포트라이트를 받아서 환상적인 밤 풍경을 연출했다. 가운데엔 작은 인공 개울이 흐른다. 멀리 보이는 도쿄 타워의 골조만이 묘지의 표석처럼 밤하늘에 꽂혀 있었다.

"정말이지 그 가타기리라는 사람도 골치 아파."

요지가 혀를 차며 말했다. 아리아케 카드의 공개 매수에 새로 가세한 뚱뚱한 백기사다. 간타는 그런 사람이 어떻게 요지를 이기겠다고 나선 건지 몹시 궁금했다.

"맞아. 기분 나쁜 사람이었어. 아저씨들이나 하는 이상한 개그나 하고 말이야."

인적이 끊긴 밤 두 사람은 옥상 정원을 걸어가고 있었다. 이제 20미터 정도만 가면 레지던스 동 입구였다. 유리문 너머에 대리석으로 된 디지털 도어의 숫자판이 마치 미술품처럼 보였다.

그때 나무 그늘에서 검은 그림자가 뛰쳐나왔다.

"아리하라 요지?"

검은 복면을 한 그림자가 나직하게 말하며 아주 자연스럽게 오른손을 들어올렸다. 검은 장갑을 낀 손에 양날 단검을 쥐고 있었다. 중앙에 피를 흐르게 하는 홈이 파인 대거 나이프다.

"각오해라. 널 살려 두지 않을 테다."

차갑고 거친 목소리가 조용한 도시의 옥상 정원에 울렸다. 깜짝 놀란 간타는 그 자리에 얼어붙었다. 요지도 공포에 질려 비명조차 지르지 못했다. 스르르 다가온 검은 그림자가 요지 목덜미에 나이프를 들이댔다.

"이걸로 넌 한 번 죽었다."

"하지 마."

요지는 간신히 소리를 냈지만 전혀 힘이 없었다. 간타에게 간신히 들렸을 뿐이다. 나이프가 휙 옆으로 그어졌다. 요지 목에서 피리 같은 가느다란 숨소리가 흘러나왔다. 검은 그림자가 웃으면서 말했다.

"안심해라. 이건 고무다. 찔러도 죽지 않을걸."

키가 190센티미터 정도 되는 거구의 남자가 복면을 벗었다. 뺨에 중학교 때는 없던 곰보 자국이 있었지만, 어릴 때 얼굴이 그대로 남아 있었다. 중학교 때 이미 180센티미터가 다 되었기 때문에 그 뒤로 10센티미터 정도밖에 크지 않은 것이다. 간타가 차가운 목소리로 말했다.

"전화로 말한 인사라는 게 이거였어?"

노조미가 웃음을 그치고 진지해지자, 순간 공기가 싸늘해질 만큼 주변이 살벌해졌다. 모든 것을 주먹으로 해결하는 세상에서 살아온 것이 분명했다. 요지는 그제야 알아차린 모양이었다.

"……다카야마 노조미? 그 노조미야? 어떻게 우리가 레지던스 동에 돌아가는 걸 알았지?"

노조미는 무뚝뚝하게 대답했다.

"간타가 말했다. 하지만 네 행동이야 한나절이면 쉽게 알아낼 수 있지. 간타가 부탁해 왔다. 널 지켜 달라고."

요지가 간타를 돌아보며 떨리는 목소리로 물었다.

"날 경호해 달라고 했어?"

"……응, 오늘도 무서운 일이 있었고, 시위하는 차량도 많이 오잖아. 부탁할 사람을 찾다가 노조미한테 부탁했어."

노조미가 재미있다는 듯 말한다.

"사람들이 인터넷에서 요지를 보고 뭐라고 하는지 찾아봤다. 널 없애서 자존심을 세우고 싶다는 녀석들이 수십 명이었어. 내일부터 내가 경호원으로 붙어 있으마. 지금부터 회의를 시작하자. 네 방으로 안내해라."

간타는 아직도 다리를 떨고 있었다. 요지도 마찬가지였다. 낯선 사람에게 습격 받는다고는 생각지도 못했었다. 노조미의 모의 습격은 두 사람에게 놀라울 정도로 효과가 있었다.

새벽 3시까지 요지 방에서 보안 대책을 세웠다. 다음 날부터 요지와 간타의 일정은 관계자 외에는 모두 비밀로 부쳐졌다. 60일 전쟁의 절반이 끝나 가면서, 싸움은 시장과 언론에서, 현실적이고 냉혹한 실제 세계로 옮겨 가고 있었다.

16

"이거 봐. 또 사직서야."

간타는 책상 위에 봉투 몇 통을 내던졌다. 창가에서 밖을 내다보던 요지가 힐끔 돌아보며 말했다.

"우리 회사가 침몰하는 타이타닉이 된 거 같아."

아리아케 카드의 적대적 인수가 암초에 걸린 뒤 매주 직원들이 서너 명씩 그만두었다. 언론들은 하나같이 로켓파크에 혹독하게 대했다. 요지는 이미 익숙해져 있었다.

"분위기인가 봐."

간타는 사직서 한 통을 꺼내서 읽어 보았다. 일신상의 이유로 사직하겠다고 달랑 한 줄 씌어져 있을 뿐이다.

"엇…… 뭐라고 했어?"

요지는 고층 건물과 푸른 나무들이 잘 어우러진 아오야마 거리를 뒤로 하고 말했다.

"예전부터 일본은 모든 게 다 공기, 즉 분위기라고 하잖아. 난 그런 거 전혀 안 믿었어. 고리타분한 정치가나 법학자가 말하는 미신이라고 생각했어."

간타는 요지가 하는 말을 반도 이해할 수 없었지만 열심히 들었다.

요지가 하는 말이니까 분명 가치가 있을 거라고 생각했다.

"아리아케 카드를 인수하면서 법률에 저촉되는 일은 전혀 하고 있지 않아. 그 돈을 쓴 걸 빼고는 말이지. 그건 아무도 모르는 일이니 현재 아무 문제 없잖아."

간타는 고개를 끄떡이고 침을 꿀꺽 삼켰다. 요지는 브라이트 홍산이 보낸 돈에 대해 자세히 몰랐다. 간타가 보고하지 않았기 때문이다.

"하지만 온 나라가 우리 보고 나쁜 놈이라고 해. 법에 저촉되는 범죄보다 무섭고 더 나쁜 짓을 했으니까."

요지가 쓸쓸하게 웃었다. 간타는 요지의 그런 얼굴을 보고 싶지 않았다.

"우리는 사람들뿐만 아니라 이 나라의 땅과 강, 바다에 가득 찬 일본의 공기를 뒤흔들어 놨어. 이 나라에서 가장 나쁜 범죄는 살인이나 돈을 훔치는 게 아니라 공기를 어지럽히는 거야. 21세기가 되고 인터넷이나 휴대폰이 이렇게 발달했는데도 사람들은 모두 그 공기를 겁내며 살아야 해. 오히려 미디어가 발달할수록 귀찮은 공기가 우리 생활에 끼어들어 갑갑해지는 거 같아. 이제 숨 막혀 죽을 거 같아."

그 공기가 얼마나 무서운지 간타도 깨닫고 있었다. 시위 차량은 이제 돌아갔지만 모든 신문과 주간지는 아리아케 카드 인수 문제를 여전히 경제면이 아니라 사회면 톱기사로 다루었다. 요지는 젊은 폭군으로 돈을 이용해 전통 깊은 기업을 억지로 인수하는 악당이었다.

간타는 책상 위에 쌓인 잡지를 하나 집어 들어 비서가 표시해 둔

페이지를 펼쳐 보더니, 그대로 얼어붙었다.

"디데이 임박! 검찰 관계자가 말하는 로켓파크 문제"

간타는 열심히 기사를 읽었다. 아리아케 카드 인수와 자회사 디지털 컴퍼니의 지원, 거기에 백기사인 나기사 인베스트먼트가 참여하면서 사태가 순식간에 복잡해진 사실을 요약한 뒤, 도쿄 지검 특수부의 관계자라는 인물의 이야기가 정리되어 있었다.

"땀 흘려 가며 열심히 일해 온 일본인들의 전통적인 노동관, 사회관은 절대 흔들리지 않는다. 그 서민들의 노동 윤리를 지키기 위해서라도 우리는 이번 아리아케 카드 인수 건을 지켜보고 있다. 물론 그 과정에서 법에 저촉되는 일이 있으면 엄중히 책임을 물을 생각이다."

간타는 등줄기에 식은땀이 흘렀다. 검찰은 거물 정치가든, 대기업 경영자든, 가리지 않고 체포해 왔을 터였다. 마치 이사라도 가는 것처럼 상자를 줄줄이 들어 나르는 가택 수색 장면을 뉴스에서 여러 번 본 적이 있었다.

"도쿄 지검이 정말 우리를 노리고 있을까?"

요지는 초조해 보였다. 두꺼운 유리창을 손바닥으로 탁 치며 말했다.

"여러 가지 유언비어는 많아. 소문대로라면 난 이미 몇 차례 검찰 수사를 받았어야 하는데 여태 아무런 접촉이 없어. 엄청난 폭풍우의 중심에 있는데, 아는 건 없고 할 수 있는 것도 없어. 왠지 기분이 이상해."

간타도 마찬가지였다. 직원들이 하나둘 그만두는 것도 그 소문이 무섭기 때문이다. 분명 사람들은 분위기에 따라 일을 선택하기도 하고 그만두기도 한다. 분위기에 살고 분위기에 죽는다.

"간타도 그 기사 읽었지?"

고개를 끄떡였다. 요지가 책상으로 돌아와서 잡지를 집어 들었다.

"애당초 이 특수부 관계자 코멘트가 이상하지 않아? 법에 저촉되었으니까 검거한다면 충분히 이해가 가. 하지만 일본인의 노동 윤리를 흔들었기 때문에 법에 저촉되는 걸 찾아서 검거한다는 건 순서가 바뀐 거잖아. 이 사람 말은 일본인의 노동관을 결정하는 건 자신들이고, 그걸 거스르는 사람은 용서하지 않겠다는 거야. 이 사람들은 법의 파수꾼이 아니라, 분위기, 즉 일본의 공기를 지키는 파수꾼이야."

간타는 상상했다. 이 방에도 공기는 가득 차 있다. 공기는 어디든 따라온다. 그런데 그 공기를 어지럽혔다며 어느 날 갑자기 검은 정장을 입은 남자들이 문을 부수고 들어온다. 어차피 어지럽혀진 건 단순히 공기니까, 사실 이유야 있어도 그만, 없어도 그만이다. 분명히 그 남자들은 일본인들에게서 공기니, 도덕이니 하는 것들을 지키는 절대적인 권리를 위임받고 있는 것이다.

반대로 말하면 일본인이라면 모두 이 공기에 찍힐 가능성이 있다. 공기가 다음에 누구를 선택할지는 알 수 없기 때문이다. 사람들이 기분에 따라 '이 녀석이 나쁘다'고 결정하면 그 지목된 사람은 당장 악역이 된다. 간타는 몸서리를 쳤다. 초등학교 때 교실에서 왕따 시킬 아이를 고르는 과정과 뭐가 다른가.

이 세상은 단순히 크기만 커진 하나의 교실과 같았다.

교실이라는 말은 마음을 따뜻하게도 하지만 동시에 공포의 근원
이었다. 하지만 교실은 졸업하면 끝이다. 하지만 이 나라와 일본인의
공기는 아무리 도망가도 쫓아올 것이다. 왜냐하면 공기 없이 살아가
는 사람은 어디에도 없기 때문이다. 간타는 주변 공기가 마치 독가
스처럼 느껴져서 숨을 최대한 참아 보았다.

간타가 얼굴이 시뻘개져 있는데 노크 소리가 들린다.

평소처럼 무표정한 비서실장 히메나의 감정 없는 목소리가 들렸
다. 얼마 전까지만 해도 로켓파크의 미녀 비서로 아이돌 취급을 받
았지만, 지금은 유흥업소 출신이라느니 성인 비디오에 출현했다느
니 하는 소문이 무성했다. 하지만 히메나는 전혀 신경 쓰지 않는 모
습이었다.

"나가실 시간입니다. 오후 3시부터 디지털 심포니에서 요시이 대
표님과 미팅이 있습니다."

요지가 고개를 끄떡였다.

"알았어. 재킷만 입으면 돼."

요지는 언제나 티셔츠 차림이었다. 편한 옷차림 탓에 나이 든 평론
가한테 꽤나 안 좋은 소리도 들었다. 하지만 복장이 무슨 상관이 있
을까? 메이지 유신(19세기 후반, 일본에서 발생한 대규모의 정치 사회적 변
혁)이나 전후 혼란기 때 일본을 뿌리째 바꾸려던 젊은이들도 근사한
옷차림을 했을 리가 없다. 요지는 옷장에서 워싱 처리된 빈티지해

보이는 재킷을 꺼내 입었다. 이 재킷이 그나마 그 나이 든 평론가에 대한 소심한 저항이었다. 간타는 히메나에게 물었다.

"히메도 잡지 같은 데서 엄청 심한 소리 듣잖아. 그런 거 전혀 신경 안 쓰여?"

히메나는 여전히 표정이 없었다.

"난 어릴 때부터 얼굴이 이렇다 보니 온갖 소리를 다 듣고 자라서 어떤 말에도 면역이 되었어. 사람들이 선이니, 악이니 하면서 떠드는 것도 모두 생각나는 대로 그러는 거니까 난 신경 안 써."

간타는 감탄을 넣어 휘파람이라도 불고 싶었다.

"히메는 참 강해. 나도 그럴 수 있으면 좋을 텐데."

요지가 준비를 마치고 말했다.

"맞아. 히메처럼 강하면 무슨 일이 있더라도 흔들리지 않을 텐데. 언론과 시위 차량도 무섭지 않고 공기도 상처 주지 못할 거야. 완벽해."

히메나가 의아한 얼굴로 물었다.

"공기라니?"

간타가 대답했다.

"히메는 전혀 신경 쓸 거 없어. 그런 건 사실 전부 우리가 만들어 낸 환영일 거야."

히메나가 피식하고 웃으며 말했다.

"요지, 간타, 이번 일 마무리되면 우리 셋이 어딘가 남쪽 섬에라도 가서 느긋하게 쉬다 오자. 이런 소동 이제 지긋지긋하다."

요지가 노트북을 옆구리에 끼며 말했다.

"그래, 꼭 그러자. 오키나와가 괜찮을 거 같은데."

"거기 괜찮네. 난 아직 못 가 봤어. 그럼 꼭 셋이서 오키나와 가자."

디지털 심포니 본사는 시부야에 있었다. 아오야마의 로켓파크에서 자동차로 불과 15분 정도다. 개조한 고급 미니밴 안에는 요지와 간타, 그리고 외출할 때 늘 그림자처럼 따라오는 노조미가 같이 타고 있었다.

간타는 노조미가 신기했다. 같은 나이인데 저격수 '고르고13'처럼 엄숙함과 냉혹함이 느껴진다.

"노조미는 중학교 졸업하고 뭐했어?"

키가 거의 190센티미터가 다 되는 노조미가 얼굴 앞에 손거울을 들고 있었다. 간타가 다시 물었다.

"그거, 콤팩트야? 얼굴에 뭐 났어?"

노조미는 히메나처럼 무표정하게 대답했다.

"뒤에 오는 차를 보고 있어. 현재 미행은 없는 거 같다."

"그렇구나."

요지는 컴퓨터를 켜서 그날의 회사 주가를 확인했다. 아리아케 카드, 디지털 심포니, 그리고 로켓파크의 세 회사다. 적대적 공개 매수로 아리아케 카드의 주가는 뛰어오르고, 로켓파크도 호조세였다. 디지털 컴퍼니만 인수 우려 때문에 하락하고 있었다. 주가는 경영자를 평가하는 잣대이기도 하다. 요지는 요시이 대표도 꽤나 궁지에 몰리고 있을 것이라고 추측했다.

간타는 천진난만하게 질문했다.

"중학……."

"간타, 조용히 해 봐."

노조미가 무언가를 발견한 모양이다. 거울 대신 직접 뒤쪽에 있는 왜건을 확인했다. 미야마스자카의 교차로에서 왜건이 미니밴과 반대 방향으로 꺾었다. 노조미가 긴장을 풀고 말했다.

"괜찮은 거 같다. ……난 고등학교를 중퇴하고 조직에 들어갔어. 오야붕 밑에서 걸레질부터 시작했다."

간타가 의아해하는 얼굴을 했다. 요지가 설명했다.

"오야붕은 그쪽 세계에서 조직 폭력배 우두머리를 말해."

노조미가 힐끔 요지를 보더니, 말을 이었다.

"내 적성이 싸움이라는 걸 우리 조직에서도 금방 인정하게 됐고, 여기저기 세력 다툼이 생길 때마다 나를 데리고 다녔다. 폭행 상해로 소년원과 교도소 신세를 한 번씩 졌지."

간타는 조심스럽게 물었다.

"……노조미는 사람을 죽인 적은 없지?"

노조미는 눈을 가늘게 뜨고 간타를 보았다. 간타는 땀으로 손바닥이 미끈미끈해졌다.

"그런 걸 물어서 어쩌겠다는 거냐? 내가 했다고 대답할 거 같냐?"

간타는 바짝 움츠려 들었다. 공기도 무섭지만 역시 사람은 더 무서웠다. 노조미처럼 폭력에 익숙해져 무슨 짓을 할지 모르는 사람은 무섭다.

"하지만 그런 조직에서도 잘 안 풀리는 인간은 있다. 소외된 인간 중에 소외된 인간이지."

노조미는 짧고 거칠게 한숨을 쉬었다. 웃은 건지도 모른다.

"난 조직을 떠나 혼자 일을 하게 되었다. 벌써 몇 년째, 이렇게 누군가를 지키거나 습격하며 생활하고 있어."

간타는 별 희한한 직업도 다 있다고 생각했다. 그런 사람은 영화에서나 봤었다. 노조미가 표정을 다잡으며 말했다.

"디지털 심포니에 거의 다 왔군. 그 회사는 지하 주차장에서 곧장 회의실 층까지 올라갈 수 있지 않았나?"

요지가 고개를 끄떡였다. 노조미는 콤팩트를 닫고 오른손에 짧은 특수 곤봉을 들었다. 미니밴이 어두운 지하 주차장으로 들어갔다. 한산한 주차장을 빙글빙글 돌아서 엘리베이터가 있는 홀 앞에서 멈췄다.

노조미가 먼저 미니밴에서 내려 둘레를 확인했다. 요지가 창문으로 그 모습을 바라보며 말했다.

"오늘 미팅은 우리와 디지털 심포니의 업무 제휴에 관해서야. 인수 공작에서는 적대시하고 있지만 주가와 언론의 눈도 있으니까 업무상은 서로 이익이 있다고 외부에 어필해 둬야 해. 같이 휴대폰 게임 히트작이라도 만들면 로켓파크나 디지털 심포니에도 긍정적인 비즈니스 효과를 기대할 수 있어."

간타는 솔직하게 말했다.

"왠지 얼굴은 웃으면서 탁자 밑에서는 서로 발길질하는 거 같아. 그런 건 텔레비전에서나 벌어지는 일인 줄 알았는데."

요지가 웃으며 말했다.

"그러네. 그건 걸어 다니는 칼과도 같은 노조미도 마찬가지지. 우리는 아주 현실감 없는 세상에 와 버렸어."

노조미가 문을 열더니, 얼굴을 들이밀며 말했다.

"괜찮다. 가자."

그때 요지의 휴대폰이 울렸다. 요지가 주머니에서 휴대폰을 꺼내 전화를 받더니, 얼굴이 순식간에 새파랗게 질렸다.

"……그래서? ……알았어요. ……생명에 지장은? ……병원은?"

틀림없이 좋지 않은 전화다. 간타는 사람들의 분위기나 감정을 잘 읽지 못하지만 이번에는 짐작되었다. 걱정스럽게 요지의 얼굴을 들여다보며 조그맣게 물었다.

"왜 그래? 누가 아프대?"

요지는 휴대폰을 닫은 다음 기사에게 소리쳤다.

"미팅은 취소예요. 이대로 아카사카의 산노 병원으로 가 주세요."

노조미는 커다란 고양이처럼 재빨리 미니밴에 올라탔다. 엔진이 커다란 소리를 내며 울부짖고 타이어가 비명을 지르면서 자동차가 급히 출발했다. 간타는 몹시 불안했다. 갑자기 일정이 바뀐 것만으로도 엄청난 타격이었다.

"도대체 무슨 일이야?"

요지 얼굴은 한층 파랗게 질려 있었다. 입술을 너무 세게 깨물었는지 입술에 피가 맺혔다. 요지가 목소리를 쥐어짜듯이 대답했다.

"히메가 찔렸어. 미나미아오야마 힐즈의 오피스 동 입구에서 그랬나 봐. 범인은 잡힌 모양이고."

간타는 배를 세게 한 방 얻어맞은 기분이었다. 토할 것 같았지만 있는 힘을 다해 참았다. 셋이서 오키나와에 가는 약속은 어떻게 되는 걸까? 히메나는 무서운 것이 없다고 했다. 하지만 때로는 이 나라의 보이지 않는 공기가 칼로 바뀌기도 하나 보다. 엄청난 충격을 받은 간타는 가죽 의자에 배를 끌어안으며 아기처럼 몸을 웅크렸다.

17

간타는 어디든 그저 좁은 공간 속으로 들어가고 싶었다. 좁으면 좁을수록 좋았다. 간타에게 미니밴 뒷좌석은 너무 넓었다. 심장 박동은 한층 격렬해지고 머리도 깨질 듯이 아팠다.

간타는 패닉에 빠졌을 때 언제나 좁은 곳을 찾곤 했다. 초등학교 때 괴롭힘을 당할 때에는 교실 뒤 청소 도구함, 입시에 실패했을 때에는 역 화장실, 엄마 메구미가 세상을 떠났을 때는 화장장의 화장실. 좁은 공간에 틀어박혀서 자신이 산산조각 나려는 것을 간신히 막으며 괴로움을 견뎠다.

원래 간타는 갑작스레 일정이 바뀌는 것을 쉽게 받아들이지 못했다. 갑자기 디지털 심포니와 미팅을 취소하고 병원으로 직행한다는 사실만으로도 패닉을 일으키기에 충분했다. 거기에 히메가 칼에 찔렸다. 히메나는 미나미지마 3단지 시절부터 함께 자란, 요지만큼 소중한 동네 소꿉친구였다.

눈을 감자, 열 살의 히메가 로켓 미끄럼틀이 놓인 공원 벤치에 앉아 있는 모습이 보였다. 날짜는 7월 14일이었다. 히메는 하얀 민소매 원피스를 입고 요지 옆에 얌전히 앉아 있었다. 간타는 머리부터 미끄럼틀을 타고 빙그르르 내려갔다. 히메나는 멀리서 자신을 지켜보고 있었다. 히메가 습격을 받게 될 것이라고는 상상도 하지 못했다. 하얀 원피스로 다가가는 칼의 이미지가 선명하게 떠올랐다. 간타는 숨이 막혔다.

"간타, 괜찮아?"

요지가 소리쳤다. 리크라이닝 가죽 의자를 뒤로 젖히고 간타는 무릎을 끌어안고 태아처럼 몸을 웅크리고 있었다. 뭔가 대답을 해야 한다고 생각했지만 입술이 달달 떨려서 말이 나오지 않았다. 요지는 간타를 잡아 흔들며 등을 두드렸다.

"큰일인데. 간타 얼굴이 창백해. 병원에 빨리 가 줘요."

요지가 기사에게 소리쳤다. 그때 다카야마 노조미가 냉정하게 말했다.

"미행이 붙었어. 오토바이 두 대와 왜건 한 대."

요지가 뒤를 돌아보자 오토바이 한 대가 창문으로 다가왔다. 뒤에 탄 남자가 카메라를 높이 쳐들고 필름으로 짙게 가려진 차창 너머에서 차 안을 촬영하려고 했다. 플래시가 미니밴 안을 비췄다.

노조미는 태연하게 말했다.

"어떻게 할까? 여기서 내려 주면 내가 해결하고 오마."

'노조미는 귀찮게 따라붙는 언론의 입을 어떻게 다물게 하겠다는 걸까? 암흑가에서 주먹 하나로 살아온 노조미에게 특별한 방법이라도 있는 걸까?' 요지는 궁금했지만 고개를 가로저었다. 다시 차 안에 플래시가 번뜩였다.

"시간 낭비야. 녀석들은 끊임없이 나타나는데, 거기에 일일이 대응할 시간이 없어. 그보다 히메가 우선이야."

아오야마 거리를 달리던 미니밴이 우체국을 끼고 우회전하자 오피스 건물들이 늘어선 거리로 들어섰다. 조금만 더 가면 병원이다.

태아처럼 몸을 웅크린 간타는 바들바들 떨면서 열 살의 히메나가 칼에 찔리는 꿈을 계속 꾸고 있었다.

요지와 간타는 집중치료실 밖 복도에서 대기했다. 노조미와 기사도 조금 떨어진 벤치에 말없이 앉아 있었다. 간타는 여전히 얼굴이 창백했지만 히메나가 생명에 지장이 없다는 말을 듣고 일단 진정했다. 30대로 보이는 의사가 말했다.

"나이프로 복부를 두 번 찔렸습니다. 장에 두 군데, 간에도 한 군데 얕은 상처가 났습니다. 생명에 지장은 없지만 중상이라서 당장 봉합 수술을 해야 합니다."

실제 수술은 요지네가 병원에 도착한 뒤 한 시간 반이 지나서야 시작되었다. 그때는 히메나 어머니도 와 있었다. 히메나 어머니는 요지를 보더니 말했다.

"어쩌다 이런 일이……."

요지는 그저 고개만 숙일 뿐이었다. 어릴 때 간타와 함께 히메나 어머니한테 종종 밥을 얻어먹곤 했었다. 그때만 해도 아파트 단지 아이들을 모두 함께 키운다는 가족 같은 분위기가 있었으니까.

"어머니, 죄송해요. 저희 회사에서 일한다는 이유만으로, 히메나가……."

더 이상 말을 잇지 못했다. 히메나가 습격당해서 칼에 찔렸다. 어쩌면 목숨을 잃었을 수도 있었다. 예쁘다는 이유로 유명세를 타긴

했지만 히메나는 단지 비서실장일 뿐이었다. 그 말은 곧 누구든 습격당할 가능성이 있고, 로켓파크에서 일한다는 사실만으로 모두가 위험에 빠질 수 있다는 의미다. 하지만 히메나 어머니는 당차게 말했다.

"걱정 말거라. 우리 히메나는 심지가 강해서 이런 일로 꺾이지 않을 테니. 그보다 범인은 어떻게 됐니?"

요지는 회사에서 온 연락을 떠올렸다.

"범인은 무직에 서른두 살 된 남자랍니다. 미나미아오야마 힐즈에서 현행범으로 체포되었고요. 범행 동기는 자신이 사랑하는 게임을 인수하려는 로켓파크를 용서할 수 없어서 직원들 아무나 찌르려고 계속 힐즈에 숨어 있었대요. 그때 히메나가 은행에 가려고 내려온 거고요."

히메나 어머니는 고개를 돌리고 숨 죽여 울었다. 요지는 그저 고개만 숙이고 있었다. 간타는 체육 시간에 그랬던 것처럼 병원 벤치에 무릎을 세우고 앉아 있었다. 아니 엄마 배 속에서처럼 앉아 있는 건지도 몰랐다. 말없이 눈을 감고 있는 간타의 마음은 누구도 알 수 없었다. 히메나 어머니가 눈물을 훔치며 말했다.

"히메나 아버지는 혼자 홋카이도에서 근무하고 계셔. 지금 이쪽으로 오고 있대."

요지가 고개를 끄덕였다. 히메나를 습격한 범인의 영상은 이제 뉴스에 수없이 나올 것이다. 〈알티머 판타지Ⅲ〉의 리리아 공주 티셔츠를 입은 삼십대 남자가 머리에 수건을 뒤집어쓰고 경찰차에 타고 있었다. 학생처럼 보이는 그 남자의 유일한 기쁨은 디지털 심포니의 게임 시리즈를 모조리 하는 것이었다. 사회 경험도, 이성 교제도 해 본 적 없는 전형적인 은둔형 외톨이였다.

요지가 하는 사업은 휴대폰용 게임 시스템을 개발해서 판매하는 일이다. 달마다 매출은 수십 퍼센트씩 늘어났다. 하지만 로켓파크 대표인 요지는 게임 때문에 그 범인과 같은 게임 중독자가 늘어날 수도 있다는 사실에 대해 진지하게 생각해 본 적이 없었다. 디지털 심포니와 로켓파크는 게임 세계에서 일을 한다는 공통점이 있었다. 강력한 중독에 빠지게 하는 게임은 또 하나의 현실이기 때문에 그런 현실을 창조한 사람들에게는 본래 어느 정도의 각오와 제약이 필요했다.

또 자신들이 다메나가의 제안에 넘어가 아리아케 카드를 인수하려고만 하지 않았으면 히메나가 습격을 받는 일은 없었을 것이다. 그 범인이 두려워한 것은 자신이 사랑하는 〈알티머 판타지〉의 세계가 무너지는 일이었다. 그 남자에게 게임은 곧 세상 전부였을 테니까.

아버지 없이 자란 요지와 간타는 휴대폰 게임 사업으로 엄청난 부를 손에 넣었다. 하지만 이들의 급격한 성장 때문에 사회 어딘가는 엄청나게 뒤틀리고 있는 건 아닐까? 사람들은 돈에는 색이 없다고 말했다. 하지만 요지는 자신이 손에 넣은 돈은 핏빛으로 붉게 물들어 가는 듯해 갑자기 무서워졌다.

우선 로켓파크 직원들 안전이 걱정이었다. 요지는 휴대폰을 꺼내서 회사에 전화를 걸었다. 이렇게 된 이상, 유괴 사건이 일어난 초등학교는 아니지만 한동안 집단 출근, 집단 퇴근을 하기로 했다.

더 이상 희생자가 발생해서는 안 된다. 요지는 회사의 방향과 이번 인수를 다시 한 번 진지하게 생각하기 시작했다.

히메나의 응급 수술은 거의 세 시간에 걸쳐 이루어졌다.

결국 요지와 간타는 그날 일정을 모두 취소하고 병원을 지켰다. 저녁때는 간타도 극심한 긴장 상태에서 회복하여 가볍게 식사를 할 정도로 컨디션이 돌아왔다. 그동안 요지는 딱딱한 복도 벤치에서 꼼짝도 않고 골똘히 생각에 잠겨 있었다. '앞으로 로켓파크는 어떻게 해야 할까? 진흙탕 싸움이 된 아리아케 카드 인수의 함정은 어디일까? 자신이 소중하게 여기는 사람을 위험에 빠지게 하면서까지 사업을 확장해야 할까?' 요지는 이마에 땀을 흘리면서 온 힘을 다해 생각했다.

한밤중이 되어서야 집중치료실에 있던 히메나가 의식을 회복했다. 가장 먼저 어머니가 병실로 불려갔다. 잠시 뒤에 밖으로 나온 어머니가 말했다.

"히메나가 부르는구나. 얼굴 좀 보여 주고 오렴."

요지와 간타는 병실로 들어갔다. 침대 둘레에는 흰 커튼이 쳐져 있었다. 창문이 없는 집중치료실의 커튼은 벽지처럼 움직이지 않았다.

"히메, 괜찮아?"

간타는 조심스레 말을 걸며 커튼을 젖혔다. 배를 두 번이나 찔렸으니 괜찮을 리가 없겠지만 달리 떠오르는 말이 없었다. 링거 주사 호스가 몇 개나 늘어져 있고 코에는 투명한 관이 꽂혀 있었다. 히메나는 두 사람 쪽으로 종이처럼 하얀 얼굴을 돌렸다.

"······응, 괜찮아."

목소리는 작았지만 또렷했다. 히메나가 아직 살아 있다는 사실에 간타는 가슴이 벅차올랐다. 수혈을 몇 리터나 했는데 눈빛에 장난기마저 어려 보였다. 요지가 사과부터 했다.

"회사 때문에 괜히, 미안해."

복도를 쿵쾅쿵쾅 뛰어오는 발소리가 들렸다. 간호사일까? 요지와 간타가 돌아보았다. 열린 문가에 중년 남자가 숨을 헐떡이며 서 있었다. 히메나가 가느다란 목소리로 남자를 불렀다.

"아빠."

남자는 힐끔 요지를 보더니 그대로 침대에 달려가 주저앉았다.

"히메나, 무사해서 다행이다. 비행기에서도 제정신이 아니었단다. 이제 그런 회사는 그만두고 집으로 돌아오너라."

그리고 요지에게 들리게끔 분명하게 말했다.

"아빠는 일하는 사람을 바보 취급하고 돈이 최고라고 여기는 회사는 싫구나. 네가 일하는 회사가 일본에서 어떤 소리를 듣는지 잘 생각해 보렴. 퇴원하면 즉시 사표를 내거라."

히메나는 집중치료실 침대에서도 표정 변화가 없었다. 아버지와 눈을 맞추지 않고 하얀 천장을 올려다본 채 말했다.

"아빠는 그런 말씀 마세요. 전 로켓파크 그만두지 않아요. 있잖아, 요지?"

요지는 담임 선생님한테 이름이 불린 초등학생처럼 등을 꼿꼿하게 세우며 대답했다.

"왜? 히메"

"아까 네가 나한테 사과했잖아. 하지만 난 이상한 남자한테 습격당했을 뿐이고, 그 사람 머리가 이상한 건 로켓파크 탓도 아니고 네 탓도 아니니까 걱정 마."

히메나의 말에 간타는 가슴 한 부분이 찢기는 듯했다. 요지가 말했다.

"하지만 그 남자는 로켓파크의 직원을 노렸어. 가능하면 텔레비전에 나온 날 찌르고 싶었을 거야. 히메는 날 대신해서 습격당한 거야."

아버지는 분하다는 듯한 표정을 하며 잠자코 있었다. 딸 대신에 이 청년 사장이 찔렸으면 좋았을 텐데, 하는 속마음이 정직하게 표정에 나타나 있었다. 히메나는 살며시 도리질했다. 희미하게 뺨을 움찔한 것으로 보아 웃은 건지도 모른다.

"요지 대신이었다면 잘됐어."

그 말은 원래 자신이 했어야 하는 말이라는 생각에 간타는 도저히 견딜 수 없었다. 무슨 일이 있어도 요지를 지키는 것은 간타가 평생을 건 약속이다. 냉정한 요지도 눈물이 그렁그렁 맺혀 있었다.

"그런 말 하지 마. 히메, 정말 미안해."

히메나는 희미하지만 힘차게 미소 지었다.

"아니야, 나야말로 이렇게 큰 소동을 일으켜서 미안해. 하지만 넌 하던 대로 해야 돼. 이번 일로 약해지지 마. 로켓파크는 우리 모두의 회사잖아. 이깟 일로 손 놓으면 절대 안 돼, 알았지?"

간호사가 집중치료실을 들여다보며 짧게 말했다.

"인사만 간단히 하고 나오세요."

아무도 대답을 안 하자, 간타가 소리쳤다.

"네, 금방 나가요."

요지는 히메나에게 고개를 끄떡였다.

"우린 이만 갈게. 하지만 이번 일로 난 다시 생각했어. 회사도 소중하지만 간타와 네 목숨은 더 소중해. 아버지 말씀에도 일리가 있어. 네가 돌아올 때에는 모든 걸 정리해 둘게. 그럼 몸조심해."

'정리를 한다? 요지가 이제 로켓파크를 해산시키려는 걸까?' 간타는 불안했지만 나쁘지 않다고 생각을 고쳐먹었다. 다시 예전처럼 단지 공원에서 셋이서 놀 수 있다면 그걸로 만족했다. 간타는 숫자는 좋아해도 돈에는 흥미가 없었기 때문에 많은 월급과 주식은 어떻게 되어도 상관없었다.

"자, 가자. 간타."

간타는 마지막으로 히메나에게 말했다.

"그 오키나와 약속 기억해? 꼭 셋이서 가자. 그래서 오키나와 공원에서 미끄럼틀을 찾는 거야. 나는 머리부터 내려갈 테니까 요지와 히메는 계속 보고 있어야 해."

간타는 새파란 남쪽 하늘 아래에서 미끄럼틀을 탈 생각에 아주 행복했다. 요지는 히메나 아버지에게 인사를 했지만, 간타는 자신만의 공상에 빠진 채 집중치료실을 나왔다.

미니밴을 타고 병원에서 미나미아오야마 힐즈로 돌아가는데, 요지 휴대폰이 울렸다. 요지는 작은 액정 화면으로 상대를 확인하더니, 약간 놀란 표정을 지었다.

"네, 아리하라 요지입니다."

"네, 디지털 심포니의 요시이입니다."

일본 제일의 게임 제작 회사 디지털 심포니의 대표 요시이다. 요지는 텔레비전 프로그램이나 비공개 미팅에서 그동안 요시이와 여러 차례 부딪혔었다. 국내 제일의 디지털 심포니였지만 전통 있는 장난 감 업체인 아리아케 카드의 자회사다. 요지와 간타의 로켓파크는 자회사인 디지털 심포니를 포함해서 전통 있는 아리아케 카드를 인수 하려고 했다.

"오늘은 갑자기 미팅을 취소해서 죄송합니다. 다음 기회에 다시 뵙 겠습니다."

요지는 차갑게 말했다. 몸과 마음이 완전히 지쳐서 골치 아픈 비즈 니스 이야기는 하고 싶지 않았다.

"잠시만요. 로켓파크의 비서가 습격당했다는 소식을 듣고 위로의 말씀을 전하려 전화 드린 겁니다."

간타는 요지 휴대폰에 귀를 갖다 댔다. 요지가 얼굴빛이 바뀌더니 말했다.

"감사합니다. 이렇게 일부러 전화 주셔서 감사합니다."

진심이 담긴 인사였다. 비록 상대가 적대적 인수 때문에 싸움을 벌 이는 기업의 CEO였지만 인간으로서 갖는 마음은 똑같을 것이다. 기 업을 경영한다고 해서 인간다움을 없앨 이유는 없었다. 경영과 성장 은 분명 중요하다. 하지만 경영자가 인간답지 않게 된다면 그 기업 도 인간다움을 잃을 것이다.

협조, 협력, 그리고 조화. 단어 몇 개가 요지의 머릿속을 번개처럼 스쳐 지나갔다. '심포니'의 뜻이 뭐였더라? 그래, 교향곡이다. 함께 울리는 것. 자신의 음을 죽이지 않으면서 상대의 음과 함께 어울려 더 풍요로운 음을 만드는 것.

"이런 사건이 일어나면 게임 제작이라는 일도 근본부터 다시 생각하게 되죠. 과연 우리 일은 정말 남에게 도움이 되는 걸까, 하고요. 요지 사장님도 기운 내십시오."

병원 벤치에서 요지도 생각했던 것이었다. 사람을 즐겁게 하기 위한 게임이 사람에게 상처 주기도 한다. 기업과 돈도 마찬가지가 아닐까? 평범한 수단이 목적이 되면 사람은 그게 무엇이든 간에 목적만 중요시 여기게 된다. 일본 제일의 게임 회사를 손에 넣으려고 결심했을 때부터 자신은 이기기 위해서는 수단과 방법을 가리지 않게 되었다.

"네, 알겠습니다. 저도 이번 일로 반성 많이 했습니다. 기업 인수도 좋고 성장도 좋지만 그걸로 충분한지, 그 기업에서 일하는 사람은 행복해지는지요."

전화기 너머로 요시이 대표가 어리둥절해 하는 것을 알 수 있었다. 요지는 그동안 기업은 주주의 것이며 기업을 성장시키지 못하는 무능한 경영자는 물러나야 한다고 주장했었다. 간타도 요지의 변화에 깜짝 놀라면서도 예전의 요지로 돌아온 듯해서 기뻤다. 잠시 뒤 요시이 대표가 입을 열었다.

"그건 무슨 의미입니까? 우리는 서로 적입니다. 아리아케 카드 인수를 놓고 서로 적대시하고 있지 않습니까?"

요지는 휴대폰 반대편으로 귀를 밀어붙이고 있는 간타를 손으로 밀어내며 말했다.

"더워."

간타는 눈이 휘둥그레졌다. 요지는 휴대폰 송화기를 막던 손을 떼고 말했다.

"귀사의 사명, 심포니는 함께 울린다는 의미죠?"

요시이는 아직 무슨 말인지 이해가 안 가는 모양이다.

"네, 그렇습니다만."

"오늘 취소한 미팅을 다음 주에 다시 잡아 주시겠습니까? 그때 약한 것과 강한 것이 서로 먹느냐, 먹히느냐는 약육강식이 아니라 본래 심포니가 지닌 의미처럼 모두에게 유리한 윈윈 업무 제휴를 제안하겠습니다."

디지털 심포니의 주가는 급락하고 있었다. 상황으로 볼 때 자본력과 주가가 더 나은 로켓파크가 훨씬 유리한 위치에 있었다. 요지의 말에 요시이는 반신반의했다.

"그건 저희로서도 반갑습니다만."

"일정은 비서와 얘기하겠습니다. 요시이 대표님도 반드시 참석해 주십시오. 그럼 이만 실례하겠습니다. 오늘 전화 주셔서 감사합니다."

요지는 두 손으로 휴대폰을 들고 기도하듯이 엄지손가락으로 살며시 통화 종료 버튼을 눌렀다. 간타가 물었다.

"방금 한 말, 진심이야?"

"그래, 진심이야."

요지는 미소 지으며 간타를 바라본다. 미나미아오야마 힐즈의 오피스 동에 도착했다. 밤이 깊었는데도 거의 모든 층에 불이 켜져 있었다. 간타가 미니밴에서 소리쳤다.

"우와, 신난다. 그럼 이제 아리아케 카드 일로 욕먹지 않아도 되는 거네."

요지는 피곤한 얼굴로 차창 너머로 보이는 회사를 올려다보았다.

"그래, 분명 모두에게는 좋은 일일 거야. 하지만 간타와 나한테는 달라. 나중에 지혜를 빌려 줘. 내 방으로 좀 와 줄래?"

미니밴은 순조롭게 지하 주차장 경사로로 들어갔다. 간타는 적대적 인수를 다시 생각해 보겠다는 요지가 왜 이처럼 어두운 표정인지 의아했다. 애당초 작은 것이 큰 것을 먹는다는 계획은 무리였다.

히메나가 습격당한 일로 마침내 요지가 눈을 뜬 것이다. 그렇다면 분명히 히메나가 흘린 피에도 가치가 있었다. 간타는 새삼 요지 대신에 다친 히메나에게 고마웠다.

커다란 창문 너머로 도심의 근사한 야경이 한없이 펼쳐져 있다. 하지만 이 야경에 감탄한 것도 처음 사흘 정도였다. 익숙해지자 창밖으로 눈길을 주는 일도 드물어졌다. 어떠한 자극도 일상이 되면 스릴을 잃게 되는 법이다.

요지 거실에 놓인 이태리제 소파 위에 엎드려서 간타는 과자를 먹고 있었다. 간타는 로켓파크의 재무 담당 임원이자 요지의 창업 파트너로서 회사 주식을 다량 보유하고 있었다. 도쿄 증권 거래소 마더스 상장과 동시에 억만장자가 되었다.

그래도 간타는 음식에 전혀 흥미를 보이지 않았다. 가장 좋아하는 음식은 편의점에서 파는 과자나 라면, 쇠고기 덮밥이었다. 나이프와 포크를 이것저것 써야 하는 프랑스나 이태리 음식은 먹으려면 진땀이 났고, 아담하고 깔끔한 요리가 차례로 나오는 가이세키 요리도 한꺼번에 내주기를 원했다. 과자 봉지에서 땅콩만 먼저 골라내어 우두둑우두둑 먹는데 요지가 말했다.

"이건 목숨을 건 일이 되겠어."

간타는 손에 과자 봉지를 든 채 벌떡 일어나 앉았다.

"또 다비드 작전처럼 무모한 짓을 하려는 거야?"

다비드 작전은 아리아케 카드의 시간 외 거래 작전명이었다. 이번 인수 건은 그날 아침 클릭 일곱 번으로 성사된 전자 거래에서 시작되었던 것이다.

"아니, 이번에는 철수 작전이야. 물론 우리만 있다면 이번 적대적 인수를 그만두는 건 간단해. 하지만 우린 자금이 부족해서 그 돈에 손을 댔잖아."

간타는 주변을 두리번거렸다. 어딘가에 카메라나 도청기가 설치되어 있지 않을까? 물론 이곳은 사생활이 보장된 요지 방이지만 그래도 몹시 걱정스러웠다. 요지는 착한 사람인데 무엇 때문인지 사방에 적이 깔린 느낌이었다.

"응, 위험한 사람들의 검은돈."

브라이트 홍산의 가시마 히데미의 얼굴이 떠올랐다. 로켓파크에 처음 출자한 사람으로, 간사이 지역을 기반으로 하는 기업형 조폭의 두목이었다. 돈세탁을 위해 한창 잘 나가던 로켓파크가 아리아케 카드 주식을 매수하는 데 썼던 3백억 엔을 송금해 떠넘긴 장본인이다. 가시마가 준 검은돈의 실체에 대해서는 회사 내에서도 극비로 다루어져 오직 간타만이 그 전모를 알고 있었다.

요지가 멍하게 야경을 바라보면서 말했다.

"얼마나 자금이 남았는지는 모르지만 그 돈에 어느 정도 이자를 붙여서 돌려줘야 해. 아무도 모르게 말이지. 경찰에게 들키면 우리는 철창행이야. 가시마에게 손해를 입히면 분명 이렇게 돼."

요지는 엄지손가락을 세워서 자신의 목을 긋는 시늉을 했다. 간타는 공포로 몸을 떨었다. 그 조폭들 자금에 흠집이라도 내면 목숨이 몇 개라도 모자랄 것이다. 요지가 아주 냉정하게 말했다.

"그래서 그만한 거금을 어떻게 만들지 생각해 줬으면 해. 그 돈은 지금 아리아케 카드 주식에 투자되어 있어. 공개 매수로 가격이 올랐는데 15퍼센트 정도 올랐나? 그걸 그대로 대량으로 시장에 내다 팔면 아리아케 카드의 주식은 폭락해서 커다란 구멍을 만들게 돼. 간타, 어떻게 해야 할까?"

요지는 예전부터 놀라울 정도로 숫자를 잘 기억하는 간타의 재능을 높이 샀다. 그것은 간타의 자랑이기도 했다. 장애 때문에 모두가 간타를 업신여겼지만 요지만은 높게 평가했다. 이 신뢰는 목숨으로 바꿔서라도 보답해야 했다.

입에 발린 소리가 아니었다.

거액의 검은돈을 갚지 못하면 그 조폭들은 요지와 간타에게 목숨을 건 대가를 요구할 것이다. 그리고 이 둘에게 자식과도 같은 로켓파크를 뺏으러 올지도 모른다.

세운 지 얼마 안 된 회사를 지키고, 자신들의 목숨도 지키면서 로켓파크 직원들의 미래까지 지키려면 경찰과 언론에 모든 것을 숨긴 채 거액의 자금을 돌려줘야 한다. 간타는 그날 회사의 당좌예금 잔고, 로켓파크와 아리아케 카드 주식의 종가, 보유 주식 수, 그리고 회사 자산 등을 순식간에 떠올렸다.

아무리 쥐어짜도 갚아야 할 금액에 턱없이 부족했다. 도대체 어떻게 해야 할까? 간타의 둔한 머리에 자신과 그보다 훨씬 소중한 요지의 목숨이 달려 있다.

"화장실 좀 다녀올게."

간타는 커다란 과자 봉지를 든 채 비틀비틀 일어났다. 요지네 있는 화장실 세 개 가운데 가장 좁은 화장실로 향했다. 간타는 변기 앞 공간에 태아처럼 몸을 웅크리고 앉은 채 식은땀을 흘리며 생각에 잠겼다. 대답을 찾을 때까지 이 화장실에서 나가지 않겠다고 결심했다. 요지 목숨과 로켓파크의 미래를 구할 수 있다면 머리가 터져도 상관없었다.

간타는 끊임없이 숫자를 떠올리면서도 자신의 목숨 따위는 생각하지 않았다. 간타에게 자신의 목숨은 처음부터 버려도 되는 소수점 이하의 숫자처럼 하찮은 것이었다.

그날은 동이 틀 때까지 끝없이 계산을 했고 정답을 찾지 못해 공포에 떨면서 눈물을 흘렸다. 결국 간타는 화장실 바닥에 축 늘어져 잠이 들었다.

18

디지털 심포니 본사는 시부야 미야마스자카 비탈길 중턱에 있었다. 비탈길 아래에 있는 교차로는 요지가 번개라도 맞은 듯 휴대폰 게임 사업을 생각해 낸 추억의 장소다. 미니밴을 타고 교차로를 지나면서 간타는 잔혹한 시간의 흐름을 느꼈다.

그 무렵 자신들은 가난하고 이름 없는 청년에 불과했다. 지금도 외모는 여전히 젊지만 마음은 노인처럼 완전히 지쳐 버렸다. 엄청난 부와 성공, 그리고 명성은 시간을 수십 배나 빨리 흐르게 했다. 간타는 히메나 습격 사건과 밤에 제대로 자지 못한 탓에 몸 안에 뜨거운 진흙이라도 찬 듯 녹초가 되어 있었다.

일인용 가죽 의자에 앉은 요지를 보았다. 로켓파크의 악명 높은 대표는 간타와 똑같이 혹독한 하루를 보냈을 텐데 이상하리만치 기분이 좋아 보였다. 충혈된 눈을 반짝이며 말했다.

"하하하, 저 교차로 모퉁이에서 간타가 휴대용 게임기로 놀고 있었지. 난 그걸 보고 생각했어. 전용 게임기보다 훨씬 많고 누구나 갖고 있는 휴대폰에 게임을 넣으면 분명 굉장할 거라고. 아참, 그때 갑자기 비가 쏟아졌지?"

그때 요지는 셔츠와 청바지뿐 아니라, 스니커즈 안까지 흠뻑 젖어

물이 고였는데도 움직이지 않았다. 그날부터 두 사람의 기분 좋은
성공과 실패가 동시에 시작된 것이다.

"요지, 디지털 심포니는 어떡할 거야?"

요지는 쾌활하게 대답했다.

"음, 아직 잘 모르겠어. 하지만 우리나 그쪽이나 나쁘지 않게 하려
고 해."

"정말 그럴 수 있어?"

"모르겠어."

간타는 모른다고 하면서 콧노래를 흥얼거리는 요지가 의아했다.
그처럼 마음이 가벼운 것은 어쩌면 모두 내려놓았기 때문일 수도 있
다. 그런 요지가 몹시 걱정되어 말했다.

"요지, 제발 부탁이니까 터무니없는 짓은 하지 마."

경호원인 노조미가 말했다.

"목적지에 다 왔어. 내가 먼저 내려서 주변 안전을 확인할 테니 신
호를 보내면 내려라."

자신들은 장관도 아니고 대통령도 아니다. 그런데 이런 경호를 받
아야 하는 사실이 슬펐다. 로켓파크가 적대적 인수를 시작한 뒤 어
디서나 오염된 공기처럼 악의가 따라다녔다. 하지만 지금은 괜찮다.
간타는 지친 몸에 채찍을 가했다. 만약 누군가가 칼을 들고 요지를
습격한다 해도 자신이 있었다. 노조미 같은 힘은 없지만 언제든지
요지를 대신해 목숨을 던질 각오는 되어 있었으니까.

회의실은 첨단 지능형 빌딩의 가장 높은 층에 있었다. 타원형 탁자

건너편에는 디지털 심포니의 요시이 대표가 앉아 있고, 양측에 간부 사원이 세 명씩 인상 쓰며 앉아 있었다. 요지는 적지에 들어가서도 여전히 기분이 좋았다. 요시이가 먼저 입을 열었다.

"갑작스럽게 미팅을 요청하셔서 놀랐습니다."

"갑자기 일정을 변경해 달라고 해서 죄송합니다."

요지의 사과에 요시이 대표가 말을 받았다.

"아니, 괜찮습니다. 비서 분 상태는 어떻습니까?"

"응급 수술은 무사히 끝났습니다. 생명에 지장은 없답니다."

이러한 외부 회합에서 간타는 거의 입을 열지 않았다. 간타는 낯을 가리기도 했지만 상대방의 감정을 읽지 못해 엉뚱한 이야기로 대화의 흐름을 방해하는 일이 많았다.

"다행입니다."

요시이가 가만히 요지의 눈을 들여다보며 묻는다.

"그건 그렇고 꼭 하셔야겠다는 말씀이 뭡니까?"

요지는 미소 띤 얼굴로 가볍게 대답했다.

"이제 휴전하고 싶습니다. 아리아케 카드에 겨누던 창을 거두려고 합니다."

3미터는 되는 타원형 탁자 너머에서 임원들이 서로 귓속말을 하며 수런거렸다. 요시이가 목소리를 조금 높여서 말했다.

"조용히 해 주세요. 요지 사장님, 휴전이라는 게 무슨 의미입니까?"

요지는 꿈이라도 꾸듯이 여전히 웃고 있다.

"이번 적대적 인수로 서로 깊은 상처를 입었습니다. 저희가 40퍼센트 좀 넘게, 디지털 심포니와 아리아케 카드가 마찬가지로 40퍼센트 좀 넘는 주식을 가지고, 이러지도 저러지도 못하고 있습니다. 간타, 어제 아리아케 카드의 종가가 얼마였지?"

숫자만큼은 강한 간타가 주저 없이 대답했다.

"11,200엔. 전날 대비 3백 엔 상승."

"인수를 시작했을 때는 얼마였지?"

"6,720엔."

요지는 웃으며 물었다.

"이번 인수 건으로 주가가 거의 두 배 정도 올랐지?"

간타는 기계처럼 대답했다.

"167퍼센트 상승."

요시이는 무슨 상황인지 모르겠다는 얼굴로 요지와 간타를 바라보고 있다. 하긴 게임 사업 같은 첨단 IT 업계에서도 이 두 사람 같은 경영자와 임원은 특이한 경우에 속할 것이다.

"지금 우리가 가진 아리아케 카드 주식은 전부 얼마지?"

간타는 즉시 대답했다.

"약 650만 주. 시가 총액은 728억 엔."

요지는 탁자 위로 놓인 손에 깍지를 끼더니 요시이의 눈을 들여다보았다. 잠시 뒤 입을 열었다.

"그래서 말인데, 요시이 대표님. 저희가 가진 주식의 절반을 되사지 않겠습니까?"

요시이 대표는 갑작스러운 제안에 할 말을 잃은 모습이다.

"……그건 대체…… 어떤 의미가 있는 겁니까?"

요지가 대답했다.

"더 이상의 싸움은 서로 아무런 이득이 없습니다. 저희 회사는 연이은 사건으로 직원들 사기가 떨어졌습니다. 회사 평판에도 금이 갔고요. 이제 그만 화해하고 싶습니다. 저희는 아리아케 카드 인수를 단념했습니다."

간타는 요지의 마지막 한마디에 놀라서 귀를 의심했다. 하늘과 땅이 뒤집어질 일이었다. 탁자 맞은편의 디지털 심포니 간부들도 흥분해서 서로 속닥이고 있었다. 이윽고 요시이가 입을 열었다.

"요지 사장님, 진심입니까?"

요지는 옆에 앉은 간타를 쳐다보더니, 고개를 끄떡이며 대답했다.

"진심입니다. 어제 밤새 생각했습니다. 모두에게 분명 이익이 되는 형태로 적대적 인수에 종지부를 찍고 싶습니다. 저희 제안은 보유 주식의 약 절반에 해당하는 20퍼센트를 아리아케 카드와 디지털 심포니가 사 주셨으면 하는 겁니다. 그리고 약 20퍼센트가 좀 넘는 나머지는 이대로 보유해서 귀사와 자본 관계를 유지하고 싶습니다. 휴대폰 게임 개발에 디지털 심포니의 힘을 빌리고 싶습니다. 앞으로 휴대폰 게임도 계속 발전하겠죠. 그때 귀사의 기술력이 분명 개발에 도움이 될 겁니다."

요시이는 좀처럼 믿기 어려운 모양이었다. 혹시 요지에게 다른 꿍꿍이가 있는 건 아닌지 필사적으로 알아내려고 했다. 로켓파크가 이번 적대적 인수에서 항상 한발 앞서며 우세했기 때문에 자꾸만 의심이 드는 것은 어쩔 수 없는 일이었다.

사 모은 대량의 주식을 시장 가격에 몇 퍼센트 얹어서 기업이 되사게 하는 전형적인 그린메일러의 수법을 생각할 수도 있다. 적대적 인수가 막을 내리는데도 다양한 방법이 있다. 대부분 기업의 사회적 의의나 경영 강화 등 훌륭한 논리를 내세우다가도 결국 자본 논리로 정리되었다. 투자한 금액보다 더 벌 수 있느냐? 다시 말해 손해냐, 이득이냐? 시장도 마지막에는 정직해진다.

만약 요지가 시장 가격의 두 배로 사라고 하면 엄연한 그린메일러가 된다. 협박보다는 그나마 낫지만 시장에 서식하는 다른 하이에나들과 다를 게 없다. 요시이 대표가 재무 담당 임원과 무언가 귓속말을 하더니, 정면으로 자세를 고쳐 앉으며 말을 한다.

"당장 대답을 드리기는 어렵습니다만, 참고로 되살 주가를 알려 주시겠습니까? 아, 정확히는 아니고 대략이면 됩니다."

과연 움직이는 자금이 거액이기에 요시이도 신중해 보인다. 빙긋 웃으며 대답하는 요지는 마음을 비운 듯하다. 간타는 바짝 긴장했다. 요지는 정말 굉장한 녀석이다. 역시 자신의 일생을 걸 만했다.

"저희 제안은 시장 가격의……."

요지가 장난기 있게 회의실의 요시이와 디지털 심포니의 다른 간부들, 창밖의 고층 건물, 그리고 간타를 차례로 둘러보았다. 간타는 요지의 여유로운 모습이 자랑스러웠다.

"시장 가격의 마이너스 10퍼센트입니다."

숱 적은 머리에 노안으로 보이는 재무 담당이 오른손을 들었다.

"잠깐만요. 다시 한 번 확인합니다. 방금 뭐라고 하셨습니까? 마이너스라고 들렸습니다만."

일반적인 그린메일러라면 가격을 덧붙인다. 단기간에 최대의 이익을 올려서 팔고 도망가는 것이 전형적인 수법이다. 요지는 다시 한

번 말했다.

"네, 마이너스 10퍼센트. 시장 가격의 90퍼센트로 되사셨으면 합니다."

그 가격으로 인수를 한다면 나중에 시장에 팔기만 해도 확실히 이익을 기대할 수 있다. 요시이가 당황하여 말했다.

"하지만 요지 사장님, 그러면 저희가 아니라 시장에 파는 게 이익이 더 커질 텐데요. 왜 저희에게 가격을 낮춰 파시려는 겁니까?"

"간타, 우리의 평균 매수가가 얼마지?"

"7,840엔."

"어제 종가의 90프로는?"

"10,080엔."

요지는 빙긋 웃으며 말했다.

"저희는 충분히 이익을 얻었습니다. 시장 가격에서 10퍼센트를 뺀 건 약소하지만 아리아케 카드와 디지털 심포니를 어수선하게 해드린 것에 대한 사과의 뜻입니다. 아무튼 저희는 이번 인수를 끝내려고 합니다. 더는 누군가 다치는 걸 원치 않거든요. 이 제안은 나중에 정식으로 문서로 작성해서 보내드릴 테니 천천히 생각해 주십시오."

그리고 요지는 갑자기 굳은 표정을 지으며 말을 이었다.

"다만 저희 재무 상태가 악화되어 갑자기 현금이 필요해졌다는 식으로 이상한 억측은 하지 마십시오. 로켓파크의 실적은 호조세고 재무에 아무런 문제도 없습니다. 괜히 더 유리한 조건으로 교섭하려고 욕심내시다가 이 기회를 놓치지 않으셨으면 합니다. 그럼 이만 가보겠습니다. 가자, 간타."

요지가 일어나서 문을 향하자, 간타는 강아지처럼 따라갔다. 문을 열려는데 요시이가 다가왔다.

"잠시만요."

요시이가 손을 내밀었다. 요지는 그 손을 내려다보고 오른손을 내밀었다. 둘이 굳게 악수를 나눈다. 요시이가 마음이 동요된 모습으로 말했다.

"아무래도 제가 요지 사장님을 오해했던 거 같습니다. 이번 제안에 감사드립니다."

"아니요, 저희야말로 앞으로 잘 부탁드립니다."

'이제 온 일본을 떠들썩하게 했던 적대적 인수가 끝나는 걸까?' 간타는 기뻐서 어쩔 줄 몰랐다. 이 싸움이 끝나면 이제 로켓파크의 직원이 습격당하는 일도 없어지고 사내의 동요도 진정될 것이다. 오른쪽 복도엔 반투명 유리로 된 창이 길게 이어졌다. 수많은 젊은이들이 한 손에 휴대폰을 들고 시부야 거리를 걸어가고 있었다. 간타는 불과 몇 년 전 자신의 모습을 발견한 것 같아서 가슴이 죄어 왔다. 요지와 간타는 아주 멀리까지 왔다.

"요지, 이걸로 끝인 거지? 이제 텔레비전에 나가서 디지털 심포니 사람들과 안 싸워도 되는 거지?"

요지의 얼굴빛이 바뀌었다. 조금 전 회의실에서 본 여유로움과는 정반대의 표정이다.

"아직 절반밖에 안 끝났어. 요시이 대표는 우리 조건에 기꺼이 응했지만 그게 다가 아니야. 여기서는 곤란하니까 차 안에서 이야기하자."

간타는 요지가 무슨 생각을 하는지 전혀 짐작 가지 않았다. 하지만 늘 있는 일이었다. 요지가 하는 일은 틀림없으니 괜히 걱정하여 시간 낭비할 필요 없었다. 모두 요지에게 맡기는 편이 나았다. 간타는 잠자코 유리로 된 기다란 고가 보도를 따라 엘리베이터를 타러 갔다.

차에 올라타자 노조미가 두 사람의 모습을 보며 말했다.

"미팅은 잘된 거 같은데."

간타는 엄지손가락을 치켜세우며 소리쳤다.

"화해가 성립되었다고 해야 하나. 디지털 심포니와 이야기가 마무리될 거 같아."

노조미는 주의 깊게 주변을 경계했지만 경비원이 지키는 전용 지하 주차장은 아무 문제 없어 보였다.

"화해 성립이라, 거, 괜찮네. 하지만 이야기가 마무리될 때에 오히려 어긋나는 법이다. 긴장은 늦추지 않는 게 좋아."

노조미 말에 요지가 말했다.

"그렇지. 더구나 이번에는 우세하던 승부를 도중에 놔 버리는 거야. 이해관계로 얽힌 사람들이 받아들여 줄지가 문제야."

간타는 이해관계에 얽힌 사람들이라는 차가운 표현에 등줄기가 오싹해졌다. 요지가 물었다.

"간타, 우리 보유 주식의 절반을 시가의 90퍼센트로 디지털 심포니에 팔면 얼마가 되지?"

간타에게는 계산할 필요도 없는 뻔한 숫자였다.

"대략 330억 엔."

차가 지상으로 나갔다. 요지가 주머니 안쪽에서 휴대폰을 꺼냈다. 한 대는 개인용이지만 다른 한 대는 다메나가 대표가 긴급하게 연락할 때 사용하라며 준 대포폰이다. 요지가 두 손으로 휴대폰 플립을 탁, 탁 열었다 닫았다 하면서 물었다.

"그 숫자와 비슷한 거, 뭐 생각나는 거 없어?"

간타는 다메나가의 커다란 눈을 떠올렸다. 진지하게 이야기할수록 눈이 커져서 눈이 튀어나올 것 같은 펀드 회사 대표, 도쿄대학 경제학부를 수석으로 졸업하고 구 대장성 취직을 걷어찬 다음 미국 투자은행에서 능력을 발휘했다는 작은 체구의 남자였다.

"음, 브라이트 홍산의 돈?"

입에 담기만 해도 온몸이 떨렸다. 그 돈의 비밀만은 절대 밖으로 새어 나가면 안 된다. 외부에 밝히지 못하는 암흑세계의 자금이었다. 브라이트 홍산이 로켓파크에 억지로 떠넘긴 자금은 총 3백억 엔이다.

보유 주식의 절반을 매각하면 디지털 심포니에서 들어오는 돈은 330억 엔이다.

플러스 30억 엔.

그렇구나. 간타는 알아차렸다.

"돈을 돌려주고 브라이트 홍산과 관계를 끊자는 거구나."

요지는 창백한 얼굴로 고개를 끄떡였다. 이번 인수 소동이 시작된 건 아직 두어 달밖에 지나지 않았다. 빌린 자금에다가 거의 10퍼센트가 되는 이익을 얹어서 돌려주면 아무리 브라이트 홍산이라도 다른 소리는 안 할 것이다. 아무리 성적 좋은 외국의 펀드라도 두 달에 10퍼센트의 캐피털 게인(투자한 원자본의 가격 상승으로 발생한 이익)을 기록하는 일은 없었다. 요지가 창밖을 바라보면서 우울하게 말했다.

"상식적으로는 그걸로 충분해. 하지만 암흑세계 사람들에게 그런 논리가 통할지, 그게 너무 불안해. 왠지, 배로 내놓으라고 위협할까 봐."

노조미가 뒤쪽 차량을 확인하면서 물었다.

"지금의 공개 매수가 성공하면 배가 될 가능성은 있냐?"

요지가 팔짱을 끼고 대답했다.

"음, 이 인수 건이 어떻게 끝날지 아무도 모르니까 뭐라고 못하겠어. 우리가 완전히 승리하고 사업도 잘 되면 2년쯤 지나 두 배가 될 가능성이 있긴 해."

노조미가 툭 내뱉었다.

"자금을 2년 동안 묵혀 두는 것보다 두 달에 10퍼센트를 취하는 쪽을 선택할 거다. 녀석들도 그만한 자금을 투자하면 주머니가 허전해지지. 편하게 거저 돈 벌었다고 손뼉 치며 좋아하지 않겠냐?"

간타는 손뼉을 탁 치더니 소리쳤다. 그리고 시트 위에 앉은 채 방방 뛰었다.

"정말?"

노조미가 쓴웃음을 지으며 대답했다.

"정말이다. 간타, 넌 정말 별난 녀석이야."

요지가 험악한 얼굴로 팔짱을 낀 채, 창밖으로 스치는 아오야마 거리를 가만히 바라보고 있었다.

"지금 단번에 결판을 내자. 다메나가 대표한테 전화할게."

요지는 검은 휴대폰을 열어 천천히 번호를 눌렀다. 간타도 요지 옆으로 자리를 옮겨 휴대폰 반대편에서 귀를 기울였다. 통화가 연결되고 많은 사람들이 웅성거리는 소리가 들렸다. 다메나가는 도대체 어디에 있는 걸까?

"아아, 요지 사장님?"

전화 받는 목소리가 왠지 조급했다. 요지는 숨을 들이쉬고 말했다.

"지금, 통화 괜찮으십니까?"

"괜찮습니다. 서로 참 곤란해졌습니다."

뭐가 곤란하다는 건지, 간타는 다메나가의 말이 이해되지 않았다. 그때 휴대폰을 통해 안내 방송이 흘러나왔다. "JAL 263편, 싱가포르행, 이륙 시간이 다 되었습니다……."

"대표님, 지금 공항이십니까?"

"뭐, 그렇다고 볼 수 있죠."

요지는 즉시 물었다.

"출국하시는 겁니까?"

다메나가가 모호하게 대답했다. 간타는 뭔가 알리고 싶지 않은 것이 있다고 직감했다. 다메나가는 적어도 로켓파크 쪽 사람이었다. '뭘 숨겨야 하는 걸까?' 간타의 마음에 노란색 경고등이 켜졌다.

"아무럼 어떻습니까? 그보다 하실 말씀이라는 게?"

차는 아오야마 거리를 순조롭게 빠져나갔다. 간타는 이 전화로 얘기가 잘 되면 이제 모든 문제가 해결된다는 생각에 들떴다. 분명 언론들도 화해를 한 로켓파크와 디지털 심포니를 호의적으로 보도하고, 오랫동안 이어진 수난의 시간도 막을 내린다. 온 나라로부터 악역 취급을 받는 분위기도 이걸로 끝이다. 얼씨구나 앗싸!

요지는 단숨에 말했다.

"로켓파크는 아리아케 카드의 적대적 인수에서 손을 떼겠습니다. 현재 저희 보유 주식의 절반을 시가의 90퍼센트로 디지털 심포니와 아리아케 카드가 연합해서 되사게 할 생각합니다. 어제 종가로 볼 때 330억 엔, 브라이트 흥산에 그 전액을 돌려 드리겠습니다. 두 달 만에 그 정도 이익이면 다메나가 대표님도 그렇고, 그 사람들도 납득해 주겠죠?"

다메나가가 기다랗게 한숨을 쉬었다.

"……나쁘지 않는 얘기군요."

요지가 검은 가죽 시트에서 몸을 앞으로 내밀었다.

"다메나가 대표님께서 그 사람들을 설득해 주시겠습니까? 저흰 디지털 심포니와 더 이상 싸우지 못합니다. 회사도 습격을 받고 있고 오랜 멤버 가운데 중상자도 나왔습니다. 공개 매수를 계속하는 건 불가능합니다."

잠시 침묵이 흐르고 다메나가 대표가 천천히 말했다.

"그 제안이 일주일만 빨랐다면 좋았을 텐데, 참으로 유감이군요."

간타는 다메나가가 뭔가 숨긴다는 생각이 들었다. 양심 따위는 눈곱만치도 없는 듯한 남자지만 목소리가 애절하게 울린다. 요지도 무언가를 느낀 모양이다. 웬일로 냉정함을 잃고 비명에 가까운 소리를 질렀다.

"무슨 뜻이죠?"

"이미 타임아웃이라는 의미입니다."

시간이 끝났다. 역시 무슨 말인지 모르겠다. 간타는 온몸에서 땀을 흘리고 있었다. 요지와 간타가 모르는 곳에서 아주 좋지 않은 일이 일어나려고 한다.

"저한테는 검찰이나 재무성에도 친구들이 있습니다. 그쪽에서 비공식적으로 정보가 들어왔어요. 오늘, 내일 중에 로켓파크를 강제 수사할 모양입니다."

간타의 땀이 이번에는 얼음처럼 차가워졌다. 강제 수사. 요지가 외치는 소리가 아득하게 들린다.

"혐의는 뭡니까?"

다메나가 대표는 막힘없이 대답했다.

"금융상품거래법 위반, 억지로 끼워 맞춘 모양입니다. 그 법률에는 '부정한 방법, 계획 또는 기교'를 처벌하는 포괄적인 규정이 있어요. 그걸 확대 해석해서 한 번에 로켓파크의 적대적 공개 매수에 메스를 대려는 계획 같아요."

요지의 손이 부들부들 떨렸다. 간타는 흔들리는 휴대폰에 자신의 손을 가져다 댔다.

"……그렇군요."

"저는 잠시 일본을 떠나 있을 겁니다."

간타의 머릿속에 해외 도피라는 말이 스쳐 지나갔다. '그것은 2시간짜리 첩보 드라마에서 나오던 게 아니었나?' 다메나가가 한층 초조해진 목소리로 말했다.

"요지 사장님께 부탁이 하나 있습니다. 그 자금의 출처를 어떻게든 숨겨 주시겠습니까? 저희 모두의 목숨이 걸려 있어요. 만약 그 자금이 검은돈이라며 당국에 몰수라도 되는 날이면……."

암흑세계의 자금 3백억 엔을 통째로 잃는다는 것은 상상도 하고 싶지 않았다. 그런 일이 벌어지면 관계자들이 모두 갈기갈기 찢겨도 전혀 이상할 게 없었다. 도쿄만에 떠오르느냐, 안 떠오르느냐가 문제가 아니다. 시신을 찾기만 해도 행운이다.

"알았습니다. 어떻게든 노력해 보죠."

요지의 대답에 다메나가가 떨리는 목소리로 말했다.

"저도 가족이 있습니다. 아직 죽고 싶지 않고 죽으려고 해도 차마 죽지 못해요. 부디 검찰 수사를 견뎌서 어떻게든 자금의 출처를 숨겨 주십시오. 조금 전의 자금 반환 건은 제가 돌아와서 진행하겠습니다."

"알았습니다. 다메나가 대표님, 건강 유의하십시오."

"요지 사장님도 상황이 안 좋지만 어떻게든 버티십시오."

통화는 끊겼다. 차가 미나미아오야마 힐스에 거의 도착했다. 회전등을 얹은 왜건이 여러 대 서 있었다. 마치 다메나가와의 통화가 끝나기를 기다리고 있던 양 요지의 다른 휴대폰이 울렸다. 요지는 전화를 받으면서 말했다.

"멈추지 말고 이대로 지나가 주세요. 도대체 어떻게 해야 하나."

간타는 무서워 견딜 수 없었다. 그래도 마침내 자신이 목숨 걸고 요지를 지킬 차례가 된 것을 확신했다. 간타는 땀범벅이 되어 소리쳤다.

"레지던스 동 뒤로 가서 세워 주세요. 요지, 검찰 사람들이 뭘 물어도 모른다고 해. 재무는 모두 도이 간타가 담당했습니다. 자금 출처, 다메나가 펀드와 브라이트 흥산에 관해서도 저는 전혀 모릅니다. 그렇게만 말하면 돼. 절대로 그 자금은 입도 벙긋하면 안 돼. 말하면 모두 죽으니까."

차는 레지던스 동 출입구에 멈췄다. 간타는 요지를 가만히 바라보았다. 이제 다시는 이 어릴 적 친구를 보지 못한다. 간타는 마침내 엄마가 돌아가시면서 했던 마지막 약속을 지킬 날이 왔다고 생각했다. 엄마는 그날 초라한 병원 침대에서 간타만 불러 놓고 말했다.

"간타, 요지와 평생 사이좋게 지내야 한다. 만약 요지한테 무슨 일이 생기면 목숨 걸고 요지를 지키려무나. 그게 네 인생에서 가장 중요한 일이니까."

초등학생이던 간타는 엄마의 유언에 그야말로 죽을힘을 다해 고개를 끄떡였다.

그 약속을 지킬 날이 정말로 왔다. 엄마의 마지막 말은 요지에게 말하지 않았다. 간타는 그리운 친구, 어릴 때부터 형제처럼 자란 친구를 가만히 바라보았다. 자연스레 온 얼굴에 미소가 흘러나왔다. 이제 됐다. 내 목숨을 요지에게 바친다. 그렇게 해서 요지를 지킨다.

"간타, 어쩌려고 그래?"

간타는 웃기만 하고 대답하지 않았다. 슬라이드 문을 열고 불안해하는 요지 얼굴을 가슴에 새긴 채 차에서 내렸다. 신발 소리를 높이 울리며 디지털 도어 입구를 통과했다. 자신의 방에 올라가서 옷가지와 도주에 필요한 물품 몇 가지를 챙겨야 한다. 모든 비밀을 가슴에 품고 도피한다. 눈물이 날 정도로 무서우면서 행복했다. 평범하지 않은 자신의 인생이 소중한 친구에게 도움이 되는 날이 온 것이다.

'아무에게도 비밀을 털어놓지 않고 혼자 멋지게 생을 마감하자.'

간타는 미소 짓는 얼굴로 고속 엘리베이터가 내려오기를 기다렸다.

19

간타는 배낭 하나를 짊어지고 지하철역으로 향했다.

해 지기 전 넓디넓은 아오야마 거리는 보도블록과 은행나무 가로수, 유리 건물들 모두가 오렌지 주스에 잠긴 듯했다. 간타는 분명 자신의 얼굴도 새빨갈 거라고 생각했다.

죽는 것은 무서웠다.

죽는다는 생각에 너무 무서워서 다리에 힘이 풀리고, 길바닥도 스펀지로 만든 듯 다리가 쑥쑥 빠지는 느낌이었다.

하지만 요지의 목숨을 지킬 수 있다.

그러면 되는 거 아닐까?

무서우면 어때?

죽어도 되지 않을까?

자신에게 남겨진 마지막 사명을 훌륭하게 완수한다.

아무도 자신을 모르는 곳에서 혼자 조용히 눈을 감는다.

석양이 지는 보도를 걸어가는 간타의 기분은 상쾌했다. 태어난 지 이십 몇 년 만에 자신만이 할 수 있는 일을 마침내 하고, 엄마의 유언을 확실하게 지킬 수 있게 됐다. 그리고 그 사명이 간타보다 훨씬 가치 있는, 오랜 친구 요지를 지키는 일이라는 사실이 가장 기뻤다.

명랑 만화 주제가라도 흥얼거리고 싶어졌다.

간타는 지하철역 근처에 있는 은행으로 들어갔다. 긴장하며 현금 인출기 코너 주변을 살펴보았다. 설마 검찰이나 경찰이 여기까지 잠복해 있지는 않을 것이다. 도주와 자살을 위해 돈을 찾는 간타는 이제 쫓기는 몸이었다.

한 줄로 늘어선 현금 인출기 가운데 하나를 골라 정면에 있는 거울을 보았다. 뒤에 아무도 없는지 확인했다. 나일론 지갑을 열고 현금 카드를 빼냈다. 그런데 뭔가 불편한 마음이 들었다. 아, 조금 전에 떠올렸던 자살이라는 단어가 걸렸던 것이다. 자신은 자살하는 것이 아니다. 친구 요지의 목숨과 로켓파크를 지키기 위해서 혼자 싸우다 죽는 것이다. 전투 중에 사망하는 것이지 절대 자살이 아니다. 다른 좋은 말이 없을까? 전사, 희생, 그리고 헌신, 여러 단어가 떠올랐다가 사라졌다.

터치 패널 화면에서 '인출'을 누르고 현금 카드를 집어넣었다. 현금 인출기가 순조롭게 카드를 삼키자 비밀번호를 눌렀다. 은행에서 비밀번호로 자신의 생일은 안 된다고 했기 때문에 요지의 생일을 비밀번호로 정했다. 자신의 생일은 잊어도 요지의 생일을 잊는 일은 절대 없었다.

금액은 50만 엔이었다. 이 정도면 충분할 것이다.

간타는 은행에서 돈을 찾으면 언제, 어디서 현금 카드를 사용했는지 기록이 남는다는 내용을 텔레비전에서 본 적이 있었다. 이제 멀리 떠나면 도망지에서 더 이상 카드는 쓸 수 없다.

인출기가 뱉어 낸 지폐 50장을 절반으로 접어서 청바지 뒷주머니

에 쑤셔 넣었다. 터치 패널 속에서 여성 은행원이 고개를 숙인다. 이
용해 주셔서 감사합니다, 라는 글자가 나왔다. 간타는 화면을 향해
빙긋 웃었다.

"저야말로, 고맙습니다. 안녕히 계세요."

밖으로 나온 간타는 현금 카드를 반으로 접어서 옆에 놓인 휴지통
에 휙 던졌다.

'자, 이제 어디로 갈까?'

앞으로 며칠, 아니면 몇 시간이면 세상과 작별한다고 결심하자, 세
상이 유난히 아름다워 보였다. 눈에 익은 모든 것들이 사랑스러웠다.
길가 화분에 심어 놓은 진달래가 이토록 아름다워 보인 적은 없었
다. 하얀 진달래가 푸른 잎 속에서 반짝였다. 보도에 깔린 노란색 타
일도 근사했다. 날아가는 작은 새처럼 보이는 무늬가 한없이 이어져
멋진 보도가 되었다. 어떤 디자이너가 걸어 다닐 사람들을 즐겁게
해 주려고 지혜와 감각을 발휘했을 것이다.

간타는 지하철 계단을 내려가다가 계단 폭과 높이가 아주 편해서
울음이 터질 뻔했다. 이처럼 가뿐하게 뛰어 내려갈 수 있는 것은 모
두 사전에 꼼꼼하게 계산됐기 때문이다. 이 세상에는 다른 사람을
생각하고 배려해 주는 것들로 가득 찼다는 생각이 새삼 들었다.

지하 통로에 걸린 포스터는 로켓파크의 새 휴대폰 게임 홍보물이
었다. 우주를 배경으로 한 액정 화면에 남녀 아이돌들이 화면 속으
로 다이빙하는 컴퓨터 그래픽 사진이었다. 거기에는 간타가 좋아하
는 광고 문안이 적혀 있었다.

미래에 뛰어들어라!
휴대폰 게임의 미래, 로켓파크.

로켓파크는 요지와 간타의 미래이며 전부였다. 하지만 우주 공간처럼 차갑고 어두운 암흑 속으로 뛰어드는 자신에게 이제 미래는 없다. 간타는 몸을 웅크리고 개찰구를 빠져나가 무작정 지하철에 올라탔다.

요지를 위해서 죽기로 결심했지만 간타는 죽음의 이미지도 없었고 죽고 싶은 장소도 없었다. 저녁 무렵 지하철에 올라타서 손잡이를 잡고 멍하게 안을 둘러보았다. 붐비지는 않았지만 학생들이 많은 시간대로 절반은 장난치고 나머지는 휴대폰을 들여다보고 있었다. 통계로 볼 때 휴대폰 게임 가운데 적어도 절반은 로켓파크의 무료 게임일 것이다. 그러면 고등학생의 6.25퍼센트가 요지와 간타가 만든 로켓파크 게임으로 놀고 있다는 것이 된다. 간타는 6퍼센트가 조금 넘는 전국 고등학생 숫자를 계산해 보고 만족했다.

자신은 이제 죽지만 지하철 계단과 보도블록처럼 누군가를 즐겁게 해 주었다는 사실에 왠지 마음이 아주 따뜻해졌다. 간타는 머리 위쪽에 붙은 지하철 노선표를 보았다. 지금 탄 노선은 이대로 가면 시부야 역에 도착한다. 조금 전에 요지가 다메나가와 통화한 내용을 떠올렸다. 체구가 작은 왕눈이 다메나가는 공항에 있었다.

'해외 도피……'

간타는 천천히 우회전하는 지하철 안에서 깜짝 놀랐다. 이대로 시부야로 가는 것은 위험했다. 시부야에는 이번 적대적 인수의 목표였던 디지털 심포니가 있었다. 그쪽에도 어떻게든 수사의 손길이 뻗칠 것이다. 간타는 요지한테서도, 로켓파크에서도, 디지털 심포니와 아리아케 카드, 어두운 색 정장을 입은 검사와 라이플총처럼 카메라를 든 언론에게서도 최대한 멀리 도망쳐야 했다.

가난하게 살다가 일찍 어머니를 여읜 간타는 여행을 다닌 적이 거의 없었다. 초중학교 시절, 숲 속의 여름학교나 수학여행이 고작이었다. 그동안 혼자 여행을 떠난 적도 없었다. 몹시 불안하지만 어디론가 멀리 가야 한다. 청바지 뒷주머니에 손을 넣자, 눅눅해진 50만 엔 현금 다발이 둥글게 만져졌다. 이 정도면 분명 멀리 갈 수 있을 것이다.

'어디가 좋을까……? 혼자 가는 첫 여행지이면서 내 마지막 장소가 되겠지.'

간타는 눈을 감고 선로의 이음매를 지나가는 지하철의 리드미컬한 소리를 들었다. 누군가와 약속을 한 적이 있는 것 같았다. 곧 시부야에 도착한다는 안내 방송이 나왔다. '누구와 약속을 했었지?' 간타는 그때 병원 시트보다 더 새하얗던 히메나 얼굴이 떠올랐다.

'그래, 오키나와다.'

히메나가 언젠가 셋이서 가자고 했던 남쪽 섬이다. 미니미지마 3단지에 있던 로켓 미끄럼틀이 생각났다. 소꿉친구였던 히메나, 요지와 함께했던 추억이 서려 있고, 로켓파크라는 이름을 짓게 된 그리운 곳이다. 이제 셋이 함께 가지는 못하지만 히메나 말대로 해야겠다고 생각했다.

오키나와로 가서 히메나와 했던 약속을 지키고, 목숨을 끊어 엄마와 했던 약속을 완수한다. 결국 간타는 자신의 인생이 두 여성과 했던 약속으로 끝을 맺는다고 생각했다. 처음부터 끝까지 모든 시간을 놓고 생각해 보니 인생이 별것 아니라는 사실이 신기했다.

간타는 운명적으로 만난 요지와 함께 지냈고, 약간의 성공을 거두고, 요지를 위해서 죽는다. 모두 요지를 위해서. 한 줄로 정리될 정도로 단순한 삶이었다.

간타는 시부야 역에서 내려 혼잡한 지하 통로를 빠져나가 시부야 고속철도로 향했다.

마지막 목적지를 결정했으니 이제 탈 것을 차례로 갈아타면 된다.

간타는 어릴 때부터 탈 것을 아주 좋아했다.

평일 저녁이었기 때문에 오키나와 행 비행기는 빈자리가 남아 있었다. 간타는 하네다 공항에 도착한 뒤 수하물 검사를 마치고 탑승 게이트 근처 벤치에 앉아 있었다. 청바지에 긴소매 셔츠로 가벼운 차림이었다. 6월의 오키나와 날씨가 어떤지, 아는 게 아무것도 없었다.

활주로 쪽으로 향한 벤치 앞에 일정한 간격으로 대형 텔레비전이 걸려 있었다. 여섯 시 뉴스가 시작되자, 남성 아나운서가 인사를 하고 첫 번째 소식을 전했다.

"돈으로 못 살 것이 없다던 젊은 IT 사장 회사에 마침내 강제 수사가 이뤄졌습니다."

간타는 심장이 얼음 바늘에 찔린 것 같았다. 온몸이 굳어 꼼짝할 수 없었다. 하는 수 없이 시선만 돌려 뉴스를 보았다. 화면은 아나운 서에서 자료 화면으로 바뀌었다. 로켓파크가 있는 미나미아오야마 힐즈에 검은 정장을 입은 남자들이 줄줄이 들어갔다.

"오늘 오후 3시, 도쿄 지검 특수부는 도쿄 아오야마의 휴대폰 게임 업체, 로켓파크에 강제 수사를 단행했습니다. 혐의는 금융상품거래 법 위반으로, 로켓파크 주식회사는 일본 최대 게임 제작 회사 디지 털 심포니를 손에 넣기 위해 모회사인 아리아케 카드를 적대적으로 인수하던 중이었습니다."

몇 초 뒤, 똑같은 정장 차림의 남자들이 이번에는 상자를 들고 자 동문을 빠져나오는 장면이 나왔다. 주변은 어둑해지고 수많은 플래 시를 받으면서 밖에 열어 놓은 차에 상자를 쌓았다.

간타는 혹시 요지가 나오지 않을까 싶어서 열심히 뉴스를 쳐다보 았다. 기자가 사무실에서 나오는 로켓파크 직원에게 마이크를 들이 댔다.

"강제 수사가 시작되었는데, 회사 분위기는 어떻습니까?"

직원들은 모두 얼굴을 가리고 빠른 걸음으로 카메라에서 멀어졌 다. 요지는 등장하지 않았다. '이미 체포된 걸까?' 부정맥이라도 일어 난 듯 심장이 불규칙하게 움직였다. 간타는 가슴에 통증이 느껴졌다.

요시이 디지털 컴퍼니 대표가 지친 얼굴로 인터뷰를 하고 있었다.

"이번 검찰 움직임을 어떻게 생각하십니까?"

기자의 질문에 요시이는 번들거리는 피부에 삐뚤어진 넥타이를 한 채 대답했다.

"로켓파크는 아리아케 카드의 적대적 공개 매수를 풀고 일반적인 업무 제휴를 할 예정이었습니다. 때문에 강제 수사 소식에 놀랐습니다. 저희도 어떻게 된 일인지 최대한 알아보고 있습니다."

기껏 로켓파크가 사 모은 주식을 되팔게 되었는데 모두 물거품이 되어 버렸다. 간타는 분해서 견딜 수 없었다. 화면 가득 티셔츠 차림의 요지가 비쳤다. 간타의 가슴은 그리움으로 찢기려고 했다.

"요지……."

화면 속에는 생방송에서 나이 든 정치 평론가와 격론을 벌이는 요지, 새로운 게임 발표 이벤트에서 여성 아이돌과 나란히 선 요지, 히메나가 입원한 병원에 굳은 표정으로 들어가는 요지가 번갈아 나왔다. 마지막 화면에는 구석에 간타도 보였다. 달려가서 화면을 껴안고 싶은 충동이 들었다.

"오키나와 행 583편, 탑승을 시작합니다."

간타는 배낭을 한 손에 들고 화면으로 다가갔다.

"알바 인생으로 내몰리는 사회 구조에 불만을 품은 젊은 세대들에게 우상으로 통했던 젊은 IT 사업가에게 무슨 일이 일어난 걸까요? 싸움은 이제 시장에서 법정으로 옮겨질 듯합니다."

내레이션이 나오면서 적대적 인수를 발표한 기자 회견장이 보였다. 기다란 탁자 가장자리에는 간타도 앉아 있다. 요지가 뺨을 붉게 물들이며 말했다.

"로켓파크와 아리아케 카드, 그리고 디지털 심포니, 세 회사에 모두 윈윈이 되는 행복한 관계가 된다. 이것이 이번 인수의 목적입니다."

요지의 미소가 특수 효과로 점점 흐릿해졌다. 젖은 모래를 뿌리듯이 화면이 어두워지고 다음 뉴스로 바뀌었다. 여성 아나운서가 유난히 밝은 목소리로 말했다.

"장마를 쾌적하게 하는 아이디어 상품을 소개합니다."

간타는 텔레비전 화면에서 슬며시 손을 떼고 탑승 게이트에 줄을 섰다. 얼굴이 보이지 않게 고개를 숙인다.

'안녕 도쿄, 안녕 로켓파크, 안녕 요지.'

이곳에서 간타는 이제 못 다한 일은 없었다. 후회도 망설임도 없었다. 몇 분 뒤, 기우는 저녁 해를 쫓듯 비행기는 하늘을 날고 있었다. 간타는 마지막 남은 사명을 생각하기 시작했다.

20

해가 졌는데도 오키나와 나하 공항은 유난히 밝았다.

간타는 한 손에 배낭을 들고 비행기에서 쏟아져 나오는 사람들에게 떠밀리다시피 통로를 지나 에스컬레이터를 타고 도착 게이트를 빠져나왔다. 사람들은 대부분 곁눈질도 하지 않고 앞을 보며 곧장 걸어갔다. 모두 목적지가 있고 기다리는 사람도 있어 보였다.

하지만 간타는 목적지도 없고 기다리는 사람도 없었다.

죽을 장소를 찾아 오키나와까지 왔을 뿐이다. 공항 매점에는 난생처음 보는 선물과 과자를 팔고 있었다. 화려한 알로하셔츠가 남쪽 분위기를 물씬 풍겼다. 간타는 알록달록한 셔츠를 보면서 자신이 혼자라는 사실을 실감했다.

처음이자 마지막으로 혼자 하는 여행이다.

간타는 계획도 없이 무작정 여행을 하는 것이 무서웠지만 마지막까지 확실하게 사명을 완수하자고 다시금 결심했다. 가슴 펴고 씩씩하게 분수가 있는 회랑을 걸어갔다. 자동문을 통과하자 건조한 여름 바람이 간타의 몸을 부드럽게 감쌌다. 유월의 오키나와는 이미 한여름이었다. 눅눅한 도쿄를 탈출해서 이 땅에 오기를 정말 잘했다는 생각이 들었다. 시원한 밤바람에 기분이 좋아졌다. '마지막은 활짝 갠 날씨로 끝을 맺게 되었군.' 언제나 엉뚱하고 분위기를 잘 파악하지 못하는 자신에게 안성맞춤인 곳처럼 여겨졌다. 정말 탁월한 선택이었다. 난생처음 여행지를 선택해 본 간타는 아주 기뻤다.

공항 건물을 나오자 곧바로 땀이 배어 나왔다. 긴소매 셔츠는 날씨와 어울리지 않았다. 매점으로 돌아가 오렌지색 알로하셔츠를 사 가지고 화장실에서 갈아입으며 콧노래를 불렀다. 낡은 셔츠는 휴지통에 버리고 간타는 다시 공항을 빠져나갔다.

역시 목적지는 결정하지 못했다.

청바지 뒷주머니에 든 만 엔짜리 지폐를 만져 보았다. 이제 마지막이라 남길 필요도 없으니 실컷 사치를 부려 보자는 생각이 들었다. 로켓파크의 상장으로 손에 넣은 거액의 재산도 모두 허상이었다. 하지만 돈이란 것은 원래 허상이다. 금융 기관의 데이터 속에서 멋대로 늘었다가 줄었다가 하는 숫자일 뿐이다.

승객이 없는 조용한 택시 승강장에서 운전사에게 말했다.

"가장 번화한 곳으로 가 주세요."

나하에도 분명히 시부야나 신주쿠 같은 곳이 있을 테고, 그러한 곳이라면 적당히 몸을 숨길 데도 찾을 수 있을 것이다.

택시가 공항에서 벗어났다. 영화의 한 장면처럼 미군 기지가 보였다. 하얀 집들이 잔디 안에 장난감처럼 드문드문 서 있었다. 간타의 마음 절반은 이미 자신의 죽음과 마주하고 있었다. 눈에 보이는 모든 것들이 몹시 애절하고 아름다워 보였다. 창밖으로 스쳐가는 남쪽 지방의 밤경치에 눈물이 나오려고 했다. 간타는 눈을 감고 시트 깊

숙이 몸을 기댔다. 그렇게라도 하지 않으면 눈물이 멈추지 않을 것 같았기 때문이다.

'세상은 어쩌면 이렇게 완벽할까?'

택시는 고쿠사이 거리에 멈췄다.

이미 밤 아홉 시가 다 된 시간인데도 반소매 셔츠에 반바지 차림의 관광객들이 많이 다녔다. 눈이 아플 정도로 밝은 불빛이 거리 양쪽에 있는 선물 가게 앞을 비췄다. 흐르는 음악도 아주 시끄러운 것이 도쿄와 별반 다르지 않았다.

택시에서 내린 간타는 멍하게 하늘을 올려다보았다. 불빛으로 지상이 밝은 탓인지 맑은 밤하늘에 별은 거의 없었다. 갑자기 배가 심하게 고파왔다. 오늘 오후 도쿄 지검의 로켓파크 강제 수사가 시작된 뒤, 이리저리 쉴 새 없이 다니느라 식사할 정신도 없었다. 내내 외면당했던 텅 빈 위가 비명을 질렀다.

혼자 식사를 하기는 불안했다. 도쿄에서 간타가 가는 가게는 몇 군데로 정해져 있었다. 선천적으로 새로운 것이나 변화를 싫어해서 늘 같은 음식을 먹어도 물리지 않았다. 원래 소박하게 자란 탓에 사치스러운 음식에 대한 동경도 없었다. 패스트푸드든, 편의점 도시락이든 가리지 않았다. 간타에게 식사는 살아갈 에너지를 공급하기 위한 것일 뿐이다. 간타는 미식가는 아니었지만 당당하게 말할 수 있었다. 요지와 먹은 햄버거와 소고기 덮밥이 가장 맛있는 음식이었다고.

번화가에 웬 가스등이 흔들리고 있었다. 손님들을 끌려고 레스토랑에서 설치한 것이지만 간타는 인위적인 전기불이 아닌 왠지 생명

의 불 같아서 마음이 끌렸다. 휘청거리며 계단을 올라가 보니 스테
이크 하우스였다.

테이블에 앉아서 메뉴 가장 맨 위에 적힌 스테이크와 대하 코스를
주문했다. 창 너머에는 가스등이 바람에 너울거리며 춤을 추었다. 실
내는 통나무집 같은 구조였다. 간타는 음식을 기다리면서 휴대폰을
꺼냈다.

이 조그맣고 얇은 휴대폰이 간타의 생명줄이었다. 로켓파크의 성
장은 휴대폰 무료 게임이라는 비즈니스 모델을 처음 시작할 수 있었
기에 가능했다. 간타의 휴대폰은 요지와 똑같이 최신형이었다.

하네다 공항에서 비행기를 탈 때 전원은 꺼 두었다. 그때 휴대폰
위치 정보를 알리는 GPS 기능도 정지되었다. 도망치면서 어디에 있
는지 알릴 수는 없었다.

휴대폰이 켜지고 액정이 밝아지면 대기 화면으로 돌아왔다. 간타
의 대기 화면은 미나미지마 3단지의 공원에 있는 로켓 미끄럼틀이
다. 쉬는 날에 일부러 가서 찍어 온 사진이었다. 십여 미터 높이의 로
켓은 10층이 넘는 아파트들이 계곡처럼 늘어선 사이에 우뚝 버티고
있었다. 로켓에는 창이 많았다. 간타는 소라 모양으로 로켓을 감싼
미끄럼틀 위에 서서 그 창으로 벤치에 앉아 책을 읽는 요지를 바라
보았다. 혼자 놀아도 근처에 요지가 있으면 늘 안심이 되었다. 그 시
절로 돌아갈 수만 있다면 가진 돈을 전부 내놓아도 아깝지 않을 텐
데.

문자 메일 수신이 시작되었다. 요지에게서 네 통, 히메나에게서 두
통이 와 있었다. 간타는 소꿉친구들의 문자 메일을 읽고 싶었다. 하

지만 읽으면 요지와 로켓파크를 위해서 비밀을 안고 혼자 죽기로 한 결심이 흔들릴 것 같았다.

간타는 새로 온 문자 메일을 삭제했다. 그리고 살을 도려내는 심정으로 수신함에 있는 9백 통의 문자 메일과 발신함의 5백 통도 모두 삭제했다. 주소록을 열어서 로켓파크 관계자들은 모두 수신 거부로 설정했다. 다음에는 주소록의 전화번호와 메일 주소를 지웠다.

혼자 죽는다는 사실을 다시 떠올렸다. 모든 사람들과의 연결고리를 끊고 생을 마친다는 사실이 쓸쓸하면서 아주 흥분되었다. '영웅도 이런 느낌일까?'

더 이상 아무런 망설임도 없었다. 간타는 데이터 박스를 열어서 사진과 동영상, 다운로드한 이모티콘도 마구 지워 나갔다. 마치 자신의 인생 자체를 삭제하는 것 같아 가슴이 아프면서 동시에 아주 통쾌했다.

간타의 손에는 텅 빈 휴대폰만 남았다.

얇은 휴대폰은 왠지 더 가벼워진 느낌이다. 그런데 한 가지가 더 생각났다. 메모리 카드가 남아 있으면 메일과 사진, 주소록도 복원된다. 간타는 손톱 끝으로 휴대폰 옆의 작은 뚜껑을 열어서 마이크로 카드를 꺼냈다. 작은 칩을 입에 물고 송곳니에 끼워서 힘껏 씹었다. 플라스틱이 깨지는 소리가 나고 얇은 메모리 카드에 금이 갔다.

이제 됐다. 휴대폰에는 이제 아무런 증거도 남아 있지 않았다. 로켓파크와 연관된 자신과 요지에 대한 기록은 주소록 하나, 메일 하나 남아 있지 않았다.

텅 빈 휴대폰과 기껏 수십 시간밖에 남지 않은 간타의 남은 인생이 왠지 비슷한 느낌이 들었다. 간타는 테이블 위에 휴대폰을 툭 내던졌다.

스테이크와 대하 요리는 아주 만족스러웠다.

간타는 그동안 고급 레스토랑에 혼자 온 적이 없었다. 솔직히 맛은 잘 모르겠지만 고기는 부드러웠고 새우는 탄력이 있었다. 식사 뒤에 내온 커피에 설탕 두 숟갈을 넣고 천천히 마셨다. 현금으로 계산하고 스테이크 하우스를 나왔다. 가게 앞에 있는 불꽃 장식이 여전히 남쪽 지방의 바람에 흔들리고 있었다. 건조한 바람이 새로 산 알로하셔츠 안을 빠져나갔다.

간타는 번화가를 흔들흔들 걸어갔다. 얼마쯤 가자, 미군 부대에서 밀반출한 군용품을 파는 가게를 발견했다. 가게 앞에는 카키색 헬멧과 수통, 항공 재킷과 장갑이 놓여 있었다. 빨려 들어가듯이 안으로 들어갔다. 1970년대 투박한 자물쇠가 달린 유리 케이스 안을 들여다보는데 점원이 말을 걸었다.

"찾는 거라도 있으세요?"

고개를 들었다. 민소매 하나만 입은 남자가 팔짱을 끼고 무뚝뚝하게 이쪽을 쳐다보고 있었다. 그을린 팔뚝은 피규어처럼 굴곡이 깊었다. 자살할 도구를 찾는다는 말은 차마 입이 안 떨어졌다. 간타는 케이스 안에 있는 검은 나이프를 내려다보며 말했다.

"저 나이프가 마음에 들어서요."

"아아, 이건 테플론 가공한 군용 칼이에요. 아주 좋아요. 정글에서 눈에 띄지 않게 검정 칠이 되어 있어요. 아주 잘 들죠."

간타는 사실 나이프야 뭐든 상관없었다. 자신의 손목을 베는 정도라면 문방구용 칼도 충분했다.

"손님, 본토에서 오셨군요. 이 나이프는 비행기에 못 들고 타는데 그래도 괜찮겠어요?"

간타는 고개를 끄떡였다.

"괜찮아요. 그거 주세요."

유리 케이스 위쪽에는 가느다란 강철 와이어가 달렸다. 거기에 반다나(장방형 천으로 머리나 목에 두름)와 바펜(가슴이나 팔 등에 붙이는 헝겊 휘장)이 걸려 있었다. 와이어 끝에는 티(T) 자형의 쇠 장식과 가격이 붙어 있고 반대쪽 끝은 줄자처럼 감게 되었다.

"이 와이어 같은 건 뭐에요?"

점원은 와이어를 잡고 금속이 스치는 소리를 내면서 티 자의 와이어를 당겼다.

"아주 유용한 물건이에요. 적의 뒤에서 목에 감고 무릎을 등에 댄 다음 와이어의 양끝을 옆구리를 죄듯 당겨요. 초등학생이라도 커다란 남자를 소리 하나 안 내고 목 졸라 죽일 수 있는 물건이죠. 물론 세탁물을 말릴 때에도 도움이 되고 간단한 천막의 들보도 되죠. 마른풀이나 누더기를 덮으면 전쟁터에서 위장할 때도 쓸 수 있어요."

간타는 나이프와 와이어, 둘 다 자신의 목적에 분명 도움이 될 것 같았다.

"이것도 주세요."

점원은 간타가 군용품을 아주 좋아한다고 생각했는지 얼룩덜룩한 방탄조끼와 가볍고 튼튼한 부츠도 권했다. 간타는 어깨를 움츠리며 말했다.

"나이프와 와이어면 되요."

카키색 민소매를 입은 점원은 쾌활하게 경례하며 말했다.

"알겠습니다. 하지만 여행하시면서 또 우리 가게에 들러 주세요. 손님과는 얘기가 통할 거 같네요."

간타는 현금을 내고 도망치듯 군용품 가게를 나왔다.

손목시계를 보자 밤 10시가 거의 다 되었다. 이제 오늘 밤에 어디서 잘지 결정해야 한다. 아직 돈이 많이 남아 있고 아무도 오키나와에 온 것을 모른다. 앞으로 며칠은 더 머물러도 괜찮을 듯싶었다. 아직 기소되지도 않은 사건이고 재무 담당으로 보좌역에 지나지 않는 자신이 전국으로 지명 수배가 될 리도 없었다.

간타는 아주 자유로우면서 불안한 마음으로 고쿠사이 거리의 네온사인 아래를 걸었다. 골목 안쪽으로 밝은 간판이 켜져 있었다. 게스트 하우스, 잠만 자는 데 1,700엔. 간판에 이끌리듯이 휘청거리며 좁은 골목을 따라 들어간다.

간타는 본능적으로 큰 호텔은 위험하다고 느꼈다. 숙박부도 사실대로 기입해야 하고 어쩌면 비공식 수배가 돌았을 수도 있다. 번화가에 가려고 생각한 것은 24시간 영업하는 만화방이나 캡슐 호텔이 있을 것이라고 생각했기 때문이다.

게스트 하우스가 어떤 곳인지 모르겠지만 그 가격이면 여러 날 있을 수도 있고 관리나 신원 확인도 적당히 할 듯했다. 학생이나 배낭 여행족들이 많을지도 모른다. 스물두 살인 간타는 그런 젊은이들과 많이 다른 인생을 보냈지만 한데 섞이기에는 안성맞춤일 수 있었다.

알루미늄 창틀로 된 미닫이문을 열고 한 평 정도의 좁은 로비에 발을 디뎠다. 형광등은 밝았지만 아무도 없었다.

"실례합니다. 아무도 안 계세요?"

간타가 목소리를 높이자, 복도 안쪽에서 아담한 여자가 나왔다. 허리에는 산뜻한 천을 두르고 있는 여자는 애니메이션에 나오는 풍만한 몸집의 악역 캐릭터 같은 인상이었다.

"어서 오세요."

선천적으로 낯가림이 심한 간타는 대개 처음 대하는 사람의 마음은 잔혹하거나 무서울 거라는 생각을 했다. 눈길을 피해 용기를 내어 겨우 입을 열었다.

"예약은 안 했는데요, 오늘 밤 지낼 수 있을까요? 아, 돈은 있어요."

여주인이 싱글벙글 웃으며 대답했다. 상대방의 감정을 모르니 그의 미소도 무섭기만 했다.

"그럼요. 거기 있는 숙박부에 이름과 연락처, 적당히 써요. 선불 1,700엔만 주시면 돼요."

문방구에서 흔히 파는 노트였다. 노트를 펼치자, 거친 손글씨가 들쭉날쭉 적혀 있었다. 일본어와 영어, 처음 보는 글자도 있었다. 간타는 뒷주머니에서 만 엔짜리 지폐를 꺼내서 여주인에게 건네고, 미나미지마 3단지 주소에 이름만 살짝 바꿔서 가와이 간타라고 적었다.

"손님, 간타라니 드문 이름이네요."

간타는 시선을 피하면서 고개를 끄떡였다. 괜히 식은땀이 났다.

"남을 위해 땀을 많이 흘리는 사람이 되라고 아버지가 지어 주셨어요."

"이름 참 좋네요. 그럼 이쪽으로 오세요. 다인실로 안내해 드릴게
요."

어두운 계단 위에 있는 커다란 방에는 커튼이 쳐진 이층 침대가
죽 늘어서 있었다. 게스트 하우스 여주인이 말했다.

"성수기가 아니라서 손님 말고는 위층에 커플 한 쌍만 있어요. 아
무 데나 마음에 드는 데 써요. 샤워실은 아래층이고, 더 궁금한 게 있
으면 언제든 말해요."

간타는 시선을 피한 채 대답했다.

"그럴게요."

"그럼 편히 쉬어요."

여주인이 둥그런 엉덩이를 무거운 듯 흔들며 나갔다. 침대는 전부
열두 개로, 영화에서 본 군대 막사 안 풍경 같았다. 간타는 오른쪽 한
가운데 이층으로 정했다. 사다리를 타고 올라가 앉았는데 천장에 머
리가 닿으려고 했다.

아무도 없었지만 간타는 커튼을 닫았다. 조금 전에 군용물품 가게
에서 산 나이프와 와이어를 침대 위에 던졌다. 이 두 가지가 자신의
인생을 손쉽게 마치게끔 도와줄 것이다.

하지만 남은 며칠, 이 낙원 같은 남쪽 섬을 여행하는 것도 괜찮을
듯싶었다. 간타는 살짝 땀 냄새나는 침대에 누웠다. 텔레비전과 라디
오도 없었고 책과 잡지도 가지고 있지 않았다. 샤워는 내일 아침에
하기로 했다. 도쿄에서 1,500킬로 넘게 날아왔다. 온몸은 완전히 지
쳐 있지만 왠지 흥분되어 잠도 오지 않았다.

아무 할 일이 없는 간타는 누운 채 휴대폰을 열었다. 인터넷에 접속해서 로켓파크 사이트로 들어갔다. 〈드래곤 헌터〉 게임은 요즘 로켓파크를 대표하는 히트작이었다. 지난 두어 달 동안 몰두한 끝에 이제 라스트 보스만 남았다. 이 게임은 파트너와 둘이 팀을 이루어 싸워야 한다.

웹상에서 만난 파트너는 아이디 말고는 이름도 모르고 만난 적도 없지만, 게임 하는 동안 손잡고 이 까다로운 적을 함께 쓰러뜨려야 한다. 메시지를 주고받기는 했지만 게임할 때뿐이다. 연락처를 교환할 필요도 없고 게임 속 캐릭터 동지로서 간단하게 메신저만 할 뿐이었다.

간타는 그 휴대폰 게임에서 두더지 캐릭터를 사용했다. 밤에도 선글라스를 쓰는 몸집이 작은 캐릭터다. 공격력은 별로지만 최강의 방어력을 갖췄다.

나하 시의 게스트 하우스에 드러누운 채 간타의 마음은 휴대폰의 작은 화면을 통해 순식간에 세상 끝에 있는 성으로 날아갔다. 청동문은 얼어붙고 벽돌로 된 벽에는 사방으로 튄 검은 핏자국이 말라붙어 있었다. 수많은 용자들이 이 성에 도착했다가 이곳에서 힘이 다했던 것이다.

간타는 두더지 캐릭터에게 서리가 내린 대지에 네모난 방진을 그리게 했다. 목숨을 맡길 파트너를 소환할 방진으로 간타의 아이디어였다. 상대가 무작위로 정해지면 시시했기에 방진 안에서 세 가지 조건을 내걸고 거기에 맞는 캐릭터를 파트너로 고르는 방식이다. 인터넷에 많이 있는 단체 게임이 아닌 이인용 게임은 파트너와의 궁합이 전적을 좌우한다.

간타는 첫 번째 조건을 입력했다.

"마지막 보스를 쓰러뜨릴 용기와 경험이 있는 자, 와라."

작은 액정 화면에 수백 개의 점이 깜빡였다. 점 하나가 백 명의 파트너를 의미한다. 일본 각지에서 현재 엄청나게 많은 사람들이 이 게임에 참가하고 있는 것이다.

다음 조건을 입력했다.

"난 방어에 절대적인 자신이 있다. 절대적인 공격력을 지닌 자, 와라."

마지막 보스는 천 년을 산 용 중의 용이었다. 어중간한 공격력으로는 비늘 하나 상처 낼 수 없었다. 그리고 간타는 마지막 조건을 입력했다.

"두더지는 다른 이의 마음을 읽지 못한다. 절대 거짓말을 하지 않고 솔직하고 성실한 말만 하는 자, 와라."

게임 중에 파트너가 던진 농담을 그대로 받아들여서 스스로 망친 적이 몇 차례 있었다. 간타에게 농담이나 비아냥은 통하지 않았다. 글자로 기록된 것은 모두 진실이라고 믿었다. 마지막 조건에 맞는 파트너를 찾는 일은 언제나 결코 쉽지가 않았다. 파트너를 찾지 못하고 게임을 포기한 적이 한두 번이 아니었다. 하지만 간타에게는 절대적인 공격력과 똑같이 솔직하고 성실한 언어도 무엇보다 중요했다.

간타는 기도하는 마음으로 세 번째 조건을 보냈다.

얼마 남지 않은 목숨이었다. 마지막으로 로켓파크의 대표작을 끝까지 마무리하게 해 주세요. 신을 믿지 않는 간타가 아무 기록도 없는 텅 빈 휴대폰을 가슴에 품고 기도했다. 조용한 방에는 간타가 글자를 입력하는 소리만 들렸다.

잠시 뒤 액정 화면이 정지되었다.

오늘밤도 파트너를 찾지 못하는 모양이라며 간타가 단념하려는 순간, 회색 두더지 옆에 새하얀 짐승이 나타났다.

"나는 흰 늑대. 나와 손을 잡고 태초부터 악을 행하는 천년 용을 쓰러뜨립시다."

꽁꽁 얼어붙을 듯한 바람 속에 흰색 갈기가 나부꼈다. 늑대는 크리스털 검을 등에 매고 있었다. 간타는 뛰어오를 듯 기뻤다. 그 검은 3천 년 넘게 산 용의 이마에 난 단 하나의 뿔을 갈아 만든 것이었다. 절대적인 공격력이 있다는 늑대의 말은 빈말이 아니었다.

간타는 새 파트너 늑대와 함께 청동의 문을 두드리며 마지막 모험에 첫발을 내디뎠다. 그 사악한 천년 용을 쓰러뜨린다면 이제 이 인생에 아무런 미련은 없을 것 같았다.

암흑성을 향해서 칙칙한 두더지와 빛나는 늑대가 걸어갔다.

간타는 게스트 하우스의 이층 침대에 누워서 사람의 마음이 만들어 낸 환상의 세계에 몰두했다. 이게 사후 세계라면 얼마나 근사할까?

흰 늑대가 말했다.

"두더지, 잘 부탁해요. 끝까지 절대로 포기하지 말고 싸웁시다."

간타는 액정 화면 밑에 뜬 메시지를 읽었다. 게임할 때 대화는 단순할수록 좋다. 마음을 전하는 말은 원래 단순한 법이다.

"늑대 님, 저야말로 잘 부탁해요. 전 목숨이 다할 때까지 싸울 거예요. 그래서 당신을 지킬게요."

어두운 회랑 끝에 작은 불빛이 보였다. 첫 번째 적이 곧 등장한다는 신호다. 간타는 어금니를 악물고 적의 공격에 맞설 태세를 갖췄다.

21

최후의 날들은 천국이었다.

일찌감치 장마가 갠 오키나와의 공기는 보송보송했고 햇살은 한여름 같았다. 이제 회사에 가지 않아도 되고 재무 숫자를 들여다볼 필요도 없었다. 회의, 기자 회견, 비밀 미팅, 그리고 널뛰는 주가에 심난해하지 않아도 되었다.

며칠 뒤 간타는 죽기로 결심했다.

아직 방법은 못 정했지만 스스로 목숨을 끊는다는 사실이 무섭지는 않았다. 자신을 위한 일이라면 못 견디게 무서웠을 텐데, 오랜 친구 요지와 둘이서 세운 로켓파크를 위한 죽음이었다. 자신은 죽어하늘 높은 곳에서 요지와 회사가 성장하는 모습을 지켜보기만 하면 된다. 요지라면 도쿄 지검의 취조를 무사히 넘기고 분명 로켓파크를 다시 쑥쑥 키울 것이다. 그러기 위해서 모든 비밀을 아는 한 사람을 제물로 바쳐야 했다. 모두 행복하게 살 수 있다면 쓸모없는 목숨쯤이야 아무것도 아니라고 생각했다.

죽음을 결심하자 반대로 죽음이 신경 쓰이지 않게 됐다.

간타는 천성이 아주 논리적인 데가 있었다. 우선 마음속 일정표에 죽음을 똑똑히 적어 넣었다. 일정이나 목적지가 갑자기 바뀌면 패닉 상태에 빠지지만 일정표에 죽음을 적어 넣은 이상 죽음은 반드시 앞으로 일어날 기정사실이 되었다. 주말이 되면 일요일이 돌아오는 것처럼 죽음은 달력에 적힌 시간상의 문제였다. 그리고 그동안 죽었다가 돌아온 사람은 없었다. 죽음에 대해 분명하게 말한 사람도 없기 때문에 절대로 알 수 없는 것이기도 했다. 그렇다면 아무리 생각해도 소용없는 일이고 알지 못하기 때문에 생각할 필요도 없었다. 간타는 일단 고집스레 결론을 내리자 스위치를 끈 듯이 공포나 불안을 떨쳐 낼 수 있었다.

고쿠사이 거리 뒷골목에 있는 게스트 하우스에서 간타는 종일 뒹굴었다. 외출도 거의 하지 않았다. 며칠 안 남은 목숨이니 근사한 음식을 먹으려 하지 않을 뿐더러 가진 돈을 흥청망청 쓰지도 않았다. 익숙한 소고기 덮밥이나 카레라이스 체인점만 갔고 편의점에서 사온 과자로 충분히 만족스러웠다. 간타는 얼마 남지 않은 시간을 아주 당연하게 맞이하고 있었다. 사람은 죽음을 앞두고 얼마나 달라지는지를 근거로 성격을 알 수 있다. 간타는 처음 방문한 오키나와에서 그동안 살아온 이십 몇 년과 똑같이 보냈다. 어떤 의미에서 아주 자긍심 높게 죽음을 맞는 것이다.

간타는 줄곧 자신은 게으르다고 생각했었다.

사실 회사를 세우고 잠자는 시간까지 줄여 가며 일하고 싶지는 않았다. 처음에는 수입이 늘어나서 기뻤지만 로켓파크가 상장하고 재산이 수십억 엔으로 늘어나니 도리어 귀찮아졌다. 간타는 어디까지나 요지를 위해서 일을 했고 스스로 일하고 싶다고 생각한 적은 없었다.

마음대로 지내도 된다면 넓지 않은 방에 틀어박혀서 계속 게임이나 인터넷으로 시간을 보내고 싶었다. 텔레비전 다큐멘터리 프로그램에 종종 은둔형 외톨이가 등장하는데, 간타는 뭐가 문제라는 것인지 전혀 이해가 안 갔다. 간타가 꿈꾸는 생활은 거칠고 잔혹한 바깥세상을 피해 안전한 방에서 하고 싶은 일만 하며 지내는 것이었다.

게스트 하우스의 이층 침대 위층에서 간타는 커튼을 완전히 쳐놓고 로켓파크의 휴대폰 게임에 몰두했다. 마침내 〈드래곤 헌터〉도 마지막 보스 캐릭터가 기다리는 암흑성에 이르렀다. 이 게임만 마무리하면 더는 바랄 게 없었다. 앞으로 얼마나 시간이 걸릴지는 모르지만 반드시 보스를 무찌르겠다고 결심했다. 죽음을 각오한 간타는 즐겁게 게임에 열중했다.

마지막 던전(게임에 나오는 몬스터 소굴의 총칭)에서 함께 싸우게 된 파트너는 흰 늑대다. 오키나와에 와서 처음으로 파트너가 된 상대였지만 이상하리만치 호흡이 잘 맞았다. 늑대가 공격과 전략 전문이고 자신이 방어와 체력 회복 전문이라는 역할 분담이 잘 맞아떨어졌기 때문일 수도 있다. 눈과 얼음에 뒤덮인 겨울 성이라는 설정도 따뜻한 남쪽 오키나와와 아주 잘 어울렸다. 방에 에어컨 바람이 나와서인지 작은 액정 속 눈보라가 더 추워 보였다.

마지막으로 공략해야 할 성은 4층이었다. 각 층에 각각 색이 다른 중간 보스 드래곤이 있고 가장 꼭대기 천수각에 천년 묵은 용이 있었다. 간타는 이 게임을 만들 때 제작 회의에 참여했었다. 그때 최후의 보스 캐릭터를 무슨 색으로 하느냐로 새벽까지 격렬하게 논쟁을 펼쳤다. 처음에는 밑에서부터 차례로 노랑과 보라, 나머지는 은색과 금색으로 하려고 했다. 게임 디자이너는 노랑과 보라가 중국 황제의 색이라고 했다.

간타는 그 아이디어에 반대했다.

마지막에 쓰러뜨리는 천년 용이 요란하게 번쩍거리면 뻔해서 시시하다. 이는 게이머들의 마음을 전혀 움직이지 못한다. 이 세상에서 가장 무섭고 강한 색은 한줄기 빛도 통과시키지 않는 암흑이다. 도쿄의 하늘이 밝아 올 무렵에야 사장인 요지의 결정으로 간타의 아이디어가 채택되었다.

간타는 그 추억의 장면에서 싸우고 있었다. 오키나와에 온 지 벌써 이틀이 지났다. 이럭저럭 보랏빛과 은빛 드래곤을 쓰러뜨려 성의 2층에 이르렀다. 지금 간타의 두더지 캐릭터는 은색 비늘이 붙은 갑옷을 온몸에 두르고 있었다. 흰 늑대는 보랏빛 드래곤 송곳니로 만든 두 자루 검을 등에 엇갈리게 메고 있었다. 요즘 휴대폰 화면은 화소가 아주 높아서 자세히 보면 흰 늑대 이마에 맺힌 땀까지 보였다.

돌계단을 따라 3층으로 올라가면서 흰 늑대가 메시지를 보냈다.

"두더지 님, 어떡할까요? 남은 드래곤 두 마리는 지금 가진 장비로는 어림없겠는데."

금빛과 암흑의 다크 드래곤만 남았다. 마지막까지 금 때문에 괴로운 것은 실제 세계와 똑같으니, 얄궂은 일이다. 간타는 이층 침대에서 엎드린 채 답장을 보냈다.

"이제 밤이니까 좀 쉬죠. 밥 먹고 올 테니 밤 아홉 시에 다시 하는 건 어때요?"

금빛 드래곤을 쓰러뜨리려면 몇 가지 장비가 더 필요했다. 그러려

면 3층의 비밀의 문 안에서 다시 다른 시나리오의 싸움을 해서 이겨
야 한다. 아직 몇 시간은 이 게임을 하며 즐길 수 있다. 완전히 빠져
들면 게임은 길면 길수록 좋다. 하물며 간타에게 이 〈드래곤 헌터〉는
인생의 마지막 게임이다. 간타는 조금 걱정되어 흰 늑대에게 메시지
를 보냈다.

"이틀 동안 계속 저와 파트너가 되었는데 늑대 님은 직장이나 학
교는 괜찮아요?"

천년 용을 쓰러뜨리려면 며칠은 더 걸릴 터다. 그동안 함께 싸우면
서 서로 얼마나 잘 맞는지 알게 되었다. 이제 와 다시 다른 파트너를
찾기는 귀찮았고, 자칫 완벽하게 게임을 마무리하지 못할 수도 있었
다. 간타는 자신의 목숨은 어떻게 되든 상관없었다. 오로지 이 게임
을 마지막까지 클리어하여 거대한 천년 용 다크 드래곤에게서 전설
적인 보물만은 반드시 얻고 싶었다.

그 보물은 게임을 한 모든 플레이어들에게 저마다 다른 것으로 준
비되어 있다고 했다. 그동안의 싸움 방법이나 게임 시간, 캐릭터에
따라서 마지막 보물이 정해졌다. '오랜 싸움 끝에 어떤 보물을 얻게
될까?' 간타는 며칠 뒤에 자살하기로 결심한 상태였지만 신 나 들떠
있었다. 흰 늑대는 천천히 대답을 보내 왔다.

"괜찮아요. 전 아무 할 일도 없거든요. 직장도 없고 학교도 안 다녀
요. 어제도 그랬고 내일도 마찬가지예요. 그쪽이 괜찮으면 전 언제든
지 할 수 있어요."

간타는 침대 위에서 몸을 일으켰다.

"고마워요. 그럼 밥 좀 먹고 올게요. 늑대 님도 뭔가 먹고 오세요."

간타는 대답을 기다리지 않고 곧장 게스트 하우스를 나갔다.

간타는 차츰 오키나와 거리가 어떻게 구성되어 있는지 알게 되었다. 겉으로는 관광객들을 위한 호화롭고 비싼 식사가 제공되는 식당이 다인 것처럼 보였지만, 뒤로는 주민들을 위한 싸고 편한 식당도 많았다. 양 많고 맛도 좋을 뿐더러 본토에서는 먹어 보지 못한 메뉴가 놀랄 정도로 쌌다. 도쿄의 평범한 동네에서 태어난 간타도 3백 엔짜리 정식은 먹어 본 적이 없었다.

세 번째 저녁식사는 고쿠사이 거리의 시장 안쪽으로 무작정 들어가서 가장 먼저 눈에 띄는 식당으로 들어갔다. 간타는 고야(비터멜론, 쓴 맛이 강한 오이 모양의 과일)와 다양한 채소를 넣어서 볶은 고야참푸르(오키나와 여름 전통 음식으로 일본식 돼지고기 두루치기)를 좋아했다. 하지만 고야는 썰어서 접시 가장자리에 얌전히 치워 놓고 달걀과 스팸과 양배추만 골라 먹었다. 우미부도(톡톡 터지는 식감과 짭조름한 맛이 일품인 청포도 모양의 바다 해초) 샐러드와 미미가(돼지 귀로 만든 오키나와 향토 음식) 참깨 무침도 아주 좋았다.

도넛 모양의 의자에 앉아서 정식을 먹는데 텔레비전에서 아나운서 목소리가 들렸다.

"저녁 일곱 시 뉴스입니다. 로켓파크의 금융상품거래법위반과 관련되어 이름이 거론되던 다메나가 펀드의 다메나가 요시히로 대표가 오늘 오후 싱가포르에서 사망한 것으로 밝혀졌습니다. 괴한에게 총격 당한 흔적이 있는 것으로 미루어 현지에서 어떠한 사건에 연루된 것으로 보고 경찰은 수사를 시작하였습니다."

로켓파크라는 한마디에 간타는 스팸을 입에 문 채 고개를 들었다. 텔레비전에 고층 호텔이 보였다. 여느 식물원처럼 아름다운 나무들 사이에 출입금지라는 테이프가 쳐져 있고, 땀으로 얼룩진 반팔 셔츠를 입은 경찰들이 주변을 경계하고 있었다.

다메나가 대표의 얼굴이 갑자기 클로즈업되었다. 튀어나올 것처럼 눈을 크게 뜨고 있었다.

"시장에 나온 걸 제 돈으로 사는 게 뭐가 나쁩니까? 회사가 경영자와 종업원, 고객의 것이라는 건 환상입니다. 회사도 가격이 붙어 시장에 진열된 하나의 상품에 지나지 않습니다."

정장 차림의 다메나가가 들고 있던 볼펜을 내던졌다. 화면은 갑자기 연보랏빛 수국으로 바뀌었다.

"다음은 잠시 장마가 갠 틈에 열린 수국 축제 소식입니다."

여성 아나운서가 딱딱한 표정을 누그러뜨리고 말했다. 간타는 스팸을 입에서 내려놓았다. 식욕이 완전히 사라져 더 이상 먹고 싶지 않았다.

다메나가는 요지와 통화하면서 말했다. 로켓파크에 빌려 준 검은 돈의 출처가 밝혀지면 돈세탁한 죄를 추궁 받게 되고, 그 돈이 잘못되면 목숨이 몇 개라도 부족하다고. 범죄 조직이 모은 수백 억의 자금이기 때문이다.

그 남자는 도쿄 지검이 수사를 착수한다는 정보를 미리 입수해서 싱가포르로 도피했다. 수천 킬로를 도망갔지만 결국 아무 소용 없었다. 간타는 범인이 누군지 몰랐지만 지구상의 어디에 숨더라도 녀석들의 검은 손이 반드시 쫓아올 것이라는 사실은 알 수 있었다.

간타는 식당에서 하염없이 떨었다. 다른 손님은 아무도 없는 텅 빈 가게 안을 둘러보았다. 누군가 자신을 노리는 듯해서 무서워 견딜 수가 없었다.

"잘 먹었어요."

간타는 탁자 위에 오백 엔짜리 동전을 하나 꺼내 놓더니 거스름돈도 챙기지 않고 그대로 밖으로 나갔다.

남쪽 섬 오키나와의 시장은 밤이 되어도 화려했다.

반짝거리는 조명을 받은 토산품들이 가게 앞을 점령했다. 간타는 큰길을 따라 걸었다. 나하 공항에서 산 오렌지색 알로하셔츠는 땀 때문에 등에 달라붙어 있다. 흐르는 땀은 끈적거리고 불쾌한 냄새가 났다.

간타는 절대 모르는 사람 손에 죽고 싶지 않았다. 적어도 마지막은 자신이 좋아하는 곳에서, 좋아하는 시간에, 좋아하는 방법으로 마치고 싶었다. 어차피 며칠 안 남은 목숨인데 왜 그런 생각이 드는지 의아했다. 하지만 그 바람이 사치라고 생각하지는 않았다.

게스트 하우스에 돌아왔을 때에는 이제 막 세수를 한 것처럼 앞머리까지 흠뻑 젖어 있었다. 풍만한 몸매의 여주인이 말했다.

"어서 와요. 무슨 일이에요? 소나기라도 쏟아졌나 봐요."

간타는 당황해서 고개를 끄떡였다. 손바닥이 땀으로 미끈거렸다.

"갑자기 가야 할 일이 생겼어요. 지금 바로 나갈게요."

여주인은 이상하다는 얼굴로 말했다.

"오늘 숙박비는 먼저 받았으니까 상관없지만, 손님, 무슨 일 있었어요? 얼굴빛이 안 좋아요.”

간타는 서둘러 고개를 꾸벅 숙였다. 이렇게 대화하는 중에도 누군가 들이닥칠 수 있었다.

“그동안 고마웠어요.”

거의 뛰다시피 방으로 돌아가 짐을 챙겼다. 방에서 나가기 전, 배낭을 들고 이틀을 지낸 침대를 마지막으로 바라보았다.

‘이게 내 마지막 침대가 되는 걸까?’

간타는 쓸데없는 생각을 떨쳐내고 하룻밤 1,700엔짜리 게스트 하우스를 떠났다.

밤거리로 나왔지만 여전히 불안했다.

길을 오가는 모든 사람들이 자꾸 살인 청부업자로 보였다. 반팔 티셔츠와 화려한 색상의 반바지를 입은 살인 청부업자들이 우글거린다는 생각이 들자, 관광객과 토산품 가게 점원들까지 총을 가진 흉악한 범죄자로 보였다.

간타는 땀에 젖어 거친 숨을 내쉬고 있었다. 갈 곳은 못 정했지만 한시라도 빨리 이곳에서 벗어나야 한다는 생각뿐이었다. 앞으로 난 며칠, 그 게임을 끝까지 마무리할 시간만 있으면 됐다.

고쿠사이 거리에서 손을 들어 택시를 세웠다. 간타는 뒷좌석에 올라타 운전사에게 말했다.

“빨리 출발해 주세요.”

백발의 가무잡잡한 운전사가 돌아보면서 느긋하게 물었다.

“어디로 모실까요?”

간타는 오키나와 지리를 전혀 몰랐다. 여기에 오게 된 것도 운전사에게 가장 번화한 곳에 가 달라고 했기 때문이다. 그러고 보니 그 운전사는 이상하다는 얼굴을 했었다.

"아무튼 빨리 출발해 주세요."

"네네."

빛으로 가득 찬 거리를 오래된 택시가 달리기 시작했다. 간타는 창밖을 내다보았다. 자색 고구마 아이스크림, 다양한 크기의 시사(우리나라 해치와 비슷한 오키나와에 있는 전설의 짐승으로 액운을 막아 준다), 무수히 많은 아와모리(오키나와의 전통술) 병들이 보였다. '이곳은 일본일까? 어쩌면 다메나가 총살당한 싱가포르가 아닐까? 그 남자는 죽을 때에도 튀어나올 것처럼 눈을 크게 뜨고 있었을까?'

"손님, 뭔가 곤란한 일이 있으신가 봐요. 빚쟁이 때문인가?"

간타는 창밖을 보면서 대답했다.

"비슷해요."

간타를 쫓는 살인 청부업자는 결국 빚쟁이와 다를 바 없었다. 목숨은 빚이라는 것을 뼈저리게 느꼈다. 누구나 언젠가는 반드시 돌려줘야 한다. 그때 좌석 뒤쪽에 걸린 팸플릿이 눈에 들어왔다. 푸른 바다를 안은 새하얀 해변과 파란 하늘에 소나기구름이 인상적인 사진에는 요미탄손이라고 적혀 있었다. 간타는 자기도 모르는 사이에 운전사에게 말했다.

"요미탄손에 가 주세요. 얼마나 걸려요?"

운전사는 돌아보며 씩 웃었다.

"고속도로를 타고 한 시간 정도 걸리는 거리예요. 오늘 밤은 이걸로 영업 끝낼 수 있겠네요."

흰색 셔츠를 입은 운전사는 왠지 모를 아련한 멜로디의 민요를 흥얼거리기 시작했다. 간타는 부들부들 떠는 자신을 두 팔로 감싸 안고 그칠 줄 모르는 노래를 듣고 있었다.

택시요금은 2만 엔이 조금 안 되게 나왔다.

운전사는 아주 친절했다. 간타가 숙소를 예약하지 않았다고 하자, 자신이 아는 호텔이라며 가 주었다. 비수기에는 상인들 숙소로 쓰고 여름에는 관광객들이 몰린다는 작은 호텔이었다. 자랑거리인 잔바 해변까지 걸어서 2, 3분이라고 했다.

간타는 어둠 속에서 은행 지점 정도 되는 크기의 호텔 건물을 올려다보았다. 바닷가가 가까워서 그런지 낮게 해명 소리가 울린다. 몹시 불안하게 하는 소리였다. 침대가 두 개인 객실로 안내되어 짐을 내려놓았다.

침대에 누워 가까스로 한숨을 돌렸다. 조금 전까지만 해도 간타는 자신이 오늘 밤 어디서 보낼지 몰랐다. 그러니 아무리 뛰어난 조직이라도 자신이 지금 이곳에 있다는 것까지 알 리가 없었다. 그 마음씨 좋은 운전수가 살인 청부업자의 부하일 리도 없었다.

엎드린 채 휴대폰을 열어 시간을 확인했다. 밤 9시 30분이 지나 있었다. 분명 흰 늑대는 두더지를 기다리고 있을 것이다. 하지만 그날 밤 간타는 게임 세계로 돌아갈 마음이 내키지 않았다.

땀투성이였지만 간타는 샤워도 하지 않고 이불을 뒤집어쓰고는 그대로 아침까지 잠이 들었다.

날이 밝을 때까지 간타는 잠에서 세 번 깼다.

순간 자신이 어디에 있는지 생각나지 않았다. 비명을 지르며 벌떡 일어났다가 이마에 맺힌 땀을 닦고 다시 누웠다. 이럴 때에 술을 마실 줄 아는 사람들이 부러웠다. 간타는 하는 수 없이 냉장고에서 생수를 꺼내 마셨다.

아침은 1층에 있는 식당에 내려가 먹었다. 일본의 그저 그런 호텔에서 흔히 나오는 식사였다. 스크램블 에그는 차갑고 베이컨 기름은 하얗게 굳어 있었다. 간타는 아침을 먹은 다음에 샤워를 했다. 이를 닦고 세수를 하자 차츰 기분이 되살아났다. 깨끗하게 씻고 배고픔이 해결되면 사람은 긍정적으로 바뀌는 모양이다. 간타는 그제야 인생의 마지막 과제를 떠올렸다.

그렇다. 자신은 이 섬에 죽기 위해 왔다.

그때 간타의 의식은 신기하게 움직이기 시작했다.

죽으려면 먼저 게임을 끝까지 마쳐야 한다.

그렇지 않으면 미련이 남아서 잘 못 죽을 것이다.

간타는 식당 옆 매점에서 수영복과 목욕 타월, 선크림을 샀다. 이 낙원에서 앞으로 얼마나 더 보낼지는 모르지만 어깨와 콧등을 따끔거리게 하고 싶지는 않았다.

잔바 해변에는 관광객들이 드문드문 있었다.

해안에 늘어선 선베드에는 연인들이 정답게 앉아 있었다. 그 모습을 보니 다음 생에는 인기 없는 남자가 아닌 귀여운 여자와 행복한 시간을 보낼 수 있는 꽃미남으로 태어나고 싶어졌다. 인생의 마지막

올 맞이하면서 간타의 바람은 점점 단순해졌다.

얕은 바다는 초록에 가까운 파랑이고 하늘은 비닐처럼 반드럽게 빛나는 파랑이었다. 간타는 파라솔과 매트를 대여했다. 그늘에 무릎을 세우고 앉아 휴대폰을 열었다. 더는 여유를 부릴 수 없었다. 아직 오전 10시니, 오늘 중에 〈드래곤 헌터〉를 완전히 끝내야겠다고 결심했다. 또다시 살인 청부업자에게 쫓기는 악몽으로 한밤중에 눈을 뜰 바에야 차라리 죽는 게 나았다.

타는 듯 뜨거운 해변에서 어두컴컴한 휴대폰 액정 화면에 모든 신경을 집중했다. 암흑성의 3층으로 올라가는 나선 계단의 층계참에서 흰 늑대가 기다리고 있었다. 바로 메시지가 날아왔다.

"대체 어떻게 된 거예요? 어젯밤에 바람 맞아서 이제 안 오는 줄 알았잖아요."

간타는 고쿠사이 거리에서 도망쳤던 일을 떠올렸다.

"살인 청부업자에게 쫓겨서 게임이 문제가 아니었어요."

화면 속 흰 늑대는 웃음을 터뜨렸다.

"하하하, 농담도 참. 그보다 얼른 나머지 드래곤 두 마리를 해치웁시다. 어떤 보물이 나올지 완전 기대돼요."

이 게임을 하는 사람들은 모두 같은 생각이었다. 그렇게 나온 서로 다른 보물들은 인터넷 경매에서 수십만 엔의 가격에 팔리기도 한다.

"그래요. 당장 골든 드래곤을 퇴치하러 가요."

여름의 바닷바람이 간타의 땀을 식혀 주었다. 이 해변에는 그래도 여러 사람들의 눈이 있으니 갑자기 습격하지는 못할 것이다. 얼른 게임을 결판내야 한다. 택시에 있던 팸플릿에는 요미탄손의 절벽 사진도 있었다. 제2차 세계대전 말기, 많은 사람들이 그 절벽에서 몸을 던졌다고 한다. 한순간에 끝난다면 나이프나 와이어보다 편할 수도 있다. 그도 하나의 방법으로 고려해 보기로 했다.

나선 계단을 올라가자, 금색 숨결로 눈앞이 보이지 않았다.

중금속 가루를 포함한 드래곤의 맹독성 호흡 때문이다. 흰 늑대가 말했다.

"방패로 막아요. 난 저 숨이 멎으면 돌격할게요."

흰 늑대가 보랏빛 드래곤 검을 빼들며 숨을 헐떡거린다. 간타는 두더지가 자신과 흰 늑대를 감싸게끔 은색 방패를 펼치게 했다.

점심도 먹지 않고 두 시간 반 동안, 금빛 드래곤과 격투를 벌였다.

분명 이건 단순히 휴대폰 게임이었다. 하지만 계속 집중하다 보니 간타는 완전히 녹초가 되었다. 마침내 금빛 드래곤은 온몸에서 금색 피를 흘리면서 숨을 거뒀다. 흰 늑대가 금빛 비늘로 뒤덮인 꼬리 끝 부분을 잘랐다. 그리고 아직 온기가 남은 금색 몸속에 손을 집어넣었다.

"분명 여기 있을 텐데."

잘려진 꼬리가 꿈틀거리며 튀어 올랐다. 흰 늑대가 손을 빼내면서 소리쳤다.

"찾았다. 이거야."

높이 쳐든 손끝에서 황금 열쇠가 반짝였다. 간타는 두더지를 통해 질문을 했다. 흥분해서 목소리가 들뜨려고 했다.

"번호는?"

"975 357 904 622."

간타는 흰 늑대가 부르는 열두 자리 숫자를 듣고 소리를 질렀다. 마지막 보스 캐릭터, 천년 용 다크 드래곤을 쓰러뜨릴 수 있는 마지막 무기를 손에 넣는 열쇠다. 하지만 공짜가 아니었다. 실컷 노력해서 열쇠를 손에 넣었는데 한 사람당 12,000엔이라는 꽤 비싼 아이템을 사야 한다. 하지만 마지막을 앞두고 12,000엔을 아까워하는 게이머는 단 한 사람도 없었다. 간타는 메시지를 보냈다.

"어제 바람 맞혔으니까 마지막 아이템은 제가 살게요."

어차피 죽으면서 돈을 가져갈 수는 없다. 이 게임을 클리어할 수만 있다면 그 정도는 푼돈이었다.

"고마워요. 난 돈이 없었는데. 카드도 없고. 정말 고마워요."

"괜찮아요. 그럼 잠깐 기다려요. 신용카드로 사 올게요."

무기 상인을 불러서 간타는 열두 자리 번호를 전했다. 그리고 자신의 신용카드 번호를 입력했다.

"완료되었습니다. 어떠한 어둠에도 침범 받지 않는 하얀 방패와 하얀 검을 가지고 가십시오. 용자 두더지 님."

간타는 무기 두 개를 들고 암흑성의 꼭대기 층으로 돌아갔다. 어둠 속에서 검과 방패는 별과 불빛처럼 눈부신 빛을 발했다. 간타는 흰 늑대에게 반짝이는 검을 주며 말했다.

"이제 다 됐어요. 그쪽 목숨은 몇 번이나 남았어요?"

"두 번이요. 그쪽은?"

흰 늑대의 물음에 휴대폰 아랫부분을 확인했는데, 칸이 거의 비어 있었다.

"한 번이요. 난 죽으면 이제 끝이에요. 오늘은 어떻게 해서든 보스 캐릭터를 처치하고 싶어요. 흰 늑대 님, 부탁해요. 난 거의 목숨 걸고 있어요."

"나만 믿어요."

말을 마친 흰 늑대가 암흑의 천수각에 뛰어들었다. 새 검을 휘두르자, 어둠 속에서 모든 빛을 흡수하는 다크 드래곤의 거대한 윤곽이 희미하게 드러났다. 간타는 빛의 실드(방패막 같은 것) 주문을 외워 용자의 몸에 어둠이 흘러들어가는 것을 막았다.

해는 기울고 밀물이 들어와 차츰 간타의 발밑까지 밀려왔다.

몇 시간을 싸운 것일까? 두더지의 회복 주문도 흰 늑대를 완전히 지키지 못했다. 파트너의 생명도 이제 하나밖에 남지 않았다. 더구나 체력이 거의 바닥이었다. 하지만 빛의 검으로 수없이 베이고 어둠을 쫓는 마법의 주문을 받은 다크 드래곤도 사정은 마찬가지였다.

석양이 비치고 이제 파라솔은 별로 도움이 되지 않았다. 바다에는 젊은이들과 어린이들 몇 명밖에 없었다. 어른들은 모두 돌아갈 채비를 시작했다. 흰 늑대는 눈에 들어간 피를 닦으면서 말했다.

"마지막 공격이에요. 함께해 주겠어요?"

완전히 타이밍을 맞춘 투 플래툰 공격은 적에게 여덟 배의 타격을 줄 수 있었다. 성공하면 최후의 적인 다크 드래곤을 쓰러뜨리고 이 게임을 끝낼 수 있었다.

간타는 메시지를 보냈다.

"알았어요. 난 남은 마력을 전부 쏟아 부어서 녀석의 왼쪽 눈을 공격할게요. 그쪽은 흰 검으로 녀석의 오른쪽 눈을 노려요."

천수각을 꽉 채운 다크 드래곤이 기다란 목을 늘어뜨렸다. 검은 호흡을 내뱉어 생명의 에너지를 빼앗으려 했다. 흰 늑대가 조용히 말했다.

"그동안 그쪽과 싸워서 즐거웠어요. 내가 하나, 둘, 셋 하면 돌격해요. 반드시 살아 돌아와요."

다크 드래곤의 눈동자는 크기가 문짝만 했다. 빛을 빨아들이면서 드래곤의 얼굴이 다가왔다. 시커먼 입 안에는 검은 어금니가 빽빽하게 돋아 있었다. 흰 늑대가 소리쳤다.

"가자, 간타! 하나, 둘, 셋."

간타는 정신없어서 자신의 이름이 불린지도 몰랐다. 셋, 하는 소리와 함께 두 팔을 쳐들고 왼쪽 눈을 힘껏 공격했다. 흰 늑대는 높이 뛰어올라서 검은 눈동자를 있는 힘껏 찔렀다. 다크 드래곤의 마지막 비명 소리가 울리면서 암흑성의 지붕이 무너지기 시작했다. 천천히 배가 가라앉듯이 다크 드래곤이 쓰러졌다.

간타는 정신없이 쓰러진 드래곤의 가슴으로 달려갔다. '흰 늑대는 왜 가지러 오지 않을까?' 다크 드래곤의 가슴에 이 게임의 해답이 있었다. 줄곧 찾던 보물이었다. 두더지가 팔을 뻗어서 유일하게 반짝이는 비늘을 만졌다.

다음 순간 두더지의 눈앞에 낯익은 것이 떠올랐다.

로켓 미끄럼틀이었다. 어릴 적 놀던 단지 놀이터에 있던 로켓 미끄럼틀과 똑같이 생긴 메달이었다. 정말 굉장한 게임이다. 간타는 직접 개발에 관여했으면서 새삼 감탄했다. 인생의 마지막에 이런 근사한 선물을 받다니. 생각해 보면 자신의 인생은 다섯 살에 아리하라 요지라는 현명하고 아름다운 소년을 만나면서 시작되었다. 이제 그 인생도 끝이지만 마지막 순간에 이처럼 멋진 아이템을 얻다니 간타는 눈물이 흐를 만큼 기뻤다.

도이 간타의 인생에 후회는 없다. 이제 내일이라도 웃으며 죽을 수 있다. 간타는 아주 행복했다.

"야아, 간타."

어디선가 환청이 들렸다. 목소리가 들리는 쪽으로 쳐다보니 이번에는 환영이 보였다. 뜨거운 모래 위로 아지랑이가 흔들거리면서 다가왔다. 두 사람이었다. 요지가 앞에 있고 오른쪽에는 경호를 하는 노조미가 보인다.

간타는 모래 묻은 손으로 눈을 문질렀다. 모래가 들어가 허둥거리며 페트병 물로 눈을 씻었다. 짭짤한 땀과 모래가 눈에 스몄다. 울고 있는 것일까? 바로 옆에서 그리운 목소리가 들렸다.

"간타, 아까 이름 불렀는데, 몰랐어?"

이상한 일이었다. 요지가 낯익은 반팔 셔츠를 입고 웬일로 눈앞에 서 있다.

"어떻게 여길 알았어?"

요지는 지친 얼굴로 웃으며 대답했다.

"네가 빠져든 정도로 봐서 반드시 〈드래곤 헌터〉는 모두 클리어할 거라고 생각했어. 두더지 캐릭터를 쓰는 건 알고 있었고."

요지의 뺨은 야위었고 눈 밑에는 거무스름한 다크서클까지 생겨 있었다.

"하지만 여기 있는 건 몰랐을 텐데."

요지가 간타 옆에 털썩 앉자 모래가 튄다. 노조미는 팔짱을 끼고 히죽거린다.

"왜 몰라? 그 게임에 접속하면 휴대폰의 대략적인 지역은 알 수 있어."

간타는 비명을 지르고 싶을 정도로 기뻤다. 그래도 질문을 안 할 수는 없었다. 논리를 따지는 성격은 죽음을 결심해도 바뀌지 않았다.

"그건 어느 거리라든지, 지방이라는 거잖아. 이 해변이라는 건 알 수 없을 텐데."

요지가 어깨를 축 늘어뜨리며 말했다.

"난 사흘이나 잠을 못 잤어. 게임 속에서 내내 널 기다리느라."

노조미가 팔짱을 낀 채 푸른 나무들이 빽빽이 들어찬 바람막이숲 쪽을 날카롭게 노려보며 말했다.

"그래, 오키나와는 그저께 왔지만."

요지가 간타의 어깨를 탁탁 쳤다.

"비밀을 밝히자면 이 장소는 마지막 신용카드 덕에 알았어. 아이가 부모 휴대폰으로 게임 아이템을 멋대로 구입해서 시끄러워진 적이 있었잖아. 카드로 천 엔이 넘는 아이템을 사면 그때마다 어디서 사용했는지 확인할 수 있게 수정했어."

간타도 그제야 상황을 이해했다.

"그럼 아까 카드로 방패와 검을 샀을 때구나."

"그래. 그때 바로 나하의 호텔에서 여기로 온 거야. 하지만 어젯밤

바람 맞았을 때에는 얼마나 조바심이 났는데. 다메나가 대표 소식 들었지?"

간타는 고개를 끄떡였다. 비밀을 공유한 사람이 살해되었다. 요지가 말했다.

"너까지 어떻게 된 줄 알았어. 하지만 살아 있어서 다행이야."

요지가 어깨동무를 하며 걸친 손이 차갑다. 간타는 기뻤지만 솔직해지지 못했다.

"왜? 내가 혼자 죽어 버리면 그 돈은 비밀을 지킬 수 있잖아. 너와 로켓파크는 안전했을 거야. 내가 살면 악역이 없어지잖아. 난 널 위해서 죽으려고 했어."

간타는 눈물을 참을 수 없었다. 요지의 손이 간타의 어깨를 가볍게 쳤다.

"간타, 이제 됐어. 도쿄 지검에 모두 다 이야기했어. 숨길 거 없어. 회사가 무너져도 다시 우리 둘이 새로 시작하면 돼. 함께라면 분명 잘할 수 있을 거야."

춤이라도 추고 싶을 만큼 기쁜 말이었다. 노조미가 눈부시다는 듯이 멀리 바라보며 말했다.

"자, 슬슬 녀석들이 올 거다. 간타, 너한테도 얘기를 듣겠다고 했다."

간타는 오키나와 해변과는 안 어울리는 검은 정장 차림의 남자들이 다가오는 모습을 보았다. 환영이 아니었다. 남자들은 모래를 차내면서 말없이 다가왔다. 나쁜 일은 금방 현실이라는 사실을 깨닫는 법이다. 요지가 어이없어하며 물었다.

"하지만 간타, 왜 그렇게 금방 죽어야겠다고 생각했어? 그게 더 안 믿겨."

간타는 요지 얼굴을 보고 바다로 시선을 돌렸다. 그리고 가장자리를 붉게 물들인 소나기구름을 노려보았다. 바람이 불고 모래가 날렸다. 가만히 발밑을 노려보았다. 그러지 않으면 검찰관이 오기 전에 눈물이 날 것 같았다.

"엄마가 돌아가실 때 약속했어."

간타의 말에 요지가 조용히 입을 열었다.

"10년도 더 지난 이야기잖아. 그때는 너무 어렸어."

간타는 마침내 메마른 모래에 눈물을 뿌리면서 폭발하듯 소리쳤다.

"유언이었어."

간타는 가슴을 치면서 소리 질렀다.

"약속했단 말이야. 목숨을 건다고. 엄마는 계속 너와 살라고 했어. 그래서 너한테 무슨 일이 생기면 목숨을 버릴 각오로 널 지키라고. 그게 내가 평생 해야 할 일이라고 엄마는 돌아가시기 전에 말했어. 난 그 병원에서 약속했어. 난 널 위해서 목숨을 버리겠다고. 하지만…… 하지만…… 난 엄마와 한 약속을 지키지 못했어. ……요지, 미안해."

"간타, 이제 다 괜찮아. 히메도 기다리고 있어. 같이 도쿄로 돌아가자."

어릴 적 친구 요지가 울고 있다. 간타는 요지의 눈물이 견딜 수가 없었다. 둘은 끌어안고 서로 사과했다. 검은 정장의 남자들이 다가올 때까지 두 사람은 한마음이 되었다. 이윽고 둘은 일어나서 저녁놀이 비치는 해변을 떠났다. 로켓 연기 같은 기다란 그림자가 이별을 아쉬워하듯 언제까지나 두 사람 뒤를 따랐다.

하얀 잔바 해변 너머, 서쪽 하늘에 석양이 더할 나위 없이 투명하게 타오르고 있었다.